OS DIAS EM QUE MAIS TE AMEI

AMY NEFF

OS DIAS EM QUE MAIS TE AMEI

Tradução de
Cecília Camargo Bartalotti

1ª edição

EDITORA RECORD
RIO DE JANEIRO • SÃO PAULO
2024

CIP-BRASIL. CATALOGAÇÃO NA PUBLICAÇÃO
SINDICATO NACIONAL DOS EDITORES DE LIVROS, RJ

N289d Neff, Amy
 Os dias em que mais te amei / Amy Neff ; tradução Cecília Camargo Bartalotti. - 1. ed. - Rio de Janeiro: Record, 2024.

 Tradução de: The days i loved you most
 ISBN 978-85-01-92080-5

 1. Romance americano. I. Bartalotti, Cecília Camargo. II. Título.

24-92753   CDD: 813
             CDU: 82-31(73)

Gabriela Faray Ferreira Lopes - Bibliotecária - CRB-7/6643

Título original:
The days i loved you most

Copyright © Amy Neff, 2024
Todos os direitos reservados.

Texto revisado segundo o Acordo Ortográfico da Língua Portuguesa de 1990.

Todos os direitos reservados. Proibida a reprodução, no todo ou em parte, através de quaisquer meios. Os direitos morais da autora foram assegurados.

Direitos exclusivos de publicação em língua portuguesa somente para o Brasil adquiridos pela
EDITORA RECORD LTDA.
Rua Argentina, 171 – Rio de Janeiro, RJ – 20921-380 – Tel.: (21) 2585-2000, que se reserva a propriedade literária desta tradução.

Impresso no Brasil

ISBN 978-85-01-92080-5

Seja um leitor preferencial Record.
Cadastre-se no site www.record.com.br e receba informações sobre nossos lançamentos e nossas promoções.

Atendimento e venda direta ao leitor:
sac@record.com.br

EDITORA AFILIADA

Para Jonathan,
e o jardim que nós fizemos.

Se eu tivesse uma flor para cada vez que penso em você...
Poderia caminhar pelo meu jardim para sempre.

— Alfred Tennyson

Um

Evelyn

Junho de 2001

As palavras de Joseph pairam diante de nós, em expectativa. Seguro a mão dele, tranquilizada pelo mapa de calos, as cutículas sujas de terra de plantar bulbos de flores esta tarde. Meus dedos tremem no aperto dele. Suor se forma onde nossas palmas se encontram.

Nossos filhos estão sentados na nossa frente no sofá gasto. Eles estão em silêncio. Os dois abajures mais próximos de nós brilham amarelos sob suas cúpulas. Joseph os acendeu quando a sala ficou escura, ninguém queria interromper a conversa se levantando e acendendo as luzes do teto. O luar se derrama sobre os dois pianos no estúdio, refletindo nas teclas de marfim. As janelas estão abertas para a noite que se instalou enquanto conversávamos, e o ar está insípido e espesso, excepcionalmente quente para um fim de primavera em Connecticut. Nenhum som além do zumbido do ventilador de teto e do eco das ondas de Bernard Beach logo adiante.

Quando eles eram crianças e nossa casa ainda era a pousada Oyster Shell, a mesinha de café ficava escondida sob quebra-cabeças semiacabados com imagens de faróis da Nova Inglaterra. Hoje a mesa está coberta de tira-gostos, pedaços de queijo que começaram a amolecer;

cabinhos de uvas que foram arrancadas dos cachos e alguns biscoitos solitários estão espalhados nas bandejas. Joseph me disse que eu não precisava ficar tendo trabalho —, mas Thomas veio de Manhattan, e não o víamos desde o Natal. Essa rara visita de nosso filho me deu uma desculpa para ir até a nova loja de queijos e vinhos na cidade. A que fica em frente à Vic's Grinders, que está ali desde que nossos netos eram pequenos, e Joseph punha notas de um dólar na mão deles antes de mandá-los buscar sanduíches embrulhados em papel-manteiga para o almoço na praia. Joseph tentou me convencer a não ir, mas eu ainda posso me virar sozinha, embora me movimente mais devagar agora. A missão me manteve focada, impediu minha mente de divagar.

Ninguém fala, esperando que Joseph continue seu preâmbulo sinistro, a razão para esta reunião. *Temos uma coisa importante para conversar com vocês três.*

Violet, a caçula da família, agora uma mulher com marido e quatro filhos, está sentada entre o irmão e a irmã no velho sofá. Eu mesma troquei o estofamento, depois que eles saíram de casa e a pousada foi fechada para hóspedes, embora inevitavelmente tenha as manchas esmaecidas deixadas por nossos netos, e o enchimento das almofadas já esteja esvaziando de novo.

Nossos filhos foram criados aqui na Oyster Shell, assim como Joseph. Como eu também, de certa maneira. Eu, meu irmão, Tommy e Joseph éramos inseparáveis, sempre entrando feito um furacão pela porta de tela, até que a mãe de Joseph, agitando o avental e rindo, nos expulsava para a varanda para que não incomodássemos os hóspedes. Anos se passaram, e, antes que nos déssemos conta, nossos filhos estavam marcando reservas em uma agenda lotada, e varrendo o chão, e me ajudando a enrolar e cortar biscoitos para o café da manhã. Nossos netos participavam também, acompanhavam os hóspedes até seus quartos, tiravam do varal lençóis alvejados pelo sol, lavavam a areia das cadeiras de praia com uma mangueira de jardim. A pousada estava sempre cheia, os rostos iam e vinham como um ruído de fundo no rádio, enquanto construíamos nossa vida. Mesmo enquanto nos preparamos para contar a eles, não consigo entender, como podemos deixar tudo para trás. Só quero começar de novo, do início, juntos.

— Não há um jeito fácil de dizer isso, de contar a vocês. Eu não sei como começar... — Joseph gagueja, apertando muito a minha mão.

Jane, nossa mais velha, fixa o olhar em mim, sua expressão é difícil de ler. Ela costumava esconder as emoções embaixo do cabelo volumoso. Agora, fez um relaxamento no salão e o cortou na altura dos ombros, um visual mais compatível com o dos outros novos âncoras do jornal na TV. Seus braços magros e o pescoço longo se tornaram uma vantagem; ela se move com uma graça aprendida que lhe escapava quando era uma adolescente desajeitada. Tenho que desviar o rosto do olhar dela, com medo de que minha expressão revele o que não lhe contei.

Thomas olha para Joseph sem expressão. Como são parecidos fisicamente, um metro e oitenta de altura, e porte de nadadores, com ombros largos e torso estreito. Mas, diferentemente de Joseph, que teve cabelo escuro até os sessenta e poucos anos, quando passou a ficar mais ralo e a clarear, Thomas começou a ficar grisalho jovem. Fios prateados brilhavam à luz sob seu capelo quando ele se formou na NYU; e como estava sério, sorrindo apenas para as fotos, mesmo em um dia de comemoração. Seu rosto parece mais magro agora do que no Natal, e não sei se ele e Ann cozinham juntos à noite ou se ele janta sozinho no escritório. Ele veio de terno depois de um longo dia de reuniões com outros executivos. Tirou o paletó só por causa do calor. Até mesmo seu suor é contido, detido na linha do cabelo, sem ousar escorrer para a testa.

— Sua mãe e eu... — Joseph vacila, os olhos se umedecendo. Não tenho certeza de que ele conseguirá se forçar a dizer as palavras. — Vocês sabem o quanto nós nos amamos, que sempre estivemos na vida um do outro. Nós também amamos muito vocês, tenham certeza disso, por favor... Mas é que não podemos imaginar a vida um sem o outro a esta altura... — Eu quase interrompo, para assumir a culpa, para salvá-lo de ser aquele que parte o coração deles. Nossos filhos, nossos bebês crescidos, que costumavam se agarrar em torno dos meus joelhos, transbordando amor e necessidade, insistindo para vir no meu colo, nunca se sentindo perto o bastante, e então estavam indo a pé para a escola, e saindo de casa, e levando vidas que não tinham nada a ver conosco, fazendo amigos e escolhas e erros, e se apaixonando e desapaixonando, estávamos presentes no sangue e nos ossos que formavam seus corpos, mas não em suas vidas íntimas, e todo esse tempo Joseph e eu continuávamos aqui, uma ilha de dois, desorientados e perplexos pelos anos que passavam por nós.

Ele respira fundo, para reunir forças.

— Não queremos deixar o último capítulo de nossa vida para o acaso, com algum fim sofrido e prolongado para todos. Eu sei que isto vai ser um choque, é chocante de dizer, nós levamos um bom tempo para chegar a um acordo sobre tudo isso, mas acreditamos que essa é a melhor decisão...

— Que é... — Thomas incentiva, impaciente quando Joseph não consegue continuar.

— Estamos planejando pôr um fim em nossa vida daqui a um ano. Em junho do ano que vem. — A voz de Joseph falha.

— Ahn... o quê? — Violet está de olhos arregalados.

— Não queremos que um de nós morra antes do outro. Não queremos viver um sem o outro... queremos ter o poder de decidir como nossa história termina. — Essa explicação sai mais branda, mas há dor em sua voz, ele está fazendo o melhor que pode para aliviar o baque, para escondê-lo em uma carta de amor.

— *O quê?* — diz Thomas.

— Do que você está falando? — Jane explode, largando sua bebida como se pudesse precisar das mãos.

— Este será o nosso último ano. — É surreal ouvir Joseph falar as palavras em voz alta, embora eu tenha sido a primeira a dizê-las para ele. *Este será o meu último ano.*

—Vocês estão brincando. — Jane olha para nós, intercalando entre mim e Joseph, tentando entender a piada.

— Nós não estamos brincando — falo, desejando desesperadamente que estivéssemos.

— Eu não estou entendendo —Violet diz, perplexa.

— Nós vamos explicar. — Eu me inclino na direção deles, deslizando para a ponta do sofá.

— Por favor, porque isso é bem doentio. — Thomas se recosta nas almofadas, se afastando de mim.

— Seu pai e eu, nós estamos ficando velhos...

—Vocês não têm cem anos! *Pelo amor de deus.* Ainda não têm nem oitenta — argumenta Jane. — Quantos anos vocês vão fazer, setenta e seis?

A esta altura no ano que vem eu vou ter quase setenta e sete, e Joseph terá setenta e nove, correções insignificantes que eu não faço.

— Eu disse que nós estamos *ficando* velhos. Por favor, me deixem terminar. — Tento manter a calma, todas as justificativas que ensaiamos parecem presas atrás da língua, minha garganta fica apertada por todas as perdas que virão, por tudo que vamos deixar, pela dor que estamos trazendo para o nosso lugar seguro. Thomas se inquieta no assento, furioso. — Nós entendemos que um dia chegará um ponto-final, quando um de nós talvez se torne irreconhecível para o outro, quando talvez não possamos mais cuidar um do outro, quando talvez nem lembremos um do outro. E não há como saber quando será esse dia, não há como viver para sempre do jeito que somos hoje. Já vivemos mais tempo do que nossos pais, com exceção de minha mãe... e vocês sabem muito bem como foi horrível por tantos anos. Não queremos esse peso para vocês, não queremos essa carga um para o outro.

— As casas de repouso existem justamente por essa razão! Há soluções racionais... — Jane interrompe, mas eu sigo em frente.

— Nós não queremos essa vida. Não queremos uma meia-vida. Não queremos uma vida um sem o outro — digo, sentindo que estou perdendo o ar.

— Então que droga vocês estão propondo, falando sério agora? — Thomas cruza os braços.

— Estamos propondo um último ano — responde Joseph. — Um último ano para viver a versão mais plena de nós mesmos, para deixar lembranças felizes para vocês e nossos netos, para podermos sair de cena com chave de ouro, em vez de vocês se lembrarem de alguma versão destruída de nós.

— Ah, então vocês lembram que têm netos? — Jane debocha.

— Claro que lembramos. — Mal consigo falar, as lágrimas ameaçando sair. — Nós pensamos muito nisso tudo.

Thomas solta o ar pelo nariz, quase uma risada.

— E nós? O que esperam que nós façamos sem vocês? — Quando a explosão de Violet não é acompanhada por gritos de apoio de seus irmãos, ela fica pairando no ar noturno úmido entre nós.

O olhar de Jane se movimenta rápido entre mim e Joseph, depois se estreita sobre o prato de queijo, como se este estivesse escondendo informações. Percebo que ela está refletindo sobre os fatos, processando as coisas que lhe contamos, comparando-as com o que ela sabe que é verdade, e não conseguindo chegar a um *porquê* que ela possa compreender.

Joseph dá seu sorriso mais triste, esforçando-se para mostrar alguma aparência de força e certeza, e isso me rasga o coração.

— Nós amamos vocês todos. Queremos que este ano seja uma celebração, cheio de momentos juntos, como uma família.

— Celebração? — Thomas pergunta, incrédulo. — Ah, sim. Claro. Pouco importa o milhão de perguntas que eu tenho... por acaso um de vocês vai morrer ou algo assim?

Ofereço um sorriso frágil.

— Todos nós vamos morrer, Thomas.

— Essa foi boa, mãe.

— Falando sério. Você vai morrer? — Jane lembra um cão farejador, imóvel, orelhas em pé, atentas a qualquer movimento na grama.

Eu havia prometido a mim mesma não contar a eles. Não ainda.

— Mãe. — A intensidade da atenção de Jane me deixa arrepiada, como se as luzes ficassem claras demais.

— Mãe — Violet ecoa, captando algo.

Meu diagnóstico foi confirmado depois de exames intermináveis, em que deram um nome para minha batalha silenciosa e secreta. Uma razão. Um ladrão de memória, de função, de reconhecer a mim mesma, de reconhecer as pessoas que eu amo. A raiz de cada medo contida em uma única palavra. *Parkinson*. Medicações que deveriam estar ajudando, mas não estão. A doença avança, agressiva de maneiras que os médicos não previam, e que não podem explicar. Faço parte do terço mais desafortunado dos pacientes, tenho indícios de demência à espreita, um pesadelo que eu conheço bem demais. O cheiro de água sanitária e putrefação da casa de repouso de minha mãe, o jeito como ela gritava, se perdia entre as décadas, jogava coisas, não me reconhecia. Um fim que seria ainda mais doloroso do que isso.

— Por que vocês estão mentindo para nós? — A acusação de Jane é cortante e atinge em cheio a minha garganta.

— Nós não estamos mentindo. — Eu me agarro a essa tentativa de evasão, apertando os dedos trêmulos entre os joelhos.

— Bom, com certeza não estão contando toda a verdade.

— Evelyn — Joseph cede —, talvez eles entendam...

— Entendam o quê? —Violet se vira no mesmo instante para seu pai.

— Joseph...

— Eles vão descobrir... — Os ombros dele se curvam sob o peso do que não foi dito, toda a sua força se esgotara.

— Nós conversamos sobre isso. — Resisto à vontade de mandá-lo se calar, de arrastá-lo para fora da sala.

— Conversaram sobre o quê? — O olhar de Violet se alterna entre nós como diante de uma mesa de pingue-pongue, uma criança implorando uma pista.

— Eu sabia — diz Jane, erguendo as mãos.

— Eu não disse...

— Isso é inacreditável. — Thomas se levanta, caminha irritado até a lareira e apoia o cotovelo na prateleira.

— Contem. Logo. — Jane enfatiza cada palavra, forçando chaves em uma porta trancada.

— Evelyn...

— Eu não queria...

—Vocês não esperam que a gente engula isso — diz Thomas.

— Mamãe, o que está acontecendo? — A voz de Violet é impregnada de medo.

— O que poderia ser pior do que você e o papai nos contando que vão se riscar do mapa daqui a um ano? — pergunta Jane, e, sem querer, apesar do absurdo desta conversa, ou talvez por causa disso mesmo, eu abafo uma risada. Ela se alarga em minha garganta como um soluço.

—Vocês todos me tratando como porcelana frágil por um ano. Isso seria pior. — As palavras saem antes que eu consiga evitar, uma confissão parcial que é a primeira verdade completa.

— Então você vai morrer — diz Jane.

— Daqui a um ano — concordo, desesperada para voltar ao lugar onde começamos. *Um último ano. Em junho.*

— Que porra de conversa — diz Thomas.

— Mamãe, por favor. — As palavras de Jane são uma mão estendida, insistindo para que eu suba no barco de resgate. Ela, mais do que qualquer pessoa, sabe o que é ficar mantendo a cabeça fora d'água, preparada para o perigo. — Vocês realmente acharam que nós íamos deixar por isso mesmo?

Solto o ar, minha resignação se torna uma âncora. *Estágio dois.* Há seis meses, o estágio um foi devastador. *Está avançando depressa… normalmente poderia levar meses ou anos entre os estágios, não há como saber, mas com você…* Agora, eu daria tudo para voltar atrás. Joseph está certo, claro. O abrigo que construí em torno de minha doença não passa de barbantes e gravetos. Mesmo se eu não confessasse nada, ele se desmantelaria em pouco tempo.

— Eu tenho Parkinson. Está avançando mais depressa do que os médicos previam. Eu queria manter alguma normalidade enquanto fosse possível, mas do jeito que está indo… — Revelo minha mão, o tremor fala por si, um sinal que nem mesmo o melhor jogador de pôquer conseguiria esconder.

— Ah, mãe — Violet começa.

— Meu deus — diz Thomas.

— Mãe, puxa, eu sinto tanto. Você devia ter nos contado… mas eu achava… não é Parkinson que o Michael J. Fox tem? O ator plenamente funcional e de forma alguma moribundo? — pergunta Jane.

— Pessoas diferentes respondem de maneiras diferentes. Meu médico diz que é um caso incomum…

— Muito bem, vamos consultar outro médico — diz Thomas. — Você ouviu outras opiniões?

— Era por isso que eu não queria contar a vocês. Passei os últimos anos sendo perfurada e cutucada, tentando encontrar uma resposta que levasse a um resultado diferente, mas não há. — Minha voz falha, o fato nu e cru, o curso certo e inevitável contra o qual lutei até sangrar os dedos, só para me render agora como se eu nunca tivesse resistido. — Não quero perder o tempo que tenho em hospitais, clínicas e salas de espera com vocês três pesquisando e esquentando a cabeça em busca de uma cura imaginária. Essa é a minha decisão. Meu diagnóstico não está aberto a discussão.

—Você devia ter nos contado… Nós poderíamos ter ajudado — diz Thomas. — Isso não afeta só você…

— O que nós podemos fazer? Deve haver alguma coisa… — pergunta Violet.

— Espera um pouco — Jane interrompe. — Tá, você tem Parkinson… Eu sinto muito, mamãe, sério, sinto muito mesmo… isso é terrível… mas você disse que os dois iam… Espera aí. Papai, o que você tem?

— Ah, meu deus… — Um novo horror surge no rosto de Violet. — O que *você* tem?

Joseph aperta os olhos, confuso.

— O que eu tenho?

—Você disse que os dois vão pôr fim à vida — diz Jane, suas emoções sob controle, uma médica examinando o prontuário. — O que você tem?

— Eu não tenho…

— Seu pai decidiu unilateralmente que a minha morte exige a dele. Se vocês três conseguirem dissuadi-lo, vou ficar muito grata. Eu venho tentando fazer isso.

— Evelyn — Joseph adverte.

— *O quê?* — exclama Thomas, esfregando a mão na testa. —Vocês endoidaram, só pode ser.

—Você está com a saúde perfeita? — pergunta Jane, sua voz seca.

— Até onde eu sei.

— E você quer se matar porque a mamãe quer fazer isso?

— Eu preferiria que nós dois vivêssemos, mas ela deixou claro que essa não é uma opção — responde Joseph, descontente e de mau humor. Agora não há mais onde se esconder, todas as cartas sobre a mesa, nenhum truque para esse ato de desaparecimento.

— Isso é algum jogo covarde e doentio de vocês? — pergunta Thomas. — Se sim, podem parar de blefar.

— Eu não estou blefando — digo, já querendo voltar atrás, terminar a noite abraçando-os com força, garantindo a eles que estaremos aqui para sempre, uma mentira da qual eu poderia convencer a mim mesma por pura força de vontade. Ah, como eu queria que fosse verdade.

— Infelizmente, nem eu — acrescenta Joseph. Será que ele poderia mesmo levar isso até o fim? Será que algum de nós dois poderia? Confessar o plano, suportar o peso da dor, fúria e do sofrimento deles só por causa de nossas palavras... mas *fazer* de fato?

— Eu nem sei por onde começar — diz Jane.

— Eu achei que você tivesse mais bom senso, pai — Thomas desafia, olhando furioso para Joseph.

— Thomas. — Meu tom é firme, mas não duro. Já esperávamos que Thomas reagisse assim. Nós nos preparamos para isso.

— Não venha com *Thomas* para cima de mim — ele debocha. — Isso é tão egoísta. Como vocês esperam que a Violet e a Jane expliquem para os filhos delas?

— Nós pensamos nisso. — Meu tremor, à vista de todos agora, me distrai de uma explicação longa. Joseph segura minha mão com força uma vez mais, me estabilizando, e sou grata a ele.

— Eu acho que não pensaram — Thomas grita. — Vocês estão agindo como adolescentes apaixonados...

— Thomas, calma. Eu não consigo pensar. — Jane o interrompe, a autoridade da irmã mais velha superando o status que ele ostenta no mundo financeiro. Nossa primogênita... É difícil acreditar que ela, embora nunca tenha se casado, logo poderá ser avó; sua filha, Rain, confessou que eles vêm tentando. Um bebê que eu talvez nunca segure nos braços. Uma perda que me corrói e me deixa em carne viva, imaginar Rain sentada em uma cama de hospital, seu bebê recém-nascido e rosado junto ao peito, uma cadeira que deveria ser para mim puxada para perto da cama enquanto ela estende seu bebezinho, meu bisneto, só que eu não estou lá. Nunca verei essa vida se desenvolver, nunca sentirei esses dedinhos se enrolarem nos meus, nunca verei minha neta herdar os segredos da maternidade, esse caminho que nos une. Eu segurei meus bebês como ela segura o dela, e eu deveria estar lá para mostrar a ela, para dar a seus olhos cansados um momento para se fechar, dizer *me passe o bebê*, esse que eu amei tanto quanto amei você, antes mesmo de nos conhecermos, pela minha vida inteira e para todo o sempre.

Ele volta a atenção para sua irmã mais nova.

—Violet, você não pode estar achando isso normal.

Mais baixa que os irmãos, Violet herdou minha pequenez enquanto Jane e Thomas ficaram com a altura de Joseph, ela me lembra as bonecas de porcelana que amava quando criança, cabelo ondulado, lábios cheios, olhos brilhantes de lágrimas, sua fragilidade é bela e palpável.

— Eu nem consigo imaginar —Violet fala, mas com uma voz baixa, instável. — Mas não acho que eles sejam egoístas. É terrível pensar nisso, mas ao mesmo tempo… tem algo de romântico.

Thomas apoia os dedos na testa, a cabeça baixa, os olhos fechados com força.

—Vocês estão doentes, sabia? — Ele ergue os olhos para a irmã mais velha. — Jane, será que você pode ser a voz da razão aqui?

— Eu não consigo nem começar a processar isso. — Jane passa um caule de uva entre os dedos. Ela o quebra, revelando uma parte verde por dentro.

Ela não chora e não está brava. Está tentando entender, mas detalhes não a ajudarão. Uma decisão como essa é muito estranha, impensável; amar alguém tanto assim a aterroriza.

—Vocês dois perderam o juízo. — Thomas balança a cabeça, estressado.

Joseph abre a boca para explicar, mas eu o interrompo, tentando levar a situação de volta aos trilhos.

—Você está claramente irritado, e nós compreendemos. — Mesmo enquanto falo, sei que isso é inadequado, mas minha mente está enevoada, não consigo encontrar as palavras que planejamos, a explicação tranquila que esperamos que pudesse lhes dar paz apesar da tristeza.

— Irritado? Isso é insano. Vocês não podem fazer isso. — A voz de Thomas falha.

Eu prossigo, sentindo que estou perdendo as forças.

— É muita coisa para absorver e vocês vão precisar de tempo. Mas neste momento nós só precisávamos que vocês soubessem. Não há mais nada a discutir.

Joseph concorda com a cabeça. Sinto que ele está me observando. Ele sempre esteve em sintonia com a mínima mudança em meu humor. A ruga entre suas sobrancelhas se suaviza quando ele lê o que sou incapaz de esconder. Meu estômago se aperta, o que era uma hipótese dias atrás agora foi posto em marcha, o cronômetro acionado, a ampulheta virada. Não tenho muito mais a dar, a coragem que eu havia reunido vai desmoronar se eles continuarem pressionando, minha certeza é falsa e oscilante quando olho nos olhos de nossos filhos. Como o esperado, Joseph sabe do que eu preciso sem eu precisar pedir.

— Esperamos que um dia vocês possam compreender e, até lá, que vocês confiem em nós e em nossa decisão. — Ele solta minha mão e se levanta, indicando o fim da conversa.

— Então é isso? Nada mais a discutir? Confiar em vocês? — Thomas está fervendo por dentro, furioso. Ele olha para suas irmãs em busca de apoio, mas, pelo menos neste momento, não resta mais poder de fogo para invadir o castelo. Violet está apática. Jane, gelo sólido.

— Você vai perder o trem — diz Joseph, a voz gentil.

Thomas abre e fecha a boca, e um instante se passa em que parece que ele vai discutir ou que mais será dito. Há uma névoa na sala, como se estivéssemos todos compartilhando o mesmo sonho vívido. Thomas dobra o paletó sobre o braço e vai com passos duros para o saguão. Joseph o segue, e Jane e Violet se levantam, o encantamento rompido. De repente, parece ser muito tarde. As ondas se movem interminavelmente, audíveis de novo no espaço que os protestos de nossos filhos tinham preenchido. Não posso ficar magoada por Thomas não ter beijado meu rosto nem se despedido. Fomos nós que provocamos isso. No entanto, há uma dor no peito quando o vejo ir embora. Jane começa a recolher os pratos, e eu faço um sinal para ela não se preocupar com isso; ela me ignora e os leva para a cozinha.

Violet se senta ao meu lado no sofá, os joelhos dobrados sob o corpo, como uma criança.

— Eu sinto tanto, mamãe. Pelo que vocês estão passando, pela maneira como têm se sentido. É horrível. Eu queria saber como... mas não faça isso, por favor.

Vejo o pânico subir dentro dela, se misturar à tristeza, e a culpa que eu vinha reprimindo se avoluma. Como explicar a eles que a morte é a última coisa que quero.

— Eu gostaria que fosse assim tão simples. — As lágrimas descem depressa. Eu a abraço, abafando minha emoção em seus cachos.

Escuto Joseph, que faz um último apelo ao nosso filho.

— Não estamos pedindo para você concordar. Eu sei que você não concorda. Mas não desapareça, Thomas, por favor.

Thomas olha para o pai com ar de revolta e vai embora sem dizer mais nada. A porta de tela bate atrás dele.

— Esta conversa ainda não terminou — diz Jane, enquanto pega sua bolsa. Ela não olha em meus olhos, mas se inclina e me dá um abraço antes de seguir seu irmão. Ela concordou em deixá-lo na estação para pegar o último trem para Nova York antes de ir para casa, e agora eu me preocupo se ele vai conseguir chegar a tempo ou se estará nervoso demais para encontrar a plataforma certa. Ele podia ter ficado para dormir aqui, mas sempre viaja de volta para a cidade antes da meia-noite.

Joseph acompanha Violet até a saída, e ela lhe dá o braço e se demora um pouco à porta como se estivesse memorizando a sala de estar antes que desaparecesse. Ela vai atravessar o jardim no caminho para sua casa ao lado, aquela em que eu cresci: minha mãe deixou o chalé de telhas de cedro para mim e Joseph quando morreu. Eu me pergunto quando Violet vai contar a Connor sobre nossa decisão. Ele é um bom homem, que a ama, mas nunca aprendeu a perguntar sobre a tristeza escrita no rosto dela.

Joseph volta sozinho e se junta a mim no sofá. A sala de estar esvaziada, ecos de tudo que foi dito flutuam diante de nós.

— Correu bem. — A voz dele soa fadigada de tanto falar, como se ele precisasse tossir. — Você acha que não deveríamos ter contado nada a eles?

Meu coração está pesado; penso no cabinho de uva que Jane não parava de girar nos dedos, nas lágrimas de Violet, na irritação de Thomas. Joseph e eu conversamos sobre contar ou não contar a eles, se seria mais humano lhes dar tempo para se preparar, se isso significaria um ano de agonia. Mas eu sei o custo de um segredo, e este não é um que eu poderia guardar.

— Foi muita coisa para absorver. Eles precisam de mais tempo.

— Espero que você esteja certa — diz ele, parecendo pouco convencido.

— Você me entregou muito depressa. — Passo a mão no rosto, não admito a ponta de alívio que há em minha raiva por não ter que esconder, arranjar desculpas, ser descoberta em um momento de humilhação.

— Eu sei, desculpe... parecia errado, não fazia sentido, sem eles entenderem tudo.

— Eu não estava pronta. — Meu jeito soa petulante, mesmo havendo muito pouco sob meu controle.

— Eu não estou pronto para nada disso. — O olhar de Joseph pousa no sofá vazio à nossa frente, sua dor é como uma oferenda para os vestígios deixados ali.

— Somos dois.

Ficamos sentados em silêncio, não o silêncio tenso de momentos antes, mas um carregado da consciência de segurarmos um grande peso, cúmplices na decisão um do outro. Talvez ele esteja apostando que vou mudar de ideia, ou que essa conversa, e minha convicção, vão se perder com minha memória fugidia.

— E agora? — pergunto.

— Agora nós passamos este ano juntos, você e eu, e a família. Retraçamos os passos de nossa vida... revivemos as lembranças que compartilhamos. Isso é tudo que eu quero.

— Eu sabia que você ia dizer isso — brinco, a previsibilidade dele ao mesmo tempo amarga e um bálsamo.

— É um desejo ruim?

A leveza em minha voz vai embora.

— Não, não é. Mas você está saudável... você tem mais tempo.

— Já passei dias demais sem você.

Eu me recosto nele, suavemente. Meus anos em Boston, os anos dele no exterior, lembranças tão distantes que pertencem a outras pessoas.

— Faz tanto tempo. Com certeza já compensamos isso desde então.

— Eu nunca vou deixar de desejar mais tempo com você. — Os olhos dele se enchem de lágrimas outra vez, a realidade se assentando entre nós, a duração de um ano, tão curta.

— Nunca será o suficiente, não é? — Meu queixo treme, e ele me abraça.

— E você? — ele sussurra em meu ouvido. — Eu sei que pensou nisso. Sei que sonhou com todas as coisas que poderíamos fazer.

— Além de convencer você a mudar de ideia? — Eu me afasto e o encaro, meus olhos vermelhos. O caráter final de um único ano reverbera pelo meu corpo. Quando era apenas eu, parecia menos assustador. Como se eu pudesse flutuar para longe. Deixando apenas ondulações para mostrar que eu havia estado ali. Agora, é duas vezes mais pesado. Duas pedras, descendo para o fundo, para o desconhecido.

— Por favor, Evelyn. Esta noite já foi difícil o bastante.

Eu recuo, a exaustão recobrindo a razão. Aceitando, mesmo que só por enquanto.

—Você sabe a resposta... — Balanço a cabeça. — Mas isso é bobagem. Não é possível, eu não sei como, ou se eu poderia...

Quando não continuo, ele sugere, gentilmente:

— A sinfônica?

Dou uma olhada em nossos dois pianos no estúdio iluminado pelos abajures. O Steinway preto reluzente que raramente toco. Uma peça de exibição que meu pai comprou nos anos 1920 e que eu implorei para usar, mas, sob o olhar crítico de minha mãe, sempre me senti como se estivesse dançando suingue em um museu, inadequada, beirando a inconsequência. Prefiro o Baldwin, o que Joseph comprou usado, com sua madeira receptiva e agradável ao toque, as teclas amareladas, o banco que tem um compartimento para guardar partituras dentro de seu assento com dobradiças, a almofada gasta no meio. O piano em que ensinei Jane a tocar, onde tentei ensinar Thomas e Violet, embora nunca tenha dado certo. Onde dei aulas para iniciantes e entretive hóspedes quando as crianças eram pequenas e todos os quartos da Oyster Shell estavam ocupados, concertos de improviso em nossa sala de estar, explodindo de música, casais dançando e risadas.

O maior sonho em minha lista: *tocar na Orquestra Sinfônica de Boston*. Pratiquei durante a vida inteira, e esse sonho era a motivação, a pulsação sempre subjacente. Um desejo impraticável, implausível, que floresceu dentro de mim quando abriguei a esperança de um caminho diferente, que jamais consegui aquietar, apesar da razão e da lógica e da trajetória de minha vida. Mesmo agora, quando encaro seu fim. Não o admito, como esse meu sonho sempre foi desmedido, como é risível agora. Minha ideia parece pequena, egoísta, diante do rosto enfurecido de meus filhos. No entanto, a necessidade ainda existe, pulsante e consciente dos minutos se escoando.

Em vez disso, eu digo:

— Temos que encontrar uma maneira de dizer adeus.

Dois

Joseph

Junho de 1940

Atravesso o campo até a casa de Tommy e Evelyn, as madeiras de cedro fresco do telhado reluziam na manhã orvalhada cor-de-rosa. O quintal deles antes era pontilhado de árvores que espalhavam suas folhas e largavam suas agulhas, pinhas pegajosas de seiva. Mas, agora, a paisagem ficou livre, as árvores foram arrancadas pela raiz por um furacão. No inverno, esta campina, como uma ponte entre nós, fica coberta de neve e se torna traiçoeira. Nossas botas deixam pegadas lamacentas ou escorregam, rachando a superfície gelada. No outono, ela se torna dourada, a grama seca estalando sob meus pés. A primavera é barrenta quando a neve começa a derreter, tudo fica disforme e desconjuntado, uma bagunça de trilhas se entrecruzando. Depois, dias como este, o lento desabrochar, o florescimento, o secar e encharcar, as chuvas terminando em cantos de pássaros. As flores silvestres crescem inexplicavelmente, tenazes, e todo o campo explode em tons de roxo.

Estou quase na casa deles quando Evelyn sai correndo pela porta da frente e a bate atrás de si.

Tommy aparece segundos depois, chamando por ela.

— Ev, pare! Você não pode gritar com a mamãe e sair correndo assim.

— O que ela vai fazer, me mandar embora? — Evelyn debocha, virando-se para seu irmão.

— O que aconteceu? — Eu corro até eles, e Tommy reduz o passo para me esperar. Evelyn dispara à nossa frente em direção a Bernard Beach.

— Você não acha que está dando razão a ela? Ela já acha que você é desequilibrada.

— Eu vou mostrar para ela a desequilibrada.

— E ingrata.

— Pelo quê? — Evelyn ri, incrédula. — Passar os próximos dois anos aprendendo a fazer uma reverência? Eu não quero a vida dela. Sozinha em casa esperando o papai vir do trabalho, a mesma coisa todos os dias? — Ela corre de novo, gritando: — Eu prefiro morrer!

— Por que ela está brava? — eu pergunto.

— A mamãe vai mandar a Ev para Boston, para morar com a tia Maelynn.

— Ei, espera aí, o quê? — Eu paro de repente, enquanto Tommy continua correndo.

— No fim do verão. Eu sei. Nós estamos tão chocados quanto você. — Ele me faz sinal para segui-lo, tentando me atualizar sobre essa estranha novidade.

— Eu estou confuso. *Maelynn?*

— Ela mesma.

Até onde eu sei, a sra. Saunders e sua irmã não se falam há décadas, e nós nem a conhecemos pessoalmente. Maelynn fugiu quando tinha dezessete anos, mas os detalhes são nebulosos e discutíveis, como uma fofoca de cidade pequena. Ela é conhecida como rebelde, leviana. Não faz sentido.

— Por que a sua mãe ia querer que a Evelyn morasse com ela?

— Ela acha que a Ev precisa de alguma ajuda no quesito agir-como-uma-mocinha e parece que a Maelynn é professora em uma escola interna para meninas, de uma tal sra. Mayweather ou algo assim. Parece que é preciso conhecer alguém para conseguir entrar lá.

Seguimos Evelyn até Bernard Beach e nos aproximamos com cuidado, como se ela fosse um animal enjaulado, evitamos movimentos bruscos e nos sentamos ao seu lado na areia. Ela não olha para nós, fumegando de raiva.

Tommy joga uma pedrinha e gira o pulso enquanto ela desliza sobre a água, quicando uma, duas, três vezes.

— Ev, você está encarando isso do jeito errado. É a sua chance de sair de Stonybrook, de morar em uma cidade de verdade, conhecer pessoas novas. Uma aventura. Eu daria tudo por isso.

— Então vá você no meu lugar — ela murmura, o cabelo caído sobre o rosto. Essa é uma Evelyn que eu não tinha visto antes, suas bochechas levemente sardentas por causa do sol geralmente exibem um sorriso, mas agora estão pálidas, tensas.

— Uma escola cheia de meninas? É pra já! — Tommy me cutuca com o cotovelo, com um sorriso brincalhão.

Sentado ao lado deles, fico impressionado com o quanto os dois se parecem. Daqui a algumas semanas eles farão quinze e dezessete anos, seus aniversários com apenas dois dias de diferença, mas não é por isso que eles com frequência são confundidos com gêmeos. Eles têm uma autoconfiança que eu nunca tive, uma segurança profunda de saber quem são que eu invejo, um carisma que sempre os faz, e a mim por associação, arranjar problemas, mas que também nos ajuda a resolvê-los. Sempre estiveram entrelaçados na vida um do outro, irmãos e melhores amigos, algo que nunca tive crescendo sozinho em casa. Sozinho, mas nunca solitário, porque eles me encaixaram como uma carta que faltava no baralho.

Juntos, nós corríamos para a praia, pelo caminho de terra que às vezes inundava em noites de lua cheia. Tommy liderando o grupo, ao final do verão, nossos pés já estavam calejados pela areia quente e pelas pedrinhas pontiagudas. Nadávamos até a Captain's Rock, uma massa de terra submersa que se projetava da água, alertando os marinheiros a manterem distância. Ficávamos procurando os aglomerados de mexilhões agarrados às laterais escorregadias como cachos de uva em uma videira. Arrancávamos o suficiente para encher um balde e nadávamos de volta, subíamos encharcados no cais de madeira e ficávamos ali deitados, exaustos, secando sob o sol do meio-dia. Quebrávamos as conchas com o calcanhar para revelar a carne mucosa dentro, branca ou de um laranja vibrante, antes de prendê-la em um pregador de roupa amarrado em um barbante e nos sentarmos lado a lado, nossas pernas balançando enquanto três linhas pendiam entre nós, à espera do ligeiro puxão de um caranguejo. Não me lembro de como foi o meu primeiro encontro com eles, e talvez seja porque não houve um, as casas de nossas famílias estiveram lado a lado há gerações. Nunca houve um *antes* de Tommy e Evelyn, nunca mesmo. Tento imaginar os próximos dois anos sem ela, mas só consigo ver a marca na areia entre nós, que é o seu lugar.

— Aquelas meninas vão ser horríveis. — Ela traça círculos desleixados entre seus joelhos com um graveto.

— Aposto que não — digo.

— E, se forem horríveis, mas *muito* bonitas, traga elas para cá, está bem? — diz Tommy.

Ela lhe dá um soco no ombro, mas está sorrindo.

Depois de um verão juntos, ela se vai, para voltar só no próximo ano. Tommy e eu passamos o tempo como sempre fazemos: indo para a escola, trocando de notícias sobre a guerra e ajudando meus pais a restaurar a pousada, danificada no furacão de 1938.

A tempestade aconteceu dois anos atrás, mas a lembrança é nítida, uma marca a ferro que deixou cicatriz. Aquele dia de setembro começou quente e úmido, não muito diferente dos outros dias daquele verão. Eu tinha quinze anos. Tommy, Evelyn e eu nadamos nas ondas altas depois da escola; minha mãe recolheu lençóis do varal quando começou a chover. E então veio, uma coisa furiosa, viva. Nós a enfrentamos no sótão, junto com hóspedes petrificados, agarrados a baús pesados e uns aos outros, as venezianas reforçadas com ripas de madeira contra o vendaval e a chuva intensa. A água subiu, arrebentou portas e janelas, derrubando bordos centenários, rompendo fios elétricos e arrastando móveis pelas ruas.

Saímos molhados e trêmulos, avançando em meio à água de enchente e lama, preparando-nos para as sequelas do desastre. As colunas do cais de madeira racharam como palitos de dente, os chalés de verão à beira da praia foram tombados de suas estacas ou reduzidos a pilhas de destroços. Tommy e Evelyn me encontraram perto de uma banheira de porcelana virada ao contrário, e nós ficamos ali de pé, juntos, em silêncio. Minha mãe caiu de joelhos na terra escura revolvida, agarrou as raízes expostas de um pinheiro arrancado de nosso quintal e se pôs a soluçar. Meu pai, ao lado dela, segurava com firmeza seus ombros que subiam e desciam.

A casa dos Saunders estava de volta a seu esplendor normal em questão de meses depois do furacão. O sr. Saunders pagou alguns de seus empregados para remover as paredes de gesso mofadas, arrancar tapetes e fazer a reconstrução enquanto ele ia para o escritório. O único sinal dos danos era o quintal aberto que antes era coberto de árvores maduras.

Na minha casa, a tempestade ainda é um inimigo; meu pai angustiado no jantar enquanto olha para nossas salas vazias e paredes raspadas. Por insistência de Tommy, o sr. Saunders arrumou um emprego para o meu pai na linha de produção de sua fábrica, a Companhia de Navios e Motores Groton. Minha mãe fazia turnos na Cruz Vermelha, distribuindo suprimentos enquanto pessoas recrutadas pelo WPA, o programa de empregos de Roosevelt, limpavam nossas ruas. Segundo o meu pai, seria uma situação provisória, até juntarmos dinheiro para os reparos necessários para reabrir a Oyster Shell. Mas, dois anos depois, ele corre para a garagem assim que termina de comer e trabalha até tarde da noite construindo móveis a partir de pedaços de madeira. Minha mãe anda de um lado para o outro e arruma a pousada que não é mais uma pousada, lançando olhares preocupados para o meu pai através da janela, uma silhueta sob uma lâmpada pendurada baixa. Às vezes eu os surpreendo com um abraço, quando ela decide que já é tarde demais e sai pela grama orvalhada para trazê-lo para a cama, envolvendo sua barriga com os braços até ele ceder.

Embora nossas atividades não tenham mudado, Stonybrook ficou estranha nesses meses sem Evelyn, e eu ando por aí com um nó no estômago como se estivesse esquecendo de algo, mas não conseguisse lembrar do quê. Estou sempre esperando que ela apareça, imagino

Evelyn pressionando o nariz nas janelas ou andando de bicicleta atrás de nós no caminho de volta da escola. Eu sabia que Tommy ia achar muito difícil ficar sem ela, mas me surpreendo com o quanto eu mesmo senti sua ausência.

— Lembra quando a gente era criança, e a Evelyn correu atrás dos gêmeos Campbell com aquele caranguejo-aranha-gigante? — Eu paro, meu pincel de pintura suspenso sobre a moldura nova da janela. Quando digo isso, algo em mim me espeta, um entalhe fora de seu encaixe. Não consigo tirá-la da cabeça. Evelyn, que usava os macacões que não serviam mais para Tommy, que jogava a cabeça para trás, de boca aberta, quando ria, que se ajoelhava na lama salgada cavando em busca de mexilhões com as mãos nuas.

Tommy ri.

— Pelo bem de todos por lá, vamos torcer para que haja uma escassez de caranguejos-aranha em Boston.

— Você acha que vão mandar ela para casa mais cedo? Expulsar por mau comportamento ou algo assim? — pergunto, tentando soar natural.

— Está brincando? Eu vou ficar surpreso é se ela voltar.

— Como assim?

— Stonybrook é um tédio. Se me mandassem para Boston, eu nunca mais viria para casa.

— Que conversa é essa? Ela adora Stonybrook.

Tommy passa o braço pela testa, deixando uma trilha de tinta branca.

— Ela *adorava* Stonybrook. Nunca tinha ido para nenhum outro lugar. Você quer mesmo viver aqui pelo resto da vida?

Essa pergunta nunca tinha me ocorrido. Olho em volta para a Oyster Shell, construída por meus bisavós nos anos 1800, as paredes manchadas de mofo e as tábuas apodrecidas que em algum momento teriam de estar boas o suficiente para que a pousada pudesse reabrir. Eu a assumirei um dia, criarei minha família aqui como meus pais fizeram, e os pais deles. Quatro gerações de Myers no estuário de Long Island, meus filhos um dia serão a quinta. Cinco gerações correndo pela mesma areia, aprendendo a nadar nas mesmas ondas. Não há outro lugar com raízes tão profundas em minha alma, nenhum outro lugar a que eu poderia pertencer de forma tão verdadeira, o único lugar que me lembra um lar.

— Stonybrook é o suficiente para mim.

Impossível não notá-la quando ela sai do trem, um farol no meio da névoa cinzenta de homens de terno e chapéu. Mas é só quando ela chega quase em nós que percebo quem ela é. Mesmo Tommy é pego desprevenido. Ele estava esticando o pescoço para enxergar, esquadrinhando a movimentada Union Station de New London em busca de um rosto conhecido, segundos antes de ela lançar os braços em volta de seu pescoço. Nós estávamos esperando Evelyn. Mas essa menina — essa mulher — que flutua em nossa direção, carregando sua mala de couro e sorrindo para os passageiros enquanto percorre a multidão, ela é uma estranha.

O vestido se agarra justo às curvas de seu corpo, e é da cor das violetas silvestres que crescem no campo entre nossas casas. Seu cabelo está repartido de um lado e preso de uma maneira que destaca seus olhos. São olhos esverdeados, algo que nunca notei antes. Seu corpo é tão esguio, tão feminino, em vez de apenas pequeno. Ela está até de salto alto, embora em todas as lembranças eu a veja descalça. Um trem soa seu apito a distância, e o calor de início de verão se torna sufocante. Meu peito se aperta, minha boca seca.

Tommy a segura pelos ombros e a examina.

— Onde está a minha irmã? — Ele a gira e faz uma encenação de procurar atrás dela. — O que eles fizeram com a Evelyn?

Tommy sempre me parece mais alto do que é, seus gestos animados e voz calorosa fazem qualquer ambiente parecer vazio até que ele chegue, mas, agora os dois parecem quase da mesma altura. Evelyn dá um risinho, e até mesmo isso parece me aquecer. Ela se vira para mim e me abraça pela cintura. Seu cheiro é de uma flor que não consigo identificar.

— É tão bom ver vocês. Vocês não fazem ideia. — Ela sorri radiante, segurando um braço de cada um de nós. Levanta as sobrancelhas, do jeito que sempre faz antes de uma de suas histórias. — Vocês não imaginam o ano que eu tive.

Tommy assente.

— Bom, Ev, o que quer que eles tenham feito, deu certo. Pode ser até que a mamãe desmaie.

Evelyn inclina a cabeça para trás, rindo. Um calor como o do sol se espalha pelo meu peito, os dedos dela quentes em minha pele. Ela olha para mim, depois para os sapatos, e me solta.

— Não se deixem enganar. Eu pensei em vir para casa vestida de qualquer jeito, mas não quero que ela faça um escândalo. Além disso, a tia Maelynn arriscou bastante o pescoço por mim, e eu não preciso ouvir mais críticas da mamãe. Digamos que a diretora não tenha me achado tão promissora assim.

— Estranho como isso não me surpreende — diz Tommy.

— Como é a Maelynn? — pergunto. — Ela corresponde às histórias?

— Ah, sim, vocês têm que conhecê-la. Ela é incrível. É a única que de fato ensina alguma coisa interessante, caramba, nós lemos Faulkner, Woolf, as irmãs Brontë... — Ela percebe nossas expressões vazias. — Eu sei, vocês não têm a menor noção do que eu estou falando, mas acreditem em mim. Ela é brilhante. As meninas todas a adoram. É difícil acreditar que ela é irmã da mamãe.

Tommy inclina a cabeça, pronto para amenizar as coisas entre Evelyn e a mãe deles, como sempre.

— A mamãe não é tão ruim assim, Ev.

Ela lhe lança um olhar de reprovação.

— É fácil para você dizer isso. Você é o anjinho, o filhinho precioso dela. — A mãe deles é dura com Evelyn, mas se torna maleável e risonha quando seu filho lhe dá atenção, uma fissura em sua fachada de aço.

— Ah, mas é porque eu sou um anjinho precioso. — Ele dá uma piscada.

Evelyn balança a cabeça, dá o braço a nós dois e, com exagerada polidez, diz:

— Será que vocês dois *gentis* cavalheiros poderiam escoltar uma senhorita até sua casa?

Tommy toca um quepe invisível e pega a mala dela. Eu rio e me parece que sai mais agudo que o normal, o que me enche de constrangimento. Meus sentidos estão aguçados, registrando a maciez do lado interno do braço dela. Evelyn endireita os ombros, levanta o queixo e sorri exageradamente para todos os passantes.

Nas noites que se seguem, eu sonho com ela, sempre com o vestido violeta, ou caminhando em um campo de flores silvestres, ou nua, prendendo flores no cabelo. Não me lembro de algum dia em que Evelyn e eu estivemos sozinhos, mas agora é tudo que quero. Preciso ver quanto ela mudou. Ver se há um lugar na vida dela em que eu ainda me encaixe. Fico surpreso ao perceber como a conheço pouco agora, mesmo depois de todos esses anos que passamos crescendo juntos ao lado do mesmo mar.

Embora, verdade seja dita, eu seja grato pelo tempo separados. Não sei como Tommy vai encarar meus novos sentimentos; enrubesço ao pensar nos sonhos. Ele é meu melhor amigo, o mais próximo que já tive de um irmão. Como posso esperar que ele aceite essa mudança, essa necessidade de fazer sua irmã mais nova rir, esse desejo de segurar a mão dela?

Não posso convidar Evelyn para sair assim a troco de nada, assobiar para ela na rua do jeito que Tommy faz com as meninas da cidade. Essas meninas riem porque sabem que ele tem esse jeito galanteador, e mesmo assim se apaixonam por ele. Tommy me leva junto para fazer companhia para a outra menina, a amiga daquela em quem ele está de olho. Às vezes essas garotas chegam mais perto, e nós nos beijamos, mas meu coração permanece imóvel quando os lábios delas encontram os meus.

A verdade é que eu nem sei o que pensar. É a *Evelyn*. A Evelyn, que brincava de luta conosco nos bancos de areia, que nos desafiava em disputas de quem cospe mais longe e comia punhados de amoras silvestres sem se importar quando o suco escorria pelo queixo. A Evelyn, que me derrubava no chão e exigia que eu a carregasse nas costas, que ria das piadas de Tommy até ficar com soluço. A Evelyn, que agora joga os ombros para trás, acentuando suas curvas sob o tecido do vestido. A Evelyn, cujo perfume doce me enfeitiça como um encantamento, cujo toque me amolece os joelhos. A Evelyn, que está em casa para passar o verão, antes de voltar para a escola.

Hoje é dia de folga de Tommy, e os dois passam pela pousada a caminho da praia, insistindo que eu dê uma escapada por algumas horas.

Tommy joga uma toalha listrada em mim.

— Em nome dos velhos tempos, antes que a Evelyn vá embora e volte mais lady ainda para cima de nós.

Eu sorrio.

— E nós não queremos isso. — Evelyn ri e meu sorriso se alarga, acanhado.

Ela usa um vestido amarelo de algodão sobre o maiô e nos conduz pela Sandstone Lane até a Bernard Beach. Imagino o momento em que ela desabotoará o vestido e o deslizará pelos ombros. Fico grato pela privacidade dos meus pensamentos, que ainda me surpreendem, embora não sejam indesejáveis. Os óculos escuros escondem os olhos dela e eu me pergunto sobre a cor que parece mudar, querendo saber o tom exato de azul ou verde.

A areia é fria sob meus pés, mas não ficará assim por muito tempo, com o sol do fim da manhã aquecendo meu pescoço. Evelyn joga os óculos escuros sobre um cobertor e corre para a água, se aproximando da maré alta. Ela tira o vestido no caminho; ele voa atrás dela antes de cair amarrotado na areia. Seus pés chapinham na espuma, ela dá um gritinho de frio quando entra na água e se lança através de uma onda suave. Tommy e eu largamos nossas toalhas, tiramos a blusa e corremos atrás dela. Mergulho, o ímpeto de água gelada na minha pele, soando em meus ouvidos, tudo emudecido, e fluindo sobre mim. Rompo a superfície; o ar volta, os sons claros e nítidos. Evelyn está de costas, deixando a água levar seu corpo, com os dedos dos pés projetados para fora, os seios se elevando, seu rosto pálido reluz lembrando o interior de uma concha. Quando a onda recua, tenho um vislumbre de uma parte de sua barriga, um pedaço de lua, antes de ela submergir de novo. Tommy se distanciou, os braços bronzeados de trabalhar no estaleiro aparecem e desaparecem nas ondas enquanto ele nada. Eu poderia me levantar, mas me mantenho batendo os pés dentro da água para ficar aquecido ao lado de Evelyn, observo a água se acumular para logo em seguida escorrer de sua barriga, o movimento se repete enquanto seu corpo balança no ritmo da correnteza suave.

— É bom ter você de volta. — Minha voz é baixa, e os ouvidos dela estão parcialmente sob a água. Ela não responde, e eu acho que não me ouviu. Então ela suspira, não de frustração ou cansaço, mas de felicidade, uma respiração carregada de tanta satisfação que ela não pôde mais conter.

— É bom estar de volta — ela diz, um instante depois. Ela abre os olhos, observando as nuvens infindáveis que passeiam acima de nós. Sua pele se arrepia com o frio, a água de junho ainda não está quente para o verão; também não está tão gelada quanto a de junho e, sem dúvidas, não está calma como a de agosto. Um filamento de alga fina e cobreada flutua sobre a coxa dela e é levado de volta para o lugar de onde veio.

Antes que eu consiga me conter, digo:

— Eu senti a sua falta. — Assim que acabo de falar, entro em pânico. É muito direto; nós não falamos um com o outro assim. Talvez ela não tenha mudado, afinal. Talvez ela tenha mudado demais. Talvez eu não devesse dizer nada, apenas deixá-la flutuar com as nuvens, leve e livre.

Ela levanta e fica ao meu lado.

— Ora, ora, Joseph... — Ela sorri e inclina a cabeça, uma expressão no estilo Tommy que faz meu estômago se apertar de culpa. — Não me diga que, porque eu vim para casa parecendo uma lady, de repente você vai começar a agir como um cavalheiro.

— Ahn, eu quis dizer... — Semicerro os olhos, feliz pelo brilho do sol, uma explicação para meu rosto ficar vermelho. — O Tommy e eu sentimos falta de ter você por perto.

— Hum-hum. — Ela levanta as sobrancelhas. — Se eu não conhecesse você, diria que está se apaixonando por mim.

Ela faz uma pausa, segurando meu olhar, seus olhos estão mais para o azul hoje, eu percebo agora, e abro a boca, mas nenhuma palavra sai. Ela ri, rompendo o contato com meu olhar culpado.

— Estou brincando! Relaxa! — diz ela, antes de mergulhar. Tommy está se aproximando, vindo com braçadas fortes e consistentes.

Ele se endireita quando nos alcança.

— Isso é bom para acordar, hein? — Ele sacode a cabeça com força para tirar a água dos ouvidos. — Pronta para ir?

— Não, de jeito nenhum, está uma delícia. Eu nunca vou sair daqui. — Ela bate os pés como uma sereia, flexionando e estendendo alternadamente os dedos. — Se eu estivesse na escola, estaria sentada dentro de casa aprendendo qual garfo combina com qual prato, e qual é a melhor maneira de receber meu marido depois de um longo dia de trabalho.

— Você? Com um marido? — Tommy joga água nela. — Por favor, me diga que não é verdade que eles ensinam essas coisas.

— Ah, eu juro que é verdade. — Evelyn levanta os braços e prende o cabelo molhado em um coque na altura de sua nuca.

— E você gostou de alguma coisa lá? Tem algo que foi útil? — pergunto, tentando parecer natural. Um cacho se solta do coque dela, e eu controlo a tentação de arrumá-lo.

— Meus fins de semana com a Maelynn, desses eu vou sentir falta durante o verão. Nós íamos para toda parte, Fenway e o MFA, que é o museu de belas artes, e ah! Às vezes, ela escolhia um número aleatório, e nós andávamos esse número de paradas no bonde e descíamos onde terminasse para explorar. Ela é destemida.

— Se quer saber minha opinião, parece muito melhor do que aqui — diz Tommy.

— Ei, aqui não é tão ruim — digo.

— Infelizmente, a *maior* parte do tempo na escola foi bem sofrida. Etiqueta, costura, trajes apropriados e, aff, já estou entediada só de pensar. A única salvação foi que eu pude tocar muito piano. A Maelynn me arrumou aulas particulares. Isso era realmente adorável.

Eu só a tinha ouvido tocar poucas vezes, a música me encontrando enquanto eu estava sentado na varanda deles esperando Tommy nas noites em que era tarde demais para Evelyn sair conosco. Eu quase nunca entrava. A sra. Saunders raramente admitia o nosso caos em volta de seus espelhos caros e mobília austera, mas, às vezes, quando a porta era deixada entreaberta, eu tinha um vislumbre de Evelyn no brilho da lâmpada amarela. Era praticamente a única situação em que sua mãe a tolerava na casa, os dedos dançando sobre as teclas, o piano preto ressoando. Nesses momentos, ela parecia uma estranha, o cabelo penteado, molhado do banho, elegante e concentrada, seu talento inconfundível. Mesmo para alguém como eu, que só ouvia discos quando meu pai os punha para tocar; um homem grande que adorava dançar colado com minha mãe enquanto a sala de estar se agitava com a animação dos hóspedes, e também dançavam depois, quando ficavam sozinhos.

— *Adorável?* Ah, Ev, o que eles fizeram com você? — Tommy cobre o rosto e balança a cabeça.

— Gente, sim, a maior parte daquilo era estúpido e eu detestava. Mas... — Ela hesita, sorrindo. — As pessoas... elas me tratam diferente quando eu ajo como me ensinaram lá. Quando eu me visto melhor e arrumo o cabelo. Ainda sou eu, mas, não sei... ah, deixa pra lá.

— Você está dizendo que gosta do jeito que os garotos na cidade estão olhando para você agora, não é? No fundo, tal mãe, tal filha. — Tommy joga água nela outra vez. Meu estômago se contrai quando penso nos outros garotos na cidade olhando para ela, reparando nela.

Ela joga água de volta, com força, atingindo nós dois.

— Não! Bom, talvez... mas, quando a gente age de uma certa maneira, as pessoas nos tratam de uma certa maneira. É só isso. E é bom. — Ela se levanta, pegando água nas mãos e deixando-a escorrer entre os dedos.

Tommy estala a língua.

— É, você está mesmo crescendo, Ev. Tão sábia, com tanto conhecimento do mundo. Eu tenho orgulho de você, de verdade. Acho que isso quer dizer que você agora não pode... ah, sei lá... apostar corrida com a gente até a Captain's Rock, esse tipo de coisa. Você não ia querer arruinar a sua nova imagem... — Ele ergue as sobrancelhas.

Evelyn ergue as dela em resposta, os olhos muito abertos.

— Isso é um desafio?

— Eu jamais sonharia em desafiar uma lady...

Tommy ainda nem terminou a frase, e Evelyn já mergulhou, iniciando a corrida. Eu mergulho atrás, as pernas dela reluzindo dentro e fora da água à minha frente. Tommy fica em último, mas o pego rindo e se juntando a nós de qualquer jeito. Tommy até que nada bem, mas minhas pernas são mais longas e eu sou mais rápido. Dou impulso, batendo os pés, dando braçadas, a água espirrada por Evelyn ao meu lado. Estamos em sincronia agora, nadando juntos e separados. A água é eletrificada entre nós, e encontramos a pedra lisa e coberta de algas ao mesmo tempo, minha mão se estende para a pedra e acha a mão dela em vez disso. Subimos à superfície, e ela escapa de mim, tira o cabelo molhado dos olhos, a respiração ofegante, os lábios tingidos de roxo do frio.

As palavras de Tommy voltam de repente, revirando meu estômago. *Você está dizendo que gosta do jeito que os garotos na cidade estão olhando para você agora, não é?* Meus pensamentos seguem sem permissão. *Evelyn, que está em casa para o verão, e vai embora de novo.*

A água cobre nossos ombros e ondula entre nós, o gosto de sal em meus lábios. Meu coração bate com força, a pele em brasa e entorpecida ao mesmo tempo. Meus olhos buscam os dela; são piscinas profundas e abertas, sérias, esperando.

Busco a mão dela, de novo, e desta vez ela não se afasta.

Na semana seguinte, levo flores para Evelyn, um punhado de violetas silvestres da campina entre nossas casas, pétalas roxas raiadas com ouro e branco. Bato na porta, hesitante agora que estou em sua varanda, achando o buquê sem graça e me perguntando como ela vai recebê-lo, mas seu sorriso quando abre a porta me estabiliza. Eu o entrego a ela, uma oferta, uma explicação, uma esperança.

— Aquele vestido que você estava usando quando chegou, você estava tão linda... e me fez lembrar destas... e achei que você ia gostar.

Depois disso, passei a colher violetas e escondê-las para Evelyn encontrar mais tarde, nosso código secreto, *estas me fizeram pensar em você*, algo para fazê-la sorrir, para pensar em mim também. Eu gostava de imaginá-la encontrando-as onde quer que olhasse: em um frasco nos degraus da frente de sua casa, em seus bolsos, pressionadas entre páginas de seus livros favoritos.

As semanas se passaram com olhares roubados e afetos discretos. Seu braço roçando o meu, meu joelho pressionado no dela embaixo da mesa, nossos dedos enlaçados no escuro enquanto meu corpo pulsava de incredulidade, *ela também quer*. Inseguros de como Tommy ia reagir, tínhamos receio de trazer nosso segredo à luz, de lhe dar um nome, mesmo só entre nós dois, de fazê-lo real, de deixar que nos fosse tirado.

O verão estava só começando, mas a estação sempre se fazia perceber quando os aniversários de Tommy e Evelyn estavam se aproximando, logo depois do feriado de Quatro de Julho. Este ano, para comemorar dezesseis e dezoito, a sra. Saunders abre uma exceção e permite que eu entre para jantar, um assado de porco com batatas tão macias que dá para amassar com o garfo, e um bolo amanteigado de limão.

Enquanto acende as velas, Tommy estala a língua.

— Até no meu aniversário você tenta roubar os holofotes.

Evelyn lhe dá um empurrãozinho brincalhão.

— Ah, admita, eu sou o melhor presente de aniversário que você já ganhou. — Ele sorri para ela, e ambos sopram juntos.

Depois, vamos para Bernard Beach ver o sol se pôr, fogos que sobraram da festa de Quatro de Julho de ontem pipocando mais além do cais, iluminando o céu que começa a escurecer com explosões de vermelho e dourado. A noite esfria e Evelyn envolve os braços ao redor do peito, e eu tenho que me controlar para não puxá-la para junto de mim, desejando ter um casaco para lhe oferecer, se bem que até mesmo esse gesto serviria de alerta para seu irmão.

Tommy se levanta, deixando uma marca amarrotada entre mim e Evelyn no cobertor, e tira do bolso traseiro o frasco prateado de seu pai.

— Que tal a gente animar esta festa? — Ele toma um longo gole, se estremece todo, e passa o frasco para Evelyn.

Ela leva o frasco ao nariz e faz uma careta.

— Que cheiro horrível.

— Não é para cheirar. É para beber. Aqui, Joseph. — Ele pega o uísque e o passa para mim, e eu tomo um pequeno gole.

Tommy acende o cigarro que estava pendurado entre seus lábios.

—Vamos lá, Ev, você tem dezesseis anos agora! Não me diga que uma lady não pode beber.

Ela desliza os pés, enterrando os tornozelos na areia fria só para tirá-los depois.

—Você tem que parar com esse negócio de lady. Eu continuo a mesma.

— Ah, não continua, não — ele zomba, pegando o frasco de mim, enquanto uma vela ilumina suas feições juvenis, que de repente se enrijecessem. — Não é verdade, Joe?

Evelyn fica tensa ao meu lado.

— Ela parece a mesma para mim. — Dou de ombros, mas minha voz oscila, os olhos voltados para os joelhos.

Tommy bebe outro longo gole e dá uma tragada no cigarro, saboreando o silêncio incômodo. Ele balança a cabeça.

— Escutem aqui, vocês dois. Está tudo bem para mim. Está mesmo. Eu só quero que vocês admitam.

— Ei, acho que você devia ir devagar com isso. — Faço um movimento para pegar o frasco, e Tommy recua.

— Eu acabei de começar... Escuta, Joe, você é o meu melhor amigo e, se quiser ficar com a minha irmã, tudo bem. Mas eu queria que você falasse comigo como um homem em vez de ficar se esgueirando e beijando ela no escuro. — Tommy não olha para nós, ele nem parece bravo. Sua voz é baixa, decepcionada.

— Nós não ficamos nos beijando! — Evelyn exclama em um tom agudo, a voz como um pneu de bicicleta perdendo ar. É a verdade, mas um detalhe, não uma explicação.

Há uma pausa preenchida pelo estouro de fogos cor de esmeralda e pelo vaivém contínuo das ondas. O luar contorna a silhueta de Evelyn, e eu gostaria de saber o que ela está pensando, o que ela quer que eu diga, que eu faça. Tommy joga seu Lucky Strike inacabado na areia. A brisa levanta os pelos dos meus braços, mas meu corpo está ardendo com a acusação, com a verdade que ela contém. Todos aqueles momentos que nós tínhamos certeza de que eram sutis, escondidos. Claro que ele sabe. Sou um tolo. Um traidor e um tolo.

Respiro fundo.

— Eu queria contar para você, juro que eu queria, mas não sabia como você ia reagir. Não queria que você me odiasse ou ficasse furioso. Não queria que você proibisse. Eu ia... Estava esperando o momento certo. Eu... — Minha voz falha, as desculpas acabando.

—Você achou que eu ia proibir? —Tommy ri, e, mesmo na sombra, posso ver a raiva dele se formando, um trovejar baixo. — Eu sou o quê, pai dela? — Ele baixa o frasco de uísque, que agora está pendurado frouxamente em seus dedos.

Eu hesito, minha voz rouca de incerteza.

— Eu não sei, eu...Você é o meu melhor amigo, eu queria respeitar você.

Tommy enfia o dedo no meu peito.

— Respeite me contando. Não fique se esgueirando.Você sabe como eu me senti esquisito ao lado de vocês dois? — Ele abre um braço em semicírculo. — Acha que eu não via o que estava acontecendo?

Evelyn se manifesta, forçando uma leveza na voz.

—Tommy, você sempre estava de olho em alguma garota passando. — Ela tenta rir. — Sinceramente, nunca achei que você fosse notar. — Ela gira um cacho do cabelo no dedo, um gesto nervoso que, apesar da tensão, faz meu estômago se alvoroçar de desejo. Não há como voltar atrás, não há mais saídas.

Abro as mãos para ele, uma rendição.

— Desculpe, Tommy. Desculpe de verdade.

Tommy faz uma pausa de uma eternidade antes de soltar um longo suspiro dramático.

— Está tudo certo. Você é um homem bom, Joe. Se perdeu o juízo a ponto de querer ficar com a Ev, me faltará juízo o bastante para deixar. Só queria jogar limpo. Está mesmo tudo bem por mim. — Ele faz uma pausa, olhando-me nos olhos, e adverte: — Desde que você se case com ela.

Evelyn congela; fico de boca aberta, gaguejando.

— Mas nós não falamos nem de...

— Ah, caramba, estou brincando. —Tommy solta uma gargalhada, inclinando a cabeça para trás. — Nossa, vocês dois estão tensos. Aqui, tomem um gole, isso vai ajudar.

Nós rimos, uma risada libertadora. Como sair de um esconderijo preparados para uma tempestade e dar de cara com o sol.

Tommy levanta o uísque roubado em um brinde.

— A Joseph e Evelyn, que vocês possam ter uma vida longa e feliz juntos, para sempre apaixonados. — Ele sorri para nós antes de levar o frasco aos lábios. Nós o passamos uns para os outros, todos tomando grandes goles abrasadores, que nos deixam risonhos e bobos e, por fim, livres, borrando o céu da noite até não conseguirmos mais distinguir as estrelas.

Depois que Tommy fica sabendo, o resto do verão é melhor do que eu sonhei. Não demonstramos afeto abertamente na frente dele, mas não posso evitar segurar a mão de Evelyn, afastar o cabelo de seus olhos. Tommy balança a cabeça e nos chama de pombinhos, e olha em volta a procura de alguma garota para distrair sua atenção. Tommy trabalha no estaleiro de seu pai na maioria dos dias, então Evelyn e eu ficamos sozinhos com frequência. Ela me visita na pousada enquanto eu cumpro as tarefas da lista que meu pai deixou para mim: substituir o piso empenado, os rodapés apodrecidos, as telhas faltando. Eu não me importo de trabalhar, meu cérebro se desliga de tudo e foca apenas em ajustar, consertar e lixar. Tenho habilidade com trabalho manual, e fico orgulhoso de fazê-lo bem-feito, cuidar de uma casa que será minha um dia. É uma maneira de deixar minha marca em sua história, do jeito que vi meu pai e o pai dele fazerem desde que consigo me lembrar. E não me incomodo com a interrupção dela. Evelyn lendo deitada em um cobertor sobre a grama do quintal ou segurando uma escada e me passando ferramentas antes de fugirmos para passar a tarde juntos, nadando e tomando sol na areia quente.

Esta tarde nós nos deitamos no cais, encontrando figuras nas nuvens. O cabelo de Evelyn está molhado e despenteado pelo vento, minha mão em sua coxa. Tocar a pele dela é ao mesmo tempo emocionante e reconfortante, como se sempre tivéssemos deitados assim, como se nosso relacionamento nunca tivesse sido nada menos do que isso. Eu me viro para ela, e meu olhar absorve cada centímetro, como um pintor com uma modelo, um artista e sua musa.

— O que você está fazendo? — Ela enrubesce quando pergunta.

—Você quer saber? — indago, repentinamente tímido. Não posso evitar, do jeito que ela olha para mim.

— Sim. Eu quero.

— Memorizando você, com dezesseis anos. — Isso me surpreende quando eu admito, *dezesseis*, a maneira como quero estar perto para vê-la ao longo dos anos, e ainda ter a memória de hoje guardada. Procurar em minhas lembranças por este momento exato, por esta parte de nossa vida juntos. O caderno enfiado embaixo dela, contendo listas de seus sonhos mais secretos. Os lugares que ela quer ver, aventuras que quer viver, ideias que giram dentro dela desde que conheceu Maelynn. Sonhos que ela me contou, mas que ainda não me deixou ler, que ela escreveu enquanto estava deitada de bruços no cais, me olhando nadar. Dezesseis, sua pele bronzeada e macia, a cicatriz fina no cotovelo de quando ela escorregou e bateu em uma borda lascada do cais em um verão, seu corpo uma jangada em que eu poderia navegar para longe, me permitindo ser carregado por todas essas sensações.

Ela se aconchega junto de mim, pressiona o rosto contra meu ombro nu, meus lábios em sua testa, o cabelo dela fazendo cócegas em meu pescoço.

— É estranho como isso não é estranho, não é?

—Você e eu? — pergunto.

—Você e eu.

— Parece que sempre foi para ser assim. — Ao dizer isso, sinto o quanto é verdade, como se uma parte secreta de mim soubesse desde o início. Nosso destino estava traçado, esperando que nós o alcançássemos. — Não é?

— Eu sempre quis isso — diz Evelyn. Meu estômago se agita ao imaginar Evelyn pensando sobre isso.

Eu sussurro:

— Mais um ano fora, e você vai estar em casa de vez, e vai poder fazer qualquer coisa... o que você quer ser, Evelyn?

Ela sorri, levantando o queixo para me olhar.

— Não sei... Eu quero ser como a Maelynn, alguém que viu o mundo, que tem histórias para contar. Você já ouviu falar de pianistas de concerto itinerantes? — ela pergunta, e eu balanço a cabeça. — A Maelynn me contou sobre eles. Essas pessoas são pagas para tocar piano em uma orquestra, dá para imaginar? Talvez isso. Ou vou me tornar piloto e voar para onde quiser.

Eu a provoco.

— Você não pode ser piloto.

Ela levanta as sobrancelhas.

— Por quê? Porque eu sou mulher?

Eu rio, encantado com ela, com o jeito como ela acredita em tudo exceto em suas próprias limitações.

— Porque você tem medo de altura.

Ela estala a língua, sem dúvida pensando em todas as vezes que ficou com receio de pular da ponta mais alta da Captain's Rock.

— Ah, quer dizer que agora você sabe tudo sobre mim, Joseph Myers?

— Eu sei algumas coisas — digo baixinho.

— Bom, se é assim tão esperto, o que você quer ser?

— Seu. — Meu coração dispara, como nossos pés descalços no caminho de terra, todos os nossos anos juntos correndo pelo meu peito quando eu puxo o queixo dela em minha direção e, pela primeira vez, a beijo.

Três

Jane

Junho de 2001

Eu me sento em frente à minha mãe no escritório, ao lado da estante cheia de fotos emolduradas e livros gastos, diante do Steinway. Com seu verniz preto característico, este é o piano que eu costumava tocar na infância, por nenhuma outra razão a não ser para ser diferente de minha mãe, que sempre se sentava junto ao Baldwin. Já se passaram décadas desde que ela me dava aulas, desde que passei algum tempo de fato nele, mas, sem ter um piano meu, sou atraída para esta sala sempre que venho aqui. Sentar neste banco me ajudava a lembrar de quem eu era quando, anos atrás, eu me afastei tanto que cheguei a pensar que nunca mais falaria com meus pais, quanto mais me ver envolta na segurança e no conforto desta sala. Não tem como eu me sentar perto destes pianos e me sentir perdida por muito tempo. Estou nos milhares de toques de meus dedos nas teclas, enquanto minha coluna se alongava e meus pés cresciam até alcançar os pedais, minha mãe ao meu lado, a música o único lugar onde sempre podíamos nos encontrar.

Não me permito olhar para ela, calcular todas as mudanças pelas quais ela já passou e que eu, por algum motivo, não percebi. As pequeninas fraturas que eu atribuía ao envelhecimento normal. Não consigo me forçar a encarar o verdadeiro culpado, aquele com quem não dá para argumentar, o diagnóstico em que eu deveria estar me concentrando, que me deixaria sem chão se eu não estivesse tão perplexa com a reação deles. É muito mais fácil enfrentar o ser imperfeito que é minha mãe, mergulhar nos anos em que nos confrontamos e encontrar neles um escudo para encobrir o que eu poderia estar sentindo, deveria estar sentindo. Não consigo ser gentil com ela agora, oferecer condolências, isso seria concordar que há justificativa para a linha de raciocínio dela. Mas não posso fazer isso, não quando eles tomaram essa decisão sozinhos, sem nos permitir defender uma alternativa diferente. Não quando *um ano* é tão arbitrário, quando ela poderia ter muitos mais. Não quando pesquisar detalhes, fatos, cronogramas, tudo que eu geralmente uso para construir um quadro geral, vai indicar que a minha mãe está *morrendo*. Em vez disso, toco escalas com a mão esquerda, incapaz de controlar a memória subconsciente do meu corpo.

— E então, sobre o que você quer conversar? Mais uma bomba?

Esta é a primeira vez que a vejo, que vejo qualquer um dos dois — embora o papai esteja convenientemente ocupado no jardim, deixando-nos sozinhas aqui —, desde que eles fizeram aquele anúncio ridículo, apresentando-o a nós três em um pacote agradável, servindo comidinhas e perguntando sobre nosso trabalho antes de soltar uma bomba em nossos braços. Thomas estava quieto, reservado, quando o deixei na estação de trem naquela noite. Nós não nos falamos com frequência; nossas agendas — eu gravando meus segmentos no escritório de manhã cedo e meu irmão trabalhando por horas a fio à noite — significam que nossas conversas são postas em dia basicamente em feriados e aniversários. Então foi um choque quando ele me ligou na tarde seguinte, exigindo que detivéssemos nossos pais antes que fosse tarde demais. É óbvio que eu concordo. Não podemos deixar eles levarem isso adiante. A mamãe, não agora, não ainda, pelo menos. O papai, de jeito nenhum. Mas eles sempre foram assim, grudados um no outro, codependentes, e parte de mim não está surpresa por eles proporem um fim desses. Uma realidade em que o fim de um significa o fim de ambos. Parece exatamente o tipo de coisa que eles inventariam, e, quando eu disse isso a Thomas, ele desligou na minha cara.

—Você tem nos evitado — minha mãe diz, seu tom cauteloso.

Eu normalmente venho aqui uma vez por semana, ou pelo menos a cada duas semanas, a menos que o trabalho esteja caótico. Não vinha desde aquela noite, embora tenhamos falado pelo telefone algumas vezes, brevemente, ligações para as quais eu achei que estivesse pronta. Até que ouvi a calma forçada deles, vozes indicando preocupação quando eles perguntavam, cada um por sua vez, *Como você está?*, como se eles não fossem a razão de eu talvez estar um pouco fora do prumo. Examinei a situação por uma centena de ângulos diferentes, tentei me colocar no lugar deles. Imaginei-me eu mesma me aproximando dos oitenta anos, recebendo um diagnóstico de doença debilitante, e cheguei à mesma conclusão todas as vezes. Eles não pensaram direito sobre isso, não de verdade. Eles não vão fazer isso.

— Do jeito que o papai está me evitando agora? — Olho pela janela para o meu pai ajoelhado do lado de fora no canteiro de lírios, uma pilha de mato descartado ao seu lado. — Ele sabe que eu estou aqui.

— Eu pedi para ele nos dar alguns minutos.

— Para você tentar fazer com que eu me sinta culpada?

— Eu esperava que Thomas se enfiasse no trabalho para nos tirar da cabeça por um tempo. Mas fiquei surpresa com você.

Minha raiva explode, a mais segura das minhas emoções conflitantes.

— Você não tem o direito de ficar surpresa com ninguém a esta altura, mamãe.

— Tem razão. Eu só pensei que você talvez tivesse perguntas.

— Estive tentando digerir isso — digo, e então, ao ouvir minha própria acidez, acrescento: — Desculpe. Nem posso imaginar como isto é difícil para você. Não quero minimizar nem bancar a insensível, porque, meu Deus, sei que é uma situação terrível, mãe. Só que é... demais.

Eu a estive punindo, na verdade, e ela quer que eu admita. Punindo-a porque é mais fácil do que confessar que acordo assustada de sonhos em que ela não reconhece mais o meu rosto. Punindo-a porque fui eu que tive que contar para minha filha, Rain, enfrentar perguntas para as quais eu não tinha respostas. Dizer a ela, primeiro, que sua avó está muito doente e, segundo, que sua avó e seu avô planejam se matar por causa disso. Eu era ainda mais nova do que Rain é agora quando ela nasceu. Ela é minha única filha, e nós nunca escondemos coisas uma da outra. Por mais difícil que tenha sido contar a ela, por mais irresponsável que parecesse continuar espalhando essa decisão bizarra, tentar esconder seria impossível, como se a omissão fosse estar presente em todas as conversas, me implorando para não deixar minha filha de fora. Eu também queria contar a Rain antes que ela ouvisse dos primos, não queria que a notícia viajasse e chegasse toda retalhada pelo jogo de telefone sem fio igual a todas as histórias compartilhadas com qualquer membro da família. Então, fui forçada a explicar que não sei se eles estão falando sério ou não, mas por enquanto só temos as palavras deles para acreditar. Fui eu que tive que abraçá-la quando lágrimas de confusão e luto antecipado caíram, que fiquei acordada até depois da meia-noite analisando uma decisão que eu não podia justificar nem entender. Pensei em fazer meus pais encararem sua neta mais velha, olharem nos olhos dela e dizerem as palavras que a arrasariam, com certeza isso seria um choque de realidade, talvez até uma razão para fazê-los reconsiderar. Mas quem ficaria mais ferida com isso seria Rain, aprendendo uma dura lição sobre meus pais que eu aceitei muito tempo atrás: eles sempre amariam um ao outro um pouco mais do que nos amavam.

— Então tome o seu tempo — diz mamãe, como se ela fosse a parte racional na conversa. Ela, que tão generosamente me deu tempo e espaço nessas duas últimas semanas, esperando que eu viesse até ela, quando eu é que deveria ter sido a generosa, oferecer ajuda, ver como ela se sentia, do que ela precisava. Até que ela decidiu que já havia sido paciente demais e pediu que eu viesse, disse que havia algo que precisava me perguntar pessoalmente. Eu também tenho uma pergunta. Quero saber o que na velhice deu aos meus pais tamanho gosto pelo dramático, porque esses anúncios formais são definitivamente demais para mim.

— Então, o que era tão importante que você não podia perguntar por telefone? — Eu sei que deveria manter a calma, mas não consigo seguir nesse jogo. Eu me sinto fora de mim. É exaustivo ficar discutindo sobre isso, agindo como se se matar daqui a um ano fosse uma opção real e racional, a única opção deles, não é. Não pode ser.

— O Marcus ainda tem conhecidos no *Boston Globe*? — mamãe pergunta.

Resisto à vontade de lhe perguntar se ela está drogada. Dado o nosso histórico, um comentário como esse não a divertiria. Mas certamente ela vai dizer que não tem certeza sobre esse plano absurdo de reencenar uma versão idosa de *Romeu e Julieta*. Ou poderia pelo menos dar mais explicações, algum contexto, informações que eu possa consultar, nomes de médicos, resultados de exames, opções de tratamento. Ela não me chamou aqui para fazer algum pedido ridículo para Marcus. Marcus, que eles só viram um punhado de vezes, e nunca de fato com minha permissão. Eles o encontraram no estúdio do telejornal quando foram me visitar para o almoço, e minha mãe é sempre inacreditavelmente óbvia, me cutucando e me sondando com perguntas e convidando-o para ir conosco. Ele é sempre simpático quando recusa educadamente, porque é um âncora de jornal que é pago para ser gentil e afável. Ele sabe que eu decido se, e quando, ele pode vir. E eu não estou pronta.

Pode ser que eu nunca esteja pronta. Tenho o pior gosto para homens, nem vale a pena tentar, sempre que chego perto, juro, eu dou azar. Marcus tem sido bom até agora. Quase perfeito. Nenhuma ex-esposa, ou filhos, seus maiores traumas pertencem a outras pessoas, horrores que ele testemunhou como repórter de guerra durante anos. Nenhuma bagagem em nosso relacionamento exceto a minha, e eu tenho o suficiente para nós dois. A partir deste ponto é ladeira abaixo. E para quê? Olha os meus pais. A tia Maelynn também. Se é disso que o amor verdadeiro precisa, se é isso que pode causar, eu dispenso. Apesar de ser paciente, Marcus quer dar passos mais largos no relacionamento, e deixa isso claro, mas eu lhe asseguro que é mais fácil deste jeito. Não precisamos mergulhar muito fundo, não precisamos deixar as coisas estranhas no trabalho e não precisamos passar muito tempo com os pais um do outro. E, sem dúvidas, minha mãe não precisa começar a pedir favores pessoais.

Eu respiro fundo, me desejando paciência.

— Por que você está perguntando?

— Eu tenho uma espécie de último pedido.

Faço uma careta, meus dedos param.

— Ah, sem essa. Você e o papai não vão levar isso em frente.

— É o plano, pelo menos para mim. Seu pai é impossível, mas você poderia tentar convencê-lo.

— De jeito nenhum...

Ela me interrompe.

—Você acha que o Marcus conhece alguém na Orquestra Sinfônica de Boston dos anos que ele trabalhou no *Globe*?

Balanço a cabeça, incapaz de acreditar na capacidade dela de ser tão teimosa.

— Acha mesmo que nós vamos deixar vocês fazerem isso?

— Eu preciso de um favor seu, Jane.

— E eu preciso que você e o papai parem de falar maluquices. — Eu finalizo com um dar de ombros, um aviso para ela nem começar. Ela tinha planejado mentir por omissão, esconder a razão por trás de tudo, e saber disso é como uma farpa me espetando sempre que tento entender o lado dela. Se ela realmente pensou que era possível esconder seus sintomas, ou acha que nós somos estúpidos ou sabe que está desistindo cedo demais. Ela ainda pode ter muitos anos de vida com qualidade pela frente. Não a culpo por não querer viver além de um certo ponto. Não quero vê-la com dor ou totalmente desconectada do mundo. Eu também não gostaria de ir por esse caminho; acho que ninguém gostaria. Mas fico confusa por ela ter escolhido uma data aleatória e decidido entregar os pontos antes de ver como as coisas progridem. E isso não chega nem perto de como fiquei pasma com a reação do meu pai. É totalmente desconcertante, nem me permite reagir ao diagnóstico da minha mãe como um ser humano normal. Com preocupação, tristeza, medo pelo futuro dela, pelo que isso significa para todos nós. O que, sinceramente, me deixa muito irritada. De alguma forma, isso coloca nós três como os filhos maus, insensíveis ao sofrimento dela, egoístas até, por estarmos pensando em nós mesmos em um momento destes.

Dito isso, o papai ter decidido falar sobre a saúde dela foi uma surpresa. Normalmente meus pais são impenetráveis, uma frente unida e intransponível. Eu duvidei do nível da devoção deles uma vez, duvidei de tudo que sabia. Estamos em uma posição tão melhor agora, estamos em uma boa posição há anos. Eles têm tudo pelo que lutaram a vida inteira — um ao outro, a família e a liberdade de não precisarem mais administrar a Oyster Shell — e não faz sentido encurtar isso, nem um único dia. Mas eu sei que eles fariam qualquer coisa um pelo outro. Mesmo que isso signifique explodir tudo o que eles já conquistaram, deixando-nos no meio da nuvem de fumaça.

Se a situação não fosse tão tétrica, seria engraçada. Eu, a racional da família? Mamãe e papai estão em delírio, Thomas está mal-humorado como uma criança, e não vou nem começar a falar de Violet, o único ser humano existente que consegue romantizar tudo, exceto seu próprio casamento. É enlouquecedor. Ela ainda reverencia nossos pais como se fosse uma criança e eles fossem os adultos, e é incapaz de olhar para qualquer uma das ações deles com senso crítico. Eu disse a ela que o plano deles é incrivelmente malprojetado e que eles vão recuar quando começar a ficar muito real. Ela discordou, convencida de que eles sempre souberam que não poderiam viver um sem o outro, que provavelmente já haviam feito um acordo quanto a algo assim muito tempo atrás. Ela disse que não consegue imaginá-los um sem o outro, que talvez seja melhor assim, para que eles não tenham que ficar sozinhos ou sofrendo. É nessas horas que eu penso que não sou a única na família que usou muita droga.

— É importante — mamãe insiste. Levo um instante para registrar que ela ainda está se referindo à sinfônica, que, por algum motivo, *isso* é o que ela considera importante nesta conjuntura.

Eu me viro de repente, como um touro encurralado.

— Isto também é.

Se ela quer assim, que seja assim.

Ela faz uma pausa, com aquele seu jeito exagerado quando quer deixar claro que está nos escutando. Parece condescendente, principalmente agora.

— Eu quero tocar. Com a Orquestra Sinfônica de Boston. Eu sempre quis. E tenho pouco tempo.

—Você está *escolhendo* ter pouco tempo. Eu entendo quando você diz que está piorando, e depressa, e lamento muito, mesmo, mas marcar uma data, nem sequer *tentar* ficar por tanto tempo quanto for possível...
— Minha voz se torna aguda. — Esta conversa é absurda!
— Eu quero que você toque comigo.
—Você não pode estar falando sério.
— Na sinfônica. Eu preciso de você lá comigo.
Sua insistência me faz rir, cruelmente.
— Em primeiro lugar, eu não tenho a menor ideia se o Marcus sequer tem contato com essas pessoas. Segundo, eu não toco em um concerto há anos. — Estou mentindo, claro. Marcus tem vínculos profundos em Boston, ele cresceu em Roxbury e se tornou uma espécie de celebridade local. Foi o primeiro negro a ganhar o Worth Bingham Prize de Jornalismo Investigativo. Ele passou anos no *Boston Globe*, entrevistou com frequência políticos e diplomatas na televisão, antes que um ataque cardíaco aos trinta e seis anos o levasse a questionar sua carreira em ritmo acelerado, deixar Boston de vez e se estabelecer em uma vida mais tranquila no litoral de Connecticut. Um telefonema dele devia bastar para movimentar a cidade. O concerto é outra história. Não estou mentindo que faz anos que não toco nesse alto nível, mas a pergunta dela me faz imaginar se eu ainda conseguiria.
— A gente nunca esquece.
— Por que você precisa de mim?
—Tenho medo de não conseguir fazer sozinha.
Deixo meu olhar descer para suas mãos, trêmulas sobre as teclas, e um tijolo se solta do muro que construí.
— Por que você não me contou?
Lembro da pergunta de Thomas naquela noite, *Por acaso um de vocês vai morrer ou algo assim?*
Não pode ser verdade.
— Autoproteção, acho. — Ela suspira. — Mas agora você sabe por que eu preciso assumir o controle do resto da minha vida, seguir esse sonho antes que seja tarde demais. Você tem que entender.
Ela joga essa carta, o traço que compartilhamos. A força que me impulsionou pelas altas horas da noite enquanto eu fazia faculdade de

jornalismo e trabalhava o dia inteiro como caixa de banco, e criava Rain sozinha. Não é minha culpa se ela não chegou a seguir seus sonhos, mas entendo por que ela quer isso. Minha mãe e eu, como minha avó sempre censurava, nunca ficamos satisfeitas. Uma crítica que levo comigo como uma medalha de honra. Intensa, algumas pessoas me chamam. Obstinada. Podem me chamar do que quiserem, isso me levou longe. Não foi o caso da minha mãe, mas ela priorizou coisas que eu não priorizei. Seu casamento, para começar.

Ela sorri.

—Você não quer saber o que nós tocaríamos?

— Eu ainda nem aceitei, e você já escolheu a música. Você é inacreditável. — A audácia. Mas, contra meu melhor julgamento, minha curiosidade foi despertada.

— Quer dizer que você pretende aceitar?

— Depende. — Olho para ela pela primeira vez, resolvendo pagar para ver, como Alice seguindo o Coelho Branco para o País das Maravilhas. — O que você escolheu?

— O Concerto para Piano número 10 de Mozart, composto para dois pianos. — Ela pega a partitura no compartimento sob o banco e a coloca na minha frente.

— Esse assunto ainda não está encerrado. — Mas começo a brincar com as notas, ganhando confiança, meus ombros se soltando à medida que a música se desenrola. Uma memória me invade, sem ser convidada: um Natal quando eu era adolescente, pouco antes de eu me mudar, da época em que minha mãe e eu estávamos constantemente em conflito. Meu pai surgiu com a ideia de que nós a surpreendêssemos tocando "Have Yourself a Merry Little Christmas" e cantando juntos, um presente sentimentaloide que só podia mesmo partir dele. Papai convocou Violet, que topou de imediato, para nos recrutar. Implorei que tocássemos algo mais interessante, um desafio de verdade. Thomas, claro, sofreu um bocado de coação.

Ensaiamos por semanas, bem mais que o necessário, quando mamãe estava fora dando aulas. Na manhã de Natal, Thomas, Violet e papai cantaram ao som do piano, de pé, de pijama à minha volta, com a árvore, e o papel de presente amassado espalhado pelo chão, desafinados e meio que horríveis, mas tentando. Mamãe mal conseguia falar depois, agradecendo-nos em meio a lágrimas. Há anos eu não pensava nisso, tinha esquecido completamente até agora. Não sei bem o que me fez lembrar, mas minha garganta se fecha quando contemplo a partitura de Mozart.

Não sei o que este ano vai trazer ou o que meus pais vão decidir. Mas talvez seja uma maneira de adiar. Uma distração válida para buscarmos, para nos empenharmos, tocar juntas com a Orquestra Sinfônica de Boston. Algo para dar à minha mãe, um sonho que ela nunca realizou, por todas as vezes que ela me perdoou. Algo para dar a mim mesma, uma parte de mim que deixei murchar, um lembrete de nossa antiga harmonia. Uma lembrança a que se agarrar, caso eles estejam falando sério e, mesmo com nossos protestos, partam daqui a um ano.

Quatro

Evelyn

Junho de 1942

O trem parte da South Station, de volta para Stonybrook depois do meu segundo ano longe, meu último ano na Escola para Meninas da sra. Mayweather. Apoio a testa na janela de vidro fria, me acomodando. O homem à minha frente lê um jornal amarfanhado, uma foto das garotas vendendo títulos de guerra ocupando a primeira página. Fico observando enquanto o cinza e os marrons de Boston são substituídos por faixas de verde e azul, campo e céu.

    Meu corpo dói de inquietação; quanto mais perto chego, mais difícil é estar em qualquer lugar que não seja minha casa. A cabine está abafada com fumaça de cigarro, e eu sonho com a brisa do mar, o coro de cigarras no pântano à noite, as solas nuas dos meus pés afundando na areia molhada. Mas há algo novo, uma camada de dor sob o meu entusiasmo. Deixar Maelynn, minhas aulas de piano, os contornos de uma vida nova que eu tinha começado a colorir. O professor do Conservatório de Boston, Sergey, um russo famoso por poupar elogios, disse uma vez que eu era uma *verdadeira promessa*. A possibilidade de uma vaga lá no próximo ano, a ligação que ele se ofereceu para fazer. As noites em que a sala de estar de Maelynn se iluminava até tarde com escritores, artesãos e músicos, enquanto eu me empoleirava no sofá absorvendo as histórias deles, me embriagando com seu néctar. As listas que ela me incentivava a idealizar, sonhos que eu achava muito bobos para mostrar para qualquer pessoa sem ser ela e Joseph. *Mergulhar os dedos no oceano Pacífico. Visitar a Exposição Mundial. Andar de elefante.* A lista de Boston que fizemos juntas, que ela pregou no espelho do banheiro. A emoção quando riscávamos itens realizados: *velejar no rio Charles, visitar múmias egípcias no Museu de Belas Artes, comer amendoim salgado no Fenway Park.* As ruas de Boston e o borborinho de pessoas bem-vestidas, sempre a caminho de um compromisso. A liberdade de entrar em um bonde em Brookline e viajar para qualquer lugar que eu escolhesse, passear por horas com o coração pulsando por todas as possibilidade.

Mas ficar significaria abandonar a vida que eu deixei para trás. Dizer adeus para Joseph no fim do verão passado foi uma das coisas mais difíceis que já tive que fazer. Nós nos beijamos, o mundo girando em silêncio à nossa volta, até eu estar certa de que ia perder o trem. Eu o amo desde que posso me lembrar. Provavelmente porque ele não era nem um pouco como eu, nem um pouco como Tommy, cheios de barulho, bravatas e piadas. Joseph era uma pedra polida pelas nossas ondas, um seixo que você guarda no bolso e carrega consigo, para trazer calma.

Eu sabia dos encontros a que ele ia e das meninas que ele tinha beijado. Nunca revelei meus sentimentos; eu era uma mistura de joelhos machucados e cabelo embaraçado, ele não me via da mesma forma. Sempre me dera sua atenção, do tipo fraternal, e uma amizade se formou porque éramos duas luas orbitando o mesmo planeta, mas, até o verão passado, ele nunca havia realmente *olhado* para mim. Nunca assim, como se eu fosse um sonho de que ele não quisesse acordar, seus olhos me seguindo como se fosse um toque físico; eu o sentia mesmo quando lhe dava as costas. Quando ele me beijou pela primeira vez, meu coração pulou, um tambor em *staccato*.

O ano se passou com o constante vaivém de cartas e rápidas visitas roubadas em feriados. Sempre um adeus aos derredores de um olá, e minha constante ansiedade, pela próxima carta, a próxima visita, o próximo beijo. Onde quer que estivesse, eu era metade. Em Stonybrook, sentia falta da agitação de Boston; em Boston, sentia falta dos braços de Joseph, da sensação de pertencer, de casa.

O trem para na estação Union, e meu coração se agita. Pego a mala e a levanto sobre o banco, passando apressada por passageiros que saem para o corredor. Passo a mão pelo cabelo, ajustando um grampo, irritada por ter amassado a parte de trás do penteado depois que embarquei. Saio do vagão e avisto Joseph, um rosto que se destaca na multidão, e Tommy ao seu lado, os dois de camisa polo enfiada dentro da calça. Desta vez eu corro para Joseph primeiro, largo a mala e pulo em seus braços; ele me levanta do chão, nossos beijos arfados em busca de ar, preenchendo-me e me fazendo inteira.

— Ei, chega, vocês dois. — Tommy ri, protegendo os olhos com a mão, um cigarro balançando entre os lábios. Eu me solto do abraço de Joseph e aperto Tommy com força. — Como foi seu segundo ano? Voltou ainda mais lady que quando saiu daqui da última vez?

— Ah, sim, claro. Tenho graça e bons modos saindo até pelos ouvidos — digo, com meu sorriso mais largo e uma reverência exagerada.

— Você está linda. — Joseph me segura pela cintura e me beija de novo antes de pegar minha mala abandonada. — Bem-vinda ao lar.

Lar. A palavra soa estranha, fluida.

De volta à Oyster Shell, Joseph estaciona o Ford de seu pai e, juntos, caminhamos para a varanda. Não consigo conter o entusiasmo por estarmos novamente reunidos, algo que eu havia imaginado tantas vezes, para me ajudar a superar cada momento de solidão nesse ano passado.

— É um alívio tão grande saber que nos despedimos pela última vez. Finalmente podemos estar todos juntos de novo. Para sempre — digo, sorrindo para Joseph, depois para Tommy, esperando um aceno de cabeça, um sorriso.

O rosto deles fica sério, Tommy olha fixo para a frente. Joseph baixa os olhos para os pés.

— O que foi? — Eu paro. — O que foi? Tommy, não vai me dizer que é você que vai para a escola da sra. Mayweather agora. — Eu rio. A expressão dos dois não muda, e eu me detenho, interrompendo o fluxo deles. — O que está acontecendo?

— Quer contar a ela? — Tommy levanta o queixo na direção de Joseph. O rosto dele me alarma com sua seriedade, como uma máscara de meu irmão, um sósia circunspecto.

— Me contar o quê? — Eu os aperto com mais força. O músculo de Joseph pulsa sob meus dedos, eu dirijo minha atenção para ele, uma fortaleza comprometida. — *Joseph*, me contar o quê?

Ele olha para mim, seus olhos tristonhos quando encontram os meus.

— Nós nos alistamos.

Largo o braço deles como se fossem fios elétricos desencapados, minha mente se enche de névoa, encobrindo a alegria que havia me guiado para casa.

— Vocês não podem…

Tommy mexe no bolso para disfarçar, qualquer coisa para evitar meu rosto.

— Nós fizemos isso. Nós tínhamos que fazer.

— Vocês não tinham que fazer nada. Eles nem estão convocando pessoas de dezenove anos! — Minhas pernas amolecem.

Joseph segura minha mão e a aperta em seu peito.

— É questão de tempo.

— Vocês nem sabem. — Meus olhos se enchem de lágrimas, e eu pisco furiosamente.

Tommy acende um Lucky Strike.

— Ev, nós queríamos fazer alguma coisa. Você, mais que ninguém, tem que entender. Não queríamos esperar até que nos obrigassem. — Ele solta uma nuvem fina de fumaça. — Você sabe como é isso. Você foi forçada a passar esses dois últimos anos fora daqui.

Balanço a cabeça.

— Não. Não é a mesma coisa. Não tinha muita chance de eu morrer na escola.

Tommy levanta as sobrancelhas e lhe dá um sorriso de lado.

— Nem de tédio?

— Isso não tem graça.

Ele faz um gesto evasivo.

— Nós não vamos morrer.

Morrer. A palavra deixa minhas pernas fracas. Quero protestar, gritar as perguntas que estão surgindo nas curvas de minha mente, mas nada sai. Eu fico ali parada, com os braços pendendo inúteis ao lado do corpo.

— Bom, vou deixar vocês dois sozinhos. Sei que têm muita coisa para conversar. — Tommy aperta meu cotovelo e avança pelo meio do campo de grama crescida, deixando-nos nos degraus em frente à Oyster Shell.

Nós ficamos ali, sem falar, sem nos tocarmos. O céu é de um azul sem nuvens, a brisa quente e o sol são desconcertantes. Anseio pela cobertura da noite, pelo tamborilar melancólico da chuva, para me encolher em mim mesma em um quarto escurecido, sozinha. O sino de vento feito de conchas tilinta. Joseph mexe em um botão solto em sua camisa.

— Como você pôde? — Meus olhos começam a ficar molhados. Concentro-me em meus sapatos, os Mary Jane de salto alto, e deslizo as solas pelas tábuas de madeira da varanda.

Joseph esfrega os nós dos dedos uns contra os outros com tanta força que eu acho que dói.

— Eu não sei o que dizer... Você sabe como o Tommy é, ele não desiste. Eu disse a ele que a gente devia esperar para ver, mas ele ficava falando que nós tínhamos que entrar como homens, e disse que ia se alistar comigo ou sem mim. Eu não podia deixar ele ir sozinho... e você também não ia querer que eu fizesse isso.

Desabo para o degrau, passando a mão no cabelo.

— Como eu vou dizer adeus para você outra vez? Para vocês dois? E se acontecer alguma coisa?

Joseph está sentado ao meu lado, os dedos frouxamente enlaçados entre os joelhos. Sua perna está a centímetros da minha, mas ele não a encosta em mim, e eu sinto o espaço entre nós do jeito como sentiria o seu toque.

— Não sei. Estou levando isto a sério. Sei o que pode significar. Mas você tem que entender... ele é como um irmão para mim também. Não suporto a ideia de deixar você, mas nunca iria me perdoar se acontecesse alguma coisa com ele enquanto eu estivesse na segurança da minha casa.

Lágrimas quentes começam a descer, e eu respiro fundo, ele beija meu rosto, seus braços fortes me envolvendo gentilmente.

— Por favor, não chore.

Busco seus olhos pela primeira vez e encontro o contorno indistinto de meu reflexo em suas profundezas castanhas.

— Quando vocês vão?

— Em duas semanas.

— *Duas semanas?*

— Nós não temos escolha.

— Mas eu vim para casa para ficar com você — protesto.

— Como assim? — Joseph pergunta. — Sua escola acabou... você veio para casa porque a escola acabou.

— Havia uma vaga, que eu não sei se teria conseguido, no Conservatório de Boston, mas eu disse não, porque seriam mais quatro anos...

— Do que você está falando? — Ele me larga, as sobrancelhas franzidas, confuso.

— Eu poderia ter ficado lá. Por que eu estou aqui se você não vai estar?

— Porque é aqui que nós moramos... — diz Joseph. — E eu vou voltar mais rápido do que você pensa, e nós vamos começar a nossa vida juntos outra vez, de onde paramos.

Estou chorando sem parar, minha voz rouca por tudo que perdi e tudo que ainda posso perder.

— Como vamos dizer adeus de novo?

Ele passa os polegares no meu rosto, limpa os fios borrados de lágrimas, enquanto meu queixo treme em sua palma.

— Não vamos. Você nunca vai dizer adeus para mim. Não para sempre.

Ele me abraça forte, e eu me apoio em seu ombro até me acalmar, sua camisa molhada e manchada das minhas lágrimas.

A manhã em que Joseph e Tommy partem está enevoada e garoenta, Long Island oculta na neblina do outro lado do estreito, Bernard Beach obscurecida pela chuva fina. Tommy se veste com seu uniforme completo. Papai se despede com uma saudação da varanda, mamãe o beija no rosto parecendo radiante de orgulho. O lenço na mão dela é um ornamento, totalmente seco. O herói dela está partindo para se tornar um herói de verdade.

Pegamos Joseph na Oyster Shell e encontramos sua mãe chorando no ombro dele na varanda. Ele se inclina muito para abraçá-la, e ela se agarra ao tecido do uniforme com tanta força que o deixa amassado quando ele torna a se erguer. Seu pai, tão alto quanto ele, mas robusto como um urso, o envolve em um abraço.

— Não vá se meter a valente, está me ouvindo? Volte para casa. E traga o Tommy junto. — Seus olhos vermelhos como se ele os tivesse esfregado até secar, ou não tivesse dormido, ou ambos.

Os pais de Joseph são mais velhos que os meus, pele enrugada e cabelos grisalhos. Eles lutaram por anos para ter um filho, então, quando Joseph veio ao mundo, agarraram-se a ele. Sua mãe estava sempre o abraçando, seu pai o levantando sobre os ombros largos quando éramos crianças, jogando-o sonoramente na água. Eram afetuosos com ele, e entre si, mesmo depois que ele cresceu. Vê-los se despedir expõe a dor que tentei enterrar nessas duas últimas semanas que passamos juntos. Momentos alegres marcados pela preocupação, dias que remetiam à sensação de falta de ar, como, uma última ceia.

Na estação, somos apenas nós três. Tommy e Joseph estão à minha frente vestidos de boina, casaco e gravata verde-oliva. Cercados por uma cena depressiva de namoradas, esposas e mães em seus melhores vestidos e chapéus, molhadas da chuva e agarrando-se em abraços e beijos e palavras de confiança finais que são frágeis e fugazes. Mais um dia em junho, como tantos dias de verão que passamos. Exceto que nada nele é como naqueles dias — ensolarados, de céu azul e livres. Sinto a mudança como uma fratura fina em um osso, uma dor que se aprofunda com o tempo.

Tommy se encosta em uma coluna, soltando anéis de fumaça enquanto observa os outros homens embarcarem.

— Nós vamos voltar antes que você tenha tempo de sentir saudade. Entre o meu charme e a boa aparência do Joe, pode ser que aqueles alemães se rendam. — Ele me dá seu sorriso mais largo, movendo as sobrancelhas.

Tento retribuir sua autoconfiança, mas meu maxilar está rígido.

— Fiquem em segurança, vocês dois. — Minha voz sai firme. As lágrimas me encontraram na noite passada, mas foram embora esta manhã, exaustas. — Tommy, por favor, não faça nada estúpido.

Ele ri enquanto ainda solta a fumaça, e apaga a brasa com o pé.

— Eu nem sonharia com isso.

Forço um sorriso. Minhas bochechas doem com o esforço.

— Vejo você na volta. Eu te amo, irmão.

— Eu amo você também, Ev.

Ele me envolve em um abraço apertado, seu casaco de lã áspero sob meu queixo. Sinto as lágrimas voltarem e engulo com força. Está bem perto do nosso aniversário. Como eu poderia comemorar sem eles?

— Joe, vou pegar lugar para nós. Vejo você lá dentro. — Ele pega suas malas, e Joseph o olha embarcar, com um aceno da cabeça, antes de se virar para mim.

— Por favor, cuide dele, cuidem um do outro... — Estou gaguejando agora que Tommy está no trem, agora que eles estão realmente indo embora.

— Cuido sim. Evelyn... — Ele levanta meu queixo, para que eu não possa desviar o olhar. Aqueles lábios que passaram tanto tempo separando os meus, a maciez de sua língua firme e quente. O queixo que acariciei com as pontas de meus dedos em tardes tranquilas, tentando capturar tudo, memorizar tudo. Aqueles olhos castanhos profundos olhando tão intensamente para mim que vejo meu contorno refletido neles, desarmando-me como um espelho dentro de um espelho, um vislumbre infinito da parte mais profunda de mim. — Vou fazer tudo que puder para voltar para você.

— Prometa. — Minha voz oscila, traindo-me.

Joseph pisca, fecha os olhos como se estivesse com dor.

— Eu não posso prometer isso... vou fazer tudo que puder...

— Prometa, Joseph. Se você me prometer, vai ter que cumprir... talvez isso o mantenha seguro... deixe-me tentar manter você seguro.

— Começo a chorar. O que estou falando não tem sentido, mas não consigo parar de balbuciar sobre promessas, minhas pernas ficam trêmulas, ele me aperta junto a si e eu me estabilizo na firmeza de seus braços.

— Eu prometo. — Ele sussurra, seus lábios roçando meu ouvido. Ele recua um pouco, de modo que nossos narizes quase se tocam. — Eu te amo, Evelyn.

Qualquer força que me restava desaparece com essas palavras, ditas pela primeira vez, e o trem apita através do ar úmido e nevoento enquanto os passageiros remanescentes à nossa volta se apressam para embarcar. Fico em silêncio, meu coração gritando, mas preso, incapaz de encontrar um caminho até a língua. Eu quero dizer a ele. Quero dizer *eu também te amo,* mas é o segundo de hesitação antes de pular do penhasco que me paralisa. Não consigo dizer adeus e eu te amo no mesmo fôlego. Se eu não disser de volta, ele tem que voltar para casa para ouvir. Ele tem. Eu me arranco do abrigo de seus braços, consciente das trilhas de lágrimas descendo pelo meu rosto, minha pele pinica no ponto que antes estava em contato com a farda, manchas rosadas surgem em volta do decote de minha blusa.

Eu te amo, Joseph. Mas não consigo dizer.

Em vez disso:

—Volte para casa, está bem? Vocês dois. — Os olhos dele procuram nos nos meus a resposta que não lhe dei, aqueles olhos de espelho... mas o trem apita de novo, e eu o beijo, afago seu cabelo sob a boina e o empurro na direção dos degraus, com o que parece um gemido. — Volte para mim.

E então ele se foi. Eu fico ali parada, vazia. Procuro um lenço no bolso e encontro violetas, como veludo na ponta dos meus dedos. Fico mexendo nas pétalas em meu bolso até não poder mais ver o contorno embaçado do trem, continuo mexendo nelas depois disso.

O que se destaca dos dias desde que Joseph e Tommy partiram? Pulsos doloridos. Pulsos doloridos e a dor em meu peito. Conto os dias que se arrastam como algas pela maré, meu corpo guardando o lugar para nós três, para a vida que teremos aqui de novo, depois que a guerra terminar. Passo meu tempo tocando piano, escrevendo cartas e costurando paraquedas. Trabalho em uma sala cheia na The Arnold Factory, um prédio de tijolos na cidade que antes foi uma escola, mulheres esperam namorados e irmãos e filhos atrás de máquinas de costura barulhentas, compartilhando preocupações e atualizações a respeito da guerra. Algumas garotas com quem estudei antes de ir para a escola da sra. Mayweather parecem muito mais velhas que dezoito anos; a testa vincada pelo medo, nós reconhecemos umas às outras, mas a respiração apreensiva é uma novidade para todas nós, assim como a baixa probabilidade de que todos os nossos soldados voltem. Cada perda uma desolação, minha compaixão misturada com culpa, gratidão interior de que o telegrama delas não foi enviado para minha porta, rezando egoisticamente para ser poupada do sofrimento delas. Costurar paraquedas me dá a sensação de estar fazendo algo tangível. Estou dizendo *Tome, segure isto, deixe-me ajudá-lo a voar.* Em meus sonhos, os paraquedas que eu costuro se abrem como nuvens, como águas-vivas, mas, quando atingem o chão, estão sempre vazios.

    Joseph assina suas cartas, *Com amor*. Eu assino as minhas, *Sua*. Eu sou dele. Eu o amo. Sempre o amei. O suficiente para não lhe dizer em uma carta, para não enviar essa esperança para o outro lado do mar. Eu reservo esses sentimentos, confesso-os em páginas que nunca mando, saudade por escrito que não consigo pôr no correio. Escrevo para Tommy também, brinco com ele com as novidades de Stonybrook, coisas como *Todas as meninas mais bonitas da cidade trabalham nos hospitais.* Ele brinca de volta: *Se é assim, talvez eu tente me machucar de propósito.*

    Guardo as cartas de Joseph em uma gaveta ao lado da minha cama, junto com pétalas de flores que há muito secaram. Às vezes eu as seguro e, embora sejam frágeis, passo-as de um lado para outro entre minhas mãos em concha. Gosto da sensação delas em minha pele, gosto de imaginar Joseph segurando-as quando eram macias, as palmas dele a última coisa em que elas tocaram antes de ele as colocar em meu bolso. Gosto de ler a primeira carta que Joseph escreveu. Ela chegou semanas depois de os dois terem partido, semanas que passei basicamente sozinha. Eu me sento no cais onde nos beijamos pela primeira vez, ouvindo o rugido do oceano, e a leio de novo e de novo. O som das ondas parece mais alto agora que venho aqui sozinha.

Querida Evelyn,

Não consigo parar de pensar na maneira como nos despedimos. Não sei o que pensar daquilo... das palavras que você não disse, do jeito que você me empurrou para o trem. Eu sei que você é forte; talvez estivesse com medo de me contar o que sentia. Com medo de que isso, de alguma forma, a fizesse fraca. Mas, por favor, saiba que eu quero que o meu amor mantenha você forte também. Você não precisa ser forte sozinha.

O que eu disse é verdade, e sempre será. Eu te amo, e não devia ter esperado até o último minuto para lhe dizer. Eu quis lhe falar inúmeras vezes... no cais, no mar, juntos na areia. Mas nunca falei porque não queria que parecesse que eu estava me despedindo. Mas, quando chegou a hora de partir, eu não poderia ir sem que você soubesse. Não foi algo que eu falei só pela emoção do momento, se por acaso foi o que você pensou.

Você não precisa me contar como se sente. Talvez esta não seja a hora ou o jeito certo. Mas eu tenho fé que, quando eu voltar, tudo vai ser como era. Confio que vamos continuar crescendo em nosso amor e que ele vai resistir a todos os testes que o fizermos passar. Mesmo a este tempo separados. Mesmo à guerra.

Em minhas cartas, não vou escrever sobre o meu tempo aqui, por favor, não me pergunte. Não há necessidade de que você se preocupe com coisas que não pode mudar. Eu não quero desperdiçar estas páginas falando sobre violência; em vez disso, vou enchê-las de amor. Por favor, encha as suas com isso também e envie-as de volta para mim. Isso é tudo de que preciso para me levar para casa.

Com amor,
Joseph

Eu faço como ele pede. Encho minhas páginas de amor, mas sem usar a palavra.

Conto a ele sobre o piano, sobre a fuga que me proporciona. Meus dedos dançam sua rápida coreografia, criando algo separado de mim, mas que é parte minha, porque as notas repercutem profundamente em meu íntimo mesmo quando me afasto. Conto a ele dos paraquedas, as faixas de seda intermináveis. Meus pensamentos vagueiam a cada ponto da agulha, de volta para quando éramos crianças, fotografias que projeto em minha mente. Tommy pegando uma medusa-da-lua translúcida, sem os ferrões, e colocando-a toda agitada em minha mão. Joseph sentado no cais com meu pé em seu colo, a testa franzida em concentração enquanto extraía um caco de concha enfiado em meu dedo. Nós três pulando da Captain's Rock, mergulhando nas profundezas geladas. Tommy e Joseph subindo mais alto para saltar do topo escarpado enquanto eu gritava e os incentivava na beira das ondas abaixo.

Conto a ele que bordei as iniciais T.S. e J.M. no canto de cada paraquedas antes de enviá-lo. Pequenos pontos que passam despercebidos por qualquer um além de mim. Mas faço isso todas as vezes, porque eles são a razão pela qual eu costuro, e espero que traga sorte aos homens que os usarem.

Não conto sobre as pétalas ou sobre como penso nelas tocando sua pele. Não conto de meus devaneios sobre Boston, a trepidação do bonde sob meus pés, o labirinto de casas de tijolos avermelhados que me faziam sentir tão grande e tão pequena. As ruas sinuosas de paralelepípedos que me deixavam desorientada e, ao mesmo tempo, me mantinham em equilíbrio, imaginando um futuro alternativo todo meu. Sobre chances e prazos perdidos, outra vida levada embora na guerra, uma resposta que nunca terei, a menina que deixei para trás.

Isso é o que me lembrarei desse tempo separados. A saudade, a música, as pétalas, a seda dos paraquedas, as cartas enviadas como se levadas pelo vento, na esperança de um pouso seguro.

Cinco

Joseph

Julho de 2001

A maré está alta, transbordando por cima do cais onde ocupamos nosso lugar de sempre, esperando nossos filhos e netos que vão chegando ao longo da manhã. O Quatro de Julho foi alguns dias atrás em uma quarta-feira, o que estende a comemoração, o céu em clarões e estrondos todas as noites por uma semana. Cartuchos de papelão de fogos usados espalham-se pelas dunas.

Nossa neta mais velha tem vinte e sete anos, a filha única de Jane, Rain. Ela foi nossa primeira neta a se casar; no verão passado, ela disse "sim" para Tony Sanducci, um rapaz italiano troncudo, que trabalha para o pai e o avô na oficina Sanducci's Auto Body, na Boston Post Road. Eles moram em uma casinha com garagem alugada na cidade, então são rápidos para se juntar a nós; cadeiras de praia listradas penduradas nos ombros. Jane, após terminar seu segmento matinal no noticiário local, vem logo atrás. Quando eles nos alcançam, Rain larga a cadeira e me aperta em um longo abraço.

Ela sabe.

E lá está de novo, a pontada, o remorso fervilhando, a trepidação de culpa pela dor que convidamos para nosso refúgio. Mesmo o dia de hoje, a comemoração do aniversário de setenta e seis anos de Evelyn, está imersa em tristeza.

Violet e Connor esperam suas duas filhas mais velhas chegarem de trem para o fim de semana; Molly, de vinte e dois anos, estabelecida em Providence depois de se graduar na Roger Williams; Shannon, de vinte, está morando em Brighton durante o verão para um estágio no Museu de Ciências, recheando seu currículo antes do último ano na Universidade de Boston. Eles aparecem antes do almoço, carregando coolers com refrigerantes e sanduíches; Violet e Connor e seus quatro filhos: Molly e Shannon, junto com Ryan, seu último verão em casa antes da faculdade, e Patrick atrás, dez anos mais novo que a mais velha das irmãs, um acidente feliz, concentrado em seu Game Boy. Ele o esconde quando me vê, acanhado. Mais longos abraços, rostos que parecem toalhas torcidas com força demais. Espero perguntas que não vêm, seus olhares pesarosos me seguem mesmo quando fecho os olhos. Nossa decisão paira como uma sombra estendida, uma rede arrastando momentos carregados de melancolia. Violet pisca para segurar as lágrimas quando Connor se inclina para perguntar a Evelyn como ela está se sentindo. Jane olha para a água, perdida em pensamentos. A ausência de Thomas é gritante, uma bandeira fincada brandindo sua desaprovação.

Rain arrasta sua cadeira para o meu lado.

—Vovô, conte aquelas histórias de quando minha mãe era menina. Sobre como ela sempre se metia em problemas?

Jane solta uma risada alta.

— Quanto tempo você tem?

—Você sabe todas essas histórias — digo.

— Quero ouvir de novo — ela responde, apoiando a cabeça no meu ombro.

Como hoje é aniversário de Evelyn, todos nós tentamos fazer o melhor possível para esquecer, ou fingir. Comemos sanduíches embrulhados em celofane com batatas fritas e vinagre e cerejas, cuspindo as sementes na areia. O céu azul infinito acima de nós, com riscos de nuvens finas como rastros de motores a jato. Um avião passa roncando, puxando uma faixa que anuncia lagostas frescas por 6,99 dólares cada meio quilo no Hal's Seafood Shack. O sol nos aquece depois de cada mergulho, secando nossas roupas de banho enquanto nos deitamos sobre toalhas que ficaram enrijecidas pelo tempo no varal. Tentamos afastar a tristeza que todos sentimos, pesada como uma pedra.

Quando a maré baixa, começa um jogo de touch football no banco de areia, nossos netos ficam sujos de lama quando inevitavelmente o jogo vira futebol americano. Eu me apoio e me levanto, querendo me juntar a eles, todos os meus netos, jogando aqui juntos mais uma vez.

Esta é a última vez?

Evelyn se reclina ao meu lado, o cabelo preso para trás e seco; ela optou por ficar fora da água por já ter acordado com tonteiras, mesmo em terra firme.

— Está com vontade de caminhar? — pergunto.

— Não, pode ir. — Ela protege os olhos com a mão. — Estou adorando assistir.

Sigo as pegadas conhecidas, evitando colônias de caramujos e de caranguejos-eremitas. Gritinhos quando me aproximo, meus netos sorrindo, seus peitos e coxas e ombros marcados de lama.

— Ei, sem derrubar o velhinho. — Levanto as mãos, brincando de me render. — Mas podemos jogar um pouco de bola. — Ryan sorri e lava a bola na água que sobe em nossa direção, o banco de areia já diminuindo, antes de lançá-la para mim. Seu último verão antes da faculdade, quase um adulto, tudo que já deixei para atrás está prestes a se desdobrar diante dele. Formamos um grande círculo e passamos a bola, alternando entre pegar e brincar de bobinho, recitando lembranças que existem como um folclore familiar de tantas vezes que já foram contadas, até a água passar de nossa canela, fazendo-nos voltar à praia.

Atrás de nossas cadeiras, Evelyn colocou uma caixa de garrafas de vinho vazias e dois frascos de geleia bem lavados, junto com blocos de notas e canetas encontradas na gaveta de utensílios gerais. *Mandar uma mensagem em uma garrafa.* Uma linha de uma antiga lista de sonhos trazida de volta à luz, um dos muitos que esperávamos realizar neste último ano. Sonhos, e pequenos prazeres que ela quer ter uma última vez, como os morangos retirados do pé, pequenos como meu polegar, vermelhos e quentes do sol. Leite com chocolate e batatas fritas com sal. A primeira mordida em uma nectarina madura. Dormir com as janelas abertas no ar do verão.

Mais do que tudo, dias como este.

Evelyn distribui garrafas para cada um de nós, passa as canetas e o papel e todos se ajoelham em volta, revezando-se para escrever nos braços de madeira das cadeiras ou nas costas uns dos outros.

Finjo que estou espiando o papel de Evelyn, e ela bate em mim com a caneta, rindo.

— Nada de copiar, mocinho.

Então eu escrevo a única coisa em que posso pensar, J&E, é como entalhar nossas iniciais no tronco de uma árvore, um testemunho, prova, *nós estivemos aqui*. Enrolamos os papéis como pergaminhos, enfiamos nas garrafas e fechamos, e entramos além do banco de areia, a água nos joelhos, na direção do pôr do sol. Evelyn faz a contagem regressiva a partir de três, e nós jogamos as mensagens o mais longe que conseguimos, vendo-as bater na água, depois flutuar para a superfície, boiar com a corrente e desaparecer.

— Vocês sabem que é provável que elas acabem sendo trazidas de volta para a nossa praia, certo? — diz Jane.

— Você tem que estragar a festa. — Violet suspira.

— A maioria das coisas acaba voltando para o lugar de onde saíram, minha querida — brinca Evelyn, batendo o quadril no de Jane. — Mas ainda assim é bom deixar que elas achem o seu caminho.

Todos retornam para a casa para arrumar as coisas antes de jantar, os netos disputando aos gritos o chuveiro do jardim. Evelyn e eu ficamos para trás, para não perder nossa hora favorita do dia. A hora em que as outras famílias já foram embora, quando o sol mergulha no mar e a brisa mais suave dissipa o calor que se demora em nossa pele bronzeada. Amanhã a praia vai estar cheia de guarda-sóis multicoloridos outra vez, mas, neste momento, estamos sozinhos.

Eu anseio por intermináveis dias como este, a maré baixa se afastando do banco de areia que se estende por toda a extensão da praia como um braço aberto. Respirar o pungente ar salgado para dentro dos meus pulmões. A hora para blusas abotoadas e toalhas colocadas sobre os joelhos, quando a praia está quieta e o mar é o único som. Incontáveis fins de tarde passados aqui com Evelyn, vendo o sol se pôr no céu espelhado na água.

As ondas vêm e vão, puxando minhas lembranças. Jane de maria-chiquinha, despejando barro entre os dedos para construir um castelo irregular. Violet dando cambalhotas nas ondas, querendo atenção. Thomas, mais afastado, no cais, jogando pedras na água. Evelyn correndo atrás das crianças, levantando-as, entre risos, na direção do céu. Coletando caranguejos verdes pequenos demais para comer em baldes de plástico antes de soltá-los de volta no mar. Mostrando que eles deviam ser segurados com o polegar e indicador entre as patas traseiras para que não beliscassem, virando-os para conferir seu sexo pela forma das marcas na parte de baixo. Nossos netos subindo e descendo na água, nadando para a Captain's Rock, quatro cabecinhas ruivas lideradas pela estrela-guia de sua prima mais velha, Rain. A jangada enorme que eles prenderam em um poste de amarração e onde brincavam de derrubar os outros na água. Seus gritos chegando até nossas cadeiras na areia, onde alternávamos entre ler, conversar ou sucumbir ao luxo de cochilar à sombra de um guarda-sol inclinado.

Evelyn suspira, satisfeita.

— Que dia lindo foi este.

Eu concordo.

— Foi perfeito.

Examino seu rosto enrugado, as manchas da idade em sua face. Nossa vida foi como uma série de casamentos de curta duração, ligados em suas semelhanças, mas distintos. Familiares, mas alterados. Mesmo no casamento, ela nunca foi minha, mesmo agora que encaramos nosso fim juntos. Ela nunca pertenceu a ninguém a não ser a si mesma, e eu nunca pertenci a ninguém a não ser a ela.

— Está com medo? — pergunto. Nós tateamos em meio às nossas crenças confusas, frouxamente amarradas à esperança e não à religião, a uma conexão com nosso mundo, que sentimos nos ossos, mas que nunca nomeamos. O cristianismo em que fomos criados era um túnel estreito que desmoronou, com uma grande pedra bloqueando a entrada a cada perda.

Ela faz uma pausa.

— Estou com medo pelas crianças, por como eles vão se sentir. Tenho medo de não estar pronta. Tenho medo de querer mudar de ideia. Quando chegar o dia, não sei se conseguiremos cumprir o plano. Abraçar as pessoas que amamos e ir embora, sabendo que é a última vez. Mas foi a escolha que fizemos por causa da dúvida que nos trouxe aqui, e que ainda me assombra. Este último ano será longo demais para Evelyn se manter como está agora ou será que poderíamos ter muitos outros anos como este?

A mão dela é um passarinho frágil na minha, e eu lhe dou o mais leve aperto.

— Nós sempre podemos mudar de ideia, Evelyn. Nada diz que não podemos.

— *Você* pode. Você deve.

— Nós dois podemos.

— Por favor, não fale como se eu tivesse uma escolha.

Eu não discuto. O que constitui nossas próprias escolhas é um ponto de discórdia sensível. Em vez disso, busco conforto, as razões que mantenho como um talismã quando a dúvida me encontra em momentos silenciosos.

— Não temos um para sempre, mas pelo menos será da maneira como decidimos. Pelo menos não temos que ficar dizendo adeus. — Eu beijo os nós dos dedos dela, inchados e trêmulos ao meu toque. Murmuro: — Nós é que temos sorte.

Ela sorri, as rugas se aprofundando em torno dos lábios, sua voz quase um sussurro.

— Acho que sempre tivemos.

Nuvens rosadas se estendem pelo horizonte. O estuário de Long Island está calmo, a superfície tingida de rosa e tão parada que poderia ser uma extensão do céu colorido. Ficamos ali sentados até o sol estar baixo demais para nos aquecer, até o dia se fechar, com a promessa de mais calor nos amanhãs que previsivelmente, e inegavelmente, terminarão cedo demais.

Mais tarde, na casa, a porta se abre, e o eco de dois pares de passos no saguão é transportado até a cozinha — um deles, o som de sapatos sociais contra os ladrilhos e, o outro, o clique distinto de saltos altos. Thomas e Ann estão aqui. Jane ergue as sobrancelhas para mim e depois para o relógio no canto, enquanto coloca os pãezinhos sobre a mesa sem uma palavra. Eu a ouço em alto e bom som. É sábado, eles tiveram o dia inteiro para vir aqui e, no entanto, deixaram para vir à noite.

Evelyn enxuga as mãos no avental e abandona a colher em um frasco de molho, apressando-se para recebê-los com um beijo, seu alívio borbulhando em afeto. Não vimos Thomas nem tivemos notícias dele desde que lhe contamos no mês passado; as quatro mensagens que deixamos não receberam resposta, uma delas a que incluía os detalhes para esta noite.

Abraço Thomas, um abraço rápido de que ele escapa logo, e digo:

— Fico feliz por terem conseguido vir.

Ele limpa um fiapo da manga do casaco.

— É, desculpe. Apareceram umas coisas do trabalho que não podiam esperar.

Eu me recosto na cadeira, na cabeceira da mesa.

— Hoje é sábado, Thomas.

Thomas tira seu casaco, pendura-o no encosto da cadeira no lado oposto a mim.

— Nova York não para aos sábados, papai.

— Eu juro que também nunca o vejo, se isso o faz se sentir melhor.

—Ann me dá um abraço de lado e me entrega uma garrafa. Seus braços são gravetos bem esculpidos, o vestido elegante pende seu corpo magro, o cabelo loiro liso e brilhante. Ela tem quase a mesma altura de Thomas e é igualmente bem-sucedida, diretora de uma agência de publicidade em Manhattan, os dois trabalham a poucos quarteirões de distância um do outro. Ela sempre traz alguma coisa para nós da cidade para completar a refeição: queijos gourmet, bebidas importadas, doces sofisticados. Eles nos levaram para jantar no Windows on the World, quando fomos com Rain ver um show na Broadway, em seu aniversário de dezesseis anos. Evelyn ficou um pouco tonta com a altura, e Rain toda hora deixava nossa mesa coberta por uma toalha de linho para pressionar as mãos no vidro, encantada com a cidade de brinquedo lá embaixo, minúscula e infinita.

Pego o vinho tinto e agradeço a ela.

— Eu sei que a agenda de vocês é ocupada, mas hoje é um dia importante. E a praia estava linda. Que pena que vocês não puderam estar aqui.

— Nós estamos agora, não estamos? — Thomas é perceptivelmente curto e grosso comigo. — Como está indo o jantar, mãe?

— Estamos pondo na mesa agora. Vocês chegaram na hora certa — ela responde alegremente, arrumando talheres que já estavam arrumados.

— Como você está se sentindo, eu acho que foi o que ele quis perguntar — Ann corrige, e se vira para Evelyn com ternura. — Como você está se sentindo?

— Melhor agora que vocês estão aqui. — Ela aperta os braços de Ann. — Mas chega de falar de mim, a comida vai esfriar.

O restante da família ocupa seus lugares, e nós avançamos sobre os pratos fumegantes, famintos depois de um dia ao sol. Violet e Connor sentam-se separados, seus filhos entre eles. Quando eles se conheceram, praticamente dividiam a mesma cadeira no jantar. Acho que não trocaram mais do que algumas palavras hoje. Violet para comentar que Patrick precisava de filtro solar; Connor para perguntar se ela queria um sanduíche de presunto ou de peru. A relação deles se mantém por causa das crianças, pela logística de uma casa compartilhada. Não podemos deixá-los desse jeito, suspensos sobre o abismo, sem saber se eles vão encontrar uma base de apoio, sem oferecer uma corda para eles agarrarem. Eu sempre gostei de Connor. No primeiro aperto de mão, ele me pareceu sincero, firme durante o turbilhão de romance e noivado rápido deles. Eu ainda gosto de Connor. Ainda torço por ele.

Depois que todos se servem e as conversas se voltam para trabalho, escola e planos para o verão, eu me levanto para fazer um brinde. Taça de vinho na mão, olho sobre a sólida mesa de pinho, as cadeiras descombinadas recolhidas da casa inteira, todos espremidos ombro com ombro. Os pratos estão repletos de carne de porco assada com molho, milho na espiga, batatas gratinadas, vagens refogadas. Um pratinho de manteiga é passado de um para outro junto com sal e pimenta em potinhos adornados com veleiros. A porta do armário atrás da mesa está entreaberta, expondo a pilha de jogos de tabuleiro e quebra-cabeças. Rostos ansiosos viram-se para mim, garfos e facas pausados, uma leve brisa soprando das janelas abertas, nossa casa uma lâmpada acesa solitária no escuro.

— Evelyn, é difícil acreditar que mais um ano se passou. Você faz setenta e seis anos hoje e ainda é tão bonita quanto era aos dezesseis, saltando daquele trem. Acho que não poderíamos ter imaginado o que todos os nossos anos juntos nos trouxeram. — Faço uma pausa, indicando com a cabeça o resto da família. — A alegria que vocês *todos* nos trouxeram. — Viro-me de novo para Evelyn. — Obrigado por passar a sua vida comigo. Isso significou tudo. Eu te amo. Feliz aniversário.

Taças tilintam, votos de feliz aniversário ecoam à minha volta. Evelyn, os olhos brilhantes de emoção, diz:

— Obrigada.

Uma lágrima desce pelo rosto de Jane, nossa primogênita independente e estoica. Penso na Califórnia, em seu jeito rebelde, como se composta apenas por pernas, cabelos e fúria. Não me lembro da última vez que a vi chorar. Ela balança a cabeça, desafiadora.

— Vocês não vão fazer isso. — A mesa fica em silêncio.

Violet, sempre rápida para mostrar suas cartas, funga alto. Uma vez, quando criança, ela encontrou um ovo de passarinho na grama, longe de qualquer ninho. Ela o embrulhou em uma toalha e o deixou em uma caixa ao lado de sua cama. Eu a ouvia cantar para ele à noite, mas o ovo nunca chocou. Suas lágrimas quando o enterrou deixaram meu coração pesado. As lágrimas delas agora quase me fazem reconsiderar tudo. Acabar com a dor, chocar o ovo, soltar o passarinho e deixá-lo voar.

— Isso é irracional. — Thomas tem uma expressão furiosa.

Ann dá uma batidinha em seu braço.

—Vá com calma, está bem? Este não é o momento.

— Bom, de acordo com eles, não vamos ter muitos outros momentos.

— É a nossa vida. Quem decide somos nós — diz Evelyn, com leveza, talvez com leveza demais. — Vocês querem mesmo ter essa conversa na frente das crianças?

— Não é só a sua vida. Afeta todos nós. Incluindo eles. — Thomas indica com o garfo os nossos netos, que olham para os pratos.

Evelyn concorda.

— Bem, isso é verdade. Violet, Connor, vocês não se incomodam?

— Eles já estão grandes — responde Violet —, e qualquer coisa que vocês disserem vai chegar ao Patrick quer nós gostemos ou não. É importante que eles ouçam de vocês.

Thomas interrompe, sua voz é áspera.

— Como vocês pretendem fazer?

— Por que você tem que entrar nesse assunto? — Connor fala pela primeira vez, seu sotaque de Boston distinto, as sobrancelhas ruivas franzidas para Thomas.

Thomas se inclina para a frente.

— Porque, se eles pensaram em *tudo*, eu gostaria de saber. Como?

— Isso é doentio, Thomas. — O rosto de Violet está pálido. Os netos estão em silêncio. Não há nem um raspar de garfo em pratos. Patrick sempre foi arrastado para conversas para as quais é muito novo, tendo crescido com irmãos bem mais velhos, mas agora eu olho para ele com receio de que isso seja intenso demais para uma criança de doze anos, até mesmo para uma tão madura. Suas faces estão rosadas, os olhos baixos. Eu me preocupo com a lembrança que ele levará desta noite. Como esta conversa moldará seus pensamentos sobre vida e morte, como nossa decisão vai marcá-lo, mudá-lo, e a seus irmãos mais velhos, e a Rain também.

— É uma pergunta justa — diz Jane.

— Não vai acontecer por mágica. Vocês têm que fazer alguma coisa. E alguém tem que encontrá-los quando vocês fizerem. Algum voluntário? — Thomas olha para suas irmãs. — Foi o que eu pensei. — Ele se volta para nós. — Precisamos de mais informações se formos ter que aderir.

— Comprimidos, Thomas, está bem? Há comprimidos que fazem isso. Uma ambulância pode nos levar. Não precisa ser traumático. — O tom de Evelyn é neutro, controlado. — Não existe uma maneira bonita de dizer isso. Nós sabemos o que significa. Sabemos que parece loucura para vocês...

— Ah, você acha mesmo? — Thomas toma um gole de seu vinho.

— ... mas vocês vão ter mesmo que viver sem nós algum dia, e pelo menos, dessa maneira, podemos nos preparar e aproveitar ao máximo o nosso tempo juntos.

— Mas por que marcar uma data? Se vocês *realmente* não querem viver um sem o outro, o que é outro assunto a ser discutido, por que não esperar até que um se vá, para aí o outro decidir se despachar também?

— Meu Deus, amor, as crianças — Ann o repreende.

— É *disso* que estamos falando aqui! Eu não posso deixar claro?

— O luto quase me matou uma vez. — A voz de Evelyn é firme. Ela faz uma pausa, hesitando. — Não concordo com a decisão do seu pai, mas entendo. Eu também não consigo imaginar a vida sem ele.

— Nós tivemos tantas perdas... Sei exatamente com o que estou lidando — digo, segurando a mão dela. *Estágio dois.* — E eu não sobreviveria a perder você.

— Mas a vida é assim — diz Jane. — As pessoas morrem, as que ficam encontram uma maneira de seguir em frente.

— Talvez, Jane. Mas eu não *quero* viver sem a sua mãe. Ela não quer viver sem mim. Droga, não há garantia de que eu não vá primeiro, de repente, deixando-a sozinha enquanto a doença dela continua a avançar. Se nós não fizermos isso... se deixarmos o destino decidir, pode ser que fiquemos viúvos por anos, décadas até, se algum de nós viver tanto tempo quanto a vovó viveu. — *Viúvos por décadas,* sinto um arrepio, reafirmando minha certeza. Me dá forças para falar com eles sem vacilar. — Isso não tem nada a ver com o quanto nós amamos vocês todos, por favor, saibam que nós os amamos muito. Mas vocês têm suas próprias vidas, separadas da nossa, e essas vidas vão continuar.

A nossa vida… — Faço um gesto para Evelyn — … *sempre* conteve um ao outro. Eu só conheço o mundo com a sua mãe nele. Um mundo sem ela, sinceramente, não é um mundo em que eu queira acordar. Por favor, Thomas, tente entender.

A expressão dele está dura, nossos pensamentos e medos pesados sobre a mesa.

— Na verdade eu acho isso bonito — interfere Violet, enxugando os olhos com um guardanapo de papel. — Amar um ao outro tanto assim.

Connor, em silêncio na outra ponta da mesa, mexe em seu suporte de prato.

— Não vai começar de novo… — Thomas joga as mãos para o alto.

Jane interrompe:

— É uma ideia bonita, mas é estúpida…

— Mãe… — alerta Rain, franzindo o rosto.

Jane segue em frente:

— Sinto muito, mas não, eu não acho que a vida de vocês termina quando um dos dois tiver ido embora. Que droga, eu estou sozinha, e perfeitamente bem. Que tal continuar a viver por si mesmo? Mãe, e quanto a todas as coisas que você queria fazer?

Evelyn concorda com a cabeça.

— Este ano é para isso. É por essa razão que a sinfônica é tão importante, e é por isso que eu preciso da sua ajuda. Não posso fazer sem você.

— Mas vocês poderiam ter muito mais anos — Jane explode. — E, se um de vocês fosse antes do outro, quem ficasse ainda teria tanto pelo que viver.

— Obrigado! — Thomas bate a mão na mesa, assustando Ann, visivelmente tensa ao seu lado.

— E quanto àquela lei de Morte com Dignidade que aprovaram no Oregon? Faz alguns anos? — pergunta Jane. — Mãe, se você esperar até estar realmente doente, todos nós apoiaríamos isso. Nenhum de nós quer ver você sofrer, claro.

— Eu considerei todas as opções antes de tomar minha decisão. Não vou para o Oregon, ou para a Suíça, ou para lugar nenhum tão longe da minha casa. Eu *vou* morrer. E quero que seja aqui.

— E naturalmente — acrescento — eu não me qualificaria, mesmo que a Evelyn passasse por toda a burocracia. Então, dessa maneira nós garantimos que poderemos ir juntos.

— Claro que você não se qualifica! Você não está morrendo. — Thomas quase ri.

— Morrer não é a única coisa que nos mata, filho — digo, e a mesa silencia.

— Eu não vou reconhecer vocês. Isso é uma certeza. Não vou conhecer a mim mesma. Não quero me deteriorar e me transformar em uma pessoa estranha. O que isso fez com a minha mãe... quando ela estava no fim, não tinha a menor ideia de quem eu era na maior parte do tempo. Eu não quero que vocês fiquem tão exaustos pelo fardo de cuidarem de mim que minha morte seja um alívio. Não vou fazer vocês passarem por isso.

— Mas você parece tão bem, mãe — Violet implora. — E se daqui a um ano você estiver igual? Não poderia só esperar e ver?

— Tomar a decisão agora, quando minha mente está boa, é a única maneira de eu ter certeza de que terei forças para levá-la adiante. Se eu ficar adiando, nunca vai chegar a hora. Sempre haverá um outro dia, só *mais um dia*, que vale a pena viver. — A voz dela falha.

Estou aliviado por eles saberem do diagnóstico de Evelyn, embora ela tenha resistido a lhes contar. Ela me disse que não queria ser tratada de forma diferente. Mas não era isso. Quando ela contou a eles, a situação se tornou real. Não é algo daqui a um ano, não é uma escolha, não está sob seu controle. É como enfrentar o ladrão que já está dentro da casa, com a consciência de que é impossível detê-lo.

— Eu não posso proteger vocês. Gostaria de poder... — Evelyn hesita. — Isto não vai sumir, e não vai melhorar. Eu sei que é difícil de imaginar, mas vocês ficarão bem, todos vocês.

— Você não sabe — choraminga Violet.

— Eu sei, sim — Evelyn lhe garante, e então volta a atenção para Jane. — Eu sempre quis viver a vida do meu jeito. E a minha morte? Não é diferente. — Evelyn ergue o queixo na direção de Thomas, seus olhos se suavizam. — E, meu querido, eu não estou pedindo permissão... eu não vou mudar de ideia.

A família fica em silêncio outra vez.

Evelyn examina todos os rostos abaixados, estudando seus pratos. Ela sorri, com os olhos travessos.

— Agora chega de caras tristes. É meu aniversário. E nós vamos comemorar. — Ela se levanta, pressionando seu peso na mesa. — Querem saber? Eu ainda não nadei hoje.

Thomas levanta os olhos, atônito.

— O quê?

— Vocês me ouviram. Vamos. — Ela se vira e sai pela porta da frente sem dizer mais nenhuma palavra, a porta de tela batendo. Todos estão boquiabertos na mesa, sem saber o que fazer.

Eu dou de ombros, afasto a cadeira e vou atrás dela.

Do lado de fora, uma brisa quente sopra em meu cabelo e eu cambaleio para alcançá-la, minha perna travando um pouco a esta hora da noite. Escuto a porta de tela ranger atrás de nós, uma vez, duas, três, entre o pipocar distante de fogos de artifício.

— Você tem certeza? — pergunto. As dores agudas de que ela vem reclamando me preocupam, a lentidão, os tremores. Com que rapidez a doença pode avançar? Talvez ter cuidado possa preservá-la por mais tempo.

— Eu não tenho muito a perder, tenho?

Talvez ela tenha todo o direito de ser descuidada.

Descemos pelo caminho estreito no escuro, pavimentado com as conchas quebradas que deram nome à pousada Oyster Shell: concha de ostra. Ofereço meu braço firme a Evelyn, mas ela escapa dele para caminhar sozinha, uma recusa sutil que eu já espero antes mesmo de tentar. Nós não precisamos de luz para nos guiar. O rangido familiar sob os pés, o caminho que desemboca na Sandstone Lane margeado de perfumadas rosas silvestres, a estrada que vira para leste em direção ao mar, passando por enormes carvalhos e dunas cobertas de moitas de capim até fazermos a curva que marca Bernard Beach, o oceano se abrindo diante de nós, reiniciando algo em mim. Eu conheço o caminho como conheço Evelyn, vividamente, completamente.

Juntos, chegamos ao mar, o séquito dela vindo confuso atrás.

— Não deixem sua avó ganhar de vocês.

— Mamãe, não. Isso não é... você não devia... —Violet começa.

— E vocês ainda se perguntam por que eu não queria contar — ela brinca, sua voz cintilando com uma piada interna só dela, achando graça de alguém querer lhe dizer o que ela não deveria fazer.

Ela se apoia em meu ombro e tira os sapatos, afundando os pés na areia fria. Depois caminha sozinha até a água, e eu a deixo. Ela não precisa de mim agora, neste momento, ela é sua própria luz-guia. Eu a observo enquanto caminha para a água, quase sendo envolvida pela escuridão, estrelas reluzindo sobre ela, a lua formando pequenos círculos brilhantes ao refletir na água.

Em uma noite como esta, não posso deixar de pensar em meus próprios pais; eu não estava pronto, havia tanto que eu queria compartilhar com eles, tanto que eu queria que eles vissem. Eu nunca estaria pronto para um adeus, embora sempre soubesse, ao menos em teoria, que esse dia chegaria. Os filhos, pela lógica, enterram seus pais, essa é a ordem natural das coisas. Não posso impedir a dor deles do mesmo modo que não posso impedir minha morte; o melhor que poderíamos fazer é retardá-la.

Mas perder Evelyn, viver sem a pessoa que é a fonte da pulsação do meu coração, ou vê-la definhar até se tornar uma versão frágil de si mesma, uma pianista que não pode mais usar suas mãos para criar a música que ama, ou esperar até que ela não me reconheça mais, até que deixe de ser a Evelyn que conheço, e eu precisar caminhar pelos corredores da nossa casa sozinho... isso seria impossível de suportar.

Quantos anos mais poderíamos compartilhar, se deixássemos por conta das estrelas? Lembro a mim mesmo que tivemos mais anos juntos que a maioria das pessoas, e, de alguma maneira, isso terá que ser suficiente.

Nossos netos passam correndo, rindo e gritando, totalmente vestidos, e mergulham do cais. Jane os segue, puxando-me junto pelo cotovelo antes de ir atrás das crianças. Rain e Tony correm atrás dela e pulam do cais em mergulhos sincronizados. Evelyn já está com a água acima dos joelhos quando a alcanço, depois da quebra suave das ondas, e eu agradeço a calma do estuário de Long Island, águas tranquilas como as de um lago, diferente das fortes ondas do oceano aberto. A barra de sua saia se move com a corrente leve, a água está gelada e sinto as irregularidades do fundo do mar sob meus pés. Violet vai atrás de seus filhos e Connor vai em seguida, os dois mergulham depressa na superfície azul escura. Apenas Thomas e Ann permanecem na praia.

O rosto de Evelyn brilha.

—Vamos atrás deles?

— Eu vou aonde você for.

Ela segura meu braço estendido, e nós deslizamos para mais longe, flutuando nas profundezas conhecidas ao luar.

Jane chama o irmão.

—Thomas e Ann, venham!

A voz de Thomas retumba.

—Vocês perderam a cabeça. Por favor, mãe, você vai pegar uma pneumonia.

— Estamos em julho! Venha se juntar à sua mãe sem juízo! — Evelyn grita de volta.

Os netos festejam.

— Não acredito que estamos fazendo isso. — Thomas e Ann caminham em nossa direção, tirando com cuidado os sapatos. Thomas enrola a barra da calça e eles entram na água até as panturrilhas. — Felizes agora?

Jane e Violet trocam um sorriso, disparam a nado em direção a Thomas e colidem com seus joelhos. Depois vão atrás de Ann e ela foge, jogando água para todo lado, mas elas são mais rápidas e logo a derrubam também. Os dois sobem à superfície, cuspindo água e rindo, encharcados e finalmente se rendendo à brincadeira.

A lua crescente brilha na água ao nosso redor, iluminada com clarões de vermelho, verde e dourado, o ar cheio de risadas, água sendo jogada um nos outros e os estrondos e estalos de fogos distantes; Evelyn no centro de tudo. Meu estômago se aperta, sabendo o que essa travessura vai lhe custar, o que o dia seguinte vai trazer, mas ela não está pensando no amanhã. O oceano é uma canção de ninar envolvente, nossos filhos e netos são faróis girando em volta dela, como vaga-lumes, como peixinhos prateados reluzindo sob a superfície, partículas de areia dançando em um raio de sol, como a noite mais clara pintada de estrelas.

Seis

Joseph

Maio de 1944

Sinto o uniforme de lã grudado de suor nas minhas costas e na parte interna das coxas. As janelas do Plymouth verde-oliva estão abertas para o ar quente da maresia, mas sinto um gelo no peito, pesado e desconfortável, enquanto percorremos a cidade. O Long Island Sound se estende à minha frente; a maré está baixa, calma e limpa, mas não me acalma em nada.

O tempo se tornou um eco estranho enquanto estive no exterior; lembranças que reuni por dois anos estão distorcidas, contadas em uma voz que não reconheço. Aqueles dias de calmaria incerta em Bernard Beach pertenciam a uma pessoa totalmente diferente. Um garoto que não sabia nada da guerra. Um sonho. As tranças úmidas de Evelyn sobre meu peito enquanto ficávamos deitados na areia se tornaram sangue pegajoso do braço de alguém em minhas costas na lama. O cheiro pungente de sal, o bater das ondas, se metamorfosearam no odor fétido de pólvora e carne, nos gritos de homens.

Enquanto o carro passa, tudo é como eu me lembro. Os bancos de areia se estendem pelo comprimento da praia. O cais de madeira reconstruído onde beijei Evelyn pela primeira vez fica com as vigas visíveis toda vez que a água recua. A Captain's Rock reluz ao sol da tarde. O caminho de terra que sempre me fazia ter de limpar os sapatos levanta poeira quando passo por ele, fazendo a curva da Sandstone Lane em direção à minha casa. Tudo é igual.

Só que nada é igual.

E logo estamos aqui, passando pelo local onde havia a placa anunciando a pousada Oyster Shell, agora só um poste vazio na entrada da casa, porque a placa foi arrancada de suas correntes durante o furacão. Ela nunca foi encontrada, embora por muitos anos eu tenha esperado que aparecesse na areia, coberta por algas ressecadas ou presa nas pedras. Meu pai disse que ia fazer uma nova, mas a pousada ficou fechada para hóspedes desde então. Para que uma placa, um marco para um lugar que foi varrido para o mar? Eles planejavam reabrir algum dia, mas isso aconteceu seis anos atrás, muito antes de Pearl Harbor, antes de Tommy e eu nos alistarmos.

O carro sacoleja na entrada, e o rangido dos pneus sobre as conchas indicando que estou em casa aperta meu estômago. Tento agradecer ao sargento Allen, alguém que o exército arranjou para me trazer, mas tudo que consigo é fazer um cumprimento com a cabeça antes de sair do banco traseiro. Minha garganta é como um punho fechado, e o suor escorre sob a boina, então eu a tiro e a seguro sob o braço. Minha perna direita lateja, os ferimentos tratados, mas em carne viva sob os curativos. Eu me apoio na perna esquerda, pondo mais peso nela. Não é o andar de um herói. *Herói.* A palavra tem gosto de chumbo em minha boca. Coxeando, lento, desejando, de alguma maneira, nunca chegar à varanda. Sem ter certeza se a notícia os alcançou, se um telegrama chegou antes de mim.

A porta de tela range, e Evelyn sai correndo, lança os braços em torno de mim, a porta batendo atrás dela. Ela me abraça e me beija, suas mãos em meu rosto e meu pescoço, meu corpo está entorpecido, instável no abraço dela. Ela olha em volta, percebe que sou apenas eu. Eu, sozinho. Não há um segundo carro subindo pelo caminho, ninguém descendo atrás de mim. Ela recua, finalmente percebendo minha expressão.

— Evelyn... — Estendo as mãos para os braços dela e faço contato com seu pulso. Ela o solta. O Plymouth que me trouxe já desapareceu, o único sinal de que esteve aqui é o rangido distante de pneus, o som do motor sumindo a distância.

— Ele também está ferido. Está vindo em outro carro. — A voz dela é firme, controlada, seu olhar fixo no meu.

Não consigo falar. Minha boca se abre, mas o gelo que sinto por dentro pesa ainda mais, suas pontas afiadas parecem fincar no tecido do meu coração. É uma dor que nunca senti antes, ver os olhos dela se enevoarem, testemunhar enquanto ela entende o que não consigo lhe contar, não tenho palavras para explicar.

— O telegrama informou que ele estava ferido. Que vocês dois estavam feridos. Me diga. *Joseph*... me diga que ele vai chegar logo, que ele está a caminho. — A voz dela se torna um guinchado enquanto ela bate no meu peito, o cabelo se soltando dos grampos. — Me diga! Droga, diga alguma coisa! — Eu seguro os pulsos dela outra vez e a puxo para mim. As lágrimas embaçam minha visão. Enfio a cabeça no pescoço dela e tudo que consigo murmurar é "Eu sinto muito... eu sinto tanto".

Ela me deixa abraçá-la por um momento, e então seu corpo se enrijece. Ela se endireita, os ombros subindo e descendo, e se afasta de mim. Seus olhos são nuvens escuras que não refletem nada... nenhum amor, talvez nem reconhecimento. Eles se voltam para o meu rosto, mais azuis hoje do que jamais os vi.

Sua voz mal chega a ser um murmúrio.

—Você me prometeu.

O gelo se quebra, e as pontas me cortam mais fundo.

— Evelyn... — Minha voz não parece minha.

Ela recua, seus olhos fixos em mim. Movendo-se rápidos da esquerda para a direita sobre meu rosto, como se estivesse lendo algo escrito ali. Algo escrito em uma língua que ela não entende, algo asqueroso. Evelyn se vira, e eu seguro o braço dela, mas ela se solta e corre. O sol brilha em um clarão; minha visão oscila, roxos e verdes se distorcem à minha frente, imprecisos e surreais, enquanto ela dispara pelo campo enfeitado de violetas, em direção à casa deles.

À casa *dela*.

Dela.

Nadar à noite é minha salvação. Eu saio em silêncio para Bernard Beach quando não consigo dormir, quando meu coração parece um parafuso apertado demais. É o único lugar em que posso respirar, mergulhando nas águas fundas e geladas. O céu acima de mim é tão escuro que parece ter assumido uma nova cor, o universo reluzindo e infinito. Na Itália não havia estrelas como estas. O ar era cheio de fumaça e pólvora, fuligem cinzenta, cinzas de prédios desmoronados. Quando penso nisso, minha garganta se estreita, o oxigênio fica rarefeito. Uma mulher caída na porta de casa, o pescoço pendido para trás. O jeito como seu filho gritava, coberto de pó. Aquilo era real? Isto é?

Acordo antes do sol, inquieto; meu travesseiro úmido e cheirando a mar. Saio mancando para o campo entre nossas casas. Evelyn ainda trabalha na cidade costurando paraquedas, mas depois se esconde em seu quarto, nenhum sinal dela a não ser as cortinas fechadas até de manhã. Quero perguntar se ela ainda borda nossas iniciais na seda; se ela suporta escrever uma das letras sem a outra, se bordar ou omitir ambas torna a cicatriz ainda mais funda. Antes de dormir, ela acende seu abajur, um quadrado pequenino de luz amarelada que eu sei que é ela, andando pelo quarto. Percebo isso através da janela por onde eu costumava jogar bolinhas de papel, bilhetes com mensagens e lugares secretos em que nos encontraríamos. Momentos que parecem de uma outra vida. Será que ela olha para a pousada cinzenta e castigada do outro lado do gramado e se pergunta a meu respeito?

Ela não falou mais comigo desde que voltei. Nem mesmo no funeral, o peso do caixão sobre meu ombro, as repuxadas em minha perna enquanto eu andava, o corpo uniformizado enfiado lá dentro, que não era Tommy, não podia ser. Parada em frente à igreja, a sra. Sanders segurava um lenço, com uma expressão coberta de dor, recitava as rezas. O sr. Sanders apertava a mão de todos, de forma rígida. Evelyn não dizia uma palavra, vestida em um vestido preto solto, refletia meu vazio enquanto o enterravam, uma tristeza tão profunda que transformava o rosto dela. Duas figuras de cera, dois estranhos, irreconhecíveis. Um posto para o descanso eterno sob a terra mais escura, uma esvaziada por dentro, parada à beira do túmulo.

    O exército me dispensou com honras por causa do estilhaço de granada que rasgou minha perna, o andar claudicante que faz as pessoas ficarem olhando, baixarem os olhos com pena ou, pior... me agradecerem. Não tenho o menor desejo de participar de nada agora que estou em casa. Nem no estaleiro da marinha, nem coletando metal para reciclagem; eu já dei tudo que tenho. Tudo que quero é ficar em Stonybrook para sempre, nadar, deixar a água fresca passar sobre minha pele, do jeito que era quando eu parti e do jeito que será sempre. Os médicos me disseram para ir com calma, que eu tinha sorte de poder andar, que coxearia pelo resto da vida. Eu não aceito isso, um lembrete constante daquele dia. Então eu nado, bato as pernas através das ondas, saboreando a dor até o frio e as agulhadas ardidas me deixarem entorpecido.

    Mas meus dias e noites se misturam com lembranças sobre ela.

    Evelyn, tirando o sal do cabelo úmido. Evelyn, segurando meu pulso e apontando com meu dedo para formas nas nuvens. Evelyn, colocando uma florzinha atrás da orelha minúscula, curvada como uma concha. A primeira vez que peguei sua mão, na Captain's Rock. A primeira vez que ela me mostrou suas listas, de pernas cruzadas sobre a grama áspera, as páginas que ela preenchia com tinta e sonhos. A primeira vez que a beijei, deitados juntos no cais. A primeira vez que eu disse que a amava. As lágrimas nos olhos dela quando o trem partiu. Como ela olhou para mim, o rosto todo fechado, quando voltei sozinho.

    Ela sai para o trabalho todas as manhãs, e todas as manhãs eu colho violetas e levo para ela. Um lembrete, uma oferta, uma súplica. Fico esperando onde a rua de paralelepípedos se encontra com a Sandstone Lane, segurando um punhado de flores junto ao peito, o coração pulando como um peixe preso em uma rede. Quando ela me alcança, eu as ofereço. Ela me olha, com o olhar vazio, sem ceder.

— Eu estarei aqui todos os dias até você falar comigo — digo.

Ela parece distante, sem seus trejeitos já conhecidos, uma bolha estourada, que deixa de existir. Ilegível, ela se recusa a encontrar meus olhos, vira na direção da rua e segue seu caminho. Mas ela acompanha o ritmo dos meus passos, que agora são lentos e cansados. Nós caminhamos, o ar entre nós espesso de incerteza e silêncio. Quando chegamos à The Arnold Factory, ela desaparece pelo portão de ferro sem dar nenhum sinal de reconhecer minha presença ali.

Esta manhã, como em cada uma antes dela, eu colho os talos finos de novo, descarto as folhas em formato de orelhas de elefante e junto um buquê de pétalas aveludadas. Mas, desta vez, eu espero para ver se minha ausência é percebida ou se eu não passo de um fantasma ao lado dela.

A porta se abre, e ela está lá, em seu uniforme bege escuro simples, o cabelo preso em um coque firme na nuca. Ela desce os degraus, olhando para os pés, como todos os dias. Só levanta os olhos quando chega à passagem e eu vejo a sombra de desapontamento, a virada muito ligeira da cabeça, antes de ela entrar na rua e seguir.

Ela hesitou. Ela me esperava.

Eu me apresso, minha perna lateja em meu esforço para alcançá-la. A panturrilha arde, e as chamas se espalham até meu peito, a dor como um raio se chocando com metal, mas eu continuo assim mesmo.

— Evelyn! — eu a chamo, quando ela está alguns passos à frente.

Ela se vira, para com a surpresa, o que permite que eu me aproxime. Perto o bastante para segurá-la, se ela me deixasse.

— Eu não vou desistir. Você não precisa conversar, só ouvir. Por favor, não vá embora. — Estendo as violetas para ela, minha respiração ofegante. Os olhos dela descem para minha mão. Ela faz uma pausa, vai recusar. Mas, então, seus dedos finos envolvem os talos, roçando minha pele na troca como o toque leve das pétalas de um botão-de-ouro que ela uma vez fez roçar pelo meu pescoço. Em um sussurro infantil, com um dente de leite a menos, ela me disse: *Feche os olhos. Se você se mover, perdeu.* Um joguinho infantil, uma lembrança, chocante em sua nitidez.

Eu não esperava que ela parasse, e agora o discurso que ensaiava todos os dias em nossas caminhadas silenciosas sai todo apressado e atrapalhado.

— Eu nunca deveria ter feito aquela promessa para você. Eu estava tentando protegê-la, fazer tudo ficar bem antes de partir. Mas eu não tive como evitar, e isso me rasga por dentro. — Minha voz oscila, as mãos vazias e inúteis ao meu lado, querendo desesperadamente tocá-la, saber que ela é real. — Eu não estava lá quando aconteceu. Se eu estivesse, talvez… Eu não sei, talvez pudesse ter sido diferente…

Meus olhos se inundam. Antes deste momento, tudo era enevoado. Vejo o coronel vindo me dar a notícia. Vejo as bandagens em volta da minha perna. Vejo os lábios dele se movendo e o som abafado, como se eu estivesse embaixo d'água, estou me afogando, estou morto. Sinto tudo, depois nada. Ver Evelyn acende alguma coisa dentro de mim, e mal consigo dizer as palavras antes de submergir outra vez.

— Eu queria poder mudar tudo. Queria que tivesse sido eu. Também sinto falta dele. Por favor, diga que você entende. Diga…

As flores caem no chão como se fossem palitos de fósforo usados, e ela me abraça. Enfio o rosto no pescoço dela e o alívio de seu toque leva embora toda a minha força e eu soluço, tremendo por não poder mudar o que aconteceu e por finalmente me soltar, tudo que eu queria desde que parti era estar de volta em seus braços.

Ela sussurra com firmeza em meu ouvido, meus ombros balançando com os soluços:

— Nunca diga isso! Eu queria que vocês dois voltassem para casa.

Eu a aperto com mais força, seu toque é minha dor e minha cura.

— Por que você não queria me ver? Eu preciso de você, Evelyn.

Ela inclina a cabeça para trás, seu nariz quase encostando no meu. Olha para mim, vendo-me pela primeira vez desde que voltei para casa. Há pouco calor em seus olhos.

— Como eu poderia? Como eu poderia olhar para você e não me lembrar dele?

— Mas eu não posso perder você também.

Sinto um vazio no estômago ao pensar em minha mãe. O tumor encontrado enquanto eu estava fora, crescendo rapidamente, e ela enfraquecendo. As noites que meu pai passa andando de um lado para outro, olhando pela janela para o nada. A pousada que só é uma pousada no nome, a pintura inacabada e as janelas dos quartos de hóspedes fechadas com tábuas. Eles não tinham planejado me contar sobre o que está crescendo na lateral do corpo dela, o medo do que significa, mas dei de cara com eles na cozinha. Meu pai chorando na mesa sobre as mãos estendidas da minha mãe. E Evelyn nem sabe. Uma impossibilidade, essa linha nós não compartilhamos.

A voz de Evelyn me traz de volta, quase um sussurro.

— Eu não posso... Joseph, é demais para mim.

A brisa carrega o cheiro de grama orvalhada, de terra. Agita a barra de seu vestido e ela cruza os braços para se proteger da friagem. Resisto ao desejo de abraçá-la. Se não conseguimos nos comunicar com nossas palavras, será que nossos corações se reconhecerão nesse novo escuro? Podemos encontrar nosso caminho um para o outro pelo toque? Examino o rosto dela, linhas contornadas tomam conta de seu rosto, antes cheio e rosado.

— Eu te amo — digo.

Ela levanta a cabeça para mim, seus olhos azuis acinzentados molhados de lágrimas.

— Eu vou embora.

É como se um vento com a força de um furacão viesse atrás dessas palavras e as carregasse para o mar.

— O quê?

Ela balança a cabeça.

— Eu vou embora de Stonybrook. Para sempre. Talvez quando a guerra terminar, talvez antes. Não posso mais ficar aqui, não há sentido, tudo me faz lembrar dele.

— Diga o nome dele. — O desespero se infiltra em minha voz como água subindo.

— O quê? — O corpo dela estremece em um sobressalto.

— Diga o nome dele. Você não disse o nome dele desde que eu lhe contei, eu não ouvi nenhuma vez.

— Por que eu teria que dizer? — ela responde com irritação. — Já é como se eu estivesse gritando. Passei dois anos esperando vocês voltarem para casa. *Dois anos.* De que serve dizer? O que isso muda?

— Como você pode ir embora se não consegue nem dizer o nome? Ela se curva para trás, uma cauda de escorpião levantada.

— Por que você está fazendo isso?

— Porque você não pode fugir. Não pode ignorar o que sente, me ignorar e fingir que nada disso aconteceu. — Fico ofegante com o esforço de segurar dentro de mim todo esse amor e raiva e dor. Eu corro para a rua antes de ele levar o tiro, corro com o corpo dele, seu corpo vivo e respirando. Corro pelo meio das balas que voam pelo ar e me desvio de todas elas, corro atrás do oceano agora, ondas como degraus me impulsionam para a frente, para Bernard Beach, para Stonybrook, para esta vida aqui que compartilhamos. Esta vida que agora, de alguma maneira, eu preciso levar adiante sozinho.

— Posso fazer o que eu quiser. — O rosto dela é de pedra; os braços que me abraçaram estão cruzados sobre o peito.

Respiro fundo, com cautela.

— Sim, você pode. Você pode ir embora, pode fugir, se é realmente o que quer. Mas estou lhe pedindo para não fazer isso, estou lhe pedindo para ficar comigo. — Faço uma pausa, a garganta ardendo. A escola da sra. Mayweather, uma ordem da mãe para deixar a cidade. Um tumor crescendo, forçando sua passagem. O alistamento, avolumando-se, ameaçador. Uma bala, um estilhaço de granada, rasgando a carne. Minha vida, espiralando fora do controle, para a dela.

— Eu tenho que ir. Não posso ficar aqui. — A voz dela é fria, sem expressão e alterada.

— Então eu vou com você. — A água sobe, estou ficando sem ar. Esfrego os nós dos dedos, uma fricção nervosa.

— Eu não quero que você vá. Será que você não entende?

— Eu preciso de você. Sei que você precisa de mim também. — A cena vai me tomando aos poucos, tudo ficando menor, escuro e indistinto.

— É de *você* que eu não suporto ficar perto. Não aqui, não neste lugar. — Seus olhos descem para as violetas, espalhadas no chão. — Achei que estarmos juntos seria suficiente. Mas a vida pela qual fiquei aqui esperando não existe mais... Não posso ficar, presa aqui, desejando que pudéssemos voltar a como era antes. — Ela respira fundo. — Nós temos que dizer adeus.

Eu estendo a mão para ela, seu rosto quente. Os olhos dela estão fundos, os ossos salientes.

— Eu disse que você nunca teria que dizer adeus para mim, não para sempre. — Ela vira ligeiramente o queixo, evitando meus olhos. Uma lágrima solitária cai de seus cílios e desliza pelo meu polegar. — Eu sei que você também me ama.

— Eu tenho que ir. — Ela recua, o contato rompido como um colete salva-vidas arrancado em uma onda. A água subindo, batendo à minha volta.

Sinto o lugar onde a lágrima dela roçou minha pele. Com um nó na garganta, pergunto:

—Você me ama, não é?

Seus olhos se umedecem quando ela olha para mim, suplicante.

— Não espere mais por mim… de manhã. Por favor.

— Evelyn…

Um último olhar, sua beleza desolada como uma lâmina, me cortando. Ela se vira e, em um passo que sabe que é mais rápido do que eu posso acompanhar, vai embora.

Um mês depois, a janela escura de Evelyn me dá uma resposta. Não há nenhuma luz para anunciar que ela está indo para a cama, e, após três noites, fica claro que ela se mudou, deixou Stonybrook, me deixou. Faltam poucos dias para o aniversário deles. Tommy faria vinte e um anos. O estrondo dos fogos de artifício de julho se torna fogo de artilharia quando me escondo sozinho em meu quarto, o clarão que reflete em minhas janelas se tornam alertas para recuar. Fumo um maço inteiro de cigarros esperando que as explosões parem, depois vomito até não sobrar mais nada.

No quarto dia, eu me arrisco até a varanda na frente da casa dela, meus pensamentos um campo minado. *E se eu nunca mais a vir? E se ela me odiar? E se ela encontrar outra pessoa?*

A sra. Saunders abre uma fresta da porta pesada, seus olhos fundos e a pele esticada sobre as maçãs do rosto.

— Oi, sra. Saunders. A Evelyn está aqui? — Ela fica me olhando com ar de desconfiança, como se eu estivesse fazendo alguma brincadeira maldosa. — A senhora sabe para onde ela foi?

— Ela não me contou. Achei que você saberia.

— Ela voltou para Boston, será? A senhora sabe como entrar em contato com ela?

— Eu não sei, ela não disse. Só sei que ela também se foi. Agora vá embora, por favor. Não há mais ninguém aqui para você. — Ela recua e fecha a porta.

Eu nunca me senti particularmente bem-vindo dentro da casa dos Saunders, mas isto foi algo novo. Não foi um desejo de manter a casa impecável, de evitar nossa algazarra perto de sua decoração frágil. Minha presença é uma cruel zombaria do destino; o soldado que voltou, quando o dela não teve a mesma sorte. Quantas vezes eu esperei aqui, bem aqui no segundo degrau junto ao corrimão com sua pequena rachadura de uma bola de beisebol extraviada, mas, agora, as duas pessoas que eu esperava nesta varanda não moram mais nesta casa. Elas não correm mais descalças pela Sandstone Lane, não mergulham nas ondas em Bernard Beach. Não vão mais atravessar o campo até a pousada, ou pular da Captain's Rock, ou existir aqui a não ser em sonhos e lembranças.

Estou à deriva.

Fico à deriva pelos meses seguintes, que se arrastam como anos. Batalho internamente, uma luta que não vou vencer. *Ela não me quer.* Nós precisamos um do outro. *Ela disse que me ver é doloroso.* Nosso lugar é ao lado do outro. *Ela me pediu espaço.* Nunca vamos nos curar se ficarmos separados.

À noite, luto com um soldado em meus sonhos, que tem o meu corpo e o rosto de Tommy e os olhos de dor de meu pai — não consigo derrotá-lo. Ele me estrangula até eu acordar.

Na manhã seguinte a que Evelyn me disse para não esperar mais por ela, deixei um último bilhete, preso em um buquê de violetas em um frasco de vidro que coloquei nos degraus de sua casa. *Ir embora não vai me fazer deixar de amar você.* Ela nunca respondeu. Eu nem tenho certeza se ela viu, e, se viu, não fez nenhuma diferença. Semanas depois, ela partiu.

Algo dentro de mim se quebra como uma dobradiça gasta pelo uso, fragmentos se espalhando. Semanas, meses se passam sem que eu perceba. Flutuo a esmo pelos lugares que têm o cheiro dela, de Tommy. Fumo mais cigarros. Penso em nadar para a Captain's Rock na maré baixa e ficar agarrado a uma rocha áspera até que a água suba e me cubra.

Preciso ir embora. Não há vida para mim aqui, sem ela.

Eu a seguiria para qualquer lugar.

Embarco no trem para Boston, mala na mão, seguindo o endereço em uma carta desbotada que Evelyn tinha me enviado anos antes. *Escola para Meninas da sra. Mayweather, 239 Walnut Street, Brookline, Massachusetts.* Evelyn não está na lista telefônica, portanto eu começo pela melhor pista que tenho e rezo para ainda conhecê-la o suficiente para seguir seu rastro.

À primeira vista, confundo a escola com um museu, um prédio de tijolos ornado com colunas gregas brancas e uma porta enorme. Uma secretária com cara de mal-humorada me recebe quando pergunto por Maelynn e me instrui a esperar do lado de fora da sala da diretora, um aposento com cheiro de bolor de livros velhos e sofás de couro macio. Quando Maelynn chega, ela é menor do que eu havia imaginado — nas histórias de Evelyn, ela é uma deusa forte e impetuosa, uma mulher que enche uma sala, mas na realidade ela é muito próxima de Evelyn em tamanho e estatura. Está usando um conjunto azul-marinho de calça e paletó e tem uma expressão de boa entendedora quando faz sinal para que eu me aproxime, sua cabeça indicando uma ordem com a autoconfiança de uma mulher que raramente é desobedecida.

— Então, você é o Joseph de quem ouvi falar? — Ela ergue as sobrancelhas, e a semelhança com Evelyn me desorienta.

Eu gaguejo minha resposta.

— Sim, senhora. Estou aqui para me casar com ela, se ela me aceitar. Vim para esta cidade com um plano para encontrá-la. Por favor, eu não sei por onde começar. — Gostaria de ter uma apresentação mais forte, para combinar com a autoconfiança dela, ser um pretendente galante, não um garoto do interior fazendo um pedido fraco.

— Não está parecendo um plano muito bom. — Suas sobrancelhas se levantam, me desnorteando de novo. — Escute, acho que não seria certo deixar você se enfiar na nossa casa sem a permissão dela. — Ela faz uma pausa. — Certamente não seria certo informar a você que ela trabalha como secretária na Boylston Street, ou que ela compra o almoço meio-dia e trinta em um mercadinho na frente do Copley Square Hotel. Não seria certo de forma nenhuma você ter essa informação, por mais que eu quisesse poder ajudar. — Ela dá uma piscadinha para mim. — Foi um prazer conhecê-lo. — E então ela se vira, vai embora e fecha a porta atrás de si.

Fico desconcertado com o quanto foi fácil. Saí de Stonybrook faz poucas horas; tinha me imaginado procurando incansavelmente, seguindo pistas erradas, me perdendo. Três meses se passaram desde a última vez que vi Evelyn. Meses perdidos para o meu luto, cuidando da minha mãe acamada, tentando pensar em maneiras de conquistar de volta o coração de Evelyn e sempre descartando cada ideia, agora estou perto demais, com um plano e uma referência em um mapa que me leva a ela. Tenho medo de que ela fuja, de que Boston de repente não seja mais suficientemente longe, que eu a force a se afastar mais. Eu tinha me convencido de que, em nosso tempo separados, ela havia sentido falta de mim também. Mas e se eu estivesse errado, me enganando por querer tão desesperadamente que fosse verdade?

Já tendo chegado tão longe, eu corro até a parada do bonde em Brookline Village, ainda carregando minha mala e me repreendendo por não ter arranjado um lugar para ficar primeiro, pelo menos para passar a noite, por aparecer com a bagagem como se minha decisão de ficar dependesse da resposta dela. Mas estou determinado a chegar a Copley Square enquanto ainda tenho coragem. A única coisa pior do que encontrá-la seria não encontrá-la, então rezo para Maelynn estar certa.

O bonde chega, e eu enfio a cabeça pela porta.

— Por favor, esta linha passa na Boylston Street?

O motorista grunhe:

—Vai para lá. — E me apressa para entrar com os outros, trocando moedas por bilhetes. Avançamos sobre os trilhos pela cidade, sacolejados em cada parada enquanto o carro esvazia e enche, enche e esvazia, o espaço à minha volta se apertando. Seguro firme uma alça de tecido para manter o equilíbrio, casacos e chapéus e cotovelos e ombros esbarram em mim enquanto eu fico procurando o que dizer quando a vir. *Eu não sei viver em Stonybrook sem você. Eu não sei viver sem você.* Nada parece certo. Nada diz exatamente o que eu preciso que ela entenda. Não estou agindo por fraqueza ou desespero. Não há violetas para oferecer, apenas as folhas douradas de outubro. Não quero levar algo que simbolize a mudança. Quero que ela saiba que sou constante como o mar, as marés subindo e descendo, as ondas indo e vindo pela eternidade. Portanto terá que ser apenas eu. Eu e as palavras que não consigo encontrar.

O mercado na frente do Copley Square Hotel está cheio de cartazes colados declarando A Comida é uma Arma, Não Desperdice, e Compre com Moderação, Cozinhe com Atenção, Coma Tudo, e Ajude a Vencer a Guerra no Front da Cozinha. Eu fico parado na entrada, encostado nos tijolos ásperos, olhando para a rua, sem saber de que lado ela vai vir. O vento de outono chicoteia as bandeiras no alto do hotel, e, apesar de meu casaco de lã e gorro, tenho que soprar as mãos para esquentá-las. O cheiro de pão recém-assado e carnes curadas me seduz cada vez que a porta abre atrás de mim. Meu estômago ronca; eu estava com os nervos muito à flor da pele para tomar café da manhã. Os minutos se arrastam até que já tenho certeza de que a perdi, ou de que estou no lugar errado, ou de que Maelynn me enganou de propósito.

Então, como um milagre, uma miragem, Evelyn aparece.

Ela usa um vestido verde de mangas longas, de comprimento abaixo dos joelhos. O cabelo está longo e preso para trás do rosto, um contraste com o coque apertado do verão inteiro. Ela sorri para o porteiro do Copley Square Hotel quando passa, um gesto educado, não alegre. Depois olha para os dois lados e atravessa a rua em minha direção.

Minhas mãos estão suadas, então eu as enfio nos bolsos, meu corpo eletrificado. Ela se aproxima do mercado, mas ainda não me viu. Abro a porta para ela, e ela se vira para agradecer, um estranho de gorro de lã, e para, abrindo a boca em choque, quando vê meu rosto.

— Joseph!

— Oi, Evelyn.

Um homem nervoso vestindo um casaco marrom para do lado de dentro da porta, e nós saímos da frente para ele passar.

— O que você está fazendo aqui?

— É bom ver você.

O rosto dela está mais cheio do que quando o vi pela última vez; há algo adulto em sua expressão agora que ela tem dezenove anos. O vestido dá um tom esmeralda para seus olhos, uma floresta sinistra que estou desesperado para explorar.

Voltar a vê-la, aqui, é como dar de cara com ela em uma vida completamente diferente, como se pudéssemos nascer de novo e nos encontrar pela primeira vez do lado de fora deste mercado e, no entanto, ainda reconhecer um ao outro. Minha alma reconheceria a dela como uma estranha na próxima vida exatamente do jeito como eu a vejo agora, de uma maneira antiga, absoluta. Tudo que quero é abraçá-la, mas me contenho, sem saber o quanto ela ainda está ferida, se ela se machucaria como um pêssego maduro sob o aperto dos meus dedos.

— Como você me encontrou?

— Maelynn. — Seus lábios macios, esses lábios que eu poderia reconhecer de encontro aos meus no escuro, ainda estão separados em incredulidade, então eu continuo. — Eu disse que ir embora não ia me fazer deixar de amar você, e não fez. Eu sinto tanto a sua falta. Preciso estar perto de você, com você. Eu me mudo para cá, se for isso que você quer. Faço tudo que for preciso...

Ela balança a cabeça.

— Você vai se mudar para cá... para ficar comigo? Ah, Joseph...

— Não quero espantar você. Sei que é meio excessivo eu aparecer deste jeito, mas eu não sabia como falar com você, ou o que fazer...

— Eu não sei o que dizer...

— Você sentiu a minha falta, ou... esta vida aqui... é o que você quer? — pergunto, desesperado pela resposta que não vai me despedaçar.

— Não é assim tão simples.

— Mas pode ser.

— Eu gostaria que isso fosse verdade.

— Eu vou embora, juro. Deixo você em paz para sempre se for o que você realmente quer. Mas preciso que saiba que, se houver alguma chance de você me amar, eu estarei aqui.

Ela respira fundo. Então olha nos meus olhos, um olhar místico de sereia que eu ficaria feliz em seguir, ainda que causasse minha destruição.

— Tudo bem.

— Tudo bem?

— Sim, tudo bem. — Um esboço de um sorriso. — Tudo bem você estar aqui.

— E tudo bem se eu almoçar com você?

Ela ri, surpreendendo a ambos, e concorda.

— Sim, pode ser.

Dividimos um sanduíche no mercado, pão crocante, azeitonas em conserva, carnes curadas e queijos de cheiro forte, um santuário de delícias que eu achava que haviam desaparecido com a guerra. Fiquei acostumado com ensopados de carne dura, biscoitos feitos de xarope de milho, feijões em lata cultivados em hortas domésticas. Mas, aqui, cupons compram comida que tem gosto de tempos de paz, como nadar no mar, como flores no chapéu de Evelyn.

Compramos nossa cota e saboreamos o almoço, naquele dia e nos dias seguintes. Um arranjo tácito que mantemos mesmo depois que começo a vender ternos na Filene's, meu primeiro emprego sem ser na pousada. Fui contratado graças à sra. Moretti, uma viúva de olhos bondosos que notou meu andar manco no bonde e perguntou se eu havia servido na guerra. Ela me ofereceu o quarto livre em sua casa; era do filho dela, mais um soldado que nunca voltou. E ela escreveu o nome *Filene's* em um pedaço de papel com um endereço e me disse para pedir para falar com Sal, o gerente de lá. Quando nos encontramos, ele perguntou sobre minha perna, em um forte sotaque italiano:

"Você parece um bom garoto... mas vai ter que ficar de pé atendendo os clientes, acha que consegue?". Apoiei meu peso na perna ferida, aguentando a dor, e jurei que conseguia. Ele concordou, o rosto envelhecido se enrugando em um sorriso. Disse que precisava de um vendedor para a seção de ternos e que eu podia começar de imediato.

Desde que comecei a trabalhar, entro na Main Line Elevated em Downtown Crossing e pego o metrô por três paradas até Back Bay, daí corro para a Copley Square, onde Evelyn me espera com meio sanduíche para mim e meio para ela. Só temos alguns minutos juntos, mas vale a pena notar seu sorriso quando ela me vê do outro lado da rua, são pequenas rachaduras na concha que ela havia formado para me manter distante.

Nós nos sentamos grudados um no outro em um banco, segurando nossos sanduíches com dedos congelados, e Evelyn diz:

— Sabia que eu consigo datilografar duas vezes mais rápido que as outras garotas? Graças a todos aqueles anos no piano.

— Talvez eles comecem a pagar o dobro para você.

Ela solta uma risada.

— Ah, sim. Talvez aí eu pudesse pagar mais aulas. Eu sinto falta.

— Você não pode convencer a Maelynn a conseguir um piano para você? Assim você teria como estudar sozinha.

— E onde nós colocaríamos um piano? Mal há espaço para nós duas, e ela já está sendo muito generosa por me deixar ficar lá.

Eu penso, mas não digo, *Você já tem um piano, à sua espera em casa.*

— Posso fazer uma pergunta?

Ela mastiga, seus olhos na altura dos meus, cuidadosa para não concordar com algo que não queira responder.

— O que fez você mudar de ideia? Naquele dia em que eu apareci... não tinha certeza se você ia querer me ver.

— Sinceramente? — Ela amassa o papel de embrulho, calça as luvas. — A cada dia desde que eu vim embora... toda vez que eu saía do trabalho, uma parte de mim esperava que, de alguma forma, você fosse estar aqui também.

Eu não digo *Você sempre soube onde me encontrar.*

Recebo a franqueza dela com cautela, uma conversa para guardar para quando estivermos em terreno mais estável. Nossos dias são passados assim, oscilando entre o que estamos dispostos a dizer e o que não podemos, o que compartilhamos e o que mantemos dentro de nós.

Confesso que vender ternos não é algo de que eu goste tanto, mas o pagamento é justo, e os horários são fixos. Penso em responder a anúncios procurando trabalhadores para serviços gerais, ou em perguntar sobre vagas em um dos hotéis, mas meu emprego na Filene's parece mais fácil do que sair caçando sombras de uma vida que deixei para trás. Reconstruir a Oyster Shell não parecia um emprego, porque ela era minha, mas meu suor seria perdido em uma construção de outra pessoa, seria tão vazio quanto vender lenços de bolso. Evelyn se preocupa com o tempo que eu passo andando pela cidade, e de pé na loja, por causa da minha perna, o coxeio marcando até mesmo esses tempos felizes como *depois*. Eu dou de ombros, dizendo que tenho que forçar se quiser ficar mais forte. Com exceção de minha perna, nós não falamos da guerra, ou de Tommy, ou de Stonybrook, ou de nossos pais; aqui, nesta vida nova, não precisamos fazer isso. Não há gatilhos inesperados para nossas lembranças dolorosas, um cheiro ou som familiar que nos transporte para casa. Boston cheira a canos de escapamento, a estranhos no metrô, a chuva nas ruas. Não há sinais de maresia, ou de terra fresca, nenhum cheiro que remeta à maré baixa.

Aqui, podemos começar de novo.

As bochechas de Evelyn estão rosadas, as luvas envolvem um saco de papel pardo, com a ponta um pão crocante exposta ao ar da noite. Nossas botas deixam pegadas enlameadas na calçada de pedra. Ajeito as rações em meus braços, atrapalhado, distraído por ela. Seu gorro de lã escorregou um pouco, me permitindo ver a curva de sua orelha, rosada por causa do frio. A neve cai enquanto voltamos lentamente para a casa de Maelynn, um imóvel colonial alugado em uma travessa da Walnut Street, pela enfeitada Brookline Village ao cair da tarde. As ruas estão vazias e silenciosas; todos abrigados dentro de casa, ao lado de lareiras com o fogo crepitando. O cabelo dela está pontilhado de branco; tenho vontade de roubar um floco de neve e senti-lo derreter em meu dedo.

A Evelyn que eu conhecia no passado instigaria uma luta de bolas de neve ou se deitaria no chão e faria asas de anjo mexendo os braços. Esta Evelyn não faz nada disso, apenas caminha com a cabeça erguida, o queixo levantado. Só isso já é um triunfo, porque, por baixo dos ombros retos, ela está encolhida sob uma neblina pesada: a saudade de Tommy. Não estou decepcionado; é só um ajuste, uma mudança nela que preciso aceitar. E eu aceito. Estou aprendendo que quem nós éramos não é sempre quem nos tornamos.

Um fiapo de memória passa flutuando como fumaça: a última manhã de Tommy em Stonybrook. Ele estava quieto enquanto enfiava a mala no bagageiro sobre os bancos e se sentava no trem ao meu lado. Suas mãos passaram sobre as pernas da calça para esticar dobras invisíveis no uniforme bem passado. Ele olhou para Evelyn indo embora quando nosso trem se afastava, o ar denso de vapor e carvão queimando, e disse, com uma voz instável: "Se alguma coisa acontecer, você toma conta dela". Eu concordei, e seguimos juntos em silêncio, enquanto observávamos a garota que nós dois amávamos diminuir, desaparecer. Esse momento me assombrou depois que ele morreu, como ele parecia, pela primeira vez, com medo.

Não foi fácil deixar Stonybrook, e, ao caminhar com Evelyn, mesmo em uma noite como esta em que tudo parece certo, em que o ar é frio, mas não cortante, em que sinto o cheiro de fogões a lenha e vejo fumaça saindo de chaminés, todos aconchegados em casa e aquecidos, há um eco de culpa em meus passos. Abandonar minha mãe e meu pai, que levava o jantar dela todas as noites em uma bandeja, enquanto ela emagrecia e o tumor crescia. Ele se sentava ao lado dela na beira da cama, esquecendo-se de comer. Eu lhe levava copos de água gelada, insistia que ele bebesse, mas os encontrava cheios todas as manhãs, um anel molhado sobre a madeira de sua mesinha de cabeceira. No entanto, meus pais sabiam que eu falava sério quando lhes disse que precisava ir e, pela segunda vez, me deram um abraço de despedida. Sufoquei um soluço quando senti as costelas de minha mãe onde sempre havia sido um lugar macio para mim, um abraço acolchoado que cheirava a farinha, roupas de cama alvejadas ao sol e lar.

Hoje, na neve, dois meses depois que nos reencontramos, estou maravilhado com a beleza de Evelyn mais uma vez. Flocos caem em silêncio, pousando em seu cabelo e ombros. Ela apoia o saco de papel no quadril como se fosse uma criança. A neve não para há dias, e Evelyn começou a se preocupar que elas poderiam ficar sem comida se não fizessem um estoque. Eu as estava visitando para jantar, Maelynn serviu um macarrão ao forno, ressecado; cozinhar não era um de seus talentos, depois eu me ofereci para ir ao mercado, e Evelyn insistiu em vir comigo.

Ela me pega olhando e sorri de volta, tímida, como se tivéssemos acabado de nos conhecer. Tento congelar o tempo, para nunca me esquecer do jeito como ela está agora, neste exato segundo, o rubor em seu rosto, o sorriso acanhado, a brisa brincando com seu cabelo. Estou perdido no momento quando ela para, mudando o saco de papel para o outro braço.

— Joseph... — Um floco de neve aterrissa em seus cílios, e ela diz: — Eu estou feliz por você estar aqui.

Arrumo um cacho de cabelo solto atrás da orelha dela, esquecendo-me de mim e da distância implícita que respeitamos até este momento, desesperado para sentir a pele dela na minha, e a emoção me vence.

— Meu deus, você é tão bonita. Eu não falei antes porque não queria afastá-la, mas não posso mais segurar. Você é tão bonita, e eu sou tão apaixonado por você.

Ela estende a mão, sua luva de lã úmida em meu rosto, e me beija. Ela me beija e é como antes da guerra, antes da minha perna ferida, antes de Tommy, antes de tudo ficar tão pesado. Ela se afasta, sua expressão sonhadora é um presente que eu quero embrulhar para poder abrir de novo, e beijá-la outra vez. Deixamos as compras deslizarem para o chão, sem nos importarmos que os sacos de papel vão ficar molhados e rasgar, sem nos importarmos que ainda temos quarteirões para andar. Ela me beija de volta. Eu estive esperando por isso, e só quero beijá-la de novo e de novo, infinitamente.

Ela inclina a cabeça para trás, seu sorriso marcado com tristeza.

— Obrigada por não ter me deixado fugir.

Pressiono minha testa na dela.

— Eu não conseguiria fazer isso mesmo se quisesse.

— Eu te amo, Joseph. Desculpe por ter levado tanto tempo para te dizer, mas é verdade. Eu sempre amei você.

Envolvo-a com os braços e a levanto do chão. Enfio o rosto em seu pescoço, emocionado pelas três palavras que estive esperando, o sentimento em que sempre acreditei, mas que nunca tinha ouvido dos lábios dela. Seu cabelo faz cócegas em minha face, e eu murmuro:

— Casa comigo.

Ela fica em silêncio, e eu me solto de seu abraço, com medo de ter ido longe demais, de que ela fuja. Seus lábios estão entreabertos em surpresa, a mesma expressão que me recebeu do lado de fora do mercado. Desta vez, seus olhos brilham de lágrimas.

— Isso é sério?

Confirmo com a cabeça, atordoado diante de seu olhar.

— Eu nunca falei tão sério na minha vida. Case-se comigo, Evelyn.

Ela se joga com os braços em meu pescoço tão de repente que eu perco o equilíbrio na neve, derrubando um dos sacos de papel quando tombamos para trás. Ela cai em cima de mim e me beija ali mesmo no monte de neve, as ruas vazias e as luzes reluzindo na noite que vai se instalando à nossa volta. Estou tão feliz. Poderíamos estar em qualquer lugar; poderíamos estar em lugar nenhum. Há apenas Evelyn, seu peso sobre mim, seus lábios e os flocos de neve em seu cabelo.

— Sim. — Ela me beija, o calor se espalhando pelo meu peito, a resposta dela é a lareira prestes a se tornar o nosso lar.

Sete

Evelyn

Agosto de 2001

A porta da tela range ao se abrir e as vozes de Rain e Tony enchem a sala. Eles aparecem sem avisar, como de costume, nosso saguão é sempre uma porta aberta para nossos filhos e netos. Eles entram gritando um olá, e então atacam a geladeira ou pegam cadeiras de praia antes de sair. Todos, exceto Thomas, que se mantém reservado, se comportando como uma visita, mais distante do que nunca agora.

Esta noite, Rain descasca e fatia pepinos para acompanhar o jantar enquanto Tony desaparece para ajudar Joseph a cuidar de um vazamento na pia. Os dois estão sempre aqui. Tony ajuda nos consertos ou oferece um par de braços fortes, Rain trabalha ao lado do avô no jardim; ele lhe ensinou a identificar ervas invasoras, a remover flores mortas, a pôr um suporte na trepadeira de glicínias enrolando os talos nas estacas, em paz na casa em que ela foi criada até Jane se organizar. A Oyster Shell é o seu lar; sempre foi o seu lar, como sempre foi o meu.

Nós nos sentamos para comer, mas, antes de começarmos a nos servir, Rain explode:

— Eu não consigo esperar mais! Nós temos novidades.

Joseph baixa a tigela de salada, e eu devolvo os talheres à travessa de frango, dando a eles nossa total atenção.

— Estou grávida! — Rain exclama, com uma risadinha adolescente. Tony sorri, e nós nos levantamos para abraçá-los e lhes dar os parabéns. Parece impossível que ela já tenha vinte e sete anos, e um filho crescendo no ventre. Ela era apenas um bebê, balbuciando entre meus tornozelos enquanto derrubava areia de um balde de plástico.

— De quanto tempo você está? — pergunto, ofegante de emoção.

— Nós acabamos de descobrir — diz ela, sorrindo muito. — Nem fomos ao médico ainda, mas eu fiz tipo, cinco testes. Eu sei que a maioria das pessoas mantém isso em segredo por um tempo, mas... diante dos fatos...

Concordo com a cabeça, a vergonha subindo ao meu rosto. Toda a família está sentindo o peso do tempo.

— Para quando é? — A voz de Joseph tem um tom de alegria enquanto ele puxa a cadeira de Rain e faz um gesto para ela se sentar.

— Maio — diz ela, e seu sorriso hesita.

Maio. O mês antes de nos despedirmos. Um bisneto que mal conheceremos, entrando neste mundo enquanto nós o deixamos. Um recém-nascido que talvez seguremos por um momento, depois perderemos a primeira palavra, os primeiros passos, a criança que o bebê vai se tornar, a mãe em que Rain vai se transformar. Sua barriga crescendo será um lembrete de tudo de que vamos abdicar. De tudo que vou tirar de Joseph porque tenho medo. Uma perda imensurável. Uma nova cratera se forma em mim, profunda e palpitante.

— Achei que, se você soubesse, talvez... — Ela baixa os olhos, sem encontrar os meus. — ... isso lhe daria uma razão para ficar.

Minha garganta se aperta, mal consigo disfarçar a tristeza enquanto sorrio.

— Eu queria que fosse assim tão fácil.

— Não vamos mais falar sobre isso esta noite, está bem? — diz Tony. — Meu único trabalho aqui por enquanto é manter minha esposa grávida feliz. Esta noite nós vamos comemorar.

— De acordo — diz Joseph, quase ávido demais.

—Você pode fazer uma coisa por mim? — Rain apoia a mão em sua barriga ainda chapada. — Pode fazer um cobertor para o bebê? Como o que você fez para mim?

Rain tinha mais de um ano quando Jane a trouxe da Califórnia, já não tão bebê assim, mas ela arrastou o cobertor para onde quer que fosse durante anos, até as bordas cor-de-rosa ficarem gastas.

— Claro. Claro que faço — digo, com uma falsa segurança, esperando que possa cumprir. E eu a abraço, abraço os dois; a mãe e o bebê, enquanto posso, e, talvez, da única forma que poderei abraçá-lo. Um bebê que ainda não se transformou em pernas gordinhas nem em dedinhos minúsculos, e que, por enquanto, ainda é apenas células, a ausência de uma menstruação.

A cratera dentro de mim se alarga. Nove meses para nascer, dez meses para dizer adeus.

Dias depois, a agulha treme em meus dedos e erra o algodão amarelo-claro uma vez, duas, três vezes, e eu levanto os olhos, grata por Joseph não ter notado. Não quero que ele pergunte se estou bem. Bem comparado com o quê? Tento me concentrar no trabalho, usar o dedal para forçar a agulha a atravessar o tecido, e a linha enrosca. Estou tendo dificuldade para enxergar com clareza, enxergo como se estivesse dentro de uma bolha de sabão, a luz refrata e ondula em arco-íris distorcidos, mutando e deslizando diante de mim. Eu pisco, tento voltar a agulha, mas a passagem é muito estreita, minha mira instável, então vou ter que cortar e puxar a linha.

A sala está inundada pela ofuscante luz da manhã, mais um dia quente de agosto que certamente nos levará ao mar na hora do almoço, um respiro que eu aguardo com ansiedade. Ficar boiando de costas, sem peso, os olhos abertos sob um céu azul-claro, antes do passeio de barco saindo de Mystic Seaport que Joseph planejou para esta noite. *Partir em direção ao pôr do sol,* um sonho hollywoodiano, duas taças de vinho, a brisa em nosso cabelo, alguém no leme enquanto as cores se desvanecem no crepúsculo. Luto contra a vontade de dormir até lá. Joseph ocupa uma poltrona, óculos de leitura baixos no nariz, a cabeça coberta de cabelos brancos cada vez mais ralos. Ele tem o porte físico de seu pai, sólido como um tronco de carvalho, mas começou a declinar; pele enrugara em volta dos músculos, flacidez na barriga. Se ele ainda reflete o sr. Myers nessa idade, é impossível dizer. Ele é vinte anos mais velho do que seu pai chegou a ser.

O telefone toca, e eu agradeço a interrupção. Meu coração pula de expectativa quando atendo.

— Alô?

— Bom dia, mamãe. — É Violet. — Daqui a pouco eu estou aí. O papai está me esperando?

— Ele está lendo o jornal, não precisa ter pressa. — Neste domingo de manhã, seu filho mais novo, Patrick, tem treino de beisebol, e Ryan, seguindo os passos da irmã mais velha, Shannon, está na orientação para os calouros da Universidade de Boston. O que deixaria Violet e Connor sozinhos em casa, mas, em vez disso, ela vai vir para cá, preferindo arrancar ervas do jardim a passar tempo com o marido. Eu lhe dou um toque, reconhecendo um padrão preocupante. Ela tem quarenta e cinco anos e ainda é subserviente, ansiosa por ajudar, por fazer a sua parte. Parou de lecionar quando Molly nasceu e escolhe passar os dias conosco, mexendo a comida na panela para mim na cozinha, ou agachada no jardim ao lado de Joseph. — Mas, se o Connor está em casa, não se sinta obrigada a vir. Ou então traga-o junto.

— Não, ele tem coisas para fazer por aqui. Eu vou daqui a pouco.

Ponho o telefone de volta na base com um clique suave. Não percebo que o estou encarando até Joseph espiar por cima do jornal.

— Não era o Thomas, imagino.

Balanço a cabeça e resisto à vontade de discar o número dele. Ele nunca foi de procurar primeiro, mas sempre ligou de volta entre reuniões ou quando tinha um momento livre em sua mesa, nossas conversas eram rápidas, mas constantes. Desde que lhe contamos nosso plano, ele não retornou uma única ligação.

— Ele vai aparecer — diz Joseph, seu tom calmo aumentando minha frustração.

— Quantas vezes ele esteve aqui desde que lhes contamos? Duas?
— Faço uma retrospectiva dos dois últimos meses, forçar minha mente é como manusear um baralho novo, as cartas sempre acabam grudando uma na outra. Momentos de anos atrás surgem na minha mente, um jogo de três cartas mudando de posição e eu sempre consigo encontrar a dama. Mas as memórias recentes são engessadas, e quando eu tento levantá-las, desajeitada, as cartas voam para todo lado.

Joseph franze a testa; ele acha que eu deveria saber.

— Ele esteve aqui só uma vez desde que lhes contamos, no seu aniversário. Nós todos fomos nadar, lembra?

Claro. Naquela noite, todos mergulhando na água, a lua brilhando, a vida acontecendo. A memória é nítida quando encaixa em seu lugar. A espuma da maré azul-escura batendo na areia fria salpicada. Thomas cuspindo depois que as irmãs o derrubaram dentro da água, uma pequena pérola de juventude, de alegria e maravilhamento.

— Uma vez... — Olho pela janela para a luz do sol cruzando o jardim de Joseph, uma sinfonia de cores exuberantes, as notas calmantes de lavanda, a intensidade de metais dos lírios-de-tigre, as cordas harmônicas das hortênsias muito azuis. — Eu sabia que ele não ia entender, mas isso?

Joseph vira uma página de seu jornal.

—Você sabe como ele é. É como ele se protege.

— Eu não sei como a Ann consegue. — Meu olhar pousa em uma foto com moldura de estanho do casamento deles, Ann segurando um buquê de copos-de-leite quando eles saíam pela nave central, a expressão recatada dela, o orgulho contido dele. No dia do casamento, o salão de baile estava lotado de seus colegas de trabalho e sócios. Enquanto caminhavam entre as mesas cumprimentando os convidados, Ann soltou o cotovelo de Thomas e enlaçou seus dedos nos dele. Ele se virou para ela, o rosto radiante, e a beijou. A alegria dela, a ternura dele, foram tão íntimas que desviei o olhar para os pedaços de bolo nos pratos sobre as mesas. Eu sempre soube que ele gostava de Ann, sabia que ela gostava dele, o relacionamento fazia sentido, mas aquela foi a primeira vez que tive um vislumbre da profundidade do afeto íntimo que existia entre eles.

Joseph dobra o jornal no colo e eu espero que ele não venha se sentar comigo; seu toque reconfortante abriria uma válvula que estou desesperadamente mantendo bem fechada. Mas ele permanece em sua poltrona, tamborilando os dedos.

— Acho que ele pensa que, se telefonar, vai estar apoiando a nossa decisão. Ele precisa lidar com isso sozinho.

— Às vezes eu tenho vontade de sacudi-lo, sabia? — Eu rio, uma expulsão de ar forçada. — Estou preocupada, não temos muito tempo... não sei, eu me preocupo com todos eles, ainda há coisas em que eles não pensaram, coisas importantes... — Meu olhar percorre as dezenas de fotos emolduradas. Os netos ajoelhados fazendo uma pirâmide no banco de areia; Rain e Tony dançando em seu casamento; Jane, Violet e Thomas, vestindo pijamas e de pé ao lado de uma árvore de Natal.

Joseph faz uma pausa, sua expressão familiar, um machado me partindo em duas com a força de seu amor.

— Você sabe que, se houvesse qualquer coisa que eu pudesse fazer por você, eu faria, não é?

— Eu sei. — Meus olhos se suavizam; minha culpa surge de novo, por ser egoísta, por não ser mais forte, disposta a enfrentar o que vier. — E o que eu posso fazer por você?

— Fique forte por mim. — A voz dele tem uma rouquidão, a emoção a invadindo. — Fique tão forte quanto puder até junho.

Violet chega vestindo um short jeans e uma camiseta desbotada da Universidade Tufts, o cabelo preso em um coque desleixado na nuca. Eu a sigo para os fundos com minha costura e me acomodo em um banco de madeira que Joseph construiu para nosso aniversário de um ano de casados, para que eu pudesse lhe fazer companhia no jardim. Ele já está cavando e dividindo as hostas crescidas demais com uma pá de metal, replantando-as em grupos menores para elas poderem florescer. Os girassóis se elevam ao lado dele como vizinhos enxeridos supervisionando seu trabalho, prósperos no calor de fim de verão. Aprendi que jardinagem envolve muito mais do que plantar sementes e regar, é uma batalha constante de limpar e fertilizar e podar que eu acho esgotante. Mas não Joseph; ele é firme em seus cuidados, paciente com os elementos que fogem de seu controle. Joseph não busca reconhecimento por seu esforço, sua alegria está em ver as plantas florescerem por si próprias.

O jardim se espalha por cem metros de nossa porta dos fundos até a casa de Violet, onde eu cresci, onde minha mãe viveu até ser encontrada vagando pela vizinhança, desorientada, o que nos forçou a interná-la em uma clínica residencial. Meu pai tinha morrido muito tempo antes, de um ataque cardíaco, e ela se deteriorou para a demência, e para a morte, praticamente sozinha. Imagino que o ar à minha volta cheire a terra e pólen e à mais rica combinação de perfumes, mas os aromas também se tornaram uma lembrança, um portão trancado. Nunca pensei que minha sugestão de embelezar o gramado fosse acabar assim.

Quando fechamos a pousada Oyster Shell, Joseph não sabia mais o que fazer, seus passos ocos sem o tilintar de chaves nos bolsos, sem os constantes pequenos consertos necessários em uma casa com muito uso. Ele ficava andando de um lado para o outro enquanto eu tocava piano, experimentava o que eu estava cozinhando, pegava um pedaço de tomate fatiado ou enfiava um dedo na massa de bolo. Eu implorava para ele encontrar algo, qualquer coisa, que fosse do seu interesse. Tantas vezes eu havia desejado que tivéssemos mais tempo juntos enquanto trabalhávamos cada um do seu lado nas altas temporadas, imaginando dias em Bernard Beach como aqueles que compartilhávamos quando adolescentes. Mas, sem a Oyster Shell para ocupar seu tempo, ele se tornou irritante e incômodo, um peso nas minhas costas.

O gramado tinha ficado por um longo tempo intocado, lar apenas dos trevos e de ocasionais jogos de croquet. Às vezes eu o imaginava como um amplo jardim e, quando minha irritação foi crescendo, a ideia tomou forma. Algo que eu podia pedir, um presente para mim, que era, secretamente, algo para ele. Certa noite, ele concordou com a minha sugestão, estávamos deitados na cama, e eu pude sentir seu constrangimento. O desconforto de não saber como admitir que não tinha mais o que fazer com tanto tempo à disposição.

Para transformar o gramado em um jardim, Joseph primeiro teve que domar as violetas silvestres. Elas cresciam livremente nas primeiras semanas de maio, até o campo inteiro explodir em tons de roxos. As flores frágeis escondiam a força das raízes embaixo; elas se espalhavam com o fervor de mato, sufocavam qualquer coisa em seu caminho. Eram belas, mesmo assim, sem maldade ou intenção, podiam estrangular para sobreviver. Ele as restringiu para salvá-las, um canteiro protegido em que podiam florescer em paz. Só no que eu pensava ao observá-lo era que ele costumava aparecer todas as manhãs na minha porta com violetas na mão. Imaginei se ele também pensava nisso, enquanto se atrapalhava com o fertilizante e regava em excesso as plantas. Temi que aquilo não fosse o que eu tinha pretendido, que ele estivesse correndo atrás de algum fantasma, Tommy, ou seus pais, ou a vida que costumávamos ter.

Mas logo se tornou mais do que apenas um favor para mim. Ele pesquisou quais flores cresciam melhor na Nova Inglaterra, que espécie preferiam a sombra ao sol, como organizar as semeaduras para que sempre houvesse algo florindo. Vinha para casa com pilhas de livros e lia até muito depois de eu cair no sono. Cultivou canteiros para representar cada um de nossos filhos. Margaridas, sua esperança e inocência para Violet. A virtude da lavanda para representar Thomas. A força de caráter dos gladíolos para Jane. Com o passar dos anos, ele abriu espaço para um jardim maior, plantou um sonho, bulbo por bulbo. Levava cada um de nossos netos à estufa e deixava-os escolher suas próprias flores, bocas-de-leão, zínias, tagetes, lilases, prímulas, peônias, lírios-de-um-dia, íris, para criar uma tapeçaria cheia de cor. Começou com as violetas, tudo começou com as violetas. Agora há um Éden, um jardim secreto orvalhado de nosso amor e nossa família.

Joseph e Violet se ajoelham lado a lado na terra. Eu me pergunto se mesmo agora, enquanto trabalha no jardim, ele já sente saudade dali, como eu, quando recém-casada, sentia saudade de Joseph mesmo enquanto estava deitada na curva de seus braços.

Quem vai cuidar do jardim quando formos embora?

Violet arranca uma raiz teimosa, depois afasta o cabelo do rosto com as costas da mão, sua exaustão é palpável.

— Papai, pode parar por um segundo? Eu preciso conversar com vocês dois.

A expressão dela é sofrida. Violet costumava ser a nossa menina popular, vibrante, nosso raio de luz. Não sei dizer para onde ela foi, não consigo encontrá-la nessa mulher de olhos cansados. Ela vem e se senta ao meu lado no banco, e toma um longo gole de chá gelado.

Joseph sente o peso das palavras dela. Posso dizer pelo modo cauteloso como ele se levanta para se juntar a nós, deliberado, como se qualquer movimento súbito pudesse causar uma erupção de lágrimas.

— Nós sabemos que isso é difícil — começo, tentando me antecipar aos receios dela.

Violet balança a cabeça e fala sem preâmbulos.

— Acho que eu quero me divorciar.

Meus olhos se arregalam, e dou uma espiada em Joseph. Se ele está surpreso, consegue esconder melhor que eu. Violet sempre se apoiou em nós, se abria conosco já que não tinha mais as amigas de antes, filhos e maridos tomaram o lugar entre amigas e as noites passadas uma na casa das outras. Eu sabia que eles estavam enfrentando dificuldades; seu casamento se desgastou da maneira usual, do modo como pedregulhos se tornam areia, imperceptivelmente, sem permissão. Mas eu não tinha ideia de que havia chegado a esse ponto.

Ela continua.

— Eu... eu não sei. Achei que seria diferente. O casamento. Achei que, se nós nos amássemos, seria suficiente. Quando ficamos noivos, éramos tão felizes e tão jovens, e aconteceu tudo tão rápido, e foi há tantos anos, e eu não sei... nunca foi o que eu imaginei.

Tento contrapor, mas ela prossegue, sua voz apressada e ofegante.

— E achei que tinha que aceitar minha vida como ela era... mas quando vocês nos contaram do plano, eu... — Ela começa a chorar, as lágrimas descendo pelas bochechas. — Eu senti tantas coisas. Fiquei aterrorizada de perder vocês, e ainda estou, e não consegui acreditar, mas, mais que tudo, eu senti inveja... — As palavras dela estão ficando difíceis de discernir, sufocadas por soluços. — Inveja porque eu acho que o Connor não me ama desse jeito, e acho que eu não poderia fazer isso por ele também, e tudo que eu sempre quis é o que vocês têm, e achei que seria com o Connor, e achei que poderia esperar até as crianças saírem de casa para refletir melhor, mas eu não consigo. Eu quero o felizes-para-sempre e não quero perder mais tempo. — Ela para abruptamente, a respiração pesada, e enxuga o nariz com a barra da camiseta.

Minhas axilas coçam com a transpiração. Fraturamos um vaso já delicado. Violet, nossa mais forte defensora do amor. Eu não imaginei que *divórcio* estivesse em seu vocabulário.

Joseph fala primeiro.

— Eu sei que você e o Connor se afastaram...

— Mas isso não significa que você precise jogar tudo fora — interrompo, encontrando minhas palavras, cavando velhas dúvidas em mim, batalhas de anos atrás. — O casamento nem sempre é fácil, Violet, porque a vida não é. Nem todo amor vale a luta, mas pense na família que vocês construíram, na parceria que vocês têm. O seu *vale*.

— Eu vejo o jeito como você e o papai são. Vocês nunca tiveram que se esforçar para amar um ao outro.

— Houve anos difíceis para nós, acredite em mim. Você não sabe tudo sobre o nosso casamento... houve tempos em que a vida não facilitou em nada. — Torço para que ela entenda, para que decifre minha mensagem críptica. Um segredo do meu passado borbulha, perturbador. Um dia em que quase larguei tudo para trás.

— Você conversou com ele? — Joseph pergunta, embora nós dois possamos adivinhar a resposta.

— Ele devia ser capaz de ver que eu não estou feliz.

— Com certeza ele vê, mas talvez não saiba por quê, ou o que fazer — diz Joseph.

— Mas eu nem sei como explicar, não sei como chegamos aqui... não tem mais aquela faísca que eu sentia por ele, ou pela vida, está tudo tão... — Ela fica nervosa outra vez, se atrapalhando com as palavras, tomada em sua emoção. — ... tão comum e tão sem graça.

Vejo sua ambivalência e decepção se formarem, e Connor no centro disso. Connor, que nunca fez nada errado a não ser se tornar um marido estável e comum. Se acomodar no comum, para Violet, foi o que a traiu.

— Às vezes é fácil dar atenção ao que está faltando, em vez de enxergar tudo que está certo. — Estou muito consciente do eco em minhas palavras, as coisas que eu gostaria de poder voltar e dizer a mim mesma. — Mas e o jeito como vocês se amavam? Ninguém poderia negar isso quando via vocês juntos. Era uma força cósmica. Pegar esse sentimento e construir uma vida juntos, criar uma família, é disso que as histórias de amor *reais* são feitas. Pode não parecer mais ser o mesmo que antes. Vocês tinham vinte e um anos, meu bem. Claro que não pode ser o mesmo. — Minha vergonha reverbera, a história se repetindo. Um erro que eu quase cometi.

Joseph limpa um risco de terra em seu braço, concordando.

— As coisas ficaram complicadas entre sua mãe e eu depois da guerra, mas, se nós tivéssemos desistido porque era difícil, nunca teríamos experimentado a melhor parte do casamento, a intimidade que vem de passar por uma provação e sair vitorioso. — Violet funga. — Você ainda o ama? — Joseph pergunta, com gentileza.

Violet enxuga as lágrimas do rosto.

— Ele é uma boa pessoa, e um ótimo pai, mas nós nos afastamos tanto...

— Converse com ele. — Ponho o braço sobre os ombros dela, do jeito que eu deveria ter me deixado ser abraçada naquela época, para liberar o que estava preso tão apertado dentro de mim. — Diga a ele como você se sente, do que você precisa. Pode demandar tempo, e trabalho, mas o que vocês têm vale esse esforço. — Eu preciso que ela veja, embora tenha receio de que talvez seja necessário ela nos perder para entender como é raro o amor que ela e Connor encontraram. Não é algo para ser arrancado como ervas daninhas. Um compromisso verdadeiro requer cultivo. Não tem a ver com frio na barriga e uma descarga de adrenalina. Não é mágica, ou um pó de fadas, que sustém uma faísca. A constância ao longo do tempo é o que a faz bela.

Violet começa a chorar outra vez.

— Mas como eu vou conseguir? Se vocês não estiverem mais aqui? Com quem eu vou conversar? Eu tenho medo de que ele não entenda. São só vocês dois que compreendem... — Ela esconde o rosto, os ombros balançando, e agora eu sei que isso não tem a ver, na verdade, com Connor.

— Eu sei, minha querida. Vai ficar tudo bem. Você vai ficar bem. — Sussurro para tranquilizá-la, como se ela fosse uma criança, minha determinação falha. O sol bate forte sobre nós, os quadrados para o cobertor do bebê de Rain em uma pilha sobre o banco de madeira, Violet soluçando em meus braços, o peso de um prazo, de tudo que vamos perder. O peso daqueles que deixaremos para trás.

Oito

Evelyn

Maio de 1945

Planejamos uma cerimônia simples na igreja da Arlington Street em maio. Escolho um vestido branco na altura dos joelhos e Joseph compra um terno preto com seu desconto de funcionário. Seguro um buquê de violetas e os olhos de Joseph se apertam nos cantos enquanto deslizo em direção a ele, o órgão tocando a "Ave Maria". Os pais dele no primeiro banco, sorridentes, ao lado da tia Maelynn, e de nossos amigos. Meus pais recusaram o convite, culpando a distância, como se Boston não estivesse a uma manhã de viagem, mas do outro lado do mundo. (*Para eles,* Joseph ponderou, *é uma cidade grande. Talvez seja.*) A desculpa que eles deram doeu, mas não era o rosto deles que eu queria tanto ver, o sorriso brincalhão, a dupla de ternos no altar que me esperava em meus sonhos, *ele devia estar aqui.* Joseph me beija quando o padre nos declara marido e mulher, e minhas lágrimas são de alegria, mas também de tristeza. Alegria porque ele será sempre meu, e tristeza porque sempre haverá uma fenda de vazio em todas as felicidades que compartilharmos.

Quando ele me deita na cama de nosso apartamento, é a primeira vez para nós dois. Embora eu tenha tentado seduzi-lo muitas vezes ao longo dos anos, Joseph não se deixava levar por meus toques ou sussurros, nem mesmo depois da meia-noite com minhas pernas enroladas nele em Bernard Beach. Esta noite, ele não hesita. Desliza as alças sobre meus ombros, acaricia meu pescoço com os dedos, depois com os lábios. Meu vestido cai e eu desfaço o nó de sua gravata, o paletó largado no chão. Abro os botões de sua camisa, expondo os pelos escuros do peito. Suas mãos me percorrem até eu estar nua, soltando meu sutiã e descendo as meias e a calcinha sobre meus joelhos e pés até o chão. Ele despe a calça e a cueca, seus olhos jamais deixando meu corpo, e então se pressiona em mim. Ele me beija, e tudo em que posso pensar é em sua pele junto à minha pele, e em como é tão macia, como pétalas. Então há uma sensação aguda que é como dor, mas deságua em algo diferente, algo novo, e, por algum motivo, me dá vontade de chorar, e de rir, mas aí acaba, e todo o peso dele está sobre mim, meu queixo em seu ombro, e o rosto dele em meu cabelo, e somos apenas respiração. Ele beija meu rosto e me pergunta se estou bem, e eu rio, um som espontâneo, porque, pela primeira vez em muito tempo, eu estou.

Meses depois, o pai dele nos telefona, com a voz trêmula.
—Venha para casa, filho… ela se foi.
Caminhar por Stonybrook desencava uma dor que eu achei que estivesse enterrada. Joseph voltava uma vez por mês desde que fora embora, sua mãe se desintegrando a cada visita, mas eu não podia suportar ir junto. As ruas estavam cheias de fantasmas.

O pai de Joseph também parece um fantasma, vestido com seu melhor terno, mas vazio e magro, como os manequins da loja de Joseph. Vemos meus pais brevemente no funeral quando eles vêm prestar suas condolências. Depois que Tommy morreu, eu esperei que minha mãe se voltasse para mim, que nosso luto fosse a linguagem que finalmente iríamos compartilhar, mas, em vez isso, a dor se enfiou em nosso meio como uma adaga, cada dia passado em silêncio cavava uma ferida mais profunda. Meu pai se afundou no trabalho até o pescoço, minha mãe dormia o dia inteiro e fumava sozinha na varanda a noite toda. Quando ela me viu fazendo as malas, escondeu-se em seu quarto. Nunca perguntou para onde eu ia ou como ela poderia entrar em contato comigo. Minha raiva vem à tona quando nos aproximamos deles na multidão que se dispersa do lado de fora da igreja, desafiando-a a falar primeiro, a romper nosso impasse.

Meu pai avança, seu bigode farto abafando os parabéns pelo nosso casamento, claramente constrangido.

— Os pais do Joseph foram, mesmo ela estando doente — digo, uma acusação, não uma informação.

Minha mãe assente.

— Eu soube. Sentimos muito pela sua perda, Joseph. — Nenhum dos dois oferece um lugar para passar a noite, pressupondo corretamente que vamos ficar com o sr. Myers, uma preferência que estou certa de que eles registram. A família que eu invejava, agora minha.

Deixar o pai de Joseph outra vez dá a sensação de partir de uma ilha deserta, sabendo que ele está encalhado ali. No trem de volta para Boston, Joseph encosta a cabeça na janela, embaçada de frio.

— Eu não quero mais voltar... — digo. — É demais.

Joseph não discute; a culpa que carrega por ter se alistado com Tommy e voltado para casa sozinho é uma âncora que ele arrasta para toda parte, por mais que eu tente aliviá-lo. Agora isso. Um último ano que Joseph jamais vai compartilhar com sua mãe, um adeus que ele nunca disse. Seu pai deixado sozinho sem a família e sem a pousada para cuidar. Para estar comigo. Um sacrifício, dolorido ao toque.

Penso nas cartas que ele escreveu enquanto estava no exterior. Uma pilha assinada *Com amor*, envelopes explodindo de saudade, de esperança do futuro. Penso no frasco em minha varanda cheio de violetas, flores para a menina que eu era. O bilhete enfiado dentro, *Ir embora não vai me fazer deixar de amar você*. Nenhuma pergunta, nenhuma exigência. Uma declaração, sem pedir nada de mim. Era quase pior assim, meu silêncio uma resposta cruel quando tudo que eu queria era fugir para uma nova vida em que a dor não pudesse me encontrar. A devoção dele foi um presente quando eu não tinha nada, uma estabilidade que eu gostaria de saber como oferecer a ele agora, a ele que abdicou de tudo por mim.

De volta ao nosso apartamento, nós nos deitamos um de frente para o outro na cama, apoiados nos cotovelos, e eu passo os dedos pela cicatriz, explorando as linhas irregulares com as pontas dos dedos pela primeira vez.

— O que aconteceu? — Eu nunca havia perguntado a ele. Nosso acordo tácito, nunca falamos sobre a guerra.

— Uma bomba explodiu durante um ataque, nós estávamos em Roma... um dia antes de Tommy levar o tiro. — Seus olhos se apertam em dor e ele fica em silêncio. Soubemos os detalhes da morte de Tommy depois, os suprimentos que seu esquadrão carregava, a armadilha em que eles caíram, a bala em seu estômago, os médicos que disseram que ele ia se recuperar, a infecção como um veneno de serpente que o levou depois.

— O que você sentiu?

— Eu não me lembro de nada. Acordei já com as bandagens.

— Nada?

— Nada.

Talvez ele esteja tentando me proteger. Ou talvez realmente não tenha lembrança do momento, da dor, do cheiro de carne queimada, mesmo do som da explosão, apenas um vazio em sua mente como um mapa de uma região desconhecida que ele se recusa a explorar.

— Eu a matei — ele diz, sua voz oscilando.

— Não diga isso.

— Meu alistamento a matou, ela se preocupava tanto que aquilo acabou crescendo dentro dela e a matou. — Começo a chorar, a dor dele intimamente minha. — E eu a deixei outra vez, quando sabia que ela estava morrendo, eu a deixei... e agora eu deixei o meu pai...

— Venha aqui. — Viro para ele e o aperto contra mim, seu rosto molhado encostando em meu peito. Abraço-o enquanto ele soluça, tudo que ele diz é um repetido pedido de perdão, não dirigido para mim, que eu sinto que estou ouvindo quando não devia, sussurrado para o nada. "Me desculpe... me desculpe."

Saí de Stonybrook em busca de amplitude, mas, quando Joseph foi atrás de mim, tudo a nossa volta se encolheu. Todo o nosso mundo existe entre estas paredes, e nesta cama, um colchão fino em nosso pequenino apartamento na Tremont Street, uma hospedaria cheia de imigrantes e bebês chorando. Acordo com o som doce de trompetes, saxofones e violões. O jazz entra pela janela como o perfume de um bolo recém--assado, e eu me divido entre o sono e o despertar, sem saber ao certo qual parte é um sonho. À noite, nós nos abraçamos, com medo de que, se não o fizermos, um de nós será levado embora de manhã junto com a lua. Joseph se tornou meu único porto seguro, e eu o dele. Isso parece confortá-lo, mas amá-lo tanto assim me assusta. É mais uma coisa para perder. Não sei como descrever isso, exceto em momentos, notas em uma página, que se juntam para criar algo belo e exclusivamente nosso. Seus braços envolvem minha barriga no sono. Lençóis gastos entre nossas pernas. O raspar áspero do queixo dele em meus ombros nus quando ele me beija para me acordar. O movimento de meu corpo de encontro ao dele de manhã, o seu de encontro ao meu, fazendo amor em meio a nossa alegria, raiva e dor. Deslizamos para o espaço em que nada mais existe, reduzindo-nos a respiração e agarrando-nos um ao outro, para não desaparecer. Ficamos deitados juntos e eu olho para as roupas de Joseph penduradas no armário, reconfortada por suas coisas misturadas com as minhas, seus paletós ao lado de meus vestidos, suas gravatas junto de minhas blusas. Às vezes, se ele trabalha até tarde na loja, eu passo os dedos pelo tecido de suas camisas, cheiro o sabão e o almíscar em seus colarinhos, para lembrar a mim mesma de que ele mora aqui. De que ele vai voltar para casa para mim.

Joseph me surpreende com ingressos para a Orquestra Sinfônica de Boston em nosso primeiro aniversário de casamento. Ele confessa que vem guardando moedas nas botas em nosso armário há meses, economizando para poder gastar nos ingressos de trinta centavos. Eu pulo em seus braços e ele me gira pelo apartamento e, pela primeira vez em muito tempo, nós rimos como se não estivéssemos despedaçados por dentro.

Na noite da apresentação, Joseph usa seu terno mais uma vez e eu uso um vestido com brilhos que peguei emprestado de Marjorie do trabalho, e vamos de trem até a estação Symphony. É impossível não sentir como se estivéssemos entrando em algo sagrado quando pisamos no saguão. Até mesmo Joseph, que nunca tocou uma nota sequer na vida, fica em silêncio diante da santidade daquilo. Ele aperta minha mão, ecoando meu entusiasmo enquanto seguimos em meio à multidão para encontrar nossos assentos. Camarotes folheados em dourado e adornados com veludo cor de vinho oferecem uma vista de cima da orquestra, de estátuas de mármore expostas em alcovas decorativas. Há corredores com elegantes tapetes vermelhos e portas de saída bordô, mas, fora isso, a sala inteira é de um branco intenso. Ficamos impressionados pelos enormes tubos do órgão, troncos dourados que se elevam até o teto, parecendo tão altos a ponto de se estender ao próprio céu. Entalhes reluzentes emolduram o palco, um escudo elaborado com o nome Beethoven inscrito no centro.

Eu o aponto para Joseph e chamo com um aceno um dos atendentes.

— Por favor, eu estou curiosa. Por que Beethoven é o único nome entalhado na decoração do palco?

O senhor de cabelos grisalhos espia sobre os óculos para encontrar meus olhos.

— Essa é uma história e tanto, senhora. Os projetistas originais deste local queriam fazer uma homenagem aos melhores de todos os músicos, aqueles que com certeza nunca perderiam essa posição. Mas o único nome com que todos concordaram foi Beethoven, então as outras placas que eles fizeram para homenagear outros artistas permaneceram em branco.

Ele sorri para mim, nossa apreciação compartilhada da sinfônica como um código entre nós, um clube de que eu podia fazer parte.

— Obrigada — agradeço, sorrindo de volta. — É a nossa primeira vez aqui.

— Estão com sorte. Esta noite eles vão tocar o Concerto número 10 de Mozart. O arranjo para dois pianos é uma beleza de ver. — Ele se despede e vai ajudar outra mulher a encontrar seu assento.

A música clássica foi o pano de fundo de minha juventude; minha mãe andava pelo saguão cumprimentando os colegas de trabalho de meu pai enquanto eu ficava agachada no alto da escada, os olhos fechados, me esforçando para ouvir as notas tênues sob o burburinho das conversas e o tinir das porcelanas. Mas esta é a primeira vez que ouço a música da maneira como ela foi escrita para ser apreciada, e não caibo em mim de emoção. É como patinhar em uma poça durante anos antes de descobrir o mar. As lágrimas escorrem pelo meu rosto enquanto o concerto para piano se eleva à nossa volta e algo dentro de mim se abre, a luz se infiltrando pela minúscula fenda tectônica de minha tristeza.

Depois do concerto, seguro o braço de Joseph e caminhamos pela cidade, a noite caindo. Sou levada de volta para anos atrás, andando para o bonde no fim do dia com Maelynn, depois de minha primeira aula de piano no Conservatório de Boston. De braço dado comigo, ela disse: *Evelyn, você sabe que poderia ser uma pianista de concerto, não é? Você é tão talentosa, e seria uma maneira incrível de viajar pelo país, ver a Califórnia, o mundo até, começar a fazer as coisas da sua lista.*

A ideia cintila dentro de mim outra vez. Ser parte da Sinfônica de Boston é existir dentro da própria música, estar no centro do universo, uma melodia de Via Láctea, um coro de planetas dançando e girando em volta do sol de meu solo.

Enquanto Joseph e eu nos aprontamos para dormir, não consigo afastar a euforia nessa ideia, como algo engraçado que vem à mente em um momento inapropriado, se remexendo fora de hora. Quando ele dorme, eu sussurro "Vou tocar com eles um dia". E fico acordada, o concerto soando em meus ouvidos, sonhando com o poder da música ao meu lado, o zumbido contínuo dentro de mim espelhando-se e flutuando no ar pulsante; uma explosão de cor e luz, emoção pura entalhada na música.

Na semana passada, recebemos a notícia de que a morte viera buscar o pai dele. A sra. Myers tinha cinquenta e cinco anos quando morreu, e ele durou apenas onze meses sem ela, falecendo aos cinquenta e seis. Não tinha nenhum sintoma, e nenhum problema de saúde de que se tivesse conhecimento. Morte por coração partido.

A culpa se alastra, preenchendo as fissuras que a perda ainda não havia alcançado em minha mente. Meus pais estão vivos, mas nós nunca nos falamos. Todo esse peso, e eu só tenho vinte e um anos, e Joseph vinte e três. É mesmo possível que cinco anos atrás nós tenhamos trocado nosso primeiro beijo, e depois observado as nuvens que voavam acima de nós?

Meus pensamentos vagueiam enquanto o examino no brilho das luzes da rua que se infiltram por nossa janela. Eu me permito imaginar Joseph antes da guerra, antes de seu andar manco. Joseph aos dezoito anos, ombros largos, pele bronzeada, o cabelo espesso agitado pelo vento, uma das mãos em minha coxa, nós dois deitados na areia em Bernard Beach.

Ele anda quieto desde que recebeu a notícia, e tenho medo de pensar em como essa perda vai afetá-lo. As duas primeiras o deixaram mais próximo de mim, ele escondeu sua dor profundamente nas curvas de meu corpo, mas agora parece diferente. A perda do pai, um homem que viveu apenas para administrar a pousada Oyster Shell, e para amar sua esposa e filho, deixa Joseph à deriva, um marinheiro sem uma bússola ou a luz da lua. Tiro minhas roupas com timidez esta noite, imaginando se ele talvez preferisse ficar sozinho com seus pensamentos, do jeito que precisei ficar sozinha em meu luto.

Quando deslizo sob o lençol, ele me puxa para si em um único movimento, e estou pressionada junto a ele, meus dedos dos pés tocando seus tornozelos quando ficamos face a face. Ele me abraça, me levanta sobre seu corpo. E então não se move, não me beija. Fica me segurando, me abraçando com força, e eu me agarro à beira de seu penhasco, com medo de soltar a mão, sentindo toda a tristeza, toda a dor apertada entre nossos corpos, e além deles, no ar da noite.

Joseph está acordado na cama, os lençóis chutados para o lado no calor sufocante e parado da cidade. Ele esteve irritado a noite toda, sua perna o incomodando. Percebo sua agitação e viro de lado.

— O que foi?

Seus olhos estão fixos no teto, visíveis no brilho amarelado das luzes da rua.

— Eu odeio este apartamento.

— Por favor, não comece...

— Eu quero uma casa. Quero voltar para a minha casa.

Balanço a cabeça, preparando meu argumento de sempre. Depois que Joseph herdou a Oyster Shell, ele não para de pensar que a casa está vazia.

— A nossa vida é aqui. Nosso emprego, nossos amigos, a tia Maelynn... tudo.

Uma defesa frágil, na melhor das hipóteses. Colegas que eu tinha começado a ver como amigas se casaram e se mudaram da cidade para Newton ou Quincy. Garotas mais novas as substituíram nas máquinas de escrever, tagarelas e incessantes. Maelynn volta de uma nova cidade com um novo namorado a cada vez que ligamos, o seu emprego como professora na escola da sra. Mayweather não faz com que ela fique na cidade. Maelynn, uma peça em formato de estrela que não se encaixa, um fato tolerado pela escola porque ela é uma escritora aclamada, um troféu que eles exibem. A linha que a prende a Boston é cada vez mais tênue, uma brisa sedutora bastaria para levá-la embora.

Quando está na cidade, ela nos convida para visitá-la, e às vezes eu vou, desesperada por aquele sentimento que eu tinha quando morava com ela, sentada sobre os joelhos no sofá enquanto ela recebia pintores e poetas, inalando a fumaça e as histórias deles. A promessa que eu via nos olhos deles aos dezessete anos. Maelynn ao meu lado, com cheiro de menta e alguma coisa que eu não sabia identificar; sua penteadeira coberta de frascos cor de âmbar de óleos antigos, apostando em mim, sua joia valiosa, uma pianista que iria a muitos lugares, talentosa o bastante para conseguir aulas particulares no conservatório.

Mas faz meses que não vamos vê-la. Pondo a culpa pelo nosso distanciamento no fato de Brookline ficar muito longe, especialmente depois de um longo dia de trabalho. Pondo a culpa na linha verde, sempre atrasada, imprevisível. Não digo a ela como me sinto perto de seus amigos agora, a consciência de que eles viram o rosto quando estão diante de mim, uma estenógrafa de vinte e poucos anos, ralé do South End que apareceu por ali, os ouvidos atentos em busca de uma conversa mais interessante.

— Nossa vida é em Stonybrook — diz Joseph, quase implorando.
— Não é mais.
— Mas poderia ser.
Eu viro para o outro lado, de frente para a parede.
— Não faça isso, está bem? É tarde.
Ele toca meu quadril.
— Eu sei que você tem medo.
— Gosto da nossa vida como ela é — digo, sem convencer sequer a mim mesma.

O futuro que eu havia imaginado para mim, de música, de exploração e aventura, tinha se acomodado no ruído contínuo da datilografia, cotovelos espremidos no bonde, preços de aluguel excessivos e mercados superlotados. Sem tempo, dinheiro e energia para desejar mais do que colocar os pés para cima no final do dia. Maelynn fazia tudo soar tão glamoroso, fácil, ver o mundo na minha idade, os homens que a levavam para Londres e para a Grécia. Ela os deixava lá, voltando com cachecóis de cashmere e tigelas pintadas à mão, e histórias de suas peripécias. Nunca explicava como tinha dinheiro para viajar ou como pagava suas despesas durante esse tempo, e eu não perguntava, assim como não pediria a um mago para arregaçar suas mangas. Ela era jovem e bonita, e o mundo era dela. *Podia* ser assim tão simples, não podia?

Para Maelynn, talvez. Mas para onde eu fui de fato? Para a única cidade para a qual fui banida, e em que permaneci, construindo uma meia-vida com Joseph que engaiolou nós dois. Stonybrook são auroras cor-de-rosa e crepúsculos azuis escuros, flores silvestres e ondas batendo no banco de areia. Boston são tijolos e pedras de construção, massas caóticas de gente nas ruas, uma sensação de impermanência que me deixa incomodada. No entanto, a qualquer minuto eu poderia pegar o trem até o fim da linha, descer e começar de novo.

Voltar a Stonybrook significa voltar a Stonybrook para sempre. Significa abrir a pousada Oyster Shell, criar a quinta geração de Myers na mesma praia, a vida esperada por Joseph, a vida de que ele abdicou quando me seguiu para cá. A vida apagada por Pearl Harbor, pelo cheiro de fumaça do trem a vapor partindo, e esposas e filhas agrupadas em volta de rádios. A infecção no estômago de Tommy havia se espalhado, ele não voltaria para casa, eu tinha me esquecido de como respirar sozinha, e não havia uma pousada Oyster Shell, apenas uma grande casa vazia, e a sra. Myers estava morrendo e o sr. Myers se tornou um esqueleto, e isso tudo foi um sonho? Eu estava perdida e caindo e fugi para o único outro lugar que me parecia seguro, mas então, como uma miragem, Joseph estava lá, e ele me levantou e me deitou no que se tornou a nossa cama, e juntos nós afundamos na tristeza até que, como filhotes de cervos, encontramos o equilíbrio de nossas pernas, mas essas pernas perderam o caminho para casa, nós empurramos Stonybrook para fora de nossa mente até que tudo se apagasse. Como pode haver uma Oyster Shell sem nenhum deles? Como vamos preencher seus quartos inundados de sol quando tudo que quero é fechar as cortinas?

Ele se levanta de repente, e faz um gesto indicando o quarto.

—Você gosta disto? Nós mal temos dinheiro para pagar este apartamento de merda e há uma casa enorme esperando por nós.

Joseph nunca fala palavrões.

—Vamos vender. Se não vamos mais voltar para casa, por que ficar com ela? — ele pergunta, sua voz dura.

— Nós não podemos vender.

— O que você quer de mim, Evelyn?

— Eu não sei. — Puxo os joelhos para o peito.

— Eu entendo o que representa, voltar para lá, e você não quer ter filhos, mas... — Ele faz uma pausa. — Se nós começássemos uma família, poderíamos administrar a pousada juntos... eu sei que voltar a um lugar que você amava te faria feliz.

Meu rosto se contrai.

—Você acha que eu não quero ter filhos?

—Você nunca fala disso.

— Porque eu estou apavorada. — Mordo o interior da bochecha, mexo em um fio solto no lençol, qualquer coisa para segurar as lágrimas. Para nos manter neste limbo, esta vida alternativa, este lugar onde lembranças não podem me encontrar.

— Ah, meu amor, venha aqui. — Ele abre os braços para mim e eu me aconchego neles, fechando a distância entre nós.

Enxugo o nariz com as costas do pulso.

— E se tivermos um filho e alguma coisa acontecer? Eu não posso perder mais ninguém... não posso.

— Nós não podemos nos esconder aqui para sempre. — Ele afasta o cabelo de meus olhos. — Mas, se você só está com medo... eu estou também, e podemos ficar com medo juntos. — Ele faz uma pausa. — O que você quer?

Respiro fundo, mudo de posição para encará-lo de frente e digo as palavras que vinham revirando em minha cabeça há meses, mas que eu tinha medo de admitir até mesmo para mim.

— Eu quero um filho.

— Você quer?

Toda vez que passo por uma mãe empurrando um carrinho de bebê, sinto uma onda de inveja que fecho, como janelas em uma tempestade, imagino um bebê que se parece com Joseph, correndo pela praia que ainda me nina à noite, o lugar a que nós dois pertencemos.

— Eu quero ir para casa. — Abraço seu pescoço, e ele me levanta junto ao peito e enfia o rosto em meu cabelo.

— Eu sei que isso vai nos fazer tão felizes. Obrigado, Evelyn, eu te amo tanto. — Contudo, enquanto ele me beija, só consigo sentir o medo subindo em meu peito, como uma corrente de maré me encobrindo.

Nove

Thomas

Setembro de 2001

Meu carro alugado, um Audi prata, tem cheiro de cigarros velhos e de algo com aroma artificial de limão emanando de um pinheiro pendurado no retrovisor. O céu está muito azul, e abro as janelas para o ar fresco quando saio da rodovia. Odeio carros alugados, ter que me acostumar com um novo painel e novos botões, tatear em busca das alavancas para ajustar o banco, mas não faz sentido ter um carro no Upper East Side. Eu disse a Ann que a gente ia tirar de letra. Sei que o Goldman me arranjaria um carro se eu pedisse, mas é mais fácil alugar um nos raros fins de semana em que desaparecemos para o norte, ou para as ocasiões em que precisamos consultar especialistas, como hoje.

Vivo lembrando Ann de que estamos em Nova York. As pessoas viajam *para cá* para consultar os melhores médicos. Mas ela encontrou um neurologista em Greenwich que é especialista em enxaqueca, e eu finalmente cedi e reagendei algumas reuniões. Eu a estou enrolando com isso há anos. Depois de crescer assim tão depressa, me tornando o mais jovem diretor executivo na história da empresa, me exaurindo em semanas de oitenta horas, eu ficaria mais preocupado se *não* tivesse dores de cabeça. Quem tem tempo para tirar um dia de folga e ir até

Connecticut para uma série de exames, só para no fim me dizerem que não sabem o que está errado? Ou que há algo errado, mas eles não têm como corrigir? Como meu sopro no coração. Ou os óvulos de Ann. Tantas salas de espera, meses e meses de agulhas, sua coluna apoiada na pia de pedestal de nosso banheiro, ela se preparando para o impacto. A raiva que eu tinha de mim mesmo cada vez que enfiava a ponta da agulha na carne exposta dela, sabendo que as injeções poderiam ser inúteis, os hormônios implacáveis, por fazê-la passar por tudo isso só para depois ficar arrasada quando o embrião não se implantava. Para quê? Ano após ano tentando. O rosto de Ann se contraindo quando colegas bem-intencionadas perguntavam quando íamos ter filhos. As noites em que abracei minha esposa soluçando em nossa cama enquanto lidávamos com a realidade de que não ia acontecer para nós.

Eu esperava ter filhos também, mas, mais que isso, queria que Ann pudesse ser mãe, dar a ela tudo que ela desejava. Conhecemos casais que adotaram crianças, outros que continuaram dando murro em ponta de faca por anos, que tiveram inícios que não deram em nada, mães biológicas que mudaram de ideia. No fim, foi Ann que desistiu, ela não aguentou mais, já havíamos enfrentado o suficiente. Guardamos nossa luta para nós, deixando as pessoas suporem o que quisessem, nossa dor foi um segredo que carregamos sozinhos. Nós nos comprometemos com o trabalho, um com o outro, com a determinação de fazer o máximo da vida que construíamos, com as liberdades que uma existência sem filhos podia trazer. Noites até mais tarde no escritório sem ter que coordenar babás, drinques com clientes depois do trabalho, pegar um jatinho para os Hamptons. Comentamos como a carreira de nossos colegas empacou depois que suas prioridades mudaram, nossos amigos esgotados, sem ânimo, irreconhecíveis. Comemoramos nossas promoções com garrafas de vinho caro e sushi fresco, coisas que ela não poderia aproveitar se estivesse grávida, prêmios de consolação que oferecíamos um ao outro, razões para o que não estava destinado a ser.

Mas às vezes eu imagino o que poderia ter sido. Ann de mãos dadas com sua pequena miniatura loira, apontando para as focas no zoológico do Central Park. Correndo atrás dos primos em Bernard Beach. Ela seria um pouco como minha mãe, claramente a matriarca, eu relegado ao pano de fundo, como meu pai. Eu não me importaria; Ann foi feita para dirigir uma empresa, uma família, o mundo. Ela deixou o Meio-Oeste assim que pôde, sua aceitação na NYU foi a passagem para uma nova vida. Ela se mudou para o dormitório do outro lado da rua na frente do meu, nós nos conhecemos trocando roupas na lavanderia automática do bairro que cheirava a meias molhadas e comida chinesa para viagem. Nos aproximamos por causa de nossa constrangedora falta de conhecimento local e fazíamos companhia um ao outro durante maratonas de estudos na biblioteca.

A cidade de Nova York parecia minha, parecia eu. A organização de uma planta urbana planejada, linhas de metrô, pessoas andando com um propósito, como era fácil se deslocar, encontrar o caminho, e eu me encantei com Ann, com a determinação com que ela percorria seu próprio caminho. Não havia nada me prendendo a Stonybrook. Eu não tinha nenhum interesse em herdar a Oyster Shell, e, para ser justo, nossos pais nunca a empurraram para nenhum de nós. Eles tinham esperança de que eu me apaixonasse por alguma garota de lá, sempre me incentivando a sair nas noites de sábado. Mas tudo que eu sabia sobre amor é que ele era a razão pela qual as pessoas se acomodavam, que era medido por aquilo de que se abdicava. Nunca me pareceu valer a pena. Até que conheci Ann.

Estávamos juntos havia quase cinco anos quando a pedi em casamento. Nunca tive nenhuma dúvida de que ela era a pessoa certa, nunca precisei tentar com outras pessoas para ter certeza. Mas os pais de Ann são divorciados; ela e as irmãs cresceram pulando de uma casa para outra nos fins de semana e nas férias, e ela não estava muito segura se acreditava em casamento. Portanto eu esperei, deixei que ela conduzisse. Um pedaço de papel nos unindo legalmente não era importante para mim, já estávamos comprometidos por completo um com o outro. Então sua irmã mais nova se casou, uma grande cerimônia em Boise. Nunca pensei em Ann como o tipo de garota que precisasse de permissão para o que quer que fosse, quanto mais algo tão grande como casamento, mas aquela festa foi isso para Ann, com seu bufê abarrotado de comidas comuns do Meio-Oeste, damas de honra vestidas em babados e uma banda excessivamente entusiástica. Permissão para cometer nossos próprios erros, para tentar. Ela bebeu uma tonelada de champanhe e confessou que também queria se casar, que sentia que podia fazer isso, que nós devíamos. Na manhã seguinte, sóbria e cheia de coragem, ela confirmou tudo. Ela basicamente me pediu em casamento. Eu comprei um anel no fim de semana seguinte.

Entramos em nosso casamento de olhos bem abertos. Em algum ponto, por mais difícil que seja, é preciso ser realista; sonhos não se tornam realidade só porque você quer, e nada dura para sempre. Esse plano que meus pais inventaram é distorcido, do mesmo jeito que o amor é glamourizado por livros e filmes, algo pelo que vale a pena morrer, amor provado por meio de sacrifício. É covardia, disfarçada de devoção. Amor é dar as injeções, são as manchas escuras e azuladas deixadas pelas agulhas, é saber que eu conseguiria viver sem Ann, porque ela ia querer que eu seguisse em frente, em vez de me martirizar em seu nome. Quão mais fortes eles seriam se ficassem, se enfrentassem cada último segundo de sua vida juntos.

Ligo o rádio, tento redirecionar meus pensamentos enquanto me aproximo do consultório. A única coisa que me faz sentir falta de dirigir é ouvir os noticiários, que acalmam de uma maneira diferente de ler um jornal dobrado enquanto se está espremido dentro do metrô. Meu BlackBerry começa a soar, provavelmente um analista precisando conferir alguma coisa. Ou outra mensagem de voz de minha mãe.

Ann diz que eu tenho que parar de evitá-los, que isso não vai resolver nada, nem vai fazê-los mudar de ideia. Mas estou furioso que eles tenham nos colocado como apoio. Nada nisso está certo. Não fico surpreso, sabendo como eles são. Jane disse mais ou menos a mesma coisa, apesar de que eu não queria que ela os tivesse deixado escapar tão fácil. Queria que ela ficasse puta com essa história como eu, irritada e pronta para brigar, como a antiga Jane. Mas ela não está errada; fazer isso *é* mesmo a cara deles.

O relacionamento deles me constrangia quando eu era criança. O jeito como mamãe se instalava no colo de papai depois do jantar, ou sentava entre os joelhos dele em uma toalha compartilhada na praia, em vez de manter uma distância como pais normais. Jane está convencida de que é mamãe que nós precisamos persuadir, e papai faz o que ela decidir, e acho que tem razão. Papai sempre foi um bobão nas mãos dela. Briguei com ele por causa disso uma noite quando era criança, algo sobre mamãe trazê-lo na rédea curta, uma expressão que ouvi um garoto dizer na escola e não entendi exatamente, mas repeti para causar impacto. Ele parou o conserto que estava fazendo e olhou para mim, mais sério do que eu jamais o tinha visto. *Sua mãe abriu mão de muitas coisas por mim, filho. Voltar para casa, criar vocês aqui, reabrir a pousada. Eu nunca me esqueci disso. Você também não deveria.*

Eu não os entendia na época, pondo o outro acima de sua própria felicidade individual. E não os entendo agora, morrendo um pelo outro. Eu faria qualquer coisa por Ann, menos isso. Não posso ser cúmplice, e, a esta altura, até mesmo ter conhecimento do plano deles dá uma sensação de negligência, de cumplicidade.

Que foi o que eu tentei dizer à Violet, mas ela é ainda pior que nossos pais. Ela procura justificativas, tentando me convencer a aproveitar ao máximo o tempo que nos resta com eles, como se tivesse sido eu quem deu início à contagem regressiva. Achei que Jane estivesse do meu lado. Ela pode ser muitas coisas, mas pelo menos tem um pensamento lógico. Ou pelo menos foi o que eu imaginei, até ela me mandar um e-mail me convidando para uma apresentação daqui a quatro meses, em janeiro, na Orquestra Sinfônica de Boston. Ela escreveu que seu colega Marcus deu a ideia de um evento comunitário, "uma apresentação para destacar pianistas locais", e que ela e a mamãe estarão entre os muitos que se apresentarão. Marcus arranjou tudo, conseguiu ingressos para todos nós. Ela mencionou o nome dele — até para mim, e nós mal conversamos — com mais frequência do que seria normal para um colega qualquer. Então, obviamente, eles estão dormindo juntos. Ela é estranha com relacionamentos, e isso não é da minha conta. Eu realmente não me importo com o que ela faz, desde que não crie problemas para a família outra vez. Mas essa história me pegou de surpresa. Ela costuma ser inflexível, especialmente no que se refere à mamãe.

Não quero que minha mãe sofra, claro que não. Detesto tudo nessa situação. O prognóstico dela. A dor que ela escondeu de nós. E odeio que a doença de uma mãe possa causar divisões na família. Minha raiva que não me permite estar presente para ela, para eles, porque eles nos forçaram a escolher lados. A ideia de perdê-la aos poucos, e depois de uma vez só... mas os médicos não são videntes, eles não podem prever o futuro, e às vezes os corpos respondem de maneiras inesperadas. Novos tratamentos poderiam aparecer, ensaios clínicos, remédios experimentais. Ann e eu tentamos até não aguentar mais, espremmos nossa esperança e seguimos cada um de seus mais remotos rastros até não nos restar mais nada. Só assim poderíamos estar em paz conosco. Não há como saber o que o futuro reserva, não há, se nós o interrompermos antes da hora. Não posso acreditar que Jane está cedendo a ela desse jeito, atendendo a um último desejo com base em uma data de morte arbitrária que a mamãe escolheu. Não sei, na minha cabeça a única chance que teríamos em relação a eles era permanecer juntos, uma frente unida que condenasse essa decisão, e agora eu me sinto totalmente impotente.

Outra série de notificações no celular. Nós adiamos aquela reunião, o que será que não pode esperar umas poucas horas até eu voltar? Tento espiar a tela e erro a rua onde deveria virar, jogo o celular no console, ignorando-o enquanto ele toca, fazendo a volta no quarteirão, então não ouço tudo que o locutor diz no rádio.

"... avião... colidiu com o World Trade Center..."

Freio sem querer e aumento o volume. *O quê?*

"... algo terrível aconteceu. Há relatos não confirmados de um avião colidindo com as torres. Estamos tentando obter mais informações. Há fumaça subindo de uma das torres, um cenário muito perturbador no solo, estamos tentando descobrir o que aconteceu, até agora só sabemos que um avião voando a uma altitude abaixo do normal parece ter colidido com o meio de uma das torres..."

Eu estaciono. Ligo para Ann e ouço a mensagem: *Não foi possível completar sua ligação, por favor tente de novo mais tarde.* Ligo de novo. *Não foi possível completar sua ligação, por favor tente de novo mais tarde, não foi possível completar sua ligação, por favor tente de novo mais tarde.* Ligo para o escritório. *Não foi possível completar sua ligação, por favor tente de novo mais tarde, não foi possível completar sua ligação, por favor tente de novo mais tarde.* Ligo para Ann de novo. Nada.

Minha reunião esta manhã. Naquela mesma torre. Adiada.

Caralho. Caralho.

O pânico sobe. *O piloto estava bêbado?* Minhas mãos tremem no volante. Conheço algumas daquelas pessoas, suas pobres famílias... Tento respirar fundo várias vezes, a cobertura na rádio afogada pelo tambor em meu peito. Ann está na parte alta da cidade. Eu estou bem. De alguma maneira, ainda estou aqui, sentado no carro.

Escapando por um fio. *Deus do céu.* Que coisa mais doida.

Então o segundo avião colide.

Quase quebro a porta da frente com a força com que a abro. Minha mãe e meu pai pulam do sofá, o noticiário soando alto. Entro pálido e cambaleante e me inclino para segurar mamãe no mais forte dos abraços. Entre soluços, gaguejo:

— Desculpe, mãe. Desculpe. — Ela quase se desequilibra sob o meu peso, em choque.

Eu me viro para meu pai e me agarro nele, em desespero.

— Pai, eu fui horrível com você. Desculpe, por favor, desculpe.

— Está tudo bem, filho. Tudo bem. — Ele está confuso e fala em voz baixa, dando batidinhas em minhas costas. — Você está seguro, graças a deus... nós estávamos perdendo a cabeça tentando falar com você. Onde está a Ann?

Eu me afasto do abraço e cambaleio, tentando explicar, esfregando com força a testa.

— Eu não sei. Não consigo falar com ela. Os telefones não estão funcionando. Eu não sei. — Minhas pernas estão a ponto de ceder; sento sobre a mesinha de café, a cabeça nas mãos.

— Eu não estou entendendo. Como você está aqui?

Balanço a cabeça

— A Ann… ela vinha me implorando para fazer uma consulta com um especialista que não é longe daqui. Eu ando tendo umas dores de cabeça, mas nunca tinha tempo. Mas ela não parava de me encher sobre isso. Ela marcou uma consulta para mim esta manhã... Eu ia estar na Torre Norte hoje. Reagendei minha reunião para amanhã. *Porque a Ann não queria me perder.*

— Ah, Thomas. — Minha mãe senta ao meu lado.

— E, quando eu ouvi no rádio, tentei voltar para a cidade, para a Ann, mas estão dizendo que está tudo fechado. Os trens, as pontes, não há como voltar. Os telefones estão fora da área. Vou entrar em pânico. — Minha respiração é ofegante, instável. — Não sei onde ela está, se ela está em segurança… Eu não podia ficar sozinho, não sabia o que fazer. Então vim para cá… Acho que enfiei o pé no acelerador o caminho inteiro. Não sei se parei em algum farol vermelho. Eu nem lembro.

A voz do papai falha quando ele põe o braço sobre meus ombros.

— Estamos muito felizes por você estar aqui.

A tragédia é mostrada em loop na TV, imagens surreais que não entram na minha cabeça. Fumaça subindo de escritórios em que eu deveria estar, as Torres Gêmeas envoltas nela. Mamãe aperta minha mão. Quando foi a última vez que segurei a mão de minha mãe? Não sei o que está acontecendo, mas estou aterrorizado. Estou aterrorizado e sinto a garganta fechando. Não consigo respirar. *Ann.*

Lemos os letreiros berrantes na borda da tela da televisão, "Aviões colidem com o World Trade Center". Ficamos assistindo, paralisados. Ficamos assistindo, à espera de respostas. Nada disso faz sentido. Nada faz sentido enquanto as equipes de reportagem juntam pedaços das informações dispersas, mas não há respostas, e eles perdem a pose de jornalistas. Choram na frente das câmeras, as regras antes tão prezadas perdendo o sentido. Só consigo pensar em minha esposa. Tento lembrar de alguma dica de onde eram suas reuniões, o que ela pode ter me contado, qualquer coisa que alivie meu pânico. Só o que vejo são as torres desmoronadas, os destroços e cinzas enchendo as ruas. A fumaça preta subindo. O infinito céu azul, manchado.

Vemos a Torre Sul desabar em cinzas e fumaça.

Sinto meu grito, mas nada sai. A mão da mamãe voa para sua boca aberta. Papai não se move, hipnotizado pelo horror na tela. Sobre a mesa há um vaso de girassóis do jardim, vejo o céu através da janela, ainda sem nuvens, e muito azul.

Ligo para o celular e para o escritório de Ann, repetidamente, embora nenhuma ligação se complete, furioso comigo mesmo por estar tão longe, pela inutilidade de ficar apertando esses botões quando eu deveria estar correndo para ela, mas estou preso aqui, impotente, desesperado para ouvir a voz dela, repetindo na cabeça nossa despedida apressada esta manhã. Eu a beijei quando ela saiu? Qual foi a última coisa que eu disse enquanto ela passava pela porta?

— Vamos ligar para a Violet e a Jane. Dizer a elas que você está em segurança, pelo menos. — Mamãe diz que eles tentaram me ligar assim que viram a notícia, mas sempre eram encaminhados para a caixa postal, provavelmente porque eu estava ligando para Ann sem parar. Quando falaram com Violet, ela estava em casa, mantendo-se ao lado do telefone. Não havia conseguido falar com seus filhos e não queria que eles caíssem na caixa postal. Connor foi pegar Patrick na escola. Eles deixam outra mensagem para Jane, que provavelmente foi chamada para a estação de TV.

Assistimos ao céu coberto de cinzas encher nossa tela.

Assistimos ao desabamento da Torre Norte.

Papai abraça mamãe. Estou frenético, andando de um lado para o outro.

Continuamos ligando. *Não foi possível completar sua ligação, por favor tente de novo mais tarde.*

Todas essas pessoas... todas as suas famílias.

Ann. *Onde você está?*

Meu telefone toca e todos nós pulamos. Eu o pego da mesa com tanta pressa que quase o derrubo.

— Ann? — Meus ombros relaxam de alívio. — Ah meu Deus. Graças a Deus. — Meu nariz está escorrendo e eu o limpo na manga. — Eu te amo. Eu te amo muito. — Mal posso escutá-la em meio aos estalos e ruídos, algo sobre um telefone pago, pessoas esperando na fila, ela caminhou até o Brooklyn, atravessou a ponte, ela está bem.

Ela está bem. A ligação cai, eu baixo a cabeça, meu alívio quase insuportável.

— Ela está em segurança. — Conto a eles em meio à minha respiração ofegante, sufocada. — Ela está bem. Ah meu Deus, ah meu Deus, ela está bem. Eu pensei que a havia perdido... Eu pensei... — Soluço, escondendo o rosto contraído nos braços.

Dez

Evelyn

Agosto de 1951

Acordo a noite toda, não porque Jane está chorando, mas porque ela não está chorando. Preciso ter certeza de que ela pode chorar, pode respirar, então levanto de pesadelos frenéticos com uma necessidade desesperada de ver como ela está. Esta noite não é diferente. O sono desaparece do meu corpo, ainda dolorido pelo parto, minha mente está a toda. Saio com cuidado do lado de Joseph e sigo pelo corredor, meu ressentimento crescendo a cada amamentação durante a noite. De pé mais uma vez, assombrando a casa, enquanto ele permanece em um sono profundo virado de bruços, o sono imperturbado da paternidade, sem as marcas da gravidez, sem estar amarrado a esse pequenino ser, que é feito de demandas e necessidades. Depois de quatro anos em nosso minúsculo apartamento, eu tinha quase esquecido de como este lugar era espaçoso, nossa ala de proprietários da pousada separada da ala dos hóspedes, três quartos inteiros para nós, um lugar pensado para abrigar uma família. Nosso futuro traçado, um projeto pronto para uma vida boa.

A pousada Oyster Shell me fascinava quando eu era criança. Havia um conforto em sua desordem, sua mobília floral descombinada, tudo macio e aveludado. O pó nas estantes de livros no escritório, grãos de areia no saguão, tudo com o leve cheiro de ter estado molhado em algum momento. O modo como a luz entrava difusamente pelas janelas, convidando a gente a se aconchegar em uma poltrona. As portinhas estranhas que levavam aos depósitos, tão baixas quanto uma criança, mas, quando se empurravam as caixas e se afastavam as teias de aranha, eles se conectavam em passagens estreitas. Joseph, Tommy e eu brincávamos de esconde-esconde na baixa temporada, contorcendo-nos naqueles espacinhos apertados e escuros, esforçando-nos para ouvir os sons de passos. Eu abraçava os joelhos, fechava os olhos com força e desejava que a Oyster Shell fosse o meu lar.

Entro em silêncio no quarto de Jane, na frente de outro quarto que está vazio, exceto por uma tábua de passar e varais para secar roupa. A princípio destinado aos irmãos de Joseph, bebês desejados que nunca vieram, passou depois a ser usado por sua mãe para passar os lençóis. Joseph disse que era melhor deixar o terceiro quarto como está por enquanto, para podermos mobiliá-lo e decorá-lo quando tivéssemos mais filhos.

Mais filhos. Ele sempre diz isso no fim de uma frase, como se fosse algo a acrescentar à minha lista de compras. Mais manteiga, mais leite, mais filhos. Romantizando uma família grande antes mesmo de termos a nossa, antes de eu conhecer a dor lancinante do parto, o terror de ouvir que o cordão umbilical estava enrolado no pescoço dela. Antes de seios inchados, noites se misturando com dias, antes de não confiar mais na paisagem turva de minha própria mente. O balançar e segurar e embalar, seu cheiro embriagante de recém-nascida e a profundidade esmagadora de meu afeto, a sensação de estar sempre à beira das lágrimas. O quanto eu podia amar esse ser minúsculo que eu fiz, que acabei de conhecer. Como era pouco o desejo que eu tinha de passar por tudo isso de novo, de me rasgar no parto, apenas para me partir ainda mais na maternidade, fatiando e fatiando até eu ser um fiapo de mulher, irreconhecível.

Avanço com cuidado pelo quarto da bebê, uma luz suave do abajur sobre sua cômoda a ilumina. Parece engraçado que alguém tão pequeno possa ter sua própria cômoda, no entanto ali está, uma que Joseph fez enquanto ela crescia dentro de mim. Ele adorava todos os projetos, pintar o quarto, construir o berço. Acho que nunca o vi tão feliz. Desde que chegamos em casa do hospital, Joseph se encarregou das operações da pousada, reinaugurada há alguns meses, depois de semanas de limpeza e restauração, com uma placa novinha em folha anunciando desde maio *Oyster Shell* e *Aberta,* os quartos de hóspedes se enchendo conforme a temperatura subia. O que me deixa sozinha com Jane, e os dias e noites amamentando e lavando fraldas e pendurando toalhas para secar se estendendo intermináveis diante de mim. Inquietações de saudade de minha antiga vida, quando eu passava horas tocando piano, quando tinha listas de sonhos, coisas que eu tinha certeza de que teria feito a esta altura, lugares que eu teria visto. Como tudo isso parece improvável agora, como parece estar longe no tempo. Não há mais saída desta nova realidade, desta maternidade que ocupa tudo. Que exige mais de mim do que eu poderia ter imaginado, a felicidade mais triste que já senti, porque ela já é maior hoje do que era ontem, já um pouco menos minha. Já estou sentindo saudade do bebê que ela é, desesperada para guardar momentos que tenho certeza de que vou esquecer.

Quando eu estava grávida, Joseph passava os dedos pela minha pele esticada, encostava o ouvido em minha barriga e sussurrava para o bebê à noite, mas seu afeto não conseguia acalmar meus nervos. Enquanto empacotávamos caixas, ele se aproximava timidamente, perguntava "Como você está se sentindo?" e me abraçava, e minha barriga cada vez maior, envolvendo a nós duas. Eu não conseguia responder. Ele me apertava mais, depois me deixava com meus pensamentos, nuvens de tempestade girando em minha mente. Eu nunca poderia ter lidado com a verdade de tudo que estava por vir, a certeza que tenho agora, de que aqueles nove meses eram a parte mais fácil.

Há silêncio no corredor no caminho para o quarto de Jane. Antes de ela nascer, pensamos em vários nomes diferentes, mas, quando a segurei no colo, soube que era Jane. Jane, como Jane Eyre, do romance que a tia Maelynn comprou para mim naquela livraria em Boston quando eu estava com saudade de casa. Jane Eyre, uma jovem independente e arrojada que acreditava no amor e o buscava. Não poderia haver outro nome para a beleza que eu via em meus braços, a súbita plenitude em meu coração quando ela me segurou, se aconchegou em meu pescoço como se fosse o lar mais seguro. Antes de Jane, eu não entendia por que todos falavam dos dedos de um bebê, mas agora eu sei. Poderia ficar sentada com ela no colo o dia inteiro tocando as almofadinhas macias de seus pés, vendo seus dedinhos se moverem, e os dedos impossivelmente pequenos das mãos se fecharem em punhos. Mesmo com uma semana de vida, ela já pode ter sua própria cômoda, e seu próprio quarto, e pode segurar todo o meu mundo em suas mãos pequeninas.

Joseph estava certo. Estou feliz porque a tivemos, estou feliz de estarmos em casa. Meu desejo de infância, sussurrado no escuro, atendido pelo destino ou pelo grande desígnio, ou por pura força de vontade O menino me procurando, todas as vezes que fui encontrada. Mas também estou com medo. Com medo porque tantos bebês param de respirar, e comem coisas erradas, e ficam doentes e com dor, e pessoas que amamos são levadas de nós por razões que nunca entenderei.

Jane dorme de bruços, os bracinhos rechonchudos ao lado das orelhas. Chego mais perto, ponho as costas de meu pulso na frente do pequenino O de sua boca, espero o sopro de sua respiração em minha pele. Espero por cinco respirações antes de soltar o ar aliviada, apoio o queixo na borda do berço, observando-a, implorando para um Deus em que não tenho certeza se acredito, barganhando tudo que tenho para que ela seja mantida segura.

Joseph

Novembro de 1953

A sra. Saunders dá uma batidinha no coque para garantir que o cabelo esteja no lugar e a repreende:

— Apoie o pescoço dele, querida.

Evelyn não responde, mas seus lábios se apertam. Thomas grita em seus braços. Ela se levanta, balançando-o enquanto anda em volta do sofá. Apenas dois quartos de hóspedes estão ocupados esta noite, um casal recém-casado que mal saiu do quarto e um homem idoso que está visitando a filha, portanto temos a pousada quase toda só para nós. Se fosse um dia mais ameno, eu caminharia com ele pela Sandstone Lane, mas o inverno chegou com plena força, a noite caindo cedo e trazendo um vento cortante. Jane está sentada junto à lareira e joga blocos para o outro lado do quarto.

— Shh, Thomas... está tudo bem, filhinho. Está tudo bem. — Evelyn sussurra para ele, mas sua expressão está vazia. Um bloco a atinge no tornozelo e ela se vira, brava. — Chega, Jane. Pare de jogar.

— Evelyn, você o alimentou? Esse é o som de um bebê com fome. — A voz da sra. Saunders é estridente, embora ela esteja sentada calmamente no sofá, as mãos enlaçadas no colo. Sua mãe parece não se lembrar de que esse não é o primeiro bebê de Evelyn ou de como ela cuidou de Jane sem a ajuda de ninguém.

Quando nos mudamos de volta para Stonybrook alguns anos atrás, ela detestava a ideia de retornar até mesmo à proximidade de sua família. Evelyn não falava com eles desde o funeral de meu pai, e, mesmo naquela ocasião, suas conversas foram tensas. Mas, quando pisamos de novo no saguão da pousada, mesmo com os móveis empoeirados e a madeira apodrecida da varanda na frente, eu pude imaginar nossos filhos correndo pelo campo atrás da casa, pude ver um piano no escritório e Evelyn e eu instruindo os hóspedes sobre o caminho para a praia. Olhei para Evelyn, desesperado para saber se ela via o mesmo que eu, e ela enlaçou os dedos nos meus. A Oyster Shell. Nosso lar.

Fomos à casa deles naquela primeira tarde, Evelyn de má vontade, e batemos à porta para avisar que estávamos de volta, e para ficar. A varanda estava cheia de folhas, o jardim com as plantas descuidadas, a maçaneta de latão manchada. A porta da frente rangeu quando a sra. Saunders apareceu atrás dela, apertando os olhos contra a luz do dia. Ela sempre fora magra, mas havia algo sinistro em sua estrutura, como se ela também tivesse sido negligenciada dentro da casa.

Se ela ficou surpresa por nos ver, não demonstrou.

— Eu estive pensando na pousada, vazia ali todos esses anos. Seu pai está trabalhando, mas vou dar o recado. — Seus olhos baixaram por um instante para a barriga crescida de Evelyn, mas o rosto não transmitiu nada, nem raiva nem alegria, apenas uma expressão vazia enquanto ela disse: — Nunca pensei que veria você grávida. Eu achei...

Evelyn a interrompeu e lhe deu as costas.

— É, você não pareceu interessada no nosso casamento, então não estou esperando que queira passar tempo com nosso bebê, não se preocupe.

Não a vimos muito depois disso. Ela nunca vinha a Bernard Beach, e havia apenas a ocasional lamparina acesa e o brilho de seus cigarros na varanda depois do jantar. Estávamos ocupados com a pousada, com Jane, com a organização de nossa nova vida, que era um reflexo estranho e invertido da antiga. Então o sr. Saunders morreu, um ataque cardíaco aos sessenta e um anos, e a mãe de Evelyn não tinha nenhum amigo ou parente para quem se voltar. O marido dela raramente ficava em casa, nunca lhe demonstrava afeto, mas eu imaginava que a persistente fumaça de charuto quando ele ia e vinha enchia a casa com o simulacro de sua companhia. Depois que ele morreu, ela deve ter se sentido solitária o suficiente para engolir o orgulho e, quando outro neto chegou, um menino, ela apareceu à nossa porta. Evelyn, delirante de exaustão e desesperada por alguma ajuda extra, aceitou seu cessar-fogo.

— Sim, eu o alimentei. Claro que sim. Ele chora o tempo todo, alimentado ou não. — Jane joga seus blocos outra vez. Os olhos de Evelyn se endurecem.

—Você devia trocar a fralda dele — a sra. Saunders insiste. — Acho que senti um cheiro quando o peguei no colo.

— Ele está alimentado e trocado, eu já lhe disse, ele só chora. Por favor, pare.

Uma batida na porta vaivém vinda da sala de estar interrompe a conversa, um senhor de cabelos brancos, nosso hóspede frequente, aparece e pede toalhas extras. Evelyn me entrega Thomas e o segue para fora, e estou grato pela distração. Thomas se acalma dos gritos para um gemido baixo. O ritmo de meu coração se reduz e eu não tinha percebido que estava acelerado até este momento, o estresse de Evelyn inegavelmente meu.

Nessa noite, quando nos aprontamos para dormir, Evelyn está quieta, perdida em seus pensamentos.

Ela entra sob o lençol e se vira para mim.

— Nós fizemos a coisa certa, não é? Deixar minha mãe voltar à nossa vida?

— Eu sei que ela é difícil às vezes...

— O tempo todo.

— Tudo bem, o tempo todo. Mas ela não tem mais ninguém, e, tirando Maelynn, ela é a única família que temos. Eu daria qualquer coisa para meus pais conhecerem nossos filhos.

— Eu também... você sabe que eu amava os seus pais. Mas os meus pais, eles são diferentes. — Ela faz uma pausa, enrolando um cacho de cabelo no dedo. — Sabe que eu não chorei pelo meu pai? Nem quando estava sozinha. Ele era tão ocupado trabalhando, eu nunca o conheci de fato, e ele nunca tentou me conhecer. E ainda estou tão brava com eles por agirem como se o Tommy fosse o único que valia alguma coisa. Quando ele morreu, foi como... — Ela para, e suspira. — E agora ela vem aqui querer me dizer como criar meus filhos? Como se ela soubesse alguma coisa sobre isso? Ela me mandou embora. Que tipo de mãe faz isso? — Ela faz outra pausa, e continua mais baixo. — Que tipo de filha não chora quando o pai morre?

Abro a boca para tranquilizá-la, no momento em que Thomas grita, acordado de novo em seu berço. Ela suspira e joga as cobertas de lado para ir cuidar dele.

— Quer que eu vá? — pergunto, mas ela faz um sinal me dispensando, agitada. Ele é um bebê muito mais difícil do que Jane foi, e eu vejo as olheiras cinzentas de Evelyn de manhã depois das longas noites o amamentando e tentando colocá-lo para dormir.

Eu me sinto culpado às vezes, por insistir em termos filhos, mas quatro anos foi um longo tempo para ficarmos sozinhos na ilha de nosso quarto, entocados na tristeza sob nossas cobertas. Aqueles quatro anos se tornaram uma nova fase; a morte de Tommy dividiu nossa vida em duas partes: uma antes, uma depois. As lembranças do passado são apenas devaneios: nós três bronzeados, nadando em ondas tranquilas. O presente e o futuro estão marcados pela ferida na minha perna, pela perda, pela sensação de ter sido destruído por dentro e, de alguma maneira, continuar de pé, mesmo quando às vezes me esqueço de como respirar. Fugir todos esses anos não mudou nada, nossa dor estava adormecida aqui, aguardando nosso retorno.

Depois que nos estabelecemos, comprei um piano usado, um Baldwin de madeira, e surpreendi Evelyn, seus olhos vendados enquanto a conduzia para o escritório onde eu o havia polido até parecer novo. Ela tocava concertos à noite com Jane no colo, para os hóspedes sentados com copos de uísque ou taças de vinho, as janelas abertas para a maresia, parecia se sentir em paz de novo. No entanto, quando Evelyn me contou que estava grávida pela segunda vez, seu rosto estava pálido. Ela se retraiu, me afastando quando tentei tocar sua barriga. Não queria conversar sobre nomes, mesmo depois de muitos meses, "Por via das dúvidas". Mas, no dia do parto de nosso filho, ela estava radiante outra vez, sorrindo de um jeito que eu não via fazia meses. Ela o carregou no colo e afagou seu cabelo, Jane aninhada na cama do hospital ao seu lado.

Eu me sentei ao lado deles, beijei a testa de Evelyn.

— Que tal Thomas?

— Thomas — ela murmurou, com lágrimas nos olhos, e estendeu a mão para mim, e eu abracei todos eles. Nossa família, agora quatro.

Agora que Thomas está com alguns meses, sinto Evelyn se retraindo mais uma vez. Eu a observo no corredor, ninando o bebê nos braços enquanto ele choraminga, seu corpo curvado de exaustão. Ela tem vinte e oito anos, mas essa segunda gravidez a envelheceu, seu roupão com cinto esconde a suave protuberância da barriga materna, as leves marcas de estrias em seus seios inchados. Ela se move com a cadência de uma sentinela de plantão enquanto o balança. Desta vez ela não está se afastando junto comigo, para nosso oásis secreto e triste. Ela se afasta para um lugar de onde está se tornando difícil puxá-la de volta. Um lugar tenso, distante.

— Deixe eu pegar. — Eu me aproximo dela no corredor, cauteloso.

— Ah, agora você quer ajudar? — Ela franze a testa e o afasta de mim. Eu a sigo para o quarto de Thomas.

— O que você quer dizer com isso?

— Conveniente. — Ela faz um som longo e alto de *Shhh* no ouvido dele. — Você fica dormindo enquanto eu levanto no meio da noite.

— Nós conversamos sobre isso. — Minha voz é controlada, pisando em ovos. — Eu tenho que trabalhar de dia.

— E eu, o que eu faço? — ela revida, cortante entre os gritos de Thomas.

— Eu sei que os seus dias também são difíceis. Não estou dizendo que não — respondo, erguendo as mãos, em rendição.

— Esqueça. Vá, vá ter seu precioso descanso. — Ela me manda embora e se senta na cadeira de balanço, de olhos fechados, Thomas pressionado contra o peito, furiosa demais para olhar para mim.

Achei que voltar para cá fosse a resposta, que se eu pudesse levá-la para o mar conseguiríamos recuperar parte da tranquilidade que desejávamos, mas agora não tenho mais certeza. Há raros momentos em que eu vislumbrava a antiga Evelyn. Vislumbres que me davam esperança de que ela encontraria de novo seu caminho de volta. Uma noite de verão, quando cozinhávamos juntos, Jane na cadeirinha, nuvens escuras no céu. De repente começou a chover, depois uma tempestade, e ela correu para recolher as roupas do varal. Desliguei o fogão para que o jantar não queimasse e corri para ajudar. Ela estava tirando pregadores e juntando toalhas nos braços, em uma corrida contra a chuva. Então ela parou, encharcada. Levantou o queixo para o céu e riu. Eu queria me juntar a ela, abraçá-la e beijá-la, compartilhar o que ela estava sentindo, mas parei na porta. Pareceu sagrado, o jeito que ela sorria para a chuva. Foi muito rápido, se eu tivesse olhado para baixo teria perdido.

Ela parou de rir quando me viu, mas gritou:

— Não é lindo, Joseph?

Eu não conseguia tirar os olhos dela, das gotas de chuva deslizando pelo seu rosto. Ela correu ao meu encontro, seu vestido todo molhado. E ela me beijou. Mas esses momentos eram ultrapassados pelo peso que ela carregava, como roupa ensopada de chuva forçando o varal, arrastando-o para a terra.

Depois de um dia cheio de saídas de hóspedes à tarde e com um vazamento no telhado difícil de localizar, minha perna lateja pelo excesso de esforço. Estendo a mão para os comprimidos para dor na mesinha de cabeceira e derrubo o livro de Evelyn, um exemplar gasto de *Jane Eyre* que ela está relendo pela centésima vez. Quando me abaixo para pegá-lo no chão, uma página dobrada cai de dentro, *Sonhos* escrito em letras grandes e circulado por uma nuvem.

— Fazia tempo que eu não via uma destas — digo, levantando a página amassada e virando-a na mão. — Não sabia que você ainda tinha.

— É uma bobagem, Joseph. Eu estava usando como marcador de páginas. — Ela pega a lista da minha mão e a coloca de novo dentro do livro sem procurar a página certa.

— Evelyn Myers, nunca vi você achar que um sonho é uma bobagem — provoco. — Acho que você devia retomar. Por que não faz uma lista nova?

Ela costumava sorrir sempre que eu a chamava pelo nome de casada. Um nome que a ouvi repetir uma vez, quando ela passava batom diante do espelho, sem saber que eu estava ouvindo. Ela sorri agora, mas com um traço de tristeza.

— Talvez a Evelyn Saunders não concordasse, mas a Evelyn Myers não tem tempo para desperdiçar com os sonhos de uma menina.

— Vai ficar mais fácil, com as crianças. Você vai ver. — Eu beijo seus dedos e lhe desejo boa-noite.

Depois de um momento, ela pergunta:

— E se nós fizermos uma juntos? Uma lista de sonhos, para nós.

— Casar com você, administrar esta pousada juntos, esta é a minha lista. — Deslizo os dedos pelo braço dela. — Fazer você feliz, ter uma família... para ser sincero, esses são os únicos sonhos que já tive.

Ela faz uma cara de desgosto.

— Detesto quando você faz isso.

— O quê?

— Age como se tudo fosse perfeito.

Eu puxo o ar como se recebesse um soco na barriga.

— Você está distorcendo minhas palavras.

— Eu mal tenho um segundo para tomar banho. Você está se matando para cuidar deste lugar sozinho. *Isto* é mesmo o que você sempre quis?

— Que droga, Evelyn. — Eu me afasto dela. — Sim. Isto *é* o que eu quero. Não significa que é perfeito. Mas a maioria das pessoas estaria feliz aqui. — Meu estômago embrulha com as contradições dela, ela pediu para voltar para casa, ela quis voltar, e agora trata como se fosse o fim de tudo. — Mas não você, ah, não, nunca é suficiente.

— Experimente cuidar das crianças o dia inteiro e veja como é.

— Você quis isso. Você disse que queria filhos.

Ela inclina a cabeça para trás, olha para o teto, furiosa com minha incompetência, aparentemente, minha insistência na realidade, as condições em que nós vivemos se tornaram minha culpa.

— Isso não significa que era tudo que eu queria.

— Tudo bem, então você desentope vasos sanitários, esfrega chuveiros e conserta o telhado e eu vou brincar com as crianças na praia, se isso é tão horrível para você.

Ela baixa os olhos para mim, a voz fria.

— As coisas que você fala me fazem te odiar.

Eu devia recuar, sei como tem sido difícil para ela, sei que os dias dela são longos, exaustivos e entediantes, sei que a vida com uma criança pequena e um recém-nascido está longe de ser fácil, mas estou muito bravo, estou muito cansado, e estou saturado de me sentir o vilão, aquele que sempre tem que dizer a coisa certa, fazer a coisa certa, ser paciente e compreensivo e gentil, nunca irritá-la, nunca ultrapassar os limites, nunca pedir nada porque eu já pedi algo muito importante, estar com ela, ir para casa.

— Eu estou errado? Ou você tem a parte melhor do trato aqui?

— *Você* fez o trato. Essa é a questão.

— Nós dois concordamos com isto. Eu não forcei você a nada.

Ela cruza os braços, desafiadora.

— Bom, talvez eu tenha mudado de ideia.

Eu paro.

— O que isso quer dizer?

— Não sei.

— Mas foi uma declaração bem forte.

— Eu me sinto presa.

— Presa? — pergunto, incrédulo. — Tudo bem, então vá embora. Vá, se é assim que você se sente. Se esta vida é tão terrível, e você me odeia, e odeia estar com as crianças e tudo o que quer é tocar piano e viver em alguma terra da fantasia ilusória onde você não tenha nenhuma responsabilidade.

— Não fale assim comigo.

— Eu estou dizendo para você ir! Está se sentindo presa? Então vá.

— Como se eu realmente tivesse escolha — diz ela, a frase é carregada de veneno.

— Não estou forçando você a ficar aqui! — grito. — Não quero você aqui se você não quer estar.

— Esqueça, está bem? Você não entende.

— Ah, sim, claro. — Eu ergo as mãos. — Você odeia toda a sua vida e eu só tenho que esquecer.

— Quem está distorcendo as palavras agora? — Ela sai irritada para escovar os dentes, jogando o livro na cama quando se levanta. Ele me atinge no joelho, a folha de papel aparecendo entre as páginas, me tentando. Espero até ouvir a água na torneira do banheiro, abro a lista dela só para dar uma olhada, enraivecido, antes de colocá-la de volta em seu esconderijo. As palavras flutuam em minha mente, uma linha acrescentada ao fim da lista, em uma tinta diferente, nova.

Tocar com a Orquestra Sinfônica de Boston.

Um sonho banido, um resquício de outro tempo, trazido de volta à vida. Fico acordado até muito depois que ela volta pisando duro, puxa a coberta sobre os ombros, de costas para mim, e apaga a luz. Com medo por ela de novo, com medo, pela primeira vez, por nós. Com medo de que ela vá embora, de que ela talvez seja mais feliz deixando nós todos, e de que dessa vez eu não consiga encontrá-la e trazê-la de volta para casa.

Onze

Joseph

Outubro de 2001

Estamos dirigindo pela costa, nos aventurando para riscar mais uma linha da lista de tanto tempo atrás. *Tocar o céu*. Um passeio de biplano, aberto para o ar, subindo, planando sobre a linha das árvores, as cores do outono em seu auge, sobre o litoral que só conhecemos do chão. Eu me surpreendo, depois de todo esse tempo, que algo gravado tão profundamente ainda possa ser visto de um jeito novo. Evelyn está sentada ao meu lado no carro, o queixo levantado para a frente, a boca aberta, cochilando. Até mesmo sua postura revela como ela está lutando e perdendo. Dói em mim, cada vez que ela se atrapalha com os botões do cardigã ou encontra suas chaves no freezer ou fica andando pela casa à noite como um fantasma, sem conseguir dormir. Amá-la tanto e ter de vê-la desse jeito me causa um novo tipo de dor. Mas não pensamos muito nisso; nós olhamos para a frente, seguindo uma rota que ela mapeou anos atrás, *dançar uma valsa, procurar um tesouro escondido, aprender a falar francês*, linha por linha, como pular de pedra em pedra, um caminho daqui para lá.

Para mim, não há corrida atrás de grandeza, nenhuma ambição não atendida que venha à superfície, há um alívio inesperado em saber que o que está feito está feito. As sementes plantadas, o solo revolvido, e tudo que posso fazer é desfrutar o que floresce. Quando a encaro, minha morte é abstrata, uma ideia, e, quando chegamos mais perto, ela se metamorfoseia e escapa de mim. É algo que eu sempre soube que estava vindo, no entanto nunca me preparei para ela. Como a gente se prepara para deixar de existir? Mas aqui estamos nós. Outubro, com o ranger das folhas douradas sob os pés assinalando nosso último outono, que trará nosso último inverno e a primavera final. Oito meses para memorizar as rugas em volta dos nós dos dedos de Evelyn, como contar anéis do tronco de um carvalho, ver a barriga de Rain crescer e esperar pelos chutes de meu bisneto ou bisneta sob sua pele esticada, sentir o cheiro da maresia enquanto cubro as plantas mais novas com estopa para protegê-las da geada; oito meses para imergir nesta vida, a única maneira que sei de me preparar para morrer.

Evelyn acorda, olha para as árvores pelas quais passamos. Dou uma batidinha em sua coxa para chamar sua atenção e digo:

— Quando voltarmos, você devia ver se a Jane quer vir praticar.

Ela não se vira para mim.

— Praticar? Para quê?

Meu estômago congela.

— Você não lembra?

— Eu lembro. — Ela se vira, insultada. — Mas olhe para mim, Joseph. Olhe em volta. Parece tão bobo.

— Não é bobo.

— Eu sou uma velha.

Eu rio da declaração, uma identidade que ela não assumiria exceto para ganhar uma disputa de argumentos.

— E eu sou um velho. E daí?

— Não, o que eu quero dizer... — Ela não encontra as palavras, frustrada. — Tudo é tão maior. Eu vivi uma grande vida.

— Não estou entendendo aonde você quer chegar.

— É egoísta. Tudo... Eu sou egoísta. —As notícias recentes põem em movimento uma fonte constante de vergonha: pessoas desesperadas pela confirmação da morte de entes queridos, implorando respostas nos escombros, buscando sentido na devastação, enquanto Evelyn e eu caminhamos voluntariamente para a morte.

— E desistir do seu sonho, o que isso resolveria?

Ela balança a cabeça.

— Não sei.

Faço uma pausa, e sondo gentilmente.

—Você ainda quer prosseguir com isso... com tudo?

Ela fala baixo.

— Não sei.

— Podemos esperar e ver como você se sente — sugiro.

A voz dela endurece.

— Aí já seria tarde demais.

— Não precisamos decidir agora.

Ela fica em silêncio. Pressiono uma última vez, me inclinando perigosamente sobre um precipício.

— De qualquer modo, desistir da sinfônica não honra aquelas famílias.

— Mas escolher isso. Decidir fazer isso. Não é pior? — ela pergunta, com a voz tensa.

Faço uma pausa.

— Nós podemos mudar de ideia. Não precisamos fazer.

— *Você* não precisa.

— Nem você. — Uma resposta ruim, nossas escalas visivelmente desiguais, ambos jogando um jogo que vão perder.

—Todas aquelas pessoas... elas não tiveram nenhum alerta, nenhum último ano para viver seus sonhos. Nenhum tempo para ligar para a família, para se despedir. E aqui estamos nós, morrendo por vontade própria. Não é justo.

— Nada nisso é justo — digo, a emoção se insinuando pela minha garganta.

Passamos por dois carvalhos enormes que marcam a entrada, suas folhas chamejantes em tons de laranja avermelhados, e estacionamos. Os dedos dela tremem sobre a coxa, mas não sei dizer se é de nervoso ou do Parkinson; seu medo de altura não me deixou planejar nada ousado demais antes.

Ela já esteve em um avião, grandes aeronaves comerciais, mas nada como isto. Depois da aposentadoria, fizemos algumas viagens juntos, até mesmo uma viagem em família para a Disney quando os netos eram pequenos. Evelyn sempre quis ver a Califórnia, o sol e as ondas do Pacífico a chamando desde que Maelynn se mudou para lá, então nós fomos um ano, atravessamos a ponte Golden Gate de bicicleta, mergulhamos os dedos dos pés no Pacífico, tomamos vinho em taças reluzentes em Sonoma, encorpado e inebriante, ou com sabor de cítricos, flores, terra. A Califórnia guardava uma lembrança diferente para mim, mas por Evelyn, que sempre sonhara em vê-la, eu voltei. Antes disso, os pés dela nunca haviam deixado o solo e pousado em algum lugar completamente novo, ela nunca tinha visto a terra ficar cada vez menor enquanto subia, sem peso. Ela agarrou minha mão durante a decolagem, mas, depois que estávamos no ar, pressionou as mãos no vidro, maravilhada de estar acima das nuvens.

O piloto nos conduz para a pista e nos entrega dois capacetes de couro e óculos de aviador. Evelyn prende o longo cabelo grisalho e coloca o capacete. Eu faço o mesmo e nós dois a ajudamos a subir a escadinha, passar sobre a asa e se sentar atrás da cabine.

Eu me sento ao lado dela e seguro seu joelho.

— Amor, se o capacete for alguma indicação, você teria dado uma excelente pilota.

Ela ri.

— Errei minha vocação. — E põe os óculos sobre os olhos quando o piloto aciona o motor, o ronco impedindo qualquer outra conversa, vibrando através de meu corpo. Fazemos sinal de positivo para indicar que estamos prontos e ele começa a conduzir a aeronave pela pista. O entusiasmo e o medo de Evelyn pulsam em meu próprio peito, a mão dela na minha, o aperto mais forte quando saímos do chão. Estamos enrolados em casacos pesados, gratos pelas camadas de tecido ao começarmos a subida, o ar passando por nós como um chicote com uma estática ensurdecedora, como um rádio entre estações com o volume no máximo. Evelyn levanta os braços, estendendo-se para o céu, a boca aberta em uma risada, o som carregado no vento.

Deixamos para trás faixas de árvores cor de cobre, seguimos um arco de gaivotas, o piloto apontando para angras e enseadas escondidas, as ilhas Thimble uma constelação rochosa a distância. As nuvens uma camada de algodão acima, o mar uma expansão cerúlea, e nós, de mãos dadas, suspensos no meio. Quando pousamos, as pernas moles e trêmulas, sinto vontade de gritar, bater no peito, voar de novo só para mergulhar daquele mesmo avião, guiar um paraquedas de volta para a segurança da terra, a emoção de tudo isso, de estar vivo. Vejo o mesmo nela. A menina de olhar vivo que eu conhecia da praia, andando junto à água, me desafiando a pular.

A menina que sempre quis voar para Boston, para a Califórnia. Sempre tive medo de perdê-la, do que ela iria encontrar, de quem ela se tornaria. Evelyn quer voar para longe de novo, uma última vez. E eu vou deixar, porque sei que desta vez posso ir com ela e, juntos, podemos subir para a luz.

Algumas noites depois, planejamos reunir a família para o aniversário de Thomas. Na manhã desse dia, quase cancelamos a comemoração. Evelyn está irritada, seu corpo dói, o tremor está intenso. Depois do almoço, ela dorme um pouco e parece estar bem o suficiente quando os outros chegam para que a noite seja como uma noite normal, em um ano normal. Desfrutamos de um jantar simples e delicioso, um rosbife com purê de batatas e feijões-verdes. Thomas não queria nada extravagante para seu último aniversário conosco, como eu não quero nada extravagante em nosso último ano. Apenas tempo com a família.

Violet encontra caixas de fotos antigas, que eu não via há anos, e todos nos agrupamos em volta da mesa da cozinha, segurando tigelas de torta de maçã quente com bolas de sorvete de baunilha, já derretendo nas bordas. Fomos a um pomar de macieiras ontem, trouxemos um punhado de maçãs Macoun que limpamos na blusa e experimentamos enquanto caminhávamos, tão doces e ácidas e perfeitamente crocantes. Passandos décadas levando filhos e netos lá, subindo em árvores e correndo entre as filas de macieiras, eles sorriam na hora de comer, enfiando os dentes para a primeira mordida satisfatória, limpando a boca nas mangas da blusa.

— Jane, olha o seu cabelo! —Violet ri enquanto tira uma foto da pilha. — Eu esqueci como ele era grande.

— Meu cabelo? — Jane ri de volta. — E a sua roupa?

Patrick, o único dos filhos de Violet presente para fazer piada, já que os outros estão na faculdade, pega a foto da mão de Jane.

— Mãe, isto é seriamente constrangedor.

Violet dá de ombros.

— Eram os anos sessenta, meu querido. Isso estava na moda, acredite ou não.

Evelyn olha para mim e ri.

— Sorte minha que não tirávamos muitas fotos quando nós éramos jovens. Mas seu avô pode contar muitas histórias para vocês. Eu era mais o patinho feio do que o belo cisne quando pequena.

— Você nunca foi o patinho feio. Mas o cisne estava um pouco escondido atrás da sujeira e dos macacões. — Eu rio para a pilha de fotos em preto e branco. — Olha esta. Como nós éramos jovens. — Eu a deslizo para Evelyn. É uma das primeiras fotos que tiramos juntos. Tommy, sempre o astro, estava no meio, com os braços em volta de nós dois. Eu tinha uns treze anos, já mais alto que Tommy e, embora a imagem tenha desbotado, posso garantir que estávamos bronzeados, nossos sorrisos abertos eram sinceros, não apenas posados para a fotografia.

Não posso deixar de pensar em como seria se ele ainda estivesse aqui, compartilhando lembranças e fazendo piadinhas ao lado de Evelyn. Perdê-lo foi perceber que um dia se passou sem que eu pensasse nele e sem ser atormentado pela vergonha. *Como pude esquecer?* Pouco a pouco, esse dia se tornou dois, depois três, e logo eu podia contar uma semana inteira que não havia sido marcada pela dor que eu carregava. A saudade dele se tornou o pó que cobria cada superfície, que flutuava no ar, imperceptível a não ser que fosse pego na luz certa, e então brilhava e refratava, cintilante à vista. Um momento simples, como quando Jane aprendeu a mergulhar do cais, caindo raso na superfície com os dedos dos pés estendidos, um olhar trocado entre Evelyn e eu: *Tommy ia adorar ver isso.* As coisas infinitas que ele perdeu.

Que vida nós construímos desde então; nunca poderíamos ter imaginado na época. Tanta coisa mudou; novas lojas e áreas povoadas que surgiram onde eu me lembro de haver apenas campos e estradas de terra. Como a Fazenda Hayes, onde íamos roubar punhados de amoras silvestres e atravessávamos o pasto de bicicleta para ir para a escola, e onde agora há uma cafeteria e uma pizzaria. Não deveria me surpreender, as terras foram vendidas muitos anos atrás, mas de vez em quando eu viro a esquina, espero ainda vê-la ali. Essa versão de Stonybrook é tão vívida, no entanto não consigo lembrar a cor da pintura do celeiro ou se as amoras eram azedas ou doces. Quase posso ouvir o grito de Tommy chamando da base da Captain's Rock, e sentir as solas endurecidas de meus pés no verão e, de alguma forma, nesse momento, Stonybrook é a mesma, como se apenas nós dois tivéssemos mudado.

Jane vai passando pelas fotografias na pilha, de repente para e seus olhos se enternecem.

— Uau... olhem para isto. Rain, Tony, aqui está o seu futuro.

Tony beija o ombro de Rain, sorridente, e olha a foto.

— É a primeira vez que vejo uma foto de bebê da Rain. Jane, você parece tão jovem.

— Eu era muito jovem. Quase um bebê também.

— Deixe-me ver. — Evelyn faz um gesto pedindo a foto. Uma Rain rechonchuda de dois anos, uma profusão de cachos escuros, envolta em braços muito magros. Jane de volta da Califórnia, seu cabelo volumoso preenchendo metade da imagem, os olhos fixos na filha, cujos punhos pequeninos estavam embaçados em movimento.

— Já vou avisando que qualquer roupa antiga que ainda exista por aqui vai ser minha. Vocês tinham estilo. — Rain ri, virando as fotos até Jane reivindicar a pilha de volta.

— Quem é este? — Connor pergunta, deslizando uma foto sobre a mesa para mim, um rapaz de vinte e poucos anos atrás do balcão, um sorriso fácil no rosto, acomodado em minha cadeira. Sam. Um inesperado aperto de contrariedade em meu estômago. A primeira e última vez que contratamos um estranho para trabalhar conosco, um rosto que eu tinha quase esquecido.

— Só um antigo funcionário. — Evito os olhos de Jane, encontro outra foto na pilha para mudar o foco. — Eu gosto muito desta. — Passo-a para Ann. — Thomas e seus aviões.

Ann se encosta em Thomas e brinca:

— Parece que você levava isso muito a sério.

Ele aperta os olhos para a foto.

— Este é o caça Bell X-5. Eu adorei montar esse modelo. Onde será que ele está agora?

Evelyn encolhe os ombros.

— Provavelmente no sótão, com o resto das coisas de vocês. Vocês vão ter que examinar tudo aquilo juntos, ver o que vão querer guardar.

— Não diga essas coisas, mãe — pede Jane, seus olhos nas fotografias.

Thomas pigarreia.

— Eu entendo agora. — O rosto dele é solene, o olhar pousando em Evelyn e em mim. — Eu não entendia antes... ainda não estou apoiando... mas... — Ele segura a mão de Ann — ... quando eu achei que tinha perdido você... ah, não posso nem imaginar... — Seus olhos se umedecem ao se voltar para a esposa. — Por um momento eu soube como é... perder a pessoa que se ama mais que a vida.

Minha garganta se aperta, e tudo que consigo dizer é:

— Obrigado, Thomas.

A sala fica em silêncio, uma seriedade que eu esperava que não viesse nos encontrar esta noite. Mas não lutamos contra isso. É parte da nossa escolha.

— Eu adoro esta — Violet murmura, seus olhos molhados de lágrimas. Do outro lado da mesa, Connor visivelmente enrijece diante da emoção dela e se ocupa com outra pilha. É uma fotografia de nosso casamento; passo os dedos sobre a superfície lisa. Vejo o roxo intenso das violetas no buquê de Evelyn, mesmo a imagem sendo em preto e branco.

A noite transcorre assim, passando fotografias e compartilhando lembranças, a necessidade de estar juntos tangível. Toda uma história contada em um olhar entre irmãos, uma risada, como se ver a nós mesmos uns nos outros tornasse tudo real, preservasse as partes que temos medo de perder. Uma Evelyn grávida, sem data inscrita no verso, o grupo tentando determinar qual filho estava em sua barriga. Fotos da sra. Saunders, seu sorriso de lábios apertados e o coque firme característicos, primeiro avó, depois bisavó. Há uma foto granulosa de meus pais, de pé nos degraus na frente da pousada, minha mãe de avental e meu pai alto ao seu lado, o braço sobre seus ombros. O casamento de Violet e Connor, o de Thomas e Ann... Violet grávida em muitas das fotografias, de um ou outro filho. Os cinco netos fazendo uma pirâmide na praia. Evelyn e eu dançando no casamento de Rain e Tony, nossa primeira neta e a única que veremos se casar. Evelyn e eu pegos de boca aberta ao entrar em um restaurante, uma festa surpresa de cinquenta anos de casados que nossos filhos fizeram para nós. Cinquenta e seis aniversários de casamento no total, mas a maioria nunca foi registrada em uma foto. Eram dias passados marcando a ocasião em pequenos momentos entre nós, um toque, um beijo, um *dá para acreditar*, e *tivemos tanta sorte*, e nos perguntando como mais um ano havia se passado sem nossa permissão.

Doze

Evelyn

Maio de 1955

Separo meu vestido de saia xadrez rodada e deslizo as mãos pelas blusas como se estivesse escolhendo em uma loja, como se isso importasse, como se esta fosse a decisão que vai mudar as coisas. A mala aberta aos meus pés, jogo o vestido nela, o tecido escapando pelos lados, como se simplesmente tivesse escorregado das minhas mãos. Empurro a mala mais para dentro do armário com o dedo do pé, escondendo-a. Depois tiro duas camisas dos cabides com pressa, mal registrando enquanto jogo cardigãs, calças capri, um cinto preto fino, as meias com um desfiado no tornozelo de correr atrás de Jane pelo meio de um arbusto de amoras silvestres, sapatos de salto baixo com a sola gasta.

Um movimento no corredor. Eu congelo. Um instante passa em silêncio. Dou uma olhada no espelho, o corredor vazio projetado atrás de mim. A mulher que olha de volta para mim do espelho me encara como em uma acusação. Cabelos escapando de um rabo de cavalo baixo, rugas marcadas na testa, rosto angular e sem expressão, olhos cinzentos e com olheiras de exaustão, em um vestido xadrez que esconde quadris alargados que logo serão cobertos por um avental. Tenho pena dela; eu não a conheço.

No andar de baixo, ouço algo caindo e se quebrando. Vozes se elevam, abafadas, mas bravas. Fecho a mala e agacho para prender as fivelas, empurro-a para o fundo do armário, escondida atrás de um par de botas de inverno pesadas que ainda não guardei, agora que a primavera chegou. Corro para os quartos de Jane e de Thomas, onde os deixei brincando com um jogo de montar e a promessa de voltar logo, e encontro ambos vazios. *Merda.* Desço depressa a estreita escada dos fundos para a cozinha, também vazia. *Merda, merda, merda.* Empurro a porta vaivém para a sala de jantar e encontro Joseph de costas para mim, segurando Jane pelo pulso, Thomas preso em seu outro braço, desculpando-se nervosamente com um hóspede. Quando chego mais perto, vejo que são o sr. e a sra. Whitaker, hóspedes novos, e sua mesa está coberta de suco de laranja derramado e restos de ovos. O cabelo de Jane pende em cachos molhados e suas roupas estão encharcadas, uma mancha vermelha de geleia de morango no queixo. Joseph me ouve entrar e se vira em uma mistura de fúria e alívio.

— Leve. Eles. — Ele está furioso, põe um Thomas melado em meus braços e solta Jane com um empurrão para mim. Eu a levanto, mesmo aos quatro anos já cresceu tanto que é difícil carregá-la em um braço e Thomas com o outro, desesperada para tirá-los de lá. Toda a sala de jantar está em silêncio, meu rosto arde de constrangimento.

— Por favor, desculpem por isso... — Joseph gagueja enquanto saímos.

Dentro da cozinha, fora da vista, Jane olha para os pés descalços, mexe os dedinhos no reboco dos ladrilhos, ovo escorrendo do cabelo para o rosto. Pego a colher de pau para bater nela e a seguro pelo pulso, mas o rosto de Thomas se contrai e ele começa a chorar. Olho depressa para a porta, os hóspedes do outro lado tentando desfrutar do que restou de seu café da manhã.

— Para cima, agora — rosno, jogando a colher sobre o balcão. Jane corre na frente e Thomas vai atrás, choramingando quando chega à escada, embora, com dois anos de idade, ele já saiba subir os degraus. Eu o pego no colo, meu vestido molhado onde o carreguei, o pescoço melado de geleia de seu rosto. Em seu quarto, Jane já tirou toda a roupa e a deixou em uma pilha sobre o tapete

— Jane. Para o banho, *agora*! — Ajoelho e tiro a roupa de Thomas, sufocada pelo cheiro de cocô recente, sua fralda de pano pesada e vazando nas pernas. Jane chupa uma mecha de cabelo coberta da geleia. Meus olhos se enchem de lágrimas.

Testo a água do banho com o pulso e limpo Thomas enquanto a banheira enche. Esfrego os dois e passo xampu no cabelo deles, desfazendo os emaranhados e os grumos de geleia, enquanto eles dão gritinhos e se contorcem para escapar de mim. Meus joelhos doem no chão de ladrilho. Poderia ser qualquer manhã, poderia ser qualquer noite. A água sobe mais alto agora, o suficiente, e eu estico o braço para fechá-la. Ponho os dedos sob a torneira e hesito, sinto a água na pele, fecho os olhos, imagino-a subindo mais e mais, enchendo o banheiro, inundando toda a casa até estarmos todos suspensos em seu abraço em um doce silêncio.

A porta do banheiro se abre de repente e sou sacudida de volta pelo aparecimento de minha mãe. Tenho a vaga consciência de que o banheiro cheira a suco de laranja e resíduos humanos, as roupas manchadas e a fralda suja ao meu lado. A água ainda está correndo na banheira, Jane e Thomas jogando-a um no outro, molhando todo o chão em volta.

— Mas o que... — Minha mãe está com a boca aberta, sem acreditar no que vê. Seu cabelo preso para trás, composto como sempre, os lábios pintados, saia passada e sapatos polidos. Registro minha aparência aos olhos dela, o cabelo sem lavar, vestido amassado sujo de comida, lábios nus e rosto pálido. Fecho a torneira.

— Chega. Parem de jogar água.

Ela balança a cabeça.

— Nem sei o que dizer, Evelyn. Você me pede para ficar com as crianças para você poder ir à sua consulta e é isto que eu encontro? O Joseph lá embaixo varrendo uma bagunça de louça quebrada, e olhe só para você? O que você fez? Ou, melhor ainda... — Ela aponta um dedo fino para Jane. —... o que esta diabinha fez?

Encolho os ombros, exausta demais para protestar ou explicar. Jane enfia a cabeça embaixo d'água e Thomas dá risada.

— Inacreditável — ela debocha. — Sorte a sua que eu estou aqui. Eu não tive nenhuma ajuda quando vocês eram pequenos. Os dois, fora da banheira agora, venham. — Ela estala a língua e entrega a eles as toalhas dobradas com as pontas dos dedos, como se elas também estivessem sujas, e segue as crianças, pingando, para fora do banheiro. Olha para trás antes de sair e acrescenta: — É por isso que não se pode dar liberdade demais às crianças. Elas ficam sem controle. Eu cometi esse erro e olhe só para você... — Ela faz uma pausa. — ... você nunca foi feliz com o que tem.

Engulo em seco.

—Vou tomar um banho.

— É melhor mesmo — ela grunhe, e fecha a porta.

Abro de novo a torneira quente, enchendo a banheira até ficar escaldante. Abrir a torneira, tampar o ralo, esvaziar a banheira. Lavar as roupas, pendurar para secar, passar, dobrar. Cozinhar, servir, tirar a mesa, limpar. Arrumar as camas, preparar as camas para dormir. Esfregar a banheira, lavar as pias. Abrir a torneira, tampar o ralo, esvaziar a banheira.

Até a eternidade.

A Oyster Shell parecia mais minha quando eu vivia na casa ao lado. Agora que durmo no quarto principal e faço biscoitos para os hóspedes e dobro os lençóis em retângulos perfeitos, este lugar não pertence mais a mim. Às vezes percebo um cheiro familiar, amoras ou uma toalha úmida, e sou transportada, mas esses ecos são passageiros. No entanto, Joseph precisa da segurança de uma casa com história, corrimãos alisados pelas nossas próprias mãos, por seus pais e avós. Sentar-se à mesma mesa todas as manhãs para beber seu café. Acho que ele nunca se perguntou que música o oceano Pacífico faria, e, se fizesse isso, ia querer que fosse uma música conhecida.

Tiro meu vestido manchado. Entro na banheira, deixo a água correr. Minutos se passam. O ranger distintivo da escada, minha mãe saindo com as crianças. A água sobe até meu queixo, e eu mergulho até a boca ficar submersa, brinco com a água fluindo entre os dedos de meus pés. Finalmente sozinha, tenho o desejo de estar ainda mais sozinha,

sozinha de mim mesma, de todos e de tudo que está me pressionando, me fechando.

A água na torneira esfria. Prendo a respiração, meus olhos logo acima da superfície. Conto até dez, vejo a água flertar com a borda da banheira. Inclino-me para a frente para desligar, mas hesito, olhando para o ponto em que a água caindo interrompe a superfície calma. Presto atenção e não escuto nada no corredor. Meu coração acelera enquanto a água sobe, agora mal contida pela louça. Estico o pescoço na direção da porta. Silêncio. Eu me levanto, riozinhos correndo pela minha pele, vejo a linha da água baixar para preencher o espaço que meu corpo ocupava. Enrolo uma toalha à minha volta, ainda rígida de secar no varal.

Abrir a torneira, tampar o ralo, esvaziar a... *E se eu não fizer?*

Ouço a água descer em cascata para o chão de ladrilho, a distração perfeita, enquanto fecho a porta do banheiro atrás de mim.

Em meu quarto, ponho o vestido chemise azul-marinho. Pinto os lábios de vermelho escuro e seco o cabelo com a toalha. A garota de olhos vazios me encara do espelho outra vez. Há um leve som de água ao fundo e eu me pergunto se, quando ela vier, será suficiente para me afogar, ou se vai transbordar até a rua, estourar as janelas como uma onda de furacão, me carregando para o mar.

A porta se abre e Joseph entra.

— O que aconteceu? — ele pergunta, furioso. — Eu achei que você estivesse com as crianças!

Eu o vejo pelo espelho, sua voz soa tão distante.

— Minha mãe está com eles agora. Tenho uma consulta médica, lembra? — Pressiono o dedinho nos lábios, limpando uma borda manchada de batom.

— Que consulta? — Joseph para, inclina a cabeça para a porta. — A torneira está aberta no banheiro?

Ignoro a pergunta e pego a bolsa.

— Já estou atrasada. Até mais tarde.

Ele segura meu cotovelo.

— Você tem que ficar de olho neles...

Não o encaro.

— Quer saber... agora estou ouvindo também.

— O quê? — Ele vira a cabeça de novo e, no silêncio, ambos ouvimos o som distinto de água fluindo. — Ah, não.

Ele corre para o banheiro. A água está passando sob a porta, molhando o tapete felpudo do corredor.

— Estou saindo! — aviso, mas Joseph já está dentro do banheiro.

— Pode me trazer toalhas? — ele grita, mas finjo que não ouvi.

Puxo a mala de seu esconderijo e desço correndo pela escada dos fundos, cada degrau me traindo com um rangido. A chave está no gancho ao lado da porta, então eu a pego com mãos trêmulas e ando com calma forçada até o carro, cumprimentando com a cabeça uma família a caminho da praia, tentando esconder a mala atrás da saia rodada. Não quero dar margem a perguntas, conversas, razões para parar, para voltar, não agora, quando estou tão perto.

Então uma voz fantasma, a da minha mãe — a que tentei manter longe, a que tentei enterrar bem fundo—, faz pressão para sair — *Eu cometi esse erro, e olhe só para você... você nunca foi feliz com o que tem* —, inunda minha mente enquanto abro a porta do carro, jogo a mala dentro e entro.

E então há Joseph. Suas palavras me enchem também, redemoinhando com as de minha mãe, me puxam para baixo das ondas, o som abafado e a pressão pulsando em meus ouvidos. *Eu quero um bebê. Eu quero ir para casa. Acho que isso vai fazer você feliz, fazer nós dois felizes.*

E, de repente, estou com quase trinta anos, dois filhos, um marido, e uma mãe que mora ao lado, e minha vida não é nada do que eu sonhei que seria, nada do que eu queria. Imagino a mim mesma, dezesseis anos, antes dos filhos, do casamento e da guerra. Meus dezesseis anos, quando o cabelo ficava solto e molhado em minhas costas depois de nadar, quando minha pele ressecava após horas ao sol, quando eu corria pelo campo e mergulhava do cais e brincava nas ondas, quando eu registrava todos os meus desejos mais loucos com a certeza de que eles se realizariam. Aquela Evelyn teria dado uma única olhada para esta vida e nadado até o fim do oceano, sem nunca olhar para trás.

Enfio a chave na ignição, e minhas mãos tremem. Aperto o volante para me estabilizar antes de dar ré, a aceleração repentina jogando a mala do banco de trás para o chão, pneus rangendo quando me aproximo da Sandstone Lane e da nova placa que diz Oyster Shell, substituindo a que foi arrancada pelo furacão tantos anos atrás, o furacão que permanece agora que estamos de volta a esta vida. Esta pousada continua em pé, no entanto Joseph foi roubado de mim, arrastado nas sombras da tempestade, porque eu não vejo mais o meu marido. Ele acorda antes do sol para restaurar coisas causadas pelo dano, as telhas que quebram ou vazam, ou o telheiro com mofo nas paredes, e para atender os hóspedes, movido pela culpa de seus pais nunca terem visto a pousada reabrir. Ele fica acordado até tarde atualizando a contabilidade, até muito depois de as crianças irem dormir e de eu ter ido para a cama, meus ossos doloridos de um dia de trabalho.

Ele não é o Joseph que me ensinou a fazer pedras pularem na superfície da água ou que enrolava o dedo em meu cabelo enquanto estávamos deitados no cais, imaginando figuras nas nuvens. Ele é uma sombra que range pela casa e o tilintar de chaves e os fragmentos de roupas que vejo de relance quando ele entra e sai pelas portas, e eu sou a que segura as crianças e passa aspirador nos tapetes e dobra os lençóis e faz sanduíches. Eu sou a que tem o vestido puxado e o cabelo arrancado e a blusa cuspida. Eu sou a que vive em uma casa que não parece minha, presa nesta cidade de que eu queria desesperadamente escapar.

Nadar até o fim do oceano, sem nunca olhar para trás.

Sigo sem pensar e encontro a rodovia, dirijo para aumentar o espaço entre mim e minha consciência, que corre atrás de mim e ganha velocidade. Em meu bolso, a carta da Orquestra Sinfônica de Boston, *Cara sra. Myers, obrigado por seu interesse pela Orquestra Sinfônica de Boston. Estamos com a necessidade imediata de uma pianista de concerto que possa viajar conosco, e faremos testes no dia 10 de maio...* A manhã vai transcorrendo ao longo das linhas da estrada, grama e árvores por quilômetros, outros carros me ultrapassam em velocidade, apenas vultos.

Ligo o rádio para afogar o silêncio. Nat King Cole canta ao piano, e eu desligo. Joseph me comprou um piano depois que Jane nasceu. Ele disse que sabia o que me faria feliz. Uma casa, um piano, filhos. Quando ela era pequena, eu tocava com Jane no colo, aninhada em um braço, Bach e Mozart e Chopin, música que me fazia me sentir parte de um mundo que tinha deixado para trás. Mas então fiquei grávida de novo. E minhas costas doíam e meus tornozelos inchavam e eu não podia chegar suficientemente perto das teclas para tocar com conforto, e Jane não ficava parada e a casa era cheia de ruídos e conversas, um barulho que era som, mas não música, que pulsava entre meus ouvidos tão alto que eu tinha que abrir as janelas para expulsá-lo.

Quando Jane e Thomas descobriram o piano, foi um acréscimo ao barulho, palmas de mãos batidas no marfim, a cacofonia de todas as notas erradas. A martelação no piano me dava dor de cabeça e perturbava os hóspedes, então eu cobria as teclas, mantive-as cobertas para que as crianças esquecessem que por baixo da tampa de madeira do piano havia um estampido que elas podiam criar com cada batida de suas pequenas mãos. Mantive-o coberto por tanto tempo que esqueci que existia música, música tranquila e bela que eu podia criar com as minhas próprias mãos.

Dirijo passando por placas que mal leio, mudanças de pista que nem registro, por todo o caminho para Boston, para a sinfônica, para uma vida que eu vivia antes, uma vida que quase comecei sozinha.

Caminho com calma pelo Conservatório de Boston e sinto aquele aperto de prazer na barriga, a emoção da lembrança de minhas primeiras aulas particulares. Um prédio que eu conheceria intimamente se tivesse me candidatado, sido aceita, permanecido. As pessoas que eu teria conhecido, os futuros que teriam se ramificado por passar entre estas portas. A segunda chance, agora, de um começo todo novo, um renascimento de possibilidades aos meus pés. Passo pela Faculdade de Música de Berklee, estudantes carregando instrumentos em estojos, Boston aparentemente transbordando de músicos, aqui os meus desejos são louváveis, até comuns. Meu corpo implausivelmente leve e desimpedido, ninguém me agarrando, me chamando, precisando de mim, meu corpo inteiro livre no agradável sol de maio. Abrigada por prédios de pedras marrons de ambos os lados, estranhos passam por mim sem olhar, minha mala no bagageiro, a implicação do carro estacionado em uma rua secundária em Back Bay.

Por onde começar? Horas antes do teste, e apenas uma curta caminhada até o Symphony Hall, a manhã aberta diante de mim como uma mão estendida, éons pelos quais não tenho que dar explicações, responsável por ninguém, caminhando na direção que eu escolher. Chá, *sentar* e beber chá, em uma cafeteria, sozinha — o desejo me vem e sinto uma alegria repentina, como seria possível passar o tempo dessa maneira, tão frívola. Peço um chá latte, um luxo que nunca tive, o pedido tão elegante, europeu, e passo a manhã à toa em um pátio asfaltado com pedras. Grata pela caneca quente aninhada em minhas mãos enquanto a brisa fica mais forte, o leite vaporizado espumoso escondendo o líquido fervente embaixo, queimando minha língua. Observo as mulheres da minha idade, e mais novas, e mais velhas, sozinhas, e empurrando carrinhos de bebê, e em grupos de outras mulheres, e de braço dado com homens, passando por mim, ou desviando de carros para atravessar a rua, e imagino quem elas podem ser, para onde podem estar indo. Feliz pela ideia de ser confundida com alguém que mora aqui, tomando a bebida de costume, a caminho de algum lugar também.

Quanto tempo faz desde que pisei em Boston pela primeira vez? Quinze anos. Maelynn me pegou na South Station, sua calça azul-marinho abotoada até acima da cintura, destacando-se entre a multidão de mulheres em vestidos florais. Os lábios pintados de fúcsia, os óculos de sol com armação de imitação de tartaruga que ela levantou sobre a cabeça quando me viu. *Ora, quem diria. Você é fácil de identificar em uma multidão.*

Eu estava com o macacão curto de brim que minha mãe odiava. Maelynn me olhou de cima a baixo, me deu o braço e disse *Acho que vamos nos dar muito bem.*

Se ao menos eu pudesse ir atrás dela agora, encontrar refúgio mais uma vez no quarto que ela usava como escritório, o quarto que se tornou meu, banhado da luz do dia e cheio de livros e plantas exóticas, hastes finas e longas pendentes de seus vasos de argila, uma cama junto à janela que ela comprou só para mim. Ser aquela menina de quinze anos, nenhuma de suas escolhas feita por si ainda, uma menina que perdia tardes preguiçando sobre o tapete turco, conversando com Maelynn e brincando com borlas felpudas e seguindo a trilha de fios vermelhos até a estampa se embaralhar toda, do jeito como uma palavra repetida vezes demais perde o sentido.

Maelynn ficaria aborrecida se soubesse que estou tão perto e não fui vê-la. Mas não tenho nada para dizer a ela, nada que eu possa explicar. A mala está trancada no carro. Preparando-me não só para hoje, mas para a possibilidade de dias que transbordem em semanas e meses, manhãs passadas como esta depois de noites me apresentando com a sinfônica, caminhando e bebendo chá e observando pessoas até minha consciência se misturar da mesma forma. Perguntas que não fiz a mim mesma, respostas que não examino, percorridas e repetidas até que elas também não signifiquem nada, não machuquem ninguém.

Fico com frio na sombra de um toldo listrado, um nome francês, Patisserie Lola, desenhado na frente, meu chá terminado exceto pelos resíduos amargos, a adrenalina baixando, minha ansiedade por dirigir agora substituída por uma necessidade de caminhar até as pernas arderem, de ver até onde consigo chegar sobre meus próprios pés. Pago a conta e dou uma volta pela Newbury Street, para cima e para baixo por ruas secundárias, exploro a Boylston até chegar à Copley Square. As lembranças de encontrar Joseph aqui para o almoço, dividindo sanduíches, vêm sem serem chamadas. Aquela primeira vez que ele me esperou, com sua própria mala na mão. Agora, nem Boston é minha mais, é um esconderijo que nós dois compartilhamos. Continuo em frente, desesperada por um lugar nesta cidade que ainda pertença a mim. Passo pela igreja Arlington, onde fizemos nossos votos. Promessas que me perseguem quando viro o ombro contra a brisa cortante, bloqueando minha visão.

Chego ao Passeio Público, circundo o lago, gansos flutuando preguiçosamente pela superfície, cercados por canteiros de tulipas. Atravesso a ponte de pedestres, repleta de namorados e turistas, cruzo o gramado verde do Boston Common até a Charles Street. Um de meus locais favoritos, no coração de Beacon Hill, a calçada de tijolinhos margeada por lojas e restaurantes, que segue até o rio Charles, veleiros balançando ao vento, a coisa mais próxima do mar a que eu poderia vir. Maelynn me trouxe aqui naquele primeiro Natal, quando eu estava com tanta saudade de algo que me fosse familiar. Os biscoitos de gengibre de minha mãe, as guerras de bola de neve com Tommy e Joseph no caminho para a escola, a fumaça de charuto espiralando em volta de meu pai depois do jantar. Maelynn percebeu que eu estava melancólica, então pegamos o bonde para Park Street e bebemos chocolate quente bem doce, caminhamos pela frente das lojas iluminadas com luzes piscando e postes envolvidos em guirlandas. Ela comprou *Jane Eyre* para mim em uma livraria cheia de abajures e poltronas enormes e nós andamos, chutando pequenos pedaços de gelo e vendo as vitrines até nossos dedos dos pés ficarem amortecidos e eu parar de ter saudade de casa.

Aquela loja não existe mais, substituída por uma butique de roupas. A rua está quieta, a maioria das pessoas trabalhando em um dia útil, e eu ando com calma, admirando manequins e examinando cardápios, até chegar ao rio Charles. Vejo o ancoradouro, e o anfiteatro do outro lado da água, um palco para concertos gratuitos no verão. Uma experiência que eu perdi, porque voltava para Stonybrook no fim de cada ano escolar, e que Joseph e eu nunca aproveitamos por razões que não posso imaginar agora, não lembro como passávamos nosso tempo, as recordações foram enevoadas pela tristeza. Todo o nosso tempo aqui é uma lasca do que deveria ter sido, entranhada como mais uma perda. Joseph, fisicamente aqui comigo, mas casado com a pousada, seu destino como um carro de fuga esperando à toa do lado de fora de nossa janela.

Eu também sentia a casa negligenciada me chamando de volta, mesmo enquanto me agarrava à mentira de deixar tudo aquilo para trás. De pé no ancoradouro agora, sou transportada para a pousada Oyster Shell de minha memória. A cozinha era o som de panelas e o cheiro de fermento e farinha que nos seguia através da porta vaivém quando passávamos correndo, roubando um punhado de geleia com um dedo enfiado no frasco ou uma fatia de queijo. A risada da sra. Myers era doce como mel, batendo em nosso traseiro com uma toalha enrolada para nos mandar embora, mas seus braços sujos de massa de bolo estavam sempre disponíveis para um abraço. O sr. Myers tinha um som característico, o tilintar de chaves no cinto enquanto consertava pias com vazamento e varria o chão, e sempre me dava chocolates embalados em papel alumínio quando ninguém estava olhando. A casa de meus pais tinha esculturas de mármore e móveis de mogno, frios ao toque; a Oyster Shell era o calor emanado de uma lareira crepitando. Havia hóspedes em vestidos de verão que riam e bebiam chá na varanda da frente, e havia uma energia naquilo tudo, uma luminosidade e um pertencimento que eu persegui desde então.

Pensamentos em Joseph se intrometem, e eu o imagino pondo as crianças na cama esta noite. Esperando. Preocupando-se. O pânico que tomaria conta dele. A dor quando descobrisse a verdade. A vergonha queima minha pele. A mala que fiz, a escotilha de fuga de uma vida com a qual concordei. Ouço o choramingo de Thomas, vejo seu rosto contraído iluminado pela luz do corredor. Vejo Jane sair de seu quarto, a blusa do avesso, sapatos desamarrados, girando para me mostrar como se vestiu sozinha. Sinto os lábios de Joseph em meus ombros, seus joelhos pressionados atrás de mim, deitados de conchinha. Minha cabeça atordoada, desconexa, flutuando acima de mim. Thomas estendendo os braços, Jane sorrindo, dançando à luz da manhã. O corpo de Joseph pressionado no meu. As velas dos barcos a distância se embaçam e é só então que percebo que estou chorando. O sino de uma igreja próxima bate cinco vezes.

O teste. Meu coração acelera como um tambor.

As lágrimas caem mais rápido, minha visão está turva, me sinto uma estúpida, consegui perder o horário. Protegendo minha única oportunidade da maneira como uma mãe coloca um bebê em um cestinho no rio, uma esperança à deriva sem um plano real, com pouca chance de um futuro. Meu tempo passou com a batida do relógio, o teste que me diria se tenho condições, se sou suficientemente boa. O teste que nem cheguei a ter certeza se queria fazer. Nunca foi deles que eu quis fugir. Foi do sonho de Joseph tomando o lugar do meu, uma âncora que ele herdou no nascimento. Mas, sem ele, sem nossos filhos, até mesmo a música mais cativante fica sem sentido. Boston é uma canção que não pode ser ouvida.

Preciso ir, me afastar do rio, o mar impostor, a fantasia ilusória de uma vida alternativa. O sol é ofuscante quando se põe, e eu cambaleio pela calçada até a grama e me apoio em um carvalho imponente, onde encosto a cabeça e fecho os olhos, tentando recuperar o fôlego.

Então eu as vejo. Eu as vejo e meus joelhos amolecem até eu chegar ao chão, violetas cobrindo toda margem, florando em tons de roxo e acabando comigo. Choro ainda mais, flores plenamente desabrochadas em minhas orelhas e roçando a parte de dentro de meus braços. Chorando por meu pai, por Tommy, pelos pais de Joseph e por Joseph, que ama uma garota que nós dois perdemos.

A viagem de volta para Stonybrook é um reflexo de placas de saída e faróis enquanto o dia se transmuta em noite, meu peito pesado de culpa por tê-lo deixado, por ter abandonado todos eles, e sabendo que isso nunca vai ser esquecido. Antes de entrar na Sandstone Lane eu paro, escondo a mala no bagageiro, passo os dedos pelo cabelo e lambo o dedinho para limpar os restos do rímel manchado.

Os pneus rangem na entrada da pousada, anunciando minha chegada. As janelas do quarto estão iluminadas por trás das persianas fechadas; os hóspedes devem ter ido dormir. Joseph aparece na porta, uma silhueta no brilho amarelo das luzes da varanda. Caminho com o que espero que pareça um andar natural, mas, quando chego aos degraus, não me aguento e corro para abraçá-lo.

Sussurro em seu ouvido.

— Desculpe. — Meus olhos se enchem de lágrimas, e agradeço por eles estarem apertados em seu ombro.

— Onde você se meteu? — A voz dele fervilha de irritação. — Eu achei que tinha acontecido alguma coisa com você. — Uma pergunta que vou ter que contornar, sua resposta suscitaria mais perguntas, iria corroê-lo por dentro, porque ele nunca entenderia o ímpeto de fuga de uma mãe.

— Eu precisava... eu precisava de um dia.

— Meu Deus, Evelyn. Você precisava de um dia? — Ele se afasta de meu abraço, seu rosto frio, distante, fechado para mim.

— Desculpe. — Puxo sua manga, mas ele não olha para mim.

— Para onde você foi? — ele pergunta de novo.

— Eu precisava dirigir, de algum espaço, só isso. Eu devia ter contado a você.

— Está escuro.

—Você nunca sente isso?

— Claro que sinto! — ele grita. — Mas não faço! Porque não se pode simplesmente ir embora quando as coisas ficam difíceis. Nós não temos mais dezoito anos.

Um casal vem em direção à varanda, chegando de uma caminhada ao luar. Ele me leva para dentro, para a cozinha, onde não seremos ouvidos, sua mão pressionando minhas costas, a única coisa que me impulsiona, que me mantém estabilizada, e algo escapa de dentro de mim, algo a que eu vinha segurando por todo esse tempo. Tudo que o nosso amor enfrentou, o tanto que eu preciso dele, cresce dentro de mim como uma vida que já tinha sido vivida antes, como o súbito encaixe de uma lembrança esquecida, como a sensação inexplicável de ter estado exatamente aqui, neste momento, como seguir pegadas que foram apagadas pelo mar. Assim que nos vemos escondidos atrás da porta vaivém, eu me agarro a ele com desejo, uma linguagem que havíamos perdido. Minha boca se abre, encosto a língua na dele, pego de surpresa, mas me acompanhando ali, nesse lugar natural e primal em que nos refugiamos uma vida atrás e tornamos nosso.

Ele desliza as mãos por minhas costas e minhas coxas, me levanta enquanto abro as pernas à sua volta, meus lábios em seu pescoço, e ele me carrega para cima, para nossa cama. Ele abre meu vestido e o puxa sobre minha cabeça. Desabotoo sua camisa e calça e ele cobre minha barriga nua de beijos famintos. Percorro com o dedo os ombros dele e seu peso é minha âncora. Ele geme e eu me pressiono contra ele e entro no ritmo de nosso movimento, tão sintonizada com ele que nada mais existe. Digo seu nome e estou livre, nadando para o fim do oceano com ele ao meu lado, nossos corpos balançam nas ondas, descansando na praia. Eu o abraço enquanto nossa respiração e pulsação se acalmam. Ele roça o nariz em meu pescoço e eu sei que está pensando, como eu, na menina que nós dois achávamos que tínhamos perdido, a menina que voltou correndo com o ar fresco soprando pela janela aberta. Joseph, você a encontrou outra vez. Estou em casa.

Treze

Violet

Novembro de 2001

Volto da corrida matinal, irritada por ver o carro de Connor ainda parado em frente à casa. Tiro as luvas e enfio o gorro e a jaqueta corta-vento no espaço já abarrotado no saguão, cheio de casacos acolchoados e luvas e botas enlameadas. Como Patrick já saiu no ônibus da escola, eu tinha esperança de encontrar alívio em nossa casa vazia. Meus pulmões ardidos por causa do frio, só mais algumas semanas de meu trajeto usual até Bernard Beach e pela cidade até que o inverno me mande de volta para a academia. Não que faça muita diferença. Desde que meus pais nos contaram seu plano, as coisas que costumam me trazer paz, como a cadência de meus pés contra o pavimento, a calma da maré baixa ao amanhecer, já não fazem diferença para mim.

    Especialmente porque eu não tenho como escapar deles. Lá estavam os dois, o céu ainda tem os rastros rosados do amanhecer, a Captain's Rock reluz sob a luz da manhã, os bancos de areia emergindo da água, e eles estão sentados bem perto um do outro, sobre aquela colcha enorme que usávamos para fazer piqueniques na praia. Nem perceberam quando eu passei ofegante. Quando foi a última vez que Connor e eu saímos com essa intenção, levando um cobertor e uma garrafa térmica para ver o nascer do dia? Vasculho nas minhas lembranças, mas não acho nada, manhãs ditadas pela rotina, pelos filhos, pelas tarefas que nos consomem, mas raramente nasceres do sol.

Levo um copo para a pia, abro a torneira e vejo meu pai outra vez, pela janela da minha cozinha, juntando folhas com um ancinho. A porta da varanda se abre e minha mãe aparece, trazendo uma xícara de café para ele, inclinando-se sobre a grade para entregá-la. Eles ficam conversando e meu copo transborda enquanto os observo, tentando decifrar sua linguagem corporal, desesperada para identificar alguma sugestão de desconforto entre eles, mas, como sempre, só há tranquilidade.

Sinto o cheiro ruim de ar frio e suor em mim, e inclino o ouvido para a escada, escuto o ruído distante de água corrente, Connor atrasado e só agora no chuveiro. Estou grata por ele não estar fuçando na cozinha, grata por não ter que fingir que está tudo bem. Enquanto isso, meus pais ainda conseguem encaixar um pouco de romance em sua manhã, apesar de tudo. Uma manhã mais romântica do que eu me lembro de ter tido há anos. Que triste, que doentio, ter inveja de minha mãe em sua condição, relacionar a situação comigo — eu me detesto por isso —, mas não consigo deixar de comparar nossos casamentos quando os ponho lado a lado.

O que Connor faria se eu tirasse a roupa, abrisse a porta de vidro e entrasse no chuveiro com ele? Dá vontade de rir. Eu geralmente me dispo de costas para ele sob a luz fraca do abajur, consciente de que minha nudez é apenas uma necessidade entre trocas de roupa, e não algo que o excite. Se eu me juntasse a ele no banho agora, ele diria *Eu já vou sair*, ou *Estou com pressa*, ou pior, *Obrigado, na próxima vez, ok?* Gratidão entremeada com piedade, reconhecer minha tentativa, mas não querê-la, ou não me querer. Ele sairia, ainda pingando, meu corpo nu não sendo mais a razão de ele se atrasar para o trabalho, mas como a decoração do banheiro, é só algo escolhido séculos atrás em que ele mal repara agora.

Procuro no meio de pilhas de lençóis desbotados enfiados no armário do corredor para encontrar uma toalha. Depois entro no chuveiro das crianças, agora apenas de Patrick, não querendo esperar até Connor terminar, e em parte torcendo para ele ir embora antes de eu sair. Não suporto estar perto dele desde que meus pais nos contaram. Fico incomodada de ocupar espaço demais, de respirar nosso ar compartilhado, de existir ao lado dele, meus pensamentos sobre o divórcio são como uma arma escondida que tenho certeza de que ele vai encontrar.

Não que eu esteja com alguma pressa para me arrumar. Minha agenda está livre até a consulta de Patrick no ortodontista às duas horas. Não deixo minha pele nua encostar no box, no rejunte já descascando ou na cortina manchada de mofo. Acabei de descobrir o que farei pela manhã. É tarefa do Patrick lavar esse banheiro, mas ele tem treino de futebol e trombone, e mais dever de casa do que eu me lembro de ter tido na época da escola. Uma lição que aprendi com os outros três, com Connor também: se quero alguma coisa feita, eu mesma tenho que fazer.

Eu me demoro sob o vapor quente, fazendo hora, girando o pescoço enquanto a água relaxa meus ombros. Connor já devia estar no trabalho, mas, se ele não sai cedo, espera até depois da hora do rush, para não ficar preso no trânsito no caminho para Groton. Há algumas vantagens, essa flexibilidade principalmente, em retomar os negócios da família, esta casa não foi a única coisa que herdamos dos meus avós. A Companhia de Navios e Motores Groton foi deixada para minha mãe depois que meu avô Saunders morreu, muito antes de eu nascer. A empresa oscilava bastante, trocando de funcionários e gerentes até Connor chegar como engenheiro chefe. Construir a vida, e de constantes provocações por parte dos meus irmãos, *claro, a Violet fica com a casa, Violet, a favorita*. Mas a verdade é que nenhum deles queria a casa da vovó. Nenhum deles queria a empresa também.

Eu mesma nunca amei a casa dela. Sempre achei que era um tipo de monstruosidade, o saguão de mármore e as portas ornadas, escura e com móveis demais, nada a ver comigo. Mas tinha espaço mais do que suficiente para criar nossos quatro filhos, era a uma distância razoável para Connor ir para o trabalho e meus pais certamente não precisavam dela. Não fazia sentido vendê-la e comprar algo mais longe da praia, convidar uma família estranha para nosso enclave, para invadir o terreno que compartilhávamos. Prefiro a casa em que nasci, e tentei replicar seus confortos aconchegantes enquanto fazia a nossa. Substituí as molduras pesadas das janelas para deixar entrar mais luz, comprei mobílias de vime, tecidos de linho. Mas a casa já era muito grande só para gente quando todas as crianças moravam aqui. Nunca conseguíamos mantê-la limpa, os quartos enormes cheios de brinquedos, uniformes esportivos arrancados e jogados pelos cantos, miolos de maçã fossilizados encontrados sob almofadas do sofá. A vovó teria ficado horrorizada. Mas o barulho e a bagunça, o caos causado pelos três ruivinhos, e depois fomentado pelo caçula, fizeram da casa um lar. Os clichês todos se tornaram verdade, aquele sobre os bons tempos, sobre como o coração sempre tem lugar para mais um, e como uma vida juntos podia ser feliz.

Estou temendo o inverno mais do que nunca este ano, quando todos se aconchegam dentro de casa e nosso ninho quase vazio ficará ainda mais aparente, três de nossos quatro já seguindo a própria vida. Patrick mais inclinado a se fechar no próprio quarto agora que é quase adolescente, sem irmãos mais velhos para tirá-lo de lá com gozações ouvidas através da porta, dramas se desenrolando na sala de estar ou a alegria de ver uma pessoa que não é você levando bronca. O inverno, que trará consigo a primavera e o mês de junho, iniciou uma contagem regressiva na minha cabeça, e não consigo silenciá-la. O último ano de meus pais. Não consigo absorver isso, e só nos restam sete meses. Esfrego as solas dos pés, aplicando mais força na pele mais grossa dos calcanhares, cotovelos, tentando banir o pensamento. Mas ele resiste, por mais vermelha que minha pele fique. O pânico repentino lembra a sensação de queda que me faz acordar assustada no meio da noite. A perda que se avoluma acelerada e ruidosa, como se a dor fosse um som, um trem passando muito perto. Em pouco tempo meus guias constantes, as duas pessoas com quem eu mais conto, meu paradigma de uma vida bem vivida, de amor verdadeiro, não existirá mais.

Jane não acredita neles, ou pelo menos essa foi a sua versão oficial, um jeito de ela não lidar com suas emoções, como de costume. Jane, a filha pródiga, que acaba recebendo as honras do *grand finale* da mamãe, sua apresentação na sinfônica. Embora eu seja a que sempre esteve presente, com quem eles podem contar, que os ajuda a ligar para o pessoal da TV a cabo, a que reservou aquele passeio de ônibus ao Grand Canyon para toda a família, e passa os domingos arrancando as ervas daninhas de seus canteiros.

Fui eu que conversei com Thomas quando ele mal estava falando com todo mundo. Eu disse a ele que, embora eu odeie sequer pensar nisso, e não possa imaginar a casa sem eles dentro, suas vozes nunca mais do outro lado do telefone, também não posso imaginar um deles sem o outro. Disse que ele ia se arrepender se perdesse o pouco tempo que nos resta só para afirmar uma opinião. Puni-los não vai manter a mamãe saudável, não vai afastar o luto ou fazer o papai mudar de ideia. Meus irmãos não entendem; eles acham que eu sou louca, mas eles não moram na casa ao lado. Eles não veem o que eu vejo todos os dias. As flores que o papai corta do jardim, as horas que a mamãe passa fazendo companhia enquanto ele trabalha. As caminhadas que eles fazem juntos, as janelas acesas que acompanham o trajeto deles à noite, movendo-se juntos pela casa. Terem estabelecido um padrão de relacionamento tão alto é a única coisa pela qual não consigo perdoá-los.

Sugeri terapia de casal, mas Connor não acredita em terapia. Ele é do Southie, um lugar onde as pessoas cuidam da própria vida, não convidam estranhos para entrar em seus problemas. Ele acha que estamos lidando com a vida de forma normal, nosso relacionamento foi perdendo espaço para as exigências de administrar uma empresa e criar quatro filhos. Ele não está errado, não é o único culpado. Eu também me acomodei. Dormia melhor do meu lado da cama, afastada dele; o sofá era mais confortável quando eu podia me deitar sozinha. Parei de contar como eu passava meus dias, para não entediá-lo com histórias sobre trabalho voluntário na escola das crianças, na biblioteca, corridas beneficentes, jardinagem, minhas formas de passar o tempo não deixavam espaço para perguntas. Eu preparava o almoço para ele levar e punha os pratos do jantar na mesa quando ele ia e vinha, e, em algum momento, ele parou de me dar um beijo de oi e tchau, ou eu parei de beijá-lo, e não tenho certeza se algum de nós dois notou até que isso se tornou um padrão, tarde demais para protestar. A exaustão que aumentava a cada filho nunca cedeu, nunca nos deixou abrir um caminho de volta um para o outro.

Mas ele não sabe que às vezes, naquelas raras noites em que nos tocamos sob os lençóis, uma rotina no piloto automático só para cumprir a tarefa, eu penso em namorados do colégio. Em como explorávamos um ao outro, o ardor do desejo, de ser desejada. Eu jamais contaria isso a ele, nem mesmo em terapia. Fico constrangida, quarenta e cinco anos e fantasiando sobre garotos que conheci no passado, mais novos do que meu filho mais velho agora, mas congelados no tempo como quase homens, viris e me querendo.

Eu nunca tinha falado a palavra em voz alta. *Divórcio*. Não até meses atrás, quando contei a meus pais que estava pensando nisso. Nunca havia cogitado a ideia antes. Os filhos vinham em primeiro lugar, precisavam de um lar estável e feliz. Connor é o tipo de pai que sabe como aplicar curativo, ajuda com contas de divisão complicadas e faz torradas com ovo no meio. Ele não é o tipo de homem de quem alguém se divorcia. Conheço mulheres na cidade cujos maridos tiveram amantes e elas continuam casadas. Como eu poderia justificar? Até mesmo a logística — onde ele iria morar, onde eu iria morar, como seriam as férias, como eu me sustentaria, eu teria que voltar a lecionar, uma carreira que mal iniciei, e que não sentia segurança de retomar depois de um hiato de vinte e dois anos — e meu maior medo, *será que as crianças me odiariam?*, tudo isso me segurou.

Até junho, até meus pais nos dizerem o que tinham para dizer, pondo em chamas o nosso acordo tácito, um casamento que era satisfatoriamente bom.

Porque não há como esconder a verdade agora. Tenho um marido de quem eu gosto, a quem não desejo nada de ruim, que eu quero que seja feliz. Mas não tenho um marido pelo qual eu morreria, que morreria por mim. Jane e Thomas podem achar que isso é doentio, mas eu não mereço encontrar um amor assim também? Connor não merece? Todos não merecemos?

Um grito vago no corredor e eu desligo o chuveiro. Dou uma enxugada no corpo e me envolvo na toalha para ir até nosso quarto. Espio pela janela, o carro não está mais lá.

Eu nem tenho um marido que confere se eu escutei quando ele disse tchau.

Ligo a TV em *Good Morning America* para me fazer companhia enquanto me visto. A cena é de destruição, com bombeiros ainda trabalhando nos destroços. Tudo me parece mais inconstante desde que as torres caíram. Thomas parece ter encontrado alguma clareza na tragédia, mas eu só consigo pensar em todas aquelas pessoas, como deve ser perder alguém, a desolação absoluta. No entanto, se eu perdesse Connor, poderia continuar vivendo. Ficaria arrasada pelas crianças, pela perda do pai delas, mas poderia existir em um mundo em que ele não habita mais. Talvez querer, acreditar no amor, esperar até encontrar nosso caminho, não seja suficiente. Não deveria ser necessário trabalhar incansavelmente, convencer o outro a ficar.

Amor é caminhar de mãos dadas, seguir junto para a luz.

Mais tarde naquela manhã, inclino um saco de farinha em um medidor, nivelo com o dedo e despejo em uma tigela. Estou fazendo muffins com um punhado de bananas que mamãe esqueceu e passaram do ponto. Ela me faz companhia à mesa de sua cozinha, um cobertor de lã sobre os joelhos. O sol espia de trás de uma nuvem, enchendo a cozinha com uma falsa sensação de calor. Ilumina os livros de receitas muito manuseados, a chaleira de cobre, os aventais com estampas florais em um gancho ao lado do armário cheio de latas de café reutilizadas, molho de tomate e grandes pacotes de açúcar. Despejo a massa nas fôrmas de muffins e lambo um pouco de massa do meu polegar. Coloco-as no forno e me sento ao lado dela à mesa, estendendo o cobertor sobre nós duas.

— Como você está se sentindo? — Uma pergunta que eu sei que ela detesta, mas não posso deixar de fazer, na esperança de uma nova resposta, uma que signifique que podemos reverter o curso, falar sobre isso daqui a anos com incredulidade, algo que passou raspando, mas foi evitado porque mantivemos a esperança.

— Bem. — Ela tenta sorrir, para me tranquilizar, mas sai como uma careta.

Eu me aconchego mais nela, não consigo deixar de voltar a ser sua filha quando estamos juntinhas lado a lado. Tento controlar o tremor em minha voz.

—Você tem medo? — pergunto.

—Às vezes. — O rosto dela se transforma em pedra, a máscara que notei antes, um dos sintomas que aprendi a avaliar, registrar, as respostas sinceras às minhas perguntas. — Mas, meu bem, eu tenho mais medo de ficar, de ficar sozinha no fim, presa na minha própria mente.

Passo o dedo por uma rachadura na antiga mesa de carvalho, marcada por pontas de garfos e pelos contornos escurecidos de copos molhados deixados por tempo demais em sua superfície.

— Eu sei. Eu entendo de verdade... mais do que qualquer outra pessoa. Estou com muito medo de ficar sozinha.

—Você não vai ficar. Você tem o Connor.

Se isso fosse verdade, ela não teria que dizer. Ninguém precisa tranquilizá-la quanto ao papai. Eles são como a trepadeira de glicínia, meu pai é a estrutura ao redor da qual minha mãe floresceu, dando vida ao que seria apenas uma moldura vazia. Connor e eu nos afastamos um do outro da maneira mais frívola possível, quando as crianças foram embora para construir suas vidas. Ninguém para nos prender juntos exceto nosso bebê, que não é mais um bebê, que logo cuidará de si mesmo. E então, como vai ser? A mesa foi ficando vazia, logo seremos só nós dois, e o pouco assunto que temos nessas ocasiões me aflige. Nem me lembro da última vez que nos abraçamos.

Faço uma pequena pausa, minha voz instável e trêmula.

— Eu ainda estou pensando em ir embora. — Levanto o olhar, esperando a reação dela, precisando que ela me diga para fazer isso, para não fazer isso, me garantir que não sou horrível por me sentir assim. — O que será que ele ia fazer? Será que ia lutar por nós? Talvez seja disso que nós precisamos.

Mamãe solta o ar lentamente, sem demonstrar emoção.

— Eu fui embora uma vez.

Eu arregalo os olhos. A mente dela lhe pregando um truque, talvez? Li sobre confusões desse tipo, o jeito como os pensamentos começam a se distorcer, a memória a se atrapalhar.

— Do que você está falando?

— Eu deixei o seu pai. Ou tentei deixar. Quando a Jane e o Thomas eram pequenos, antes de você nascer.

Fico atordoada apenas por um instante, antes de balançar a cabeça, com a certeza de que uma de nós está entendendo errado.

— Não, não é possível. Você e o papai se amam tanto.

Ela concorda.

— Sim, nós nos amamos. Eu o amava mesmo enquanto fazia a mala. Mas... eu me sentia como se minha vida não fosse mais minha. — Seus olhos claros estão fixos nos meus, totalmente lúcidos, o que é difícil de aceitar, porque torna o que ela diz verdade. — Eu estava sobrecarregada com a maternidade, e com a pousada, e não reconhecia a pessoa que estava me tornando.

Fico de boca aberta, incapaz de esconder meu choque.

— Mas vocês se amam...

Ela me dá um sorriso triste.

— Não tinha a ver com seu pai. Tinha a ver com sentir que minha vida não era o que eu esperava. Como se eu estivesse me afogando e tudo que eu queria estivesse fora do alcance. Eu tinha medo de que, se não fizesse alguma coisa, estaria perdida para sempre.

Uma lágrima escapa, estou aliviada, atônita, e arrasada, por ouvi-la ecoar meus pensamentos mais sombrios como sendo os dela.

— Eu me senti assim.

— Eu sei. É por isso que estou te contando isso. Porque eu *fui* embora e agradeço tanto por não ter ido longe. Eu não teria experimentado as melhores partes da minha vida. E não teria tido você. — Ela segura minha mão e a aperta.

Não pode ser verdade... não para meus pais. Não para minha mãe... Tenho tantas perguntas, nem sei por onde começar, tentar montar essa nova imagem sobre a que eu tenho do casamento deles, a que guardei e levei comigo, uma fotografia gasta pelo tanto de vezes que eu já a examinei.

— O que aconteceu?

— Eu peguei o carro e fui para Boston. Acho que nem tinha um plano a não ser um sonho vago de tocar na sinfônica, de colocar um espaço entre mim e uma vida que estava tentando me consumir... mas não consegui. Eu tinha planejado fazer um teste para a sinfônica, mas perdi o horário, por acidente… ou talvez até um pouco de propósito... eu não sei, eu simplesmente desmoronei. Só conseguia pensar no seu pai, e no que aquilo ia fazer com ele. Tentei imaginar uma vida sem ele e não fui capaz de levar adiante. Perdê-lo e magoá-lo era mais terrível do que qualquer coisa que pudéssemos enfrentar juntos.

Pensar em ter essa conversa com Connor me revira o estômago. Fazê-lo se sentar para me ouvir, dizer as palavras. *Eu quero o divórcio.* Pensar é uma coisa, e compartilhar com o cofre fechado de meus pais, outra. Mas para ele? Eu tinha criado o *depois* em uma montagem superficial — o pequeno chalé que eu arrumaria só para mim, receitas que eu aprenderia a cozinhar para mim, dirigir sozinha para visitar os filhos na faculdade —, mas jamais me permiti imaginar o momento em que as palavras deixassem meus lábios, ver o choque e a dor marcando o rosto dele. Um homem que não merece isso, que jamais pensaria que isso poderia acontecer, que está totalmente investido nessa vida há duas décadas, criando filhos e pagando contas, certo de que atravessaríamos todas as dificuldades. A confiança que construímos, a amizade que existe, irreparável. A certeza de que ele nunca me magoaria dessa forma, nunca pediria o impensável, fazendo-me sentar diante dele, pega de surpresa, sentindo que me fizeram de boba.

— Desculpe. Eu não queria que vocês soubessem. Nunca contei nem ao seu pai. Fiquei com tanta vergonha e me senti tão culpada por tantos anos. — A voz dela falha, e lágrimas começam a escorrer.

Seguro sua mão e a aperto com força.

— Eu entendo, mamãe, entendo mesmo.

— Então você precisa entender isto... — Minha mãe se afasta e olha em meus olhos outra vez. — A escolha de ir embora não tem volta. Você precisa ter certeza de que não há uma razão mais importante para ficar.

Concordo com a cabeça e me recosto nela, sua decisão misturando-se com a minha, meus ombros balançando enquanto eu choro. Mamãe me abraça e chora também. Eu choro por meus pais, por meus filhos, por Connor, por tudo que não consigo encarar, tudo que posso perder. Choro pela menininha que sonhava com o amor, e pela mulher crescida que está começando a entender o que ele significa.

Catorze

Joseph

Abril de 1960

Ouço um rangido de pneus subindo até a casa. Espio pela janela e vejo o Chrysler verde-azulado de Maelynn. Evelyn, que estava arrumando a sala de jantar depois do café da manhã dos hóspedes, limpa as mãos no avental e vai para a porta. Thomas olha por trás dela.

— O que você está fazendo aqui? Que surpresa! Minha mãe não está, você pode brincar um pouco com as crianças.

Depois de muitas discussões com a irmã quando suas visitas coincidiam, de comentários sarcásticos sobre as viagens de Maelynn, sobre como ela não deveria ser deixada sozinha com as crianças, já que nunca teve seus próprios filhos, Maelynn prefere nos visitar só quando podemos ficar sozinhos. A mãe de Evelyn ainda vem aqui, especialmente quando a pousada está lotada e precisamos garantir que os quartos desocupados de manhã estejam prontos até o começo da tarde, mas não tanto quanto costumava vir. Ela tem menos paciência com as crianças agora que ela e os netos estão mais velhos. Tolera Thomas, uma criança inacreditavelmente comportada para seis anos, que nunca vai para longe, e que está sempre escondendo-se atrás de nossas pernas. Mas solta suspiros audíveis quando vê Jane no gramado, descalça com as tranças desfeitas, enquanto cavuca o chão.

— Evelyn, eu adoraria, mas realmente preciso pegar a estrada. — Seu sorriso é largo, a voz animada, enquanto indica com um gesto o banco traseiro repleto de malas estufadas.

— Para onde você vai? Por que está cheia de bagagem?

— Los Angeles. LA. Estou me mudando, *finalmente*. — Ela enfatiza o *finalmente*, como se a espera tivesse sido terrível, embora seja a primeira vez que a ouvimos falar nisso. Ela é vaga sobre suas visitas frequentes à Califórnia, houve conversas sobre alguém especial que morava lá, mas ela não contou nenhum detalhe, apenas insinuações da existência dele. Evelyn e eu achamos que ela o vem encontrando há anos, mas ela se recusa a admitir.

— LA? O que você vai fazer lá?

— O que importa? Estou com cinquenta anos. Quero me mudar, então estou me mudando! — Essa parte não surpreende; depois que saímos de lá, o único vínculo de Maelynn com Boston ficou sendo a escola. Evelyn tinha me contado que a poesia dela estava vendendo bem, e ela não suportava a nova diretora, então provavelmente não ia continuar por muito tempo no emprego. Maelynn estende a mão para Thomas.

— Tchau, Thomas, seja bonzinho com a sua mãe. Cadê a Violet e a Jane? Eu preciso dar um abraço nelas. — Ela espia dentro da casa, onde estou sentado na sala da frente atualizando a contabilidade. — E Joseph, você também, venha aqui.

Evelyn mexe as mãos nervosamente, como se estivesse em curto-circuito.

— Você está indo agora? Neste segundo?

— Sim, minha querida. Você não perguntou por que o carro está cheio de bagagem? Eu não estaria com as malas se não estivesse indo! Vou dirigir até lá. — A voz dela é tão leve, cada palavra animada por uma risada. — Por que esperar?

— Não acredito que você não nos contou até agora. — Evelyn chama: — Jane! Violet! A tia Maelynn está aqui!

Ando até a porta com a sensação de ter levantado rápido demais, pego de surpresa por essa súbita chegada e partida.

Maelynn segura Evelyn em um abraço apertado.

— Não fique tão aborrecida. Eu acabei de decidir. A vida é curta, não é? Mas diga que você vai me visitar.

A voz de Evelyn é baixa, quase um murmúrio.

— Eu nunca estive na Califórnia.

Jane, de oito anos, chega correndo para abraçar sua tia-avó, empurrando Thomas de lado, e Violet, de quatro, vem mais devagar atrás dela.

Maelynn encolhe os ombros, como se Los Angeles fosse logo ali ao lado.

— Pois então, mais uma razão para você ir me ver! Meninas, estou indo.

Jane inclina a cabeça para mim, depois para Maelynn.

— Para onde? Você acabou de chegar.

Maelynn, que costuma sumir com Jane e trazê-la de volta para casa com um ou dois arranhões e cheia de segredos, puxa um de seus cachinhos até ela rir.

— Pois é, mas agora estou indo! Vou me mudar para a Califórnia. Sua mãe vai levar vocês para me visitar, não vai, Evelyn?

— Legal. — Jane abraça sua tia-avó outra vez, os olhos arregalados de expectativa, mais uma aventura para elas compartilharem.

Violet começa a chorar.

— Tia Mae, você vai embora?

— Sim, querida. Mas não fique triste! É uma coisa boa! Agora me dê um beijo. — Ela levanta Violet, e Violet põe os braços em volta de seu pescoço e lhe dá um beijo molhado no rosto. Maelynn abraça nós dois, insiste uma vez mais para irmos visitá-la. Depois, tão rapidamente quanto chegou, ela se vai, seu lenço flutuando enquanto ela caminha. O carro se põe em movimento e desaparece na estrada.

Por semanas depois disso, Evelyn não fala de outra coisa a não ser da Califórnia, de viajar e explorar terras distantes. Ela está tão impressionada por Maelynn ter começado uma vida nova, em uma nova cidade, aos cinquenta anos, só porque teve vontade. Para mim, isso não é glamoroso ou corajoso. É triste, solitário, ter construído tão pouco à sua volta que é possível fazer as malas e partir a qualquer momento. Mas Evelyn é persistente.

Uma noite, eu a vejo escrevendo em uma lista, um hábito que ela readquiriu depois que ficou grávida de Violet, quando senti a mudança nela que nunca entendi muito bem, uma felicidade que desabrochou como uma flor crescendo através de uma parede de pedra, resiliente e inexplicável. Ela abriu o piano para ser tocado outra vez, em vez de ser usado como uma prateleira para fotos emolduradas, e ensinou a Jane as notas e acordes básicos. Era a única hora em que Jane ficava quieta sentada e, mesmo então, ardia de impaciência para tocar mais rápido, mais alto, aprender todas as músicas. Até mesmo Thomas gostava de apertar as teclas com seus dedos gordinhos, sentado no colo da mãe. A recém-nascida Violet muitas vezes dormia aconchegada junto ao pescoço de Evelyn, que a segurava em um braço e tocava com o outro. Anos se passaram assim, uma nova época de ouro de tranquilidade e satisfação que eu não tinha certeza se voltaríamos a encontrar.

Evelyn, alegrando a pousada com sua música; à noite, nossa sala de estar cheia de vizinhos e hóspedes e vinho e risos e ela o centro luminoso de tudo isso. No verão, nós nos apressamos em nosso trabalho para poder aproveitar raras tardes juntos em Bernard Beach. Ela se ajoelha ao lado de Thomas, puxa a areia com o braço para criar uma base para o castelo dele, Jane pula as ondas longas e lentas, Violet ri enquanto eu a balanço em direção ao quebrar das ondas. É algo de que ambos precisamos, estar perto do mar; ele nos relaxa, nos lembra que somos parte de algo maior. Estar em uma terra sem mar me lembra da guerra, de pó, calor e raiva. Preciso da calma fresca da água lambendo a praia e do cheiro do mar para me sentir em casa.

Quando Evelyn vai escovar os dentes, dou uma olhada entre as páginas. Em uma folha nova de papel, ela escreveu: *Califórnia*. Depois a riscou e escreveu embaixo: *Voar para a Califórnia*. Isso também foi riscado, e, abaixo, simplesmente: *Voar*.

Mais três anos se passam sem nos darmos conta. É o aniversário de dez anos de Thomas e estamos com dificuldade para juntar dinheiro para comemorar. Durante o verão, a guerra do Vietnã restringiu as finanças de nossos hóspedes constantes e a pousada geralmente lotada ficou com vários quartos vagos. Evelyn dá aulas de piano na cidade algumas vezes por semana, o que ajuda, mas mal cobre a despesa do mercado. Em outubro, as crianças haviam crescido e perdido as roupas, o carro precisou de pneus novos e a Oyster Shell continua a mostrar sua idade, demandando um novo telhado, pintura, tapetes, aparentemente tudo ao mesmo tempo, e agora estamos sem recursos para uma comemoração. Evelyn e eu ficamos acordados até tarde examinando contas a pagar, fazendo e refazendo a contabilidade, mas não sabemos o que fazer.

— A gente não devia ter feito aquele registro como propriedade histórica, porque os consertos ficam mais caros agora. — Ela diz isso como se me culpasse, como se eu tivesse criado as regras do jogo.

Tento raciocinar com ela, nossos papéis cobrindo a mesa da cozinha.

—Você sabe que o movimento da pousada cai depois da temporada. Vai melhorar no Natal, como sempre.

Ela revira os olhos.

— Eu não estou falando do Natal. Estou preocupada que o seu filho vai ficar decepcionado por causa do aniversário. Dez anos é uma data importante.

— Por que você tem que falar assim? *Seu filho?* É como se ele ficar decepcionado fosse minha culpa.

— Bom, foi *você* que quis reabrir a pousada.

Eu endireito o corpo.

— Está falando sério?

—Você acha que administrar a Oyster Shell era um grande sonho meu?

—Você só pode estar brincando. — Esfrego a testa, irritado. — E o que eu quero, não conta? Só porque eu não tenho esses seus sonhos loucos, o que eu quero não importa? — Evelyn não responde. — Não se esqueça, nós ficamos em Boston. Nós tentamos. Não deu certo.

— Não, não deu — ela ironiza, um sarcasmo disfarçado de concordância.

— Que droga, Evelyn! Isto não é sobre você. Uma vez pelo menos. Acabou o dinheiro. Eu não posso fazer dinheiro cair do céu só porque você quer. O que você espera que eu faça? — eu grito. Eu nunca grito com ela.

Algum gatilho dispara e ela rosna.

— Talvez você devesse parar de fazer promessas que não pode cumprir. — Ela se levanta da mesa e empurra a cadeira de volta com violência.

— Evelyn! Pare.

Ela se vira, furiosa.

— O quê?

— Você não pode usar isto para ganhar uma briga. Não me importa o quanto você está irritada. — Ela para, foi pega cutucando uma velha ferida, uma promessa que eu havia feito tantos anos atrás, que eu descumpri, de manter Tommy em segurança, de nós dois voltarmos para casa. Eu baixo a voz. — Você não pode.

A vergonha desloca a raiva dela como uma rolha estourada.

— Tem razão. Desculpe. — Ela suspira, constrangida. — Puxa, Joseph, será que você nunca vai rebater jogando sujo também?

— Você não fez por mal.

Ela balança a cabeça.

— Eu nunca deveria ter mencionado isso.

— Tudo bem. Nós dois estamos frustrados.

— Não, não está tudo bem. Eu não posso atacar você por causa dos meus problemas.

— Venha aqui.

Ela se achega e eu a abraço, aconchegando seu rosto enrubescido em meu peito. Aperto-a junto de mim e, de repente, lembranças viram uma ideia, uma solução se formando com clareza, e eu murmuro:

— Talvez nós possamos fazer uma coisa especial sem nenhum custo.

O céu está azul e limpo, o clima está fresco, e as árvores são de um laranja avermelhado, anunciando uma nova estação enquanto nos aproximamos de Hartford. Evelyn e eu queríamos algum tempo sozinhos com nosso filho, que com tanta frequência fica meio de lado, então deixamos Jane e Violet com a avó, para grande desgosto da pré-adolescente Jane. Thomas está quieto no banco de trás quando passamos por colinas douradas, sua presença tão discreta sozinho como quando está com as irmãs. Há um cesto de vime à esquerda dele, com sanduíches de presunto e queijo, cidra de maçã e cupcakes de abóbora, seus olhos voltados para a paisagem cor de fogo que passa pela janela. Há algo diferente no silêncio dele agora, nem frio nem distante. É elétrico, uma expectativa ansiosa, contando cada árvore, registrando cada detalhe como se estes desbloqueassem alguma coisa mágica que está por vir.

Passamos por placas indicando o aeroporto Bradley, e dou uma espiada em Thomas, que bate os dedos nas pernas do jeans, mal contendo a agitação.

— Quase lá, campeão. — Sorrio para Evelyn, a empolgação de Thomas contagiante.

Como pai, é estranho saber tão pouco sobre meu filho, especialmente porque, quando pequeno, Thomas nunca estava longe de nossas pernas. Posso fazer uma lista das coisas óbvias: ele adora aviões e quer entrar na força aérea. Qualquer um poderia intuir isso só de entrar no quarto dele. Também coleto pequenas informações práticas que derivam de morar na mesma casa: que ele não coloca leite no cereal porque detesta que fique mole, ou que sempre usa um casaco ao menor sinal de frio. Há tanto mais que eu não sei, tantas coisas mais importantes… como o que ele acha da escola, se ele tem muitos amigos, se ele começou a reparar nas meninas. Se ele entende o quanto eu o amo. Se ele se vê como diferente do resto da família, e se isso o faz se sentir solitário.

Verdade seja dita, o jeito dele sempre foi um pouco misterioso. Jane é toda Evelyn, atirada e aventureira, e Violet é muito mais como eu, transparente em suas emoções, mas Thomas… ele não é nem um pouco como o tio que tinha seu nome, embora nem seja justo fazer essa associação. Ele não o conheceu, e eu não esperaria que ele adquirisse a personalidade de Tommy só porque nós lhe demos o nome dele. Seu rosto de fato lembra os traços infantis de meu melhor amigo, às vezes há uma determinada inclinação de sua cabeça, um maneirismo antigo que me sobressalta. Mas ele tem o mesmo porte físico que eu tinha na sua idade, o corpo alto e magricela que com certeza ficará mais robusto quando ele crescer, e seus olhos castanhos também são meus, firmes e constantes. Ainda assim, eu me pergunto como esse menino quieto e analítico pode ter sido obra minha e de Evelyn.

Saímos da rodovia e seguimos uma estrada secundária margeada por campinas marrom-douradas. O Buick avança aos solavancos quando deixamos a estrada pavimentada para um caminho de terra, nossos pneus levantando poeira. Paramos na metade do campo e a poeira assenta à nossa volta. Descemos do carro e Evelyn pega o cesto de vime e o cobertor no banco de trás, as batidas de nossas três portas ressoando pela paisagem. Sinto o sol esquentar o meu rosto apesar da brisa de outono, e Evelyn arregaça as mangas de seu suéter de lã.

Thomas olha em volta para o amplo campo vazio, cético.

— Papai, tem certeza de que é este o lugar?

Dou de ombros, brincando com a dúvida dele.

— Eu achava que sim...

E, então, nós ouvimos. O baixo rugido de um motor, como um trovão distante, e depois algo mais agudo, um assobio estridente, rasgando o céu enquanto um jato de combate surge sobre as árvores âmbar. Sua sombra percorre a campina e Thomas sai correndo, pulando e gritando atrás dele. Evelyn larga o cesto e nós o acompanhamos, os braços levantados no ar. As asas do avião tão baixas que eclipsam o sol. O vento chicoteia nossa pele enquanto corremos e o jato continua subindo, até ultrapassar as árvores. Thomas fica imóvel à nossa frente, maravilhado, olhando para o jato até ele estar menor do que uma lua distante, até desaparecer, deixando apenas uma trilha branca como uma pincelada para mostrar que havia estado aqui. Ele se vira, extasiado.

— Mãe! Pai! Vocês viram aquilo?

Evelyn está boquiaberta.

— Incrível.

Um rugido reverbera atrás de nós outra vez, mais um grupo de exercícios militares, desta vez três jatos em um triângulo. Um som que teria me causado pânico no passado, mas aqui nós somos intocáveis, a paz em que nos estabelecemos é um escudo até mesmo contra os horrores dentro de minha própria mente. Thomas corre de novo, atrás do ronco dos motores enquanto as aeronaves sobrevoam toda a extensão do campo e desaparecem. Eu estico o cobertor de flanela em uma rajada de vento e me deito de costas, apoiado nos cotovelos. Evelyn senta-se ao meu lado e abre o cesto, remove a forminha de papel de um cupcake de abóbora e dá uma mordida, uma mancha de cobertura se forma sobre seu lábio. Tomo um gole de cidra de maçã, ainda fumegante na garrafa térmica vermelha, aquecida pelo aroma de cravo e canela. Passamos a tarde assim, estendidos lado a lado, vendo nosso filho correr, os braços estendidos como asas, sem tirar os olhos do céu.

Assistimos à filmagem na sala de estar, nossa pousada cheia de hóspedes visitando suas famílias no Dia de Ação de Graças. JFK foi baleado. Uma mulher jovem ao meu lado chora. Os papéis de hospedeiro e hóspede desfeitos na intimidade de nossa perda compartilhada, todos em um silêncio atordoado, chocados, incapazes de acreditar. Quando JFK foi eleito, ele era apenas três anos mais velho do que eu sou agora. Quarenta e três, e presidente dos Estados Unidos. Eu tenho quarenta e administro a pousada de meus pais. Um dono de pousada. Isso é tudo que já fui. Provavelmente tudo que vou ser. Como ele pode ser poucos anos mais velho do que eu e, de repente, estar morto?

O telefone toca, assustando todos, e Evelyn pede licença para atender em outro aposento, e eu a sigo, precisando de ar.

— Pousada Oyster Shell, pois não? — diz ela, com falsa alegria. Há uma pausa, sua voz se altera, preocupada. — É a Evelyn.

Ela me lança um rápido olhar de pânico e se senta à mesa da cozinha. Eu me sento ao lado dela e ela coloca o fone entre nós, aproximando a cabeça da minha, para ambos podermos ouvir.

— Evelyn... eu ouvi tanto sobre você... A Maelynn te amava tanto. — Há uma voz de mulher do outro lado da linha, uma voz que eu não reconheço. — Eu gostaria que esta não fosse... — A voz falha. — ...Ah, me desculpe, eu tentei ficar controlada antes de telefonar.

Ela pressiona a mão no peito, desliza-a para o ombro.

— Desculpe. Quem é você?

— Meu nome é Betty, eu morava com a... a Maelynn era minha... — A voz falha de novo. — Tenho uma notícia horrível. — Uma pausa. — Houve um acidente. — Um soluço abafado do outro lado da linha. — A Maelynn... ela morreu.

Evelyn puxa o ar com força. Eu hesito, sentindo que não posso fazer nada para protegê-la disso, a última coisa que esperaríamos ouvir. Betty conta os detalhes entre soluços e eu aperto a mão de Evelyn. Uma colisão de frente, o outro carro atravessou o sinal vermelho. Maelynn morreu instantaneamente. O outro motorista morreu mais tarde, no hospital.

JFK assassinado em um carro; tia Maelynn morta em um acidente de trânsito. Um desfile de carros. Um tiro. Um sinal vermelho. O ranger de pneus. Diferentes tragédias, diferentes veículos e cidades, o mesmo fim.

O queixo de Evelyn se contrai, na tentativa de não chorar, e ela se apoia em mim. Não parece possível que alguém tão vivo como Maelynn não exista mais. Estou apavorado que essa notícia possa ser suficiente para fazê-la desmoronar outra vez. Quero baixar o volume da televisão, deter aquela bala, parar os carros, congelar tudo que ameace nossa serenidade duramente resgatada.

— Eu sinto muito. — Betty tosse, a respiração ofegante, tentando fazer as palavras saírem. — Gostaria que pudéssemos ter nos conhecido em circunstâncias diferentes... a sua tia, isso talvez choque você, mas ela... ela era o amor da minha vida. E eu acho, bem, ela me disse, que eu era o amor dela também.

Betty, o homem misterioso que nunca fora um homem. O amor verdadeiro que Maelynn finalmente encontrou. Evelyn solta uma risada, um consolo, enxugando o rosto.

— Sinceramente, Betty, nada vindo da Maelynn me chocaria.

Naquela noite, contamos às crianças o que aconteceu com a tia Maelynn. Também conversamos sobre JFK e tentamos ajudá-los a lidar com as notícias. Jane chora, enxugando furiosamente as lágrimas enquanto elas caem. Thomas fica muito sério; seu rosto triste, mas controlado. Violet, com quase oito anos agora, não entende. Ela me faz muitas perguntas quando a ponho para dormir — sobre a morte e por que ela acontece e para onde a gente vai e o que significa. Perguntas para as quais não tenho respostas, tirando os vagos ensinamentos cristãos sobre céu e inferno, uma base muito vaga na qual Evelyn e eu fomos criados e que deixamos para trás na vida adulta como roupas que não nos servem mais. Anjos e uma eternidade abençoada pareciam mais histórias do que algo em que acreditávamos, ideias que gostaríamos que fossem tão reais para nós quanto a própria morte.

As perguntas dela ainda me perseguem enquanto tento dormir.

Evelyn comenta, lado a lado, no escuro:

— Como a minha mãe, entre todas as pessoas, sobreviveu aos outros? Eu não me surpreenderia se ela sobrevivesse a todos nós também.

Não digo nada. Eu não desejaria isso a ninguém. Continuar se arrastando por aí depois que todas as pessoas mais próximas tivessem morrido, seguir em frente sem seu amor ao seu lado. Como isso seria solitário, que horrível ficar dizendo adeus, existir nos espaços que elas não preenchem mais. Não posso imaginar minha vida sem Evelyn, nunca conheci um mundo em que ela não brilhasse; eu não ia querer habitar a escuridão que sua ausência criaria. Então, esta noite, eu a abraço com mais força. Eu a seguro em meus braços como se, agarrando-a, eu garantisse que ela nunca vai partir. Mesmo assim, não consigo dormir. Meu coração bate forte enquanto estou quieto deitado, o estômago apertado. Apoio a cabeça no peito dela, abraço-a pela cintura. Ela afaga meu cabelo, beija minha testa e me diz que tudo ficará bem. Mas nenhuma tentativa de me tranquilizar pode mudar a verdade que me assombra.

Um dia, eu vou perdê-la também.

Noites depois, as crianças estão na cama, a sala de jantar está arrumada para a manhã, e, de meu lugar embaixo do lençol acolchoado, observo Evelyn se preparar para dormir. A porta do banheiro está entreaberta e ela está de camisola, penteando o cabelo.

— Você está lidando melhor do que eu imaginava, com a Maelynn — digo. Evelyn está mais forte. Posso ver isso em sua postura, na extensão de seu pescoço, no ângulo reto de seus ombros. Ela não parece estar carregando Maelynn nas costas, como fez quando Tommy morreu, abatida sob o luto. — Eu tive medo de que pudesse ser como da outra vez.

— Eu não tenho muita escolha. Nós éramos mais jovens naquele tempo... as crianças precisam de nós, os hóspedes precisam de nós. Não tenho tempo para desmoronar.

— Mas você pode sentir.

— Eu sinto, acredite em mim. — Ela sai do banheiro, senta-se na beira da cama. — Eu achava que ela era invencível. — Seus olhos se umedecem com a lembrança da tia que era sua amiga mais querida. — Queria que ela tivesse nos contado, sobre a Betty. Ela pensou que nós fôssemos nos incomodar? Não entendo por que ela achou que devia esconder esse segredo de mim... não acredito que ela nunca mais vai nos visitar, que nunca mais vamos vê-la.

Betty nos disse que Maelynn não deixou nenhum testamento ou últimos desejos. Parte de mim acredita que ela achava que nunca ia morrer, ou não estava preocupada com o que aconteceria quando morresse.

Decidimos que o corpo dela deveria ser mandado de volta a Boston para o funeral, ela era amada por muitas alunas que iam querer se despedir. Betty nos enviou os recortes de jornal e tomou as providências. Na carta que chegou junto com o obituário, ela escreveu: *Não estarei no funeral. Espero que compreendam. Eu disse meu adeus no dia em que ela morreu e não suporto fazer isso de novo. Todo dia eu acordo rezando para que tudo isso tenha sido um sonho terrível.*

Meu estômago se aperta quando leio suas palavras. Algum dia, serei eu. Ou, algum dia, será Evelyn. Nenhum apaixonado sai desta vida ileso.

Há uma batida leve na porta e Violet, em uma das camisolas velhas de Jane, longa demais para ela, espia dentro do quarto. Faz anos que Violet não entra em nosso quarto depois da hora de dormir, reclamando de monstros e fantasmas em seu armário. Mas, recentemente, a morte parece assombrar seus sonhos. Bato no lençol ao meu lado e ela se ergue para subir na cama de joelhos e rasteja em direção a mim. Aconchega-se em meus braços enquanto Evelyn apaga a luz do banheiro e desliza sob as cobertas junto conosco.

— Ah, meu bem, não está conseguindo dormir de novo? — Ela afaga o cabelo de Violet, ainda úmido do banho.

— Estou com medo de ter um pesadelo.

— Então vamos pensar em coisas felizes antes de ir para a cama — diz Evelyn, e se encosta mais em mim. Sinto seu corpo relaxar e sou inundado por uma onda de afeto. Violet descansa a cabeça em meu peito e me dou conta de como ela ainda é pequena. Talvez por ser o bebê da família, ela sempre pareceu mais frágil que os irmãos. Ou talvez seja porque ela sempre pareceu carregar mais em seu coração, como se guardasse todas as emoções da casa em seu corpo pequenino.

— Que coisas felizes? — Ela olha para mim e suas pálpebras se semicerram, embora ela lute para parecer desperta.

— Que tal a história de quando eu me apaixonei pela mamãe?

— Eu adoro essa — ela cantarola, e se enrola mais em mim. Evelyn ajeita sua posição encostada em mim do outro lado e fecha os olhos. Percebo seu sorriso quando eu começo. Violet interrompe a história em todas as partes de sempre, rindo quando eu menciono a cor do vestido de Evelyn, fazendo perguntas sobre seu tio Tommy, o que leva a perguntas sobre a tia Maelynn e o que significa morrer. Dou respostas simplificadas para tranquilizá-la, para aquietar minha mente, até ela fechar os olhos e seus dedos se dobrarem junto ao meu peito.

Eu me afasto de Evelyn, que muda de posição no travesseiro na minha ausência, e carrego Violet adormecida até o quarto que ela divide com Jane. Dou uma espiada em Thomas no caminho e, no escuro, vejo o formato de seu corpo sob as cobertas, dormindo profundamente. Jane está acordada na cama com uma lanterna, segurando um jornal e uma tesoura. Ela passou os últimos dias colada na televisão ou enfiada nas notícias, cortando e guardando artigos em uma caixa de sapatos. A fumaça sobe de sua mesinha de cabeceira, o quarto recendendo a incenso. Estivemos discutindo com ela sobre acender o incenso no quarto, mas, esta noite, isso não parece valer a briga.

Eu lhe dou um oi com a cabeça enquanto ponho Violet na cama. Quando me sento na beira de sua cama, ela nem me olha, a lanterna deslizando sobre as palavras. O rosto de John F. Kennedy está na primeira página com o título "Um presidente lembrado". O obituário da tia Maelynn está pregado na parede ao lado de seu travesseiro.

Prestes a completar treze anos, Jane tem penas compridas e uma personalidade cheia de atitude. Não sei bem quando as coisas entre ela e Evelyn começaram a mudar, as duas tão voluntariosas. Elas costumavam passar horas juntas ao piano; como Evelyn nessa idade, era a única hora em que Jane parava, estudando materiais mais avançados, deliciando nossos hóspedes regulares que comentavam como ela estava ficando crescida. Ela adorava ajudar na pousada, as chaves tilintando em suas mãos enquanto conduzia hóspedes até o quarto, ou indicando o caminho para Bernard Beach. Mas ultimamente ela prefere a solidão, mal responde a mãe e escapa para o quarto, obcecada em pesquisar a Crise dos Mísseis de Cuba e a Baía dos Porcos e a construção do Muro de Berlim, devorando cada acontecimento enquanto ele se desenrola à sua volta.

— E aí, Janey, você vai dormir logo? — Dou uma batidinha em sua perna até que ela, relutante, olha para mim.

— Como eu posso dormir? Caso você não tenha notado, o mundo está desabando. — Ela franze a testa, prende a lanterna entre os joelhos e corta a matéria da primeira página.

— Bom, então nós definitivamente precisamos de algum descanso para poder enfrentar isso de manhã.

— Não tem graça nenhuma.

— Eu não estou tentando ser engraçado. Mas não quero que você fique acordada se preocupando com coisas que não podemos mudar esta noite.

— Esse é o problema. Ninguém acha que pode mudar nada. Nós só vamos seguindo em frente como gado. E estamos todos indo para o abatedouro.

Sempre me surpreendo de ver como ela está adulta, como sua perspectiva de mundo é cética e sombria aos doze anos.

— Eu sei que o mundo parece assustador agora. E também sinto falta da tia Maelynn, e sua mãe também. Mas se preocupar o tempo todo não ajuda. Só vai fazer você se sentir mais impotente.

— Mas nós somos todos impotentes. A tia Maelynn era impotente. JFK era impotente. Os dois morreram e nenhum deles pôde fazer nada para evitar.

— Às vezes acontecem coisas, e não há nada que possamos fazer a não ser viver a melhor vida que pudermos e esperar que estejamos prontos para elas.

Ela baixa a tesoura e o jornal e olha com raiva para mim.

— Mas ela teve uma vida boa, e finalmente encontrou alguém e foi morta mesmo assim. E o filhinho do JFK... ter que enterrar o pai no dia de seu aniversário de três anos? O jeito que ele fez continência para o caixão... isso não é justo, papai. — Lágrimas se formam em seus olhos e ela desvia o rosto, as bochechas vermelhas.

Minha garganta se aperta, o menino com a mão na testa em continência, as pequeninas pernas nuas e o casaco de lã abotoado, uma saudação comovente de uma criança pequena demais para entender. Um adeus final para um pai de quem ele nunca ia se lembrar, cujo rosto ele ia memorizar por fotografias, do jeito como meus filhos não conheceram meus pais, as histórias deles são como contos folclóricos, eles nunca sentiriam o calor de seus corpos em um abraço.

— Eu sei que não é. Não é justo. Mas, do mesmo jeito que não temos controle sobre o que acontece no mundo, não temos controle sobre quando o deixamos. Tudo que podemos fazer é amar as pessoas à nossa volta enquanto der. Isso é tudo que podemos fazer. — Pego a tesoura e os recortes de jornal e os coloco sobre a mesinha de cabeceira dela. — Que tal deixar isso de lado por esta noite? Tente dormir um pouco. As coisas sempre parecem melhores de manhã.

Ela concorda e se deita de costas a contragosto, sua lanterna projeta nossas sombras na parede. Ela desliga a luz e meus olhos se esforçam para se ajustar ao escuro. Eu me inclino e beijo sua testa, um pouco surpreso por ela ter deixado.

— Bons sonhos, Jane.

— Boa noite, papai.

Eu me viro para sair e, antes de chegar à porta, ela me chama.

— Papai? — Eu paro, e ela continua: — Eu não queria ser tão grosseira com a mamãe. Às vezes não consigo evitar, mas me sinto mal. Diga para ela que eu peço desculpas.

—Você mesma devia dizer. Ela ia gostar.

— Pode ser. Eu queria que você soubesse, para não ficar decepcionado comigo.

— Eu nunca ficaria decepcionado com você. E vou lhe contar um segredo.

— O quê?

—Você é exatamente como a sua mãe na idade dela. E o seu tio Tommy também. E eles eram as pessoas que eu mais amava no mundo. — Ela fica em silêncio, as cobertas até o queixo. — Mas eu ainda acho que ela ia gostar de ouvir o que você disse. Seria muito importante para ela.

Fecho a porta e volto pelo corredor para o nosso quarto, reparando que o tapete que instalamos quando nos mudamos para cá há mais de uma década está gasto e esfiapando nas bordas. Vamos ter que trocá-lo logo. Abro a porta do quarto, o cansaço de um dia inteiro de trabalho pesando sobre meu corpo. Evelyn está dormindo, virada para sua mesinha de cabeceira. À noite, nós nos deitamos juntos, a curva da cintura dela encostada em mim. Mesmo dormindo sozinha, ela se posicionou para ser abraçada.

As palavras dela ainda pairam no ar, *eu achava que ela era invencível*. Apago a lâmpada que está brilhando em cima dela e entro embaixo das cobertas. Chego mais perto e ela move os quadris para trás para me encontrar. Beijo a pele macia de seu ombro.

— Boa noite, Evelyn. Eu te amo muito.

Ela murmura, palavras abafadas que só posso presumir que signifiquem o mesmo. O pensamento entra em minha mente, meu medo se metamorfoseia em um voto silencioso. *Eu nunca vou viver sem ela. Nem por um único dia.*

Com isso, e o corpo dela junto ao meu, uma sensação de calma me invade e, pela primeira noite em algum tempo, eu durmo. Durmo e sonho com uma vida sem morte, e uma eternidade para me deitar com a mulher que amo em meus braços.

Quinze

Evelyn

Dezembro de 2001

Alguns dias são bons, mas hoje não é um destes. Passei a maior parte do tempo dormindo e acordando no sofá, meus ombros e pescoço rígidos de dor. Quando acordo no fim da tarde, Joseph está lendo na poltrona.

— Joseph? — Olho para ele, enxugo o queixo e os lábios úmidos de baba.

Ele baixa a ponta do jornal para me ver, seu rosto se contrai com uma preocupação que ele tenta esconder com um sorriso triste.

— Como está se sentindo?
— Bem. Cansada.
— Eu sei.
—Violet perguntou se nós queremos que ela faça o Natal na casa dela.
— Foi gentil ela ter se oferecido.

Eu sussurro, o medo subindo em meu peito, embora estejamos sozinhos.

— Não quero que o Natal seja em nenhum outro lugar.

Eu tinha certeza de que tudo ia ser diferente depois que eles soubessem. Por mais que eu tente me congelar no tempo neste último ano, a imagem que eles têm de mim vai mudar, se alterar aos poucos como as ressonâncias do meu crânio. Mas este é o nosso último Natal, e eu não quero que ele seja estragado mais do que já está por preocupação, por conselhos bem-intencionados ou ofertas de ajuda, um braço firme estendido toda vez que me levanto, olhares de pena por toda a sala. Eu sou a mãe deles, a avó deles, não uma paciente sob seus cuidados, alguém que eles precisam monitorar ou com quem têm que ser solícitos. Então, neste momento, quero um último Natal com minha família, mesmo que isso seja ilusão. Mais uma lembrança que me inclua como eu sou, não como eles vão me ver depois.

Minhas pálpebras pesadas, o sono me levando uma vez mais quando Joseph diz:

—Você não tem que carregar tudo sozinha.

Não tenho força para discutir, não consigo mais vê-lo, meu peito é como uma âncora me arrastando para as profundezas, onde espaço e tempo deixam de existir, onde a dor que eu causo desaparece.

O dia seguinte é um dia bom. As janelas estão com geada nas bordas, uma tarde cinzenta que exige que acendamos as luzes dentro de casa em pleno meio-dia. Uma véspera de Natal gelada que promete mais neve. As costas de Jane estão rígidas, a luz aconchegante da lâmpada reflete na superfície brilhante do Steinway junto ao qual ela se senta no banquinho de ébano envernizado. Ela não olha para mim, mas sinto que está esperando minha deixa.

Estivemos praticando há meses, o concerto é em janeiro, o que a princípio pareceu tempo demais para esperar e tempo insuficiente para ensaiar, agora a apenas um mês de distância. Eu ensaiei sozinha para fingir um progresso mais rápido quando nos encontrássemos, minhas mãos muitas vezes não cooperando, pressionando os acordes errados, notas se misturavam em minha mente, as teclas pareciam mais perto umas das outras, ou meus dedos maiores. Os tremores me atrapalham, me deixam desajeitada. Joseph se recusou a me deixar desistir, apesar de meus protestos. Eu cedi, mesmo com a incômoda humilhação por causa de meus desejos egoístas, porque preciso de tempo sozinha com

Jane. As tardes disfarçadas de prática de piano que eu posso usar para guiá-la para uma verdade sobre sua própria vida que ela sabe, mas tem medo de admitir. Um concerto montado para mim, que reveste minha manobra para juntar nós todos, Marcus para sempre gravado nesse presente que compartilhamos, um caminho que a leva para ele.

Meus dedos estão à vontade no Baldwin quando começo a tocar, e Jane me acompanha no Steinway, mas, ainda assim, eu não consigo acertar. A primeira página da partitura, que praticamos com mais frequência, é manejável por puro automatismo, mas depois eu me atrapalho, meus dedos não encontram as notas a tempo. Jane para e espera pacientemente por mim a cada erro enquanto eu volto e tento de novo.

Uma vez mais, começamos do alto da página, uma vez mais estou muito lenta. Estou deixando cicatrizes na música enquanto me esforço. Nós paramos, voltamos. Eu começo. As notas voam da página, mas meus dedos não respondem suficientemente rápido, como se os sinais em meu cérebro estivessem andando no meio da lama. O que passou pela minha cabeça quando inventei isso? Parar, voltar. Começar de novo. Estou atrasada. Não consigo acompanhar, não tenho como seguir. Ela está indo na frente e eu estou ficando para trás. De que serve uma pianista que perde o controle das mãos? Bato os punhos no teclado, e a feia dissonância de minha frustração reverbera pela casa.

— Tudo bem, mamãe. Nós ainda temos tempo para treinar. Tudo bem.

Ela está sendo muito paciente, tão compreensiva que beira a condescendência, o mesmo olhar encorajador que eu reconheço porque era o que eu usava com ela quando ela era uma criança irritada porque o piano não produzia a música que ela queria.

Nós ainda temos tempo. Mas e se não tivermos?

— Espero que você tenha razão. — Passo a mão pelas teclas; elas são lisas e frias e familiares e estranhas sob a ponta de meus dedos. Sinto o olhar dela, o ar pulsa com a pergunta ela está prestes a fazer, *como você está se sentindo*, uma conversa que estou cansada de ter, então acrescento:
— Que tal fazermos um intervalo e irmos ver como a Violet e a Rain estão se saindo na cozinha?

— Claro. Eu disse ao Marcus que ia guardar um pouco de biscoitos de Natal para ele.

Eu me inclino para ela, feliz pela oportunidade que ela me deu.

— Eu acho que ele preferiria que você fosse o biscoito de Natal dele, minha querida.

— Que é isso, mamãe? — Jane cobre o rosto com as mãos. — E você ainda pergunta por que eu não trago ele aqui?

Encolho os ombros e digo, enquanto cubro o teclado:

— Eu posso estar com Parkinson, mas percebo as coisas... e ele também.

— Não é *suficiente* que eu seja uma mulher forte e independente?

Ela diz isso fazendo graça, mas continuo falando sério.

— Ser independente, ser forte, não significa que você precise ser sozinha. É importante você entender isso. — Faço uma pausa. — Por que você não dá uma chance de verdade para o Marcus?

Jane muda de tom, pega de surpresa.

—Você sabe por quê.

—Você não é a menina que fugiu para a Califórnia, e o Marcus também não é nem um pouco como aquele homem. E já faz tanto tempo... não acha que já é hora de se permitir amar de novo?

— Olha o que acontece quando a gente se permite amar! Olha para vocês dois, largando tudo um pelo outro. Olha para a Maelynn. Ela finalmente se estabeleceu, e de repente morreu, assim do nada. Você acha que isso é uma coincidência?

— Ah, meu bem, não é possível que você acredite nisso. — Parece até absurdo ter que responder a algo assim, mas eu não tinha ideia de que ela vinha mantendo essa superstição, se privando de algo bom com a certeza de que atrairia o pior. — A Maelynn foi mais feliz do que nunca com a Betty. Ela amava muito a Maelynn. Eu ouvi isso na voz dela todas as vezes em que conversamos. Amar a Betty não foi o que matou a Maelynn. Eu agradeço tanto por ela não ter passado os últimos anos de sua vida sozinha. E é *por causa* do amor que existe entre mim e seu pai que eu consigo encarar bem a morte. Porque eu vivi de verdade. É hora de você se permitir ter algo real. Vale a pena. É a única coisa que de fato vale.

Na cozinha, Violet e Rain começaram a preparar um bolo natalino e eu me pergunto se o incluí em meu caderno de receitas. Deve estar lá. Eu não me lembro. Copiei todas as receitas de família favoritas das crianças e as encadernei em um livro para o Natal este ano. Trabalhei nisso durante meses. Às vezes minha letra fica tão pequenina, impossível de discernir, mas não consigo escrever maior, por mais que tente. Às vezes tenho dificuldade para lembrar, etapas misturadas e ingredientes esquecidos. Em alguns dias minha mente é aguçada e clara, e eu escrevo tanto quanto posso até sentir a necessidade de descansar. Com mais frequência, o tremor torna minha caligrafia ilegível, riscos e rabiscos desfiguram as linhas imaculadas. Eu arranco páginas inteiras, as bordas rasgadas ficam para trás no volume encadernado.

Eu me acomodo junto à mesa, assisto a Violet e Rain fazendo a receita que já conheço, a barriga de Rain já começa a aparecer no suéter de lã. É como um balé, o modo como elas rodopiam entre um ingrediente e outro, tão seguras do que fazem que poderiam se mover mesmo vendadas. A exaustão se infiltra em mim, desfocando minha visão, mas, no momento, estou satisfeita em só ficar aqui sentada perto delas, me deleitando com sua companhia. Os balcões sujos de farinha, os aventais festivos, o som de nossos movimentos enquanto a pia se enche de vasilhas e medidores. Não tenho certeza de quando isso aconteceu, quando encontrei a beleza na domesticidade e abracei todo o conforto que ela traz. Uma das coisas de que mais gosto é mexer a colher pela massa conforme ela vai engrossando e esperar o momento em que minha família entra em um tropel, de faces rosadas e dedos dos pés gelados, para se esquentar na frente do fogo. As pilhas de roupas largadas no saguão de entrada, gorros e luvas colocados sobre o radiador para secar. Às vezes eu me pergunto para onde foi aquela garotinha da praia. A menina que tinha medo de altura, no entanto era desesperada para voar. Se ela se reconheceria em mim agora.

Joseph desce a escada e espia na cozinha em busca de algo gostoso para pôr na boca.

— Parece muito bom, meninas. Quando vamos poder comer?

— Só à noite. Todos vão estar aqui às seis. O Thomas e a Ann vão até passar a noite. Imagine! — Eu pisco para Joseph.

— Ele fez um grande progresso, o nosso filho.

— Mas ainda é um inútil na cozinha, então nós dissemos para ele que seis horas estava bom — diz Violet, e Jane concorda, rindo. Rain enfia os dedos na tigela de massa de bolo e ri quando percebe que Joseph está olhando.

—Vovô, você não viu nada. — Ela lhe dá um largo sorriso culpado. Estendo a mão para Joseph e ele vem para o meu lado. Gosto da sensação de suas palmas ásperas de trabalhar no jardim. Adoro observá-lo ali, finalmente em seu lugar, o cheiro de terra e suor grudados nele quando volta para dentro de casa. Gostaria de poder sentir esse cheiro mais uma vez na pele dele. Os médicos dizem que isso é comum no Parkinson, um dos primeiros indicadores do que estava tomando conta de mim. Como eu queria sentir o cheiro do bolo assando no forno, a doçura amanteigada enchendo a casa. Mas, no momento, é suficiente saber que ele está no ar, e eu ainda estou aqui, ao lado de minhas filhas e minha neta mais velha, assistindo à coreografia subconsciente delas, deslizando e desviando e girando umas em torno da outra enquanto trabalham.

— Mãe, tem mesmo certeza de que quer que deixemos para você terminar? Podemos pular essa parte este ano. — Jane me examina, preocupação estampada em seu rosto. Elas vão levar Joseph para fazer algumas compras de Natal de última hora, uma tradição iniciada anos atrás quando a Oyster Shell, repleta de famílias visitando os parentes nas festas, o deixava ocupado demais para conseguir fazer compras com antecedência. Ele tem tempo agora que fechamos a pousada, nosso acordo depois que ele fez sessenta anos, para que pudéssemos desfrutar da aposentadoria, mas eles adoram ver as lojas juntos na véspera de Natal, decoradas com guirlandas e luzes.

Balanço a cabeça.

— Não tem problema nenhum, é só misturar um pouco mais e já vou colocar este último no forno. Podem ir. — Jane abre a boca para protestar, mas eu insisto. — Podem ir, eu estou bem. — Hesitantes, eles pegam suas coisas e saem em uma agitação de cachecóis e luvas e casacos acolchoados com a promessa de voltar logo.

Assim que eles se vão, transfiro a massa do bolo para a assadeira. Cerca de uma hora para assar está bom. Anoto a hora em que eles saíram, para o caso de não me lembrar. Esse tipo de coisa tem me ajudado nos últimos tempos. Ideia de Joseph. Ele sempre tem ideias para facilitar momentos como esse. Algumas, como escrever lembretes, ou rotular fotografias, fazer listas, ajudam. Mesmo assim, eu esqueço palavras.

Misturar a massa me cansou. Preciso descansar para esta noite. Thomas e Ann vão chegar logo, Tony virá para cá depois que visitar sua família junto com Rain, e Connor e as crianças também. Desde minha conversa com Violet, notei vislumbres da ternura que antes existia entre eles, ao passar a manteiga durante o jantar sem que ela tenha sido pedida, ou no gesto casual de tirar um fiapo do suéter. Não é um casamento sem amor, mas eu sei que apenas amor não basta. Espero que o que eu contei para ela tenha sido suficiente, que o quanto eu me senti perdida naquele momento no passado possa lhe dar uma base de apoio, um caminho de volta para ele. Felizmente diferimos em um aspecto essencial; ela consegue ser orientada, aconselhada, consegue mudar de perspectiva através de conversas, aprender observando os outros. Jane é mais como eu. Ninguém poderia ter nos dito, nos salvado de nossos erros. Nós tivemos que sentir como era o gosto de fugir.

Jane, que ainda não quer ouvir. Que não aceita convidar Marcus para vir aqui, que não admite que eles estão namorando, que fará questão de forjar a estrada mais longa e mais difícil para poder dizer que chegou lá sozinha. Nós o encontramos na estação de TV anos atrás, mas, mesmo nessa interação breve, ela arranjou desculpas para não irmos embora logo, para vê-lo gravar o segmento dele, e ele esticou o pescoço à procura dela assim que as câmeras foram desligadas, quando seus olhares se encontraram e os dois rostos se abriram em um sorriso de afeto. Ele foi caloroso em seus cumprimentos, perguntou se tínhamos planos para o almoço com interesse genuíno, enquanto os corpos deles cantavam a mesma melodia, atraídos um para o outro no espaço que os separava.

Ela fala dele o suficiente para eu ter conseguido montar um esboço aproximado de sua vida: que ele cresceu com um punhado de irmãos em Roxbury, os anos que passou como repórter de guerra, que ele nunca se casou, sempre se dedicando à carreira e viagens. Mas eu preciso *conhecê-lo*, e que ele nos conheça. Será importante para Jane… depois. Não quero que ela espere tanto tempo quanto eu esperei, quanto Maelynn esperou, para perceber que amar alguém não significa perder a si mesma, que pode acrescentar mais do que tira. Eu espero ter tempo suficiente.

Faltam quarenta e seis minutos no temporizador. Os segundos se arrastam. Eu fico cochilando toda hora. Eles vão entender. Mas não posso me esquecer do bolo. Não posso arruinar a sobremesa favorita deles. Eles entenderiam isso também. Há pouca coisa que eu possa fazer errado agora que não vá ser minimizada, recebida com indulgência, uma criança que não tem como fazer melhor. Mas eu não posso, não neste último Natal. Preciso ficar acordada. Tento me concentrar em meus pensamentos mais concretos, em Joseph. Seu cabelo grisalho, sua unha do polegar quebrada no meio por um martelo mal batido, seu porte físico sólido como um carvalho. Sou inundada de culpa, pensando em minha quase fuga para Boston, todos os anos que eu quase joguei fora, quando agora tudo que desejo é mais de nossa vida juntos, do jeito que era na época. Pensando em nosso plano, em tudo que vamos deixar para trás, e as discussões que tivemos a respeito. Eu, insistindo que ele não pode fazer isso; ele, irredutível em dizer que não vai suportar uma vida sozinho e que minha decisão define a dele. Minha decisão, uma decisão impossível, impensável. Mas a alternativa é um tipo diferente de fim, lento, debilitante, inexorável. A morte não é o único modo de morrer. Contudo, em uma noite como esta, a neve caindo e um bolo no forno, parece algo que não deveria ser meu papel decidir.

Meus pensamentos me conduzem a um sono sem sonhos. Acordo sobressaltada e assustada por apitos e uma porta se abrindo, a casa se enche do ruído de vozes e sons de passos. Então eu me lembro. Minha família está em casa. É o forno que está apitando? Eu cozinhei alguma coisa? Estou tonta de fadiga, mas resisto à vontade de dormir de novo. É uma comemoração, para alguém, ou alguma coisa, eu me lembro agora. É minha família no saguão, na sala, abrindo a porta vaivém de madeira da cozinha. Eu preciso estar aqui.

Connor entra na cozinha, seguido por quatro cabeças ruivas. Patrick, magro e esguio, um quase adolescente. Ryan com uma barba rala que deve ser a tentativa de deixar crescer ou só preguiça de universitário. A autoconfiante e notável Shannon, que compartilha o porte físico miúdo de Violet, e... quem é mesmo ela, a filha mais velha com sardas claras desvanecidas pelo inverno, esse rosto redondo e disposição alegre? Busco detalhes em minha mente... uma pista. Ela está na faculdade ou já se formou? Onde ela mora? Minha mente está vazia, em pânico, procurando desesperadamente um nome que não consigo achar. Forço um sorriso quando eles entram. É uma comemoração de algo. Véspera de Natal. É isso. Véspera de Natal.

— Mamãe, tem alguma coisa queimando aqui? — Violet corre para o forno, que ainda está apitando, abre depressa a porta, fumaça saindo. — Ah, não.

O bolo, o bolo, esqueci o bolo. Violet o leva para o balcão, o topo dele chamuscado. Connor abre a janela mais próxima, deixa entrar o ar frio.

Minha garganta aperta e meus olhos se enchem d'água.

— Desculpem, eu achei... — Mas não consigo terminar.

Violet vira para mim, vê meus olhos, as lágrimas constrangidas.

— Ah, não, mamãe, não, não tem problema. Nós podemos raspar a parte de cima. Está tudo bem.

Meu rosto esquenta.

— Jogue fora. Está arruinado.

— Molly, pegue uma faca. — *Molly*. Molly, que trabalha em Providence. Ela veio de trem para cá ontem à noite. Claro. Violet me dá outro olhar de compaixão. — Mamãe, sério, está tudo bem.

Molly me abraça.

— Ei, essa é uma boa desculpa para pôr mais chantili.

Mais tarde, abrimos presentes e contamos histórias junto à lareira. Gemada e biscoitos em formato de Papai Noel, bonecos de neve e sininhos de Natal. Jane toca "Have Yourself a Merry Little Christmas" no piano e sou transportada para anos atrás, quando Joseph e as crianças me surpreenderam com uma apresentação dessa mesma canção.

— Eu tenho mais um presente — digo, depois que as celebrações se acalmam, todos esticados em sofás ou estendidos no chão. Em uma grande sacola de presentes, pego uma pilha de pacotes embrulhados e faço um sinal para Ryan ir passando um para cada pessoa, incluindo Jane, Violet e Thomas. — Levou um tempo para fazer e eles não estão perfeitos — me desculpo, quando eles começam a desembrulhar, esperando que seja suficiente, que dar a eles algo para segurar, para guardar, como lembrança minha, compense tudo que estou tirando deles. — Tive que arrancar algumas páginas, mas, bem, vocês vão ver.

Há apenas o som de papel de embalagem rasgando, seguido de silêncio. Rain, Molly e Shannon, juntas no sofá, se inclinam sobre as capas dos livros de receitas encadernados, as mãos apertadas neles. Rain começa:

— Vovó, isto é... não acredito que você fez isto para nós.

Ann e Thomas sentam-se juntos e viram as páginas com cuidado.

— Mamãe, isto é incrível — diz Violet, fungando. — Como você... quando você?

— Ah não, Vi, nem olhe dentro da capa — diz Jane, brincando, enquanto enxuga lágrimas dos olhos. Dentro de cada um, a inscrição: *Que estas receitas sempre tragam você para casa, lhe tragam alegria, e façam você se lembrar de todos os dias que passamos cozinhando e compartilhando refeições, juntos perto do mar.*

Passo a noite acordada, Joseph está dormindo ao meu lado. Olho para o relógio na mesinha de cabeceira, três da manhã. É oficialmente Natal. Flashes de anos anteriores cruzam minha mente, pequenos pés descalços no corredor, corpinhos se enfiando em qualquer espaço entre Joseph e eu, a alegria mágica do Natal em seus olhos. O ar à nossa volta está frio, meu nariz gelado e exposto, mas o calor sob o cobertor é aconchegante o suficiente para evocar o sono mais profundo. No entanto, eu não consigo; estou assombrada pelas falhas de minha mente. O bolo, o nome de Molly. O que mais eu vou esquecer? E se esse fragmento esquecido não se encaixar de novo em seu lugar depois de alguns momentos? No entanto... a alegria em algo tão simples como cozinhar com minhas filhas, todos os abraços quando eles chegaram na casa, quantos anos disso eu vou perder? Quantos anos vou tirar de Joseph? Ele poderia viver mais que eu. Eu poderia viver mais que ele. É assim que as coisas são. Se você não as planejar. Se você não as apressar.

Memorizo o modo como os lábios dele se separam, suas exalações lentas e altas. Quando nos casamos, ele dormia de bruços e eu me aconchegava nele. Era tão normal para mim o jeito como nos enrolávamos sem esforço um no outro, nos moldando em uma única forma. Agora, ele dorme de costas, fios de cabelo levantados no alto da cabeça. Seus ombros ainda são largos, porém mais magros, mais frágeis. Tenho vontade de abraçá-lo, mas esta noite, como na maioria das noites, meu corpo dói demais para se contorcer a fim de se encaixar no dele. Quero nossos jovens corpos ágeis uma vez mais. As manhãs em que acordávamos entrelaçados, deixando a manhã se arrastar para a tarde. Ficou mais difícil nestes últimos anos, mas ainda fazemos amor quando podemos. Tenho medo da vez que será a nossa última, porque não haverá como saber, não no momento. Não há como se agarrar a isso do jeito que eu gostaria de fazer.

Mas, aqui, agora, somos só Joseph e eu, e este início de manhã, este último Natal. Com a neve caindo leve lá fora, o calor do corpo dele pressionado contra o meu, este momento é toda a magia de que eu preciso. Pego a mão de Joseph. Mesmo no sono, ele fecha seus dedos em volta dos meus.

Sei que estou fugindo, mas, para o quê, não tenho certeza. Minha única esperança é que, para onde quer que eu fuja, um dia, de alguma forma, nós vamos nos encontrar de novo.

Escorrego na direção de minha mesinha de cabeceira, acendo o abajur e pego um bloco de notas na gaveta, redijo um código de segurança, uma saída para esse voto a que ele se prendeu.

Porque a única coisa de que tenho certeza é isto: não posso deixar que ele me siga.

Eu não posso fazer isso com ele ao meu lado.

Dezesseis

Joseph

Maio de 1969

Evelyn está no balcão da cozinha, batendo ovos e orientando Violet para peneirar a farinha enquanto eu conserto o medidor de gás, cuja luz piloto não está acendendo. Violet conversa enquanto estica a massa com o rolo para a torta de nossa festa do Memorial Day.

— Eu ainda preciso de um vestido novo. Não vou usar nenhuma roupa velha da Jane.

Aos treze anos, ela começou a resistir à posição de irmã mais nova de Jane, às roupas herdadas dela, o quarto compartilhado, tudo virou um motivo para discussões de ambos os lados.

Sabendo que sua mãe passa o dia inteiro sozinha e ansiosa dentro de casa quando não está conosco, Evelyn a convidou para ajudar nos preparativos. A sra. Saunders, sentada sobre o balcão, aperta os olhos para a técnica de Violet.

— Não tão fina, assim ela vai rasgar.

Thomas, com quinze anos, está sentado à mesa, revisando o conteúdo para os exames finais. Ele está sempre estudando, não abre mão de uma boa noite de sono e sempre sai para correr de manhã cedo, concentrado em se alistar na força aérea e se tornar um piloto. Nós o incentivamos a se encontrar com os amigos, a convidar meninas para sair, mas ele insiste que precisa manter o foco. Eu fico dividido. Vi a guerra. Sei o que ela pode causar, o que ela significa. Mas essa é a única coisa de que ele fala com entusiasmo, a única coisa sobre a qual conseguimos fazê-lo conversar atualmente, e não tenho coragem de tentar dissuadi-lo.

Jane mexe na geladeira e enche o balcão de uma variedade aleatória de ingredientes para sanduíche. As coisas andaram mais hostis entre ela e Evelyn nos últimos meses. Jane detesta ter hora para chegar em casa e baixar o volume quando ouve música, fica enfiada no quarto a maior parte do tempo escutando os noticiários no rádio. Chega em casa com cheiro de cerveja, com a fala enrolada e incoerente, e foge quando a proibimos de sair. A maior parte disso é comportamento normal de adolescente, tento pensar, e é verdade que Jane e eu somos parecidas; ela é inteligente e tira boas notas, é independente como a mãe, e eu sempre confiei que ela tomaria as decisões certas no fim das contas.

Mas, recentemente, Jane anunciou que quer tirar um ano de folga antes da faculdade e mudar-se para Boston no próximo outono, depois que fizer dezoito anos. Ela vai alugar um apartamento com uma amiga e tentar um emprego em um jornal ou uma estação de rádio. Para ter alguma experiência, diz ela, antes de escolher o que quer fazer. Não estamos exatamente satisfeitos; tínhamos certeza de que Jane adoraria ir para a faculdade e economizamos para isso. Mas sabemos que não vale a pena forçá-la. Mesmo assim, Evelyn ainda resiste a deixá-la ir, sabendo que, em poucos meses, ela vai cometer erros sem ter nossa rede de segurança para ampará-la. Na noite passada elas discutiram sobre a graduação de Jane. Eu interferi, me metendo entre as portas de seus quartos.

Jane se apoiou no batente da porta e levantou a cabeça para a mãe.

— Isso é ridículo, e uma perda de tempo. Eu vou ter o meu diploma, indo ou não indo.

A voz de Evelyn soou baixa e ameaçadora, os braços cruzados.

— A questão não é essa. Você se esforçou tanto para chegar aqui e o que vai fazer em vez disso? Beber com seus amigos?

Jane gritou:

— Não é nada disso! Você não vê o que está acontecendo no mundo? Você e todos os outros, vocês estão todos prestando atenção nas coisas erradas.

— O que está acontecendo no mundo não tem nada a ver com você, ou com esta conversa. Você tem tanto potencial...

— É dessa porra que eu estou falando! Você não liga para nada que seja realmente importante, nunca ligou.

— Jane, chega! — eu a repreendi, atrasado, enquanto ela batia a porta e Evelyn entrava furiosa em nosso quarto. Quando fomos trancar a pousada, havia dinheiro faltando na bolsa de Evelyn e a janela do quarto de Jane estava aberta, a cama vazia. Quero falar sobre isso, mas repreender Jane na frente de todos, especialmente de sua avó, só pioraria a situação.

— Tem uma coisa que precisamos contar a vocês. Thomas, Jane, estão ouvindo?

Thomas levanta os olhos de seus estudos, concordando silenciosamente em prestar atenção.

— Mais ou menos — Jane murmura, a cabeça enfiada na geladeira.

— Contratamos uma pessoa para trabalhar aqui e ajudar na alta temporada. Assim vocês podem aproveitar a vida de adolescentes, nós todos podemos aproveitar este último verão antes que a Jane vá embora. — Evelyn dá a notícia como uma oferta de paz que havíamos planejado semanas atrás, mas há uma acidez em sua voz agora, ela ainda se lembra da nota de dez dólares ter sumido.

— O quê? Quem? — Jane pergunta, a boca cheia de sanduíche.

— Um estudante de direito de Yale, o nome dele é Sam. Ele se candidatou por intermédio do professor Chen, vocês se lembram dele? — A pergunta dela encontra expressões vazias de nossos filhos. — Pois deveriam, ele se hospedou conosco por muitos anos... bem, de qualquer modo, ele montou um programa de intercâmbio no estado inteiro valendo créditos para o curso e perguntou se queríamos participar. Um aluno trabalha aqui em troca de quarto e comida e redige um ensaio sobre a experiência no final, algo desse tipo. Não sei exatamente como funciona. Mas sei que é ajuda extra. Vai ficar um pouco diferente por aqui, mas esperamos que nos alivie um pouco, nos dê mais tempo como família, já que é nosso último verão juntos — diz Evelyn, seu entusiasmo transparecendo. — Ele vai começar no Memorial Day.

Jane mastiga o último pedaço lentamente antes de responder.

—Você contratou um estranho para morar aqui sem contar nada para nós? Que beleza. Muito bom mesmo. — Ela larga o prato dentro da pia fazendo barulho. —Vou ficar no meu quarto.

— Jane… — chamo, mas ela já está no alto da escada, a batida da porta do seu quarto é a única resposta que tenho

Sam começa conosco naquela segunda-feira. Ele pega o trem em New Haven e eu vou buscá-lo na estação. Ele é de Madison, Wisconsin, como me conta durante o trajeto, e está ansioso por um verão passado junto ao mar. Ele é magro de uma maneira que sugere que nunca fez muito trabalho pesado, os músculos de seus braços não definidos sob a camiseta branca, mas há certa autoconfiança nele, e algo mais, como se ele fosse capaz de se garantir em uma briga. No caminho, compartilhamos histórias breves, que minha família administrava a pousada há gerações, que ele havia passado os últimos verões em diferentes partes do país, buscando novas experiências como uma maneira de ganhar perspectiva, de viver um pouco nos intervalos entre as exigências de estudo de seus anos acadêmicos.

— Passei o último verão trabalhando ao longo do rio Missouri, tentando ver o que Mark Twain viu quando trabalhou ali em barcos a vapor. Ele é de Hartford também, sabia? Criou sua família bem aqui em Connecticut. Eu li toda a obra dele enquanto estava lá.

Ele diz isso com naturalidade, sem arrogância, e seu sorriso fácil me lembra alguém que não consigo situar, Tommy, talvez, mas não exatamente, e isso me faz sentir como se o conhecesse de alguma forma. Ele tem uma beleza óbvia, magnética, algo que parte de mim gostaria de ter sabido antes de trazê-lo para casa, com minhas filhas adolescentes. Sam está recostado no carro ao meu lado como se pertencesse a ele, como se fosse a coisa mais natural do mundo estar aqui, o braço para fora da janela aberta, e, quando fazemos a curva para Bernard Beach, ele diz:

— Eu entendo por que você nunca saiu deste lugar.

Gosto dele de imediato.

Evelyn e Violet estão estendendo fitas vermelhas, brancas e azuis na varanda quando nos ouvem chegar, mesas cobertas com toalhas espalhadas pelo jardim, equipadas com jarras de limonada e chá gelado, aros e tacos de croquet na grama. Sam tira sua única mala do bagageiro e acena cumprimentando, e elas vêm ao nosso encontro.

— Tudo isso para mim? — Ele pisca para Violet, antes de apertar a mão de Evelyn, segurando-a um pouquinho além do esperado. Violet ri e ajeita o cabelo com os dedos, ajusta a barra de seu vestido de verão, parecendo de repente um pouco mais velha do que eu gostaria, animada pela breve atenção dele.

— Não é assim que todos recebem novos funcionários? — diz Evelyn, fazendo um gesto para indicar a festa. — Você vai ter que nos desculpar, é nossa primeira experiência.

Sam dá uma risada cativante.

— Acredite em mim — Seu olhar se demora em Evelyn. — Aqui já é melhor do que qualquer lugar onde trabalhei antes.

E não pode ser a minha esposa, corando com esse comentário, a pele ficando rosada em seu decote. Penso em dizer alguma coisa, em dizer a ele para ter mais cuidado com o que fala, mas não, é coisa só da minha cabeça. Claro que não foi o que ele quis dizer, quem seria tão ousado no primeiro dia no emprego? Um cumprimento inofensivo, uma referência à praia, à festa, a este belo dia de verão. Esse estranho enfiado em nosso santuário, nos tirando um pouco do prumo. Um garoto. Bonito demais para o meu gosto, talvez, acostumado a um mundo em que as portas se abrem, em que basta um olhar para fazer mulheres se sentirem bonitas.

Nós o conduzimos para dentro, onde encontramos Thomas à mesa, debruçado sobre seus livros. Sam inclina a cabeça para ler as lombadas.

— Demonstrações geométricas... cara, eu odiava isso. Até que percebi que é como ganhar em uma argumentação, muito como o que eu faço agora, na verdade. Dizer alguma coisa e provar, linha por linha, até ninguém poder discordar. — Thomas olha para ele, com um esboço de sorriso nos lábios. — Ah, eu sou o Sam. Desculpe interromper.

— Não, tudo bem, e sim, eu também vejo desse jeito. Que interessante. — Thomas larga o lápis. — Eu sou o Thomas.

— Me avise se precisar de um parceiro de estudos, fico feliz em ajudar. Se bem que, pelo jeito — ele acrescenta, batendo as juntas dos dedos nas capas dos livros —, você tem tudo sob controle.

— Obrigado, eu agradeço a gentileza — diz Thomas, concluindo a conversa mais longa que qualquer um de nós teve com ele há semanas.

Fazemos um tour rápido com Sam, Violet na frente, e lhe damos um tempo para arrumar suas coisas e se acomodar no quarto. Violet sai para terminar de fazer os centros de mesa de pedaços de madeira e conchas e nós estamos de volta à cozinha, fatiando tomates e picando alface, recheios de hambúrgueres para mais tarde, quando ele retorna.

— Como posso ajudar? — ele pergunta, no momento em que Jane desce pesadamente a escada com um top que mostra excessivamente sua barriga. Ela para quando o vê.

— Sam, esta é a nossa filha mais velha, Jane. Que tal vocês dois irem lá fora arrumar as cadeiras? — diz Evelyn, me surpreendendo. Eu me preparo para a resistência de Jane, torcendo para que uma briga não comece na frente de Sam, pelo menos não no primeiro dia.

— Claro — responde Jane, agradável de uma maneira que é desconcertante, e ele a segue para fora.

— Você acha mesmo que isso é uma boa ideia? — pergunto, de olho nos dois enquanto Jane conduz Sam até o galpão nos fundos.

— O Sam está na faculdade. Talvez ele possa convencê-la. — Um benefício dessa contratação temporária que não tinha me ocorrido, mas claramente havia sido computado por Evelyn. Eu os vejo juntos enquanto continuamos a cortar os ingredientes, a cabeça de Jane inclinada para trás em risos, um som de que eu mal me lembro, arrumando a festa que vai iniciar a temporada de verão, sua última conosco. Sam gesticula animadamente enquanto posicionam as cadeiras dobráveis, firmemente fechadas como todos os anos de ressentimento de Jane, abrindo-as, uma por uma, ao sol.

Nos ajustamos mais depressa do que eu esperava. Sam e Evelyn se revezam na maior parte das tarefas da recepção, check-ins e checkouts, e eu fico nos bastidores, organizando a ocupação dos quartos e trabalhando em projetos que vinha adiando. Clientes regulares me param nos corredores para comentar que Sam é incrível, prestativo, acolhedor. Sua contratação cumpre o que pretendíamos, reduz nosso trabalho significativamente, mas agora não é só a ajuda de nosso novo funcionário que temos. Jane fatia melões ao lado de Evelyn na cozinha e às vezes fica na recepção atendendo o telefone, anotando recados e conversando com Sam. Violet, encantada, aparece em todo lugar, parecendo prever as necessidades dele, mostrando como dar uma balançadinha na maçaneta do armário de roupas de cama quando ela emperra, e onde encontrar a agenda de 1970 para os hóspedes que querem voltar no próximo verão, e como dobrar corretamente um lençol com elástico. Thomas até sai para ajudar a cortar quando vê Sam formando uma pilha e eu o escuto fazendo perguntas sobre Yale, sobre as aulas e professores, a vida no campus. Não ter ido para a faculdade nunca me incomodou antes. Eu sei como manejar nossos livros contábeis, mas Sam faz a experiência parecer um despertar, aprender sobre si mesmo mais do que os textos, o conhecimento mais profundo que sempre invejei em Evelyn e Tommy. O arrependimento se insinua pela primeira vez, uma oportunidade perdida.

Um auxílio extra contratado para a temporada de verão torna-se quatro com a participação inesperada de nossos filhos, e há mais ajuda do que precisamos, não há o suficiente para fazer nesta pousada geralmente administrada por duas pessoas. Organizamos churrascos para os hóspedes e vizinhos, todo o quintal impregnado pelo cheiro sedutor de carne e fumaça. Sam mostra a Evelyn como marinar coxas de galinha com temperos cajun, algo que ele aprendeu em New Orleans e que deixa nossa língua ardida. Carregamos cadeiras de praia sobre a cabeça na maré baixa, ocupando espaços nos bancos de areia, permanecendo até a água subir acima de nossos joelhos. Jantares especiais de mariscos assados na metade da ostra e lagostas temperadas com manteiga evoluem para danças, casais escapando para os cantos mais escuros da praia. Manhãs lidando com dores de cabeça, lembranças nebulosas tingidas de constrangimento. Fogueiras na areia tarde da noite, nossas vozes transportadas até a Captain's Rock, risos e bebida compartilhados ao lado das chamas tremulantes, rostos iluminados pela lua e pelo fogo, ondas espumando no escuro.

Uma tarde, Evelyn e eu nos reclinamos sob um céu raiado de nuvens. Jane empurra Sam para baixo da água na maré alta e emerge sobre os ombros dele, desafiando Thomas e Violet para uma luta. Violet, que não é páreo para Jane, é derrubada rapidamente, e duramente, e, depois da segunda rodada, sai da água engasgando e ofegante e declara que está fora do jogo. Ela volta de mau humor para a praia e se enrola em uma toalha.

Sam arrasta Evelyn para o lugar dela, segurando-a pelas mãos e puxando-a para se levantar. Jane resmunga por ter que ficar nos ombros de Thomas, mas Sam lhe assegura que é justo trocar as duplas. Evelyn olha para mim, balança a cabeça como se não tivesse escolha, mas está rindo e vai de bom grado.

Juntos nas ondas, Sam submerge para levantá-la, as pernas de Evelyn enroladas no pescoço dele apenas por um momento, mas me choca a intimidade daquilo, os lugares de Evelyn que só eu conheço, pressionados junto ao cabelo dele, o maiô dela pingando, umidade e fricção e pele nua, antes de Jane derrubá-la. Meu peito se aperta com algo que não sei bem identificar, enquanto observo da praia.

Evelyn

Sam entra na cozinha sem camisa, o cabelo molhado de um mergulho matinal. Estou fazendo café para os hóspedes. Violet, Jane e Thomas ainda estão dormindo no andar de cima, Joseph foi até o centro para comprar tinta e ajeitar a parede da varanda, que está descascando.

— Café. — Ele para ao meu lado, estende uma caneca com gratidão, me torno uma salvadora com um bule recém-coado. Ele cheira a sal, a suor, perto o bastante para os pelos de seus braços roçarem o meu.

Dou meio passo para o lado, consciente demais do corpo dele.

— Foi você que ficou fazendo uísque sour.

O verão com Sam é diferente de todos os outros. Com a liberdade que um auxiliar contratado pode trazer, conseguimos tempo para afrouxar as rédeas que mantínhamos sempre tão apertadas. Um instrumento finalmente afinado. A facilidade em delegar tarefas que por um equívoco eu achava que só nós dois poderíamos fazer. Nossa temporada de maior movimento passou depressa, tranquila, nenhum de nós se forçando até o limite. Foi uma novidade estar em Bernard Beach em julho sem precisar correr, sem nos sentir culpados pelo que não estava sendo feito. Intercalar momentos de alegria entre tarefas, comer melancia direto da casca na varanda dos fundos, uma caminhada sozinha ao pôr do sol pelo banco de areia enquanto o céu se torna rosado, o modo como eu sempre havia imaginado que poderia ser, mas nunca era. Até Jane está mudada, não se isola mais nem fica tão na defensiva. A carga de trabalho que nos espera a cada manhã é menor. Dando-nos finalmente a possibilidade de sermos irresponsáveis, espontâneos, sabendo que não cabe apenas a nós tocar o barco. Permite que eu pare de resistir, me agarrando com força a tudo que está fora do meu controle. Existir na noite em vez de ir dormir cedo, ser despreocupada, sentir-me jovem, *ser* jovem, acolher essa sensação adolescente de verão eterno, ceder a devaneios.

— Um homem na lua. — Ele sorri para mim e fecha o espaço entre nós outra vez. — Tínhamos que brindar a isso.

Walter Cronkite na televisão, uma transmissão que durou vinte e sete horas. As imagens granulosas a que assistimos em nossa sala de estar, as janelas abertas para nossos vivas e nossos gritos e o ar pegajoso do verão, bebidas nos copos e discos girando na vitrola e mal podíamos ouvir as atualizações das notícias com todo o barulho, vez por outra alguém pedindo silêncio, mas logo sendo afogado de novo pelas risadas e copos brindando. Neil Armstrong em seu traje especial, uma bandeira norte-americana erguida como por uma brisa, um astronauta alcançando o inacreditável. Um homem, como nós. Andando na lua. O futuro, sem limites, não mais circunscrito pelo céu. O mundo um lugar de magia, de mistério, uma vez mais.

— Ainda é difícil de acreditar — digo, virando-me para apoiar as costas no balcão, de frente para ele.

— Ah, nem tanto. — Ele toma um gole de sua caneca, os olhos nos meus, me provocando, me lendo, me vendo de maneiras que são perturbadoras. — Nós sabíamos que era questão de tempo.

— Bom, isso é verdade. — Finjo competência, indiferença. — A NASA vem trabalhando nisso há um tempo. — Procuro por algo mais específico, algo para mostrar que não sou tão facilmente impressionável, um pouso na lua é uma nota de rodapé em uma longa lista de coisas incríveis que vi. — Ia acontecer mais cedo ou mais tarde.

— Claro — ele concorda, rindo. — Mas caramba, Evelyn. Você é uma pessoa difícil de impressionar. — Virando o jogo contra mim outra vez, as conversas com Sam são como uma partida de tênis, uma bola com efeito que eu tento rebater a cada saque. — É melhor o cara nem tentar. — Ele pisca para mim e meu estômago gela. — Hora do banho. Vou estar lá se você precisar de mim.

O calor entre minhas pernas me surpreende, a imagem dele nu na água, esperando por mim. Expulso imediatamente o pensamento. Eu poderia ser mãe dele. Esse é o jeito que Sam fala com todo mundo. Eu o vi fazer senhoras idosas enrubescerem, hóspedes frequentes pararem na recepção para perguntar o caminho para a praia, solicitar toalhas extras que não usam. Se juntarem a ele na fogueira para ouvir histórias sobre mulheres com quem ele dormiu, compartilhadas até depois da meia-noite diante das brasas, contadas não como conquistas, mas como convites para imaginá-lo fazendo isso. Para imaginar eu mesma como seria experimentar um corpo diferente, suado e pressionado ao meu.

Sam tem vinte e três anos, eu digo a mim mesma, e é assim que as pessoas são hoje em dia, falam sobre sexo abertamente, e o praticam sem medo, podendo contar com pílulas. Precisamos ajustar nossas expectativas, só isso.

Então o que é isso que me deixa ansiosa para descer do quarto, esperando que ele esteja acordado, para encontrá-lo sozinho, aquecer-me no calor de sua atenção? As conversas que me deixam conjeturando, que me fazem ficar acordada à noite, repensando minhas respostas, o que eu poderia ter dito, as diferentes maneiras como eu poderia ter me empertigado, me exibido. As músicas que ele me pede desde que descobriu que eu toco piano, um interesse que compartilhamos. "Eu poderia ficar ouvindo você tocar o dia inteiro", ele murmurou uma vez enquanto passava pelo escritório, como se esse meu passatempo fosse algo sexy, fumaça passando pelos seus lábios entreabertos. Algo a que vale a pena me dedicar mais porque Sam diz que sim, porque ele me faz sentir que não é tarde demais, porque ele entende a única coisa que eu sempre tive que explicar, sem eu dizer uma palavra sequer.

Joseph

O aniversário de dezoito anos de Jane cai em um sábado ensolarado no final de agosto, o último trecho de um verão que parece ao mesmo tempo infinito e fugaz. A sra. Saunders está ao meu lado no balcão da cozinha, enfiando guardanapos de tecido em argolas adornadas com estrelas-do-mar. Sam e Evelyn estão arrumando as mesas lá fora, Violet e Thomas cumprindo as tarefas de pendurar roupas de cama, dobrar toalhas e varrer a varanda, Jane ainda dorme em seu quarto.

— Não sei o que vamos fazer sem o Sam depois do Labor Day — digo, observando ele e Evelyn correrem atrás de uma toalha de mesa levada pelo vento, segurarem-na pelos dois lados e a prenderem com braçadeiras.

— É mesmo? Eu vou ficar feliz quando ele for embora. Ele se mete onde não é o seu lugar, se quer saber a minha opinião — responde a sra. Saunders, seu olhar demorando-se um pouco sobre minha esposa do lado de fora, no exato momento em que Evelyn empurra Sam em um gesto de brincadeira, antes de voltar a enrolar os guardanapos.

Eu geralmente ignoro as críticas dela, com frequência sem embasamento e repletas de inveja, mas, enquanto ela diz isso, algumas cenas emergem em minha mente. Sam passando protetor solar nas costas de Evelyn na manhã em que eu estava ocupado na escada do telhado. Mostrando para ela como misturar vodca, refrigerante de gengibre e suco de limão e tornando a encher o copo dela a cada vez. Sentados juntos no mesmo banquinho ao piano, revezando-se no teclado. O jeito como ele tira seu calção de banho por baixo da toalha e o pendura para secar enquanto espera sua vez para usar o chuveiro externo, nu exceto pela toalha na cintura.

Eu me pego espiando pela janela da cozinha com frequência demais, até sentir a sra. Saunders me observando também, confirmando sem querer o que ela já pensava.

Jane para na metade da escada, já vestida com seu biquíni, a decepção evidente por sua entrada ter sido desperdiçada com o pai e a avó.

— Ele está nos fundos — digo, apontando com o polegar na direção de Sam, ansioso para romper o grupo de dois lá fora. — Feliz aniversário, Janey.

Ela sorri.

— Dezoito, finalmente! — exclama ela, e desce o resto da escada quase dançando até nós, dá um beijo em meu rosto, para meu espanto, e se apressa para sair pela porta de tela para o ofuscante sol do fim da manhã.

— Por que será que ela está tão entusiasmada por fazer dezoito anos? — comenta secamente a sra. Saunders, enquanto Jane pula nas costas de Sam, expondo a pouca modéstia que a calcinha de seu biquíni cobria.

Enxugo taças de vinho da noite passada em silêncio, sem saber como responder sem que ela leia todas as coisas que não tenho a intenção de dizer.

Trabalhamos com pressa toda a manhã, ansiosos para ir à praia, e logo a areia está cheia, todos deitados em toalhas lambuzadas de óleo, os amigos de Jane fazendo amplos círculos na água, fumaça de seus cigarros flutuando para o mar. Sam puxa sua cadeira para o outro lado da de Evelyn, Jane à esquerda dele. Eu os ouço conversando, fragmentos animados sobre uma comunidade na Califórnia, uma viagem que ele estava planejando para o Marrocos, uma peregrinação para iluminação espiritual, o movimento antiguerra, mas estou a duas cadeiras de distância, longe demais para participar de uma conversa que não é dirigida a mim. Tento pensar em algo interessante para contribuir, algo que Maelynn tenha dito alguma vez sobre suas viagens, talvez, mas minha mente está vazia.

O dia mergulha na noite, o grupo se espalha pelo nosso gramado, hóspedes como sempre misturando-se e sentindo-se à vontade para se juntar às festividades, encher pratos de salada de batatas e asas de frango, temperar sua limonada com gim. As bebidas são despejadas e passadas, passadas e despejadas, e alguém que não conheço acende uma fogueira nos fundos quando a noite cai. Mandamos Violet para a cama, apesar de seus protestos, e, um pouco depois, Thomas, que fica furioso por ser colocado no grupo de sua irmã mais nova e não no dos adultos. Evelyn começa a recolher pratos, embora dance enquanto o faz, formando uma grande pilha na cozinha e deixando a limpeza para outro dia.

A noite dá ao álcool uma sensação de desenvoltura, ou talvez o álcool dê à noite uma sensação de desenvoltura, da possibilidade de que qualquer coisa, e de que tudo poderia acontecer esta noite. Perco Jane de vista e imediatamente procuro por Sam, que perdi também no meio da multidão. Evelyn está sentada junto ao fogo, bem visível, conversando com nossa vizinha Linda, e tenho vergonha do alívio que sinto ao avistá-la. Quando me aproximo delas, Linda vai embora e não torna a aparecer. Minha cabeça está começando a ficar confusa, consciente de corpos em movimento em toda a nossa volta, mas Evelyn está nítida diante de mim, perguntando se quero mais uma cerveja, se eu poderia tornar a encher o copo dela no caminho. Na verdade eu não quero, mas nossa filha mais velha está fazendo dezoito anos, e nós chegamos aqui, com muito custo, sofrimentos e filhos, e criamos um deles até a idade adulta, juntos, e com certeza vou brindar a isso.

Ando pelo meio do grupo de pessoas já mais inebriado, e sou detido em conversas das quais tento me desvencilhar, para chegar à mesa cheia de garrafas de bebida em sua maioria vazias, pego uma cerveja e preparo uma vodca com soda e limão para Evelyn.

Atrás dos arbustos, Jane e Sam estão a um passo de distância um do outro, à minha vista, mas sem me ver.

— Agora que o verão está acabando... — Jane começa, parecendo nervosa, sua voz abafada. — Então, agora eu tenho dezoito anos. — Meu estômago gela, não querendo ouvir isso, dividido entre a vontade de intervir e de desaparecer, entre a lembrança de como é ser adolescente, a sensação inebriante do primeiro amor, e a necessidade de um pai de proteger sua filha, agora adulta.

— Eu sei. — Sam dá uma batidinha no braço dela. — Feliz aniversário, garotinha. — O alívio me invade, misturado com surpresa, por ele não se aproveitar de uma menina tão obviamente apaixonada, que suspirou por ele o verão inteiro, que ele poderia ter facilmente antes de ir embora e nunca mais aparecer.

— Eu não sou uma garotinha — diz ela, sua voz açucarada, puxando-o mais para perto.

— Claro — diz Sam, afastando os braços dela.

— Eu podia ir com você. Para Paris. Como você falou. — Ela está transbordando desespero, sua fala arrastada, e agora é quase tarde demais, eu preciso sair daqui, já devia ter saído. Ela não pode me pegar, nunca me perdoaria pelo que eu ouvi.

— Escute, você é ótima. Eu gostei o verão contigo. Mas nós não...
— Não consigo ver o rosto dela, mas a escuto fungar, sua respiração rápida, uma versão vulnerável de Jane que eu nunca tinha visto. — Você ainda é tão nova. Entende?

Ela funga mais forte, encosta-se nele.

— Eu não sou tão nova assim.

— Quanto você bebeu? — Ele parece incomodado, o afeto dela é como um inseto que ele quer afastar.

— O suficiente para saber que não sou nova demais para você. — Ela levanta o queixo e o beija.

Ele recua de imediato.

— Jane, por favor, não. Está bem? Você está se humilhando. — Ele olha para atrás e diz: — Se eu te quisesse, você saberia.

Sinto as palavras dele como um soco, pronto para revidar, mas, antes que eu possa dizer qualquer coisa, Jane sai correndo, chorando audivelmente, e Sam desaparece no escuro. Penso se deveria ir atrás de Jane, mas o que eu diria? O pai provavelmente é a última pessoa que ela quer ver neste momento.

Abalado e sóbrio, eu me ocupo em recolher copos e garrafas vazias antes de voltar. Acusando-me por não ter interferido, por não tê-la protegido da humilhação, do sofrimento. Amarro sacos de lixo transbordando e carrego-os para o latão, tudo para me acalmar, estabilizar minhas mãos trêmulas antes de encarar Evelyn, com a certeza de que ela vai me ler, e sem saber se faria algum bem confessar o que ouvi.

Eu me forço a tirar isso da cabeça e volto do melhor jeito que posso pelo escuro, o céu acima um lençol preto que não reflete nada, estrelas engolidas em nuvens. Quando me aproximo novamente do fogo, o gramado está praticamente deserto. Sam reapareceu ao lado de Evelyn, os dois sozinhos junto à fogueira, e eu me perturbo ao vê-lo. Um rompante de raiva pelo modo como ele tratou Jane substituído por algo pior, porque, de alguma forma, quando me aproximo, a sensação é a de que sou eu que estou interrompendo, que sou indesejado. Uma súbita onda de calor, uma pontada no estômago, essa sensação que não consigo explicar, mas sei que é verdade. Minha esposa, que me ama, que quer que eu não esteja ali.

Entrego a bebida a Evelyn, mas me mantenho de pé ao seu lado.

— Você não vai se sentar? — ela pergunta, indicando a cadeira vaga do outro lado de Sam. Os joelhos deles perto demais, quase se tocando. A risada que parou quando eu me aproximei. O sorriso dela desaparecendo enquanto se dirige a mim, a cortesia implicada na pergunta, o convite estéril. O jeito como ele não olha para mim, esperando a resposta, minha presença um estorvo para a diversão deles.

— A cerveja está quente. — Levanto minha garrafa em resposta, a garganta apertada. — Acho que vou me deitar.

Ela me lança um olhar hesitante.

— Quer que eu entre? — Pergunta como uma obrigação, uma consideração esperada em um casamento. Ela mantém os olhos firmes nos meus, e eu vejo, a esperança de que eu diga não.

— Não, fique aí. Ainda tem um pouco de fogo aceso — digo, odiando a mim mesmo e odiando ele, e querendo jogá-la sobre meu ombro e deitá-la em nossa cama, ver sua pele corada de prazer, sentir entre nós aquele ar carregado que percebo entre os dois, mas não faço isso. Porque a pior parte de mim teme que ela fosse fechar os olhos e imaginar que eu sou ele.

— Tudo bem, então boa noite — diz ela, com tranquilidade demais, já virando o corpo de modo que eu fico fora de sua linha de visão.

Eu me viro e vou embora, pensando se estaria cometendo um erro, ainda que eu confie nela completamente. Apresentando uma rota que ela pode seguir, uma chance de me decepcionar. Mas uma escolha que é dela, uma maneira de saber com certeza se me amar foi mais do que apenas as circunstâncias de nossa vida, crescendo juntos, sempre envolvidos um com o outro.

Enquanto me afasto, Sam coloca mais gravetos na fogueira, avivando o fogo.

Evelyn

Sinto o cheiro de fumaça em minha roupa, em meu cabelo, quando me levanto, a cabeça girando. Eu não devia ter ficado aqui fora, devia ter ido dormir com Joseph. Nunca deveria ter me colocado nesta posição, as bebidas e o fogo e a lua espiando entre as nuvens, um lembrete de que as coisas são perigosas quando tudo é possível, quando não há limite para onde um homem pode pousar.

Afasto-me cambaleando das brasas que restam na fogueira, sozinha no escuro. Eu tinha dormido aqui, encolhida no meio das cinzas da minha própria vergonha? Quem tinha ido embora primeiro? Que horas eram? Nenhum sinal de cor-de-rosa no horizonte, as luzes da casa apagadas. Tiro o cabelo do rosto e enxugo os lábios, minha boca seca. Bato os joelhos em uma cadeira de jardim reclinada quando passo pela mesa de bebidas, todas vazias, e quase tropeço em Jane agachada junto aos arbustos, segurando uma garrafa de gim.

— Jane? — eu sussurro. — O que você ainda está fazendo aqui fora?

Ela ri, um som oco, cruel.

— Você achou que não tinha mais ninguém aqui, não achou?

— Quanto você bebeu? — Olho para a garrafa, desejando que não tenha sido ela a razão de estar quase vazia. Não que eu esteja em posição para falar disso.

— Por que as pessoas ficam me fazendo essa pergunta? — Ela aperta mais a garrafa, como se isso pudesse absolvê-la, o bandido declarando inocência enquanto segura o saco de dinheiro.

— Venha, vamos para a cama. — Tento levantá-la pelo braço, mas ela se solta.

— Não encoste em mim! — ela guincha, recuando mais para dentro dos arbustos, seu cabelo enroscando nos ramos.

— Jane, você está sendo ridícula. Venha para dentro. — Minha cabeça lateja, minha visão fica turva.

— Eu estou sendo ridícula? Olhe bem para você. Pelo menos eu ajo de acordo com a minha idade. — Ela me olha com ódio, com nojo, com fúria, e esta briga é a última coisa de que preciso hoje.

— Tudo bem então, durma aqui. Deus do céu. — Não tenho como continuar protegendo-a, fazendo-a repensar suas más escolhas. Não vai matar se ela dormir na grama, talvez seja o despertar de que ela precisa.

— É, faça isso mesmo. Vá embora. Vai ser um bom treino. — Resmungos bêbados que não consigo nem começar a dissecar, não tenho energia para entender, minha cama me chamando, meu marido embaixo dos lençóis, esperando, minha vergonha girando em círculos, me deixando nauseada, mesmo quando fecho os olhos.

Joseph

Costumamos fazer uma festa de Labor Day, uma despedida do verão, antes que a alta temporada termine na pousada, mas isso parece escandaloso, ostensivo, depois de um verão em que comemorações foram nosso estado constante. Sem muita conversa, decidimos deixar o verão para trás com um fim de semana sossegado. A escola começa amanhã para Violet e Thomas, e eles estão passando o dia com Evelyn, comprando material e roupas. Sam está arrumando a mala em seu quarto, enquanto eu bebo café sozinho na cozinha. Eu me ofereci para deixá-lo na estação de trem, mas um amigo vai levá-lo ao aeroporto. Aparentemente ele conseguiu autorização para faltar às duas primeiras semanas de aulas para fazer uma viagem à Europa, de cujos detalhes eu me desliguei quando ele começou a falar. Venho evitando-o tanto quanto possível desde o aniversário de Jane. Sempre saio da sala quando ele entra. Sam, que pode perder semanas de aula em uma universidade de elite, viajar sem ter feito trabalho remunerado durante todo o verão. Que ficou conosco como uma experiência, um projeto de pesquisa, nossa cidadezinha pitoresca mais um item para riscar de sua lista de aventuras. Uma degustação de uma vida menor, uma história para contar para a esposa de outro homem junto a uma fogueira crepitante.

Eu tinha certeza de que ia passar a manhã puxando Jane para fora do quarto de Sam, mas ela não desceu. Tornou-se impossível, ríspida e hostil, brigando com Evelyn por coisas que eu tinha tido a ilusão de que nosso verão juntos havia amenizado. Comentários desagradáveis quando atravessa uma sala, antagonizando todos em seu caminho, ignorando a mãe quando ela lhe pede ajuda. Não sei se é a iminência da partida de Sam que trouxe seu mau humor, ou o fato de ele a ter rejeitado, ou ambos, mas na última semana ela esteve tão pouco por perto dele quanto eu tentei estar. Ele entra pela porta vaivém da cozinha e levanta a mala em explicação.

— Ah, está pronto? — pergunto. Ele confirma com a cabeça. Apoio-me no corrimão e grito: — Jane, o Sam está indo embora! — Não há nenhuma resposta, nem o som de seus passos em direção à porta. — Pode ser que ela ainda esteja dormindo. Eu digo a ela que você deixou um tchau.

— Sim, por favor — diz ele. — Obrigado, Joseph, por tudo.

— É, tudo bem. — Não consigo olhar para ele. — Eu acompanho você.

Um Camaro vermelho espera em frente à pousada, e ele entra como se estivesse saindo do nosso devaneio. Fico parado, olhando até que o carro desapareça, deixando para trás o rangido dos pneus, a prova de que esteve ali.

Dezessete

Joseph

Janeiro de 2002

Os filhos e netos passam a manhã atrás de lembrancinhas em Faneuil Hall e Quincy Market, enquanto Evelyn e eu escapamos, antes do ensaio dela com a Orquestra Sinfônica de Boston, para visitar nosso primeiro apartamento, um pequeno, com apenas um quarto, no South End. Pegamos a linha laranja em State Street, Evelyn em um assento de plástico ao lado das portas do trem e eu segurando na barra de metal na frente dela, e saímos no cruzamento movimentado da Massachusetts Avenue, a alguns quarteirões de onde morávamos. Caminhamos pela calçada, que me é familiar de uma maneira estranha, como um sonho confundido com uma lembrança, ou uma lembrança confundida com um sonho, passando por coisas que reconhecemos, como o Wally's Café, um clube de jazz novo em folha quando este era o nosso bairro, agora já com meio século, e outras que são novidade para nós, como um posto Shell e uma loja Dunkin' Donuts.

Viramos na Tremont, e nosso prédio de pedras marrons ainda está lá, do jeito que eu me lembro dele. Os degraus de pedra que conduzem a uma pesada porta de carvalho, que se abria em um saguão escuro, nosso apartamento era o primeiro à esquerda. A escada de incêndio de ferro ficava pendurada pela lateral da construção, as janelas curvas e as pequenas entradas em arco que indicavam apartamentos no subsolo para alugar. Um colchão fino e uma mesa encostados na parede, a hospedaria repleta de famílias e jovens casais com poucas posses. Os anos que Evelyn e eu passamos praticamente sozinhos, recém-casados envolvidos um com o outro, encasulados para nos proteger de uma dor que nunca conseguimos superar.

No entanto, tudo o mais mudou. O mercado do outro lado da rua onde comprávamos nosso leite é agora uma loja de bebidas, com grades nas janelas. A calçada está rachada e esburacada em alguns pontos. Há um suporte de bicicletas na frente, uma armação enferrujada com pneus faltando acorrentada a ele. O prédio é o mesmo, mas é como se ele tivesse sido carregado e transportado para um novo tempo. O que, suponho, foi o que aconteceu. A rua como eu me lembro não existe mais, embora seja difícil acreditar que algo tão vivo em minha memória possa de fato ter desaparecido.

Nós nos sentamos do lado de fora do prédio, nossas coxas e ombros próximos num banco de que não me lembro. Está frio demais para ficarmos ali por muito tempo, o vento agitando o cabelo de Evelyn. Penso em como seus cachos castanhos eram inebriantes naquela época, como eu enfiava o rosto neles quando o sol da manhã se insinuava pela persiana e eu respirava seu cheiro, enfraquecido pela maciez de suas curvas nuas. Ela me segurava sobre si, deslizava os dedos pelas minhas costas e me dizia que se sentia segura sob o peso do meu corpo. Passávamos horas embaixo dos lençóis, nada entre nossa pele e as cobertas além do ar aquecido pela nossa eletricidade. Eu me lembro de Evelyn subindo os degraus íngremes da entrada carregada com as compras do mercado, seu pé enfiado na fresta da porta para mantê-la aberta e a chave presa entre os lábios, contorcendo-se para passar. Ela insistia que se virava muito bem sempre que eu oferecia ajuda, mas não me impedia, tirando o cabelo do rosto, e eu ria, segurava os sacos de papel cheios até a boca e a seguia para dentro.

Lembro dessas coisas enquanto nos sentamos grudados um no outro do lado de fora do prédio. A princípio não dizemos nada, mas, apesar do frio, é o mais quente dos silêncios, cada um de nós suspenso no passado, agradecendo ao lugar que já foi nosso refúgio. Ela sorri por um brevíssimo momento, e eu fico imaginando com que dia ela se deparou, desejando poder voltar o relógio, começar ali de novo, reviver toda essa vida com ela.

Ela se mexe, incomodada, a testa franzida, o sorriso satisfeito substituído por uma apatia melancólica.

— O que foi? — pergunto.

Ela encolhe os ombros.

— Hoje, a sinfônica... Eu devia estar tão animada, mas... não sei.

— O quê?

— Depois que acabar, e aí? — A voz dela é frágil e temerosa, como a de uma criança.

— E aí... — Faço uma pausa, sabendo o que ela quer dizer, que chegamos em um ponto em que os dias atrás de nós excedem em muito o que está pela frente, quando tudo que resta para buscarmos são as lembranças. — A ideia é aproveitar cada dia que ainda temos.

Ela fica quieta.

—Você está nervosa?

— É agora ou nunca, certo? — ela brinca, e soa forçado. Ela estende os dedos enluvados à sua frente e olha para eles como se fossem desconhecidos e suspeitos. Os médicos disseram que a ideia de que ela pudesse tocar em alto nível dessa maneira com a progressão de seus sintomas era improvável, quase impossível. Ela praticou sozinha a semana inteira, e Jane veio na noite passada para encaixar um último ensaio privado. Eu fiquei na sala de estar, fingindo ler, e meu coração doía a cada momento de silêncio que indicava um erro, confusão, derrota temporária. Então a música recomeçava, e eu prendia a respiração como se estivesse observando um monitor cardíaco instável, à espera de um pico súbito. Elas vão ensaiar com a sinfônica mais tarde, e eu rezo para que ela consiga controlar suas mãos.

Evelyn apoia a cabeça em meu ombro, observando as pessoas se moverem ao nosso redor e entre si, a cidade funcionando em seu próprio ritmo. Eu me pergunto como teria sido nossa vida se tivéssemos ficado aqui, se em outro mundo esta fosse uma apresentação de despedida coroando toda uma carreira de realizações, em vez de um prêmio de consolação obtido por um fio antes da última volta. Uma sombra do sonho real. Se não tivéssemos tido filhos, se ela tivesse visto o mundo, eu me pergunto se ela teria parado de sentir falta de casa, se essa vida poderia ter sido suficiente.

—Você se lembra de quando nos mudamos para cá, depois que o Tommy morreu?

Ela murmura uma confirmação.

— Eu estava com tanto medo. Achei que nunca mais ia ver você.

— Mesmo agora, se fecho os olhos, consigo sentir o frio na barriga: parado com a mala na mão enquanto ela atravessava para o meu lado da rua, esperando até que ela me notasse.

— Por que você está falando sobre isso? — Ela me encara, hesitante. — Eu achei que você quisesse lembrar de tempos felizes... reviver nossas melhores lembranças.

Eu enlaço meus dedos nos dela, acaricio-os com o polegar.

— Eu quero lembrar de tudo que compartilhamos, esta vida inteira. — Eu paro, tentando articular meus pensamentos, os sentimentos que estão vindo à tona nesta peregrinação, saudoso daqueles dois jovens, com a vida só começando. — A melhor maneira que posso pensar de dizer adeus é revisitando tudo... quando nos apaixonamos, tivemos nossos filhos, os netos, tudo... até mesmo os dias em que estávamos perdidos. Não são só os dias mais felizes, embora eles façam parte. — O lábio inferior dela começa a tremer. — Mas também os dias mais difíceis. Os dias em que eu estava perdido, os dias em que eu pensei que fosse perder você. Quando tudo a minha volta estava desmoronando, mas você era tudo de que eu precisava. — Uma lágrima desce pelo rosto dela, sua mão apertada na minha, com tanta ternura que não quero soltá-la nunca. — Aqueles foram os dias em que eu mais te amei.

Evelyn

O Symphony Hall está alegremente iluminado e aconchegante com o burburinho de pessoas bem-vestidas. Eu espio da coxia enquanto eles entram, a única evidência da noite gelada de janeiro que está se instalando lá fora são as janelas em meia-lua sobre as estátuas de mármore, já escuras no fim da tarde. Candelabros reluzentes enfeitam o teto ornado, moldados como árvores de Natal de cabeça para baixo, suas lâmpadas lembram estrelas cintilando. Meu corpo pulsa de expectativa, tudo é tão nítido e vivo. O som dos assentos sendo ocupados, as partituras sendo colocadas nos suportes, esperando. Sou tomada pelo risco de nosso número, a magnitude do que estamos prestes a fazer. Seria tão fácil escorregar, e uma queda tão alta.

Estamos aqui há horas, assistindo aos outros pianistas e esperando instruções, mas só tivemos uma chance de ensaiar. O maestro nos mostrou nossas marcações, por onde entrar, onde ficar para os agradecimentos. Eu estava ansiosa demais para guardar qualquer uma dessas coisas. Até o ensaio final de nossa apresentação foi como um borrão. Foi razoável, não perfeito, alguns poucos erros que piscaram como alertas vermelhos na minha mente. Jane me garantiu que ninguém notou, e estou grata não só por não estar sozinha como por ser ela ao meu lado. Minha mais velha, meu primeiro bebê, que ofereceu seu braço quando entramos no palco pela esquerda, que pintou meus lábios e passou spray fixador em meu cabelo nos bastidores. Que teria talento suficiente para se apresentar sozinha, se quisesse. Sou eu que preciso compartilhar as notas com ela, uma partitura feita para dois. Preciso de Jane para levar a apresentação adiante se eu derrapar. Sem ela, o risco de fracasso, de humilhação, de arrependimento insuportável, é grande demais. Sem ela, este sonho está fora de alcance.

— Parece que a casa está cheia — diz ela, espiando atrás de mim.

—Você está pronta?

— É o que vamos descobrir. — Puxo o ar e o solto devagar.

— Escute. — Jane segura minhas mãos, coloca-as sobre seu peito. — Eu sei que você está nervosa. Eu estou nervosa. Mas estamos aqui, isso é real, seu sonho está finalmente se realizando. Não desperdice esta noite ficando nervosa. Aproveite o momento. É maravilhoso, e eu tenho muito orgulho de você, e muito orgulho de você ser minha mãe... — Os olhos dela se umedecem ao dizer isso — ... e eu estou aqui com você, tá?

Eu a abraço, sem saber como agradecer a esta minha filha incrível, esta mulher adulta que está ao meu lado agora, lembrando-me de onde chegamos.

— Bom, está certo então. — Enxugo os olhos. — Vamos nos divertir.

Eu tinha ouvido nosso concerto pela primeira vez quando Joseph me levou à sinfônica e eu fiquei encantada com o arranjo para dois pianos de Mozart. Havia algo alegre naquilo, delicado, mas divertido, como alguém saltitando por uma vida inteira de lembranças. Uma sensação de ter realmente vivido: a abertura grandiosa, o drama e as sugestões de melancolia, o final gracioso e reflexivo.

Uma despedida perfeita.

Joseph

Quando ocupamos nossos assentos, bem na frente e no centro da plateia, reparo na única placa dourada homenageando Beethoven, o único artista considerado merecedor de um entalhe. Eu tinha me esquecido disso até Evelyn repetir a história esta manhã para os netos, um fato pitoresco que eles poderiam levar consigo quando entrassem no auditório pela primeira vez. Os tubos do órgão são a única coisa de que me lembro, como na primeira vez, fico maravilhado com a sua magnitude, sou como um mero mortal diante do trono dos deuses.

No palco, dois pianos de cauda Steinway reluzem — versões estendidas do piano de cauda menor que temos em casa. Há dois banquinhos vazios junto aos teclados, e meu estômago se aperta de orgulho e nervoso por saber que Jane e Evelyn logo estarão sentadas neles. Evelyn só conseguiu tocar a peça inteira em casa uma vez sem pausar e sem cometer erros. Seu tremor piorou, suas articulações estão rígidas e inchadas, e sua paciência está tão frágil quanto seus pulsos. Será que ela conseguirá me ver aqui, bem à sua frente, enviando-lhe toda a minha força, ou será impedida pelos refletores?

A conversa cresceu para um burburinho animado conforme os assentos à nossa volta se enchem. Por causa das conexões de Marcus no *Boston Globe*, estamos sentados nas primeiras fileiras. Estico o pescoço para olhar para o número cada vez maior de pessoas e confiro o relógio: oito minutos para começar. Jane e Evelyn estão na coxia desde o ensaio da tarde. Violet e Connor, Rain e Tony, sentam-se um de cada lado, junto com o restante dos netos e Thomas e Ann.

Avisto Marcus no corredor, elegante com um paletó de lã e gravata, e aceno para ele. Quando ele se aproxima da nossa fileira, eu me levanto e estendo a mão.

— Que bom que você pôde vir.

— Eu não perderia por nada — diz ele com um sorriso, ocupando seu assento. Evelyn teve que convencer Jane de que era errado não convidá-lo depois de tudo que ele havia feito. Mas o modo como ela escondeu o sorriso quando concordou, o modo como Marcus fica atento ao palco esperando que ela apareça, contam melhor a história.

— Espero que você venha jantar conosco depois da apresentação. É o mínimo que podemos fazer para agradecer toda a sua gentileza, que possibilitou que isto acontecesse. Significa o mundo para nós, de verdade, e nenhum agradecimento será suficiente.

— Será um prazer — ele aceita o convite, e o público de repente fica em silêncio quando a orquestra surge no palco, com os instrumentos nas mãos.

O maestro agita sua batuta, e a música delicada sussurra para nós. Um homem de smoking entra no palco e fala em alta voz:

— Boas-vindas a todos para uma noite muito especial com a Orquestra Sinfônica de Boston, uma celebração única de talentos locais, artistas incríveis com raízes bem aqui no nosso quintal. Não posso deixar de começar com um grande agradecimento ao *Boston Globe* por patrocinar a apresentação desta noite. — Ele faz uma pausa para os aplausos, anuncia as apresentações seguintes e fala sobre como é possível contribuir para eventos como este, e prossegue: — Recebam calorosamente nossas primeiras convidadas da noite. Uma dupla de mãe e filha de Connecticut. As duas se mudaram para Boston no fim da adolescência e se apaixonaram pela nossa cidade, então, por favor, ajudem-nas a se sentir novamente em casa aqui esta noite. — O público explode em aplausos. — Sem mais delongas, recebam para tocar um raro dueto de pianos, o Concerto para Pianos número 10 de Mozart, Evelyn e Jane Myers!

Eu me sento mais para a frente no banco, quase sem respirar. Evelyn e Jane surgem de vestido preto, a mesma cor que os outros músicos. Evelyn segura o braço de Jane, não sei se por necessidade ou por nervosismo. Ela é tão pequena, frágil, ao lado de Jane, tão mais alta. Meu estômago se aperta. Elas se sentam ao piano, ajeitam a saia e esperam o momento de sua entrada. A música inicia suave, depois ganha ritmo, os violinistas sincronizados como se fossem um só. Meu coração bate forte, ansioso para que elas comecem, mal ouvindo a música que as introduz.

Então Jane ergue os dedos para o teclado e Evelyn a acompanha, ambas em perfeita sincronia com os instrumentos, uma com a outra, seus pianos distintos e, ao mesmo tempo, parte de algo maior. A orquestra vai se diluindo, e os solos delas soam nítidos entre as vigas do auditório, enchendo o ar com as doces vibrações. Eu as escutei nos ensaios em casa enquanto lavava pratos ou lia o jornal, mas vê-las aqui é como ouvi-las pela primeira vez. Evelyn é arrebatada pela música enquanto a sinfônica se avoluma à sua volta, e eu estou deslumbrado com algo que nunca compreendi totalmente até este momento. Meus olhos se enchem de lágrimas, meu medo se desfaz. Violet aperta minha mão, seu rosto também está coberto de lágrimas. Se há outros instrumentos ou pessoas no palco, eu não os vejo, Jane e Evelyn se destacam de toda a cena, seus dedos dançando com precisão ao som da música. É difícil acreditar que, depois de todos esses anos, Evelyn está tocando com a Orquestra Sinfônica de Boston. Minha esposa, meu amor, seus sonhos rabiscados a caneta, seus olhos sempre nas nuvens. Ela é minha sinfonia.

Elas terminam o concerto de forma grandiosa, e meus olhos marejam. Jane e Evelyn se abraçam e caminham até a borda do palco, logo acima de nós, para agradecer os aplausos. Minha garganta está apertada de orgulho; anos atrás, era difícil imaginá-las sequer compartilhando a mesma sala outra vez, quanto mais um palco. Um relacionamento que antes parecia irreparável, consertado. Evelyn está vibrando, iluminada pelos refletores, e Jane sorri radiante ao seu lado. Evelyn olha para o público e, quando procura e encontra o meu olhar, meu peito arde. Ela ergue o rosto para o brilho dos refletores como se o estivesse aquecendo ao sol, seu sorriso luminoso, e os aplausos continuam, entusiásticos. Certifico-me de absorver cada detalhe, para nunca perder a sensação que irradia dela, e para me agarrar ao que sinto por estar ali de pé diante dela, por ser o homem que ela escolheu.

Evelyn

O auditório resplandecente sob as luzes do palco, a orquestra enchendo o ar à nossa volta e Jane no centro, o coração de tudo. Sinto que deixei meu corpo, deixei minhas mãos trêmulas e mente confusa, cada nota e acorde soa com perfeição em meus ouvidos, toda a sala se inunda da música em que eu me incluo. Isto é mais do que eu poderia imaginar, mais do que todas as listas e todos os sonhos e o biplano e os nasceres do sol e as viagens e tudo que eu achei que iria fazer me sentir inteira. Sou o tear e a lançadeira, o fio e a tecelã e a própria tapeçaria, uma tapeçaria celeste etérea e cintilante de estrelas, sua bela canção remove o medo e a dor, até que eu possa explodir em um espectro de luz — e essa é a verdadeira sensação de voar.

E ali, esperando por mim quando acaba, quando Jane e eu agradecemos os aplausos, está nossa família inteira nas primeiras filas, vibrando, aplaudindo e gritando, e meus olhos param em Joseph, e de repente eu sei que foi real, e que ele testemunhou tudo, a vida que partilhamos juntos, e esta noite em que eu finalmente toquei o céu.

Dezoito

Evelyn

Maio de 1970

Não sei como tudo chegou a esse ponto com Jane, tão tenso. Não houve um incidente específico que eu possa identificar, uma discussão que tenha passado dos limites, nenhuma palavra cruel pela qual eu pudesse pedir desculpas. Houve uma briga por causa da faculdade na primavera, mas não foi isso que fez nossa relação desandar. Não foi porque ela ouvia os Rolling Stones no volume máximo ou deixou o cabelo crescer até a cintura ou porque chegava em casa depois da hora combinada com os olhos vermelhos ou andava com pessoas questionáveis, embora provavelmente tenha sido o que ela achou. Eu confiava que ela ia superar isso, experimentar e cometer erros no processo de encontrar seu próprio caminho. Tive uma mãe que não concordava com minhas escolhas. Sei como é ser incompreendida, rejeitada, porque eu não me encaixava no molde da filha que ela queria. Não foi porque ela estava desesperada para sair de casa assim que fizesse dezoito anos; eu também já fui jovem, sentindo-me presa, ansiosa para me libertar. Foi algo mais sutil, mais insidioso, difícil de definir.

Acho que nem mesmo Joseph entende. Eu nunca consegui explicar; ele via a tensão, mas se mantinha em seu canto, preferindo acreditar no melhor de nós duas, agindo como mediador. Ela não o tratava como tratava a mim; ele não era o alvo de seu desdém. Ele não confrontou os julgamentos dela e se excedeu na reação, como eu fiz, aprofundando ainda mais nossas fissuras. Ele se manteve firme, impassível, e nunca fingiu ser o que não era.

Foram nossos conflitos constantes que desnudaram minhas inseguranças mais profundas. Foi o modo como ela começou a ver o mundo, concentrada em aspectos mais sombrios, guerra, corrupção e escândalo. Sua curiosidade beirava a obsessão, seu descontentamento espiralou em revolta e, de alguma forma, eu estava no centro de tudo, a mãe suburbana que traiu a si própria, que abdicou de suas aspirações, que dirigia uma pousada em uma cidadezinha à beira-mar completamente alienada das tragédias que ela via nas primeiras páginas dos jornais. Eu era a encarnação do problema, a que conseguia se desligar de tudo mudando de canal, que se enterrava nas tarefas domésticas para não sentir nada.

Fui ficando cada vez mais incomodada com o peso do julgamento dela, magoada quando ela olhava para mim com desaprovação, quando ela me dizia que eu não entendia, que eu não me importava, que eu era exatamente como todo mundo. Ela me deixou exposta e vulnerável, pulsante e envergonhada, então me agarrei ao único poder que tinha. A capacidade de estabelecer regras, de punir, de proibir, e, cada vez que ela batia a porta e eu me assustava diante do espelho, me enxergava feia e abatida e à beira da loucura. Mas concordar com ela, admitir que eu era exatamente como ela me via, era desaparecer completamente. Então eu mostrei as garras, e ela golpeou as paredes até conseguir escapar. E, quando ela se foi, levou uma parte de mim.

Jane se mudou para Boston quase um ano atrás, logo depois de seu aniversário de dezoito anos, e teve pouco contato conosco desde então. Tentamos visitá-la, mas ela sempre arranja desculpas. Ela não veio no Dia de Ação de Graças, alegando que precisava trabalhar. Nós não a vemos desde o Natal. Quando veio para casa, ela estava mais magra do que quando partiu, o cabelo quase na cintura. Mostrou-se distante e estranha, mal comeu, me ignorou e desapareceu assim que o jantar terminou, para pegar o primeiro trem da manhã.

Desde que ela se mudou, Joseph e eu somos duas engrenagens desencaixadas, enroscando e entalando, sem chegar a lugar nenhum. Tudo que fica sem ser dito é palpável em nossos movimentos calculados, dois navios dando espaço um ao outro quando se cruzam — ele se apressa para escovar os dentes para poder sair do banheiro antes que eu entre, eu preparo o café correndo antes que ele acorde e o deixo tomá-lo sozinho na cozinha —, não sei como consertar algo que não está propriamente quebrado.

Desde o último verão, desde Sam, mesmo eu me odiando por isso, minha inquietação não para de surgir, de bater no vidro que envolve nosso casamento modelo, um diorama de uma vida boa. Não sei explicar por quê, e, agora que Jane não fala mais conosco, as batidas estão ainda mais fortes, agitando velhos desejos de algo novo. Me fazendo acossar Joseph, mostrando os dentes. Estamos deitados na cama, mais uma noite em que mal nos tocamos, nossos corpos exaustos e nossas conversas tensas. Eu me viro para o outro lado depois que apagamos as luzes e não consigo deixar de resmungar:

— Nós estamos sempre dizendo que vamos planejar alguma coisa, e aí a pousada lota e nós nunca fazemos nada.

Ele está deitado de costas, os olhos no teto, a paciência se esgotando.

— Se você quer viajar, então vá. Eu não quero mais ter essa conversa.

— Odeio quando você faz isso. Fingir que eu posso simplesmente sair a qualquer hora, como se essa fosse uma opção de verdade.

— Eu nunca a impedi.

— Eu só estou dizendo que a nossa vida pode acabar a qualquer momento... e como nós a passamos? — Uma conversa que ele nunca entende, o movimento dos ponteiros do relógio que só eu ouço. Daqui a dois meses vou fazer quarenta e cinco anos, e parece impossível já estar na metade da vida, quando eu sinto que ainda mal comecei. Imagino cinquenta anos, depois sessenta e setenta, e a sensação avassaladora de que tudo que vale a pena fazer já deveria ter sido feito sobe espessa pela minha garganta.

Joseph acende de novo seu abajur e se senta.

— O que você quer de mim? Você diz que quer ver o mundo. Eu lhe digo para programar uma viagem para algum lugar e ainda não é suficiente.

Eu brinco com a borda da colcha.

— Eu não quero só tirar férias. Não é isso.

— O que é, então?

— Eu quero ter vivido.

Joseph ri cruelmente, caindo de volta sobre o travesseiro.

— Bom, eu devo ser um idiota, porque acho que temos uma vida muito boa aqui.

— É uma vida boa — murmuro.

Ele levanta a voz.

— Que droga, Evelyn. Talvez seja eu que você não quer então, hein? Talvez seja eu que não sou suficiente para você?

Uma abertura, minha chance de tranquilizá-lo. De dizer que no verão passado estávamos todos em uma névoa, que não éramos nós mesmos, eu certamente não era. De dizer a ele que estou aliviada por ter acabado, aliviada por Sam ter ido embora, mas não consigo afastar a culpa por aquela noite, as coisas que eu devia dizer a ele, mas não digo. A explicação criaria um abismo ainda maior, deixando um rastro de inquietude e incerteza.

Enfio o rosto no travesseiro, me acovardando do assunto, da fresta em que ele está espiando, mesmo sabendo que não é verdade.

— Não diga isso.

Ele respira fundo, claramente tentando se acalmar.

— Nós temos responsabilidades. Temos a pousada, as crianças.

— Eu sei. — Minha voz tem um tom mais suave.

— Estou tentando te dar o que você quer. — Um sentimento bom, a apresentação dele corrosiva.

— Eu sei. O que *você* quer? — Eu me aproximo dele, implorando que confesse algo novo, desesperada para não ser a única com os olhos no horizonte, enviando sinalizadores de resgate.

— Você sabe o que eu quero. — Ele se enrijece com a pergunta. Meus desejos são como uma afronta pessoal a ele, um insulto à vida que construímos.

Sua previsibilidade me inflama, pederneira raspando em aço.

— Você sempre diz isso. Mas, bem no fundo, você *deve* querer mais.

— Nossa pequena vida aqui com você, criando nossa família, *esse* é o meu sonho. É entediante para você, eu sei. Eu sou entediante, amando você. — Ele está bravo. — Você é tão obcecada por querer mais que não enxerga o que está bem à sua frente.

Enfio os braços sob o corpo, afastados do espaço frio entre nós, não há como fazê-lo entender. Esse impasse entre nós, as partes de mim que eu queria que ele achasse atraentes, sexy, admiráveis, em vez de ele ver como o meu maior defeito, a barreira para minha satisfação. A primeira vez em que eu não consigo enxergar um caminho. A faixa de litoral ao longo da qual construímos nossa vida se tornou nosso campo de batalha. Nunca foi Joseph que eu quis deixar, mas não suporto ser sua segunda esposa, a amante depois da pousada, acorrentada à herança dele, aos fantasmas dos pais dele, ao dever dele disfarçado de terra prometida.

É meu aniversário de quarenta e cinco anos hoje e não consigo deixar de olhar para a cadeira vazia em que Jane deveria estar, meus lábios estão apertados. Sem nenhuma explicação, nenhum telefonema, ela não aparece, e é como uma flecha incendiária atirada contra nosso castelo, destinada a me ferir, a provar que ela não se importa, postada a distância, assistindo às chamas. Depois que os pratos são tirados da mesa, minha mãe faz alguns comentários sobre o fato de que ela "não está surpresa" por Jane não ter vindo e de que nós deveríamos ter "cortado o comportamento dela pela raiz". Eu respiro muito fundo e solto o ar exageradamente, os olhos fixos em minha mãe. Ela vai embora, e Violet e Thomas se ocupam em seus quartos. Fico em silêncio o resto da noite, esfregando panelas e afastando Joseph quando ele tenta ajudar.

— Por favor, Joseph. — Passo o punho ensaboado pela testa, afastando o cabelo dos olhos. — Eu quero ficar sozinha.

— Desculpe, eu...

— Eu sei. Mas não vou poder controlar meus coices neste momento, então estou te pedindo para ir embora e, quando eu for para a cama juro que estarei bem.

Ele me deixa na pia para descarregar a frustração em uma caçarola com queijo teimosamente grudado. Da janela, eu o vejo lavar com a mangueira a pilha de cadeiras de praia deixadas do lado de fora pela família de Jersey antes de ir para o quarto. Subo para me deitar um pouco depois, mais calma, porém esgotada, com passos pesados. Não consigo me concentrar, a pasta de dente cai da escova na pia duas vezes antes de eu desistir, jogá-la na gaveta e me arrastar para a cama ao lado de Joseph. O clima está abafado nesse verão, e ele deixa os lençóis abaixados até os pés.

Meus pensamentos se atropelam enquanto olho para o ventilador de teto, surpreendendo a mim mesma com a pergunta que surge, a insegurança que emerge como um enigma, um teste.

— Joseph, por que você me ama?

— Você sabe por que eu te amo. — A resposta dele é rápida, encerrando o assunto.

— Não, eu não sei. — Solto o ar, devagar e controladamente, concentrando-me em me manter calma, equilibrada. Uma lágrima escapa pela minha face. — Eu realmente não entendo. — Viro para ele, infeliz e egoísta e detestável. Uma mãe à beira de perder sua própria filha, como se uma filha fosse uma coisa que pudesse ser perdida como um molho de chaves, quando tudo que eu queria, tudo que eu tentei, foi ser o tipo de mãe que eu sempre quis ter.

Ele se atrapalha com a resposta, pego de surpresa.

— Eu te amo porque você é a única mulher que eu já amei, a única mulher que eu sempre vou amar.

— Isso não responde à pergunta. Isso não me diz por quê. — Estou sendo patética agora, um cachorro implorando afago, que ele me diga que eu sou uma boa menina, merecedora de todas as chances que ele me deu. Mas eu preciso ouvir, preciso saber que não o fiz cair em alguma armadilha para ir atrás de mim, para me esperar, para ter paciência e confiança infinitas nesta pessoa egoísta que se provou indigna de seu amor. Como se minha vida em Stonybrook fosse um ato de abertura para tudo que ainda está à frente, meramente ganhando tempo até meu verdadeiro potencial ser descoberto, uma joia escavada. Uma história que as pessoas iam contar um dia, a história da mulher que certa vez dirigiu uma pousada bem aqui, neste lugar, e que depois ainda fez tantas coisas mais. Não a história que se projeta em minha mente, uma velha triste e acabada, sentada sozinha na cadeira de balanço nesta mesma varanda, que afastou as únicas coisas boas e verdadeiras que conheceu.

— Há tantas razões para eu amar você, provavelmente eu poderia fazer uma lista, mas a verdade é que eu não tenho como evitar. Nunca tive. Eu te amo porque você tem essa luz... — Eu começo a chorar, ele afaga meu cabelo. — As pessoas são atraídas para você, eu sempre fui, você é uma força magnética. Você é uma sonhadora e uma lutadora com mais entusiasmo do que qualquer pessoa que eu já conheci.

Não consigo lidar com isso, mesmo tendo implorado para ouvir, esse despejar de afeto que eu preciso conter com alguma coisa ácida.

— Então por que eu tenho uma filha que me odeia?

Ele chega mais perto, põe um braço em volta de mim.

— Ela não odeia você, ela é uma adolescente tentando encontrar o seu caminho.

— Mas eu sou uma adulta. Eu não devia ter deixado ela ir embora sem me despedir, como a minha mãe... Eu me odeio por isso. Não devia ter deixado nossas discussões estúpidas se transformarem em algo maior. Eu quero visitá-la, mas ela não fala comigo, simplesmente desliga o telefone. O que eu devo fazer?

— Que tal eu ir vê-la neste fim de semana? Talvez comigo ela converse. Vou dizer a ela que você precisa resolver essa situação, que ela não pode continuar a ignorá-la. Ela pode ser adulta agora, mas isso não significa que não seja mais nossa filha.

Eu concordo, meu rosto molhado no peito dele.

— E diga a ela que eu a amo, está bem? Diga a ela que eu a quero na minha vida. Ela é a minha primeira bebê, pelo amor de Deus. Como ela pode não saber o quanto eu a amo?

O quanto eu amo você também. Eu quero dizer. *Desculpe, você também.* Mas não digo, Jane o único território em que posso adentrar enquanto equilibro esta corda bamba estendida entre nós.

— Eu vou dizer a ela. Eu vou dizer — ele responde, e me aperta como se estivesse acalmando uma criança chorosa, murmurando palavras de conforto e confiança, orações a falsos deuses para mantê-la segura.

Joseph

Dirijo para Boston, o endereço de Jane em meu bolso. Nunca estive lá, mas Jane o anotou e deixou em nossa cômoda no lugar de uma despedida. Parte de mim está com medo do que vou encontrar, meu estômago dá um nó quando chego a seu apartamento em Brighton, na periferia de Boston. O cheiro forte de maconha difunde-se para os degraus rangentes da entrada, deixando-me apreensivo.

Bato na porta, e uma voz abafada responde de dentro:

— Entra.

Giro a maçaneta e me sinto tonto, a sala enevoada de fumaça. Uma garota que não reconheço está sentada em um sofá velho, de calcinha e com uma blusa regata sem sutiã.

— Ah, desculpa — murmuro, desviando o olhar. — Acho que errei de lugar. Estou procurando minha filha Jane.

A garota aperta os olhos para mim, incomodada pela luz do dia que entra pela porta aberta.

— Não, você não errou, não. A Jane mora aqui. Ela está trabalhando. Eu acho. Deve chegar logo. Senta. Pode entrar e ficar esperando. — Ela desliza para o lado no sofá, sem fazer nenhum movimento para se cobrir.

— Não, tudo bem — respondo, virando-me para sair. — Diga que o pai dela passou por aqui. — Fecho a porta, quase sem ar. Derrotado, desço os degraus de volta para o carro e quase colido com Jane, assustando a nós dois. Seguro o cotovelo dela, paranoico com o que encontrei, cheio de um medo irracional de que ela fuja por me ver.

— Que é isso, pai? — Ela se solta.

— Eu vi sua colega de apartamento lá dentro. Vi as drogas. Você vem para casa.

Ela ri, e o som é estranho.

— Relaxa. É a Sheri. Ela não é minha colega de apartamento. É uma amiga, que está ficando com a gente por um tempo. Mas não se preocupe. Estou trabalhando, viu? — Ela aponta para sua roupa, um short minúsculo e blusa decotada. Eu a encaro sem entender. — Atendente de bar.

Baixo a voz, tentando me acalmar.

— Eu não me sinto bem com isso, Jane.

— Ah, *certo*, você consegue viver com a mamãe — ela fala com ironia. — Mas com *isto* você não se sente bem.

— Essa coisa entre você e a sua mãe…

— Ela nunca contou para você, não é? — Ela inclina a cabeça, me desafiando. — Vá para casa, vá em frente, pergunte a ela o que aconteceu no meu aniversário.

Eu nunca soube o que aconteceu depois que fui dormir naquela noite. Evelyn nunca tocou no assunto, Sam foi embora. Na minha cabeça, aquele verão estranho tinha sido exorcizado quando as folhas caíram das árvores. A decisão consciente que tomei, por mais que doesse, foi confiar nela. Deixá-la por sua conta. Deixar que ela escolhesse a mim. Provar que nossa vida juntos era o que ela realmente queria. Sua presença em nossa cama mais tarde naquela noite foi minha resposta, suas coxas frias contra as minhas quando ela se deitou, cheirando a fumaça da fogueira, cuidadosa para não me acordar enquanto eu fingia dormir.

— Do que você está falando?

— Eu vi eles juntos. — Os olhos dela estão brilhando de lágrimas, mas o queixo é duro, furioso.

Mantenho a voz calma. Evelyn teria me contado se algo tivesse acontecido. Tenho certeza disso.

— O que você acha que viu?

— *Acho* que vi? Eu estava bem ali do lado. — Ela está chorando agora, lágrimas furiosas que ela afasta com a mão. — O Sam convidou ela para fugir para Paris com ele. Ele estava com a mão no joelho dela e os dois estavam bem pertinho, e ele disse que eles podiam ir, e podiam tomar vinho, e tocar música e *fazer amor*. — Ela cospe essa última parte, um veneno amargo.

Suas palavras são como uma lâmina de gelo. Não consigo falar, não consigo responder. Não pode ser. Evelyn teria me contado. Ela não foi embora, ela veio para a cama, deve haver algo que Jane não entendeu, não viu, mas eu não consigo entender nada disso, não posso acreditar que Evelyn teria escondido isso de mim, a não ser que, a não ser que... uma parte dela quisesse ir.

— Você sabia, não é? Você sabia, e você ficou... — Ela recua, horrorizada.

Não posso explicar, não consigo encontrar as palavras para dizer a ela que eu sabia, de certa forma. Não sobre a proposta de Sam, ou qualquer outro detalhe, mas a energia que senti entre eles quando cheguei perto. Ela entra no apartamento, seus olhos sombrios.

— Então você é tão ruim quanto ela. — E fecha a porta.

Evelyn

Julho de 1973

Comida sempre foi minha parte favorita de qualquer comemoração, a única que não é arruinada por perdas. Quando a sala fica em silêncio porque todos estão comendo, é difícil dizer que há vozes faltando. Joseph tenta desesperadamente deslanchar a conversa, mas a trilha sonora de meu jantar de aniversário é o raspar de garfos.

— Thomas, como estão as suas aulas?

Thomas decidiu ficar em Nova York e fazer aulas no verão para se formar no tempo certo, em um malabarismo com sua dupla graduação em administração e economia.

— Difíceis — ele responde. Uma não resposta.

Olho para ele, meu único filho. Como ele parece diferente de seu tio de mesmo nome, embora eu me dê conta de que Thomas tem mais ou menos a mesma idade de Tommy quando nos despedimos na estação de trem pela última vez. Thomas senta-se à mesa como uma respiração, necessária, segura, mas nada que chame a atenção. Ele corta sua carne com precisão em pedaços do tamanho certo, coloca-os educadamente na boca. Sua etiqueta não foi ensinada. É disciplina, mascarada de polidez. Tommy segurava sua faca como uma serra, arrancava pedaços da carne e os enfiava na boca entre risadas ruidosas, limpando o queixo com as costas da mão. Depois, sorria ou piscava, a comida estufando a bochecha, e qualquer deslize era perdoado.

Tommy não envelheceu junto conosco em minha mente, mas a imagem que tenho dele ainda parece mais velha do que eu, de alguma forma. Mesmo depois de eu envelhecer mais do que ele foi capaz de fazer. Congelado em nossos últimos momentos juntos, aos dezenove anos, ele parece mais velho do que eu me sinto, esta noite, aos quarenta e oito. A saudade do meu irmão tornou-se um zumbido baixo vibrando sob a superfície. Eu podia ouvi-la se prestasse atenção, mas seu pulsar ficava quase encoberto pelas batidas do meu coração. Comecei a perder a imagem do rosto dele primeiro, sua exatidão, a nitidez dos detalhes. A sarda era do lado esquerdo do queixo ou do direito? Seus olhos eram mais acinzentados ou azuis?

Depois, foram as coisas que eu me lembrava que ele dizia. Será que ele as tinha dito mesmo? Uma noite, quando as crianças eram pequenas e estavam caçando vaga-lumes enquanto o sol baixava no céu, *Cada vaga-lume macho tem o seu próprio padrão de luz, sabia?* ecoou em minha mente. Mas quem disse isso tantos anos atrás? Foi Joseph? Tommy? Nós três éramos crianças na época, sentados no cais, o ar esfriando à nossa volta, quando os vaga-lumes começaram a piscar do outro lado das dunas. Algo sobre a maneira como os machos atraem as fêmeas, eu não me lembrava. *Cada vaga-lume macho tem o seu próprio padrão de luz, sabia?* Tão bobo, tão insignificante, mas eu queria me lembrar. Queria pôr uma voz nas palavras em minha cabeça. Eu as ouvi na voz de Tommy primeiro, depois na de Joseph, mas nenhuma soou certa. Será que fui eu que falei? Era algo que eu mesma tinha aprendido?

— Você está gostando? — Joseph tenta de novo.

Thomas encolhe os ombros.

— Estou pagando para elas serem difíceis.

Pobre Joseph. Nada pode fazer com que Thomas se abra conosco hoje em dia. Ser piloto era a única coisa de que conseguíamos que ele falasse antes; ele era obcecado por aprender o que mantinha jatos em voo, como eles eram montados, quem testava novos modelos. Não conseguimos mais fazê-lo falar sobre praticamente nada. Não desde que os médicos encontraram o sopro em seu coração. A força aérea negou sua inscrição; ele nunca poderia se alistar.

Após seu exame médico, encontrei os pôsteres do seu quarto, cheios de jatos e helicópteros, quando fui tirar o lixo. Estavam raivosamente amassados e rasgados; isso era tão fora da natureza de Thomas, destruídos com tanta violência, que me perturbou. Tudo que eu queria era recolhê-los em meus braços, abri-los e alisá-los sob os livros mais pesados, colar de novo os pedaços e pendurá-los nas paredes dele. Pôr seus sonhos de volta, torná-los novamente reais. Mas não podia. E ele não falava sobre o assunto, por mais que tentássemos. Em vez disso, fechou-se em seu quarto, se dedicou ao máximo. Entrar na faculdade. Estudar com mais empenho. Ser melhor que todos, ser melhor do que si mesmo. Foi se afastando mais, candidatou-se à NYU e partiu alguns meses depois.

Joseph suspira.

— Bom, então acho que está valendo o dinheiro.

Sinto falta do bebê Thomas agitando os punhos gordinhos para que eu os limpasse, bochechas redondas e olhos grandes. Ele precisava de mim para tudo quando era pequeno. Agora, ele não precisa de mim para nada. Só está aqui esta noite porque sabe que me magoaria se faltasse; ele viu o que a ausência de Jane fez com todos nós. Ele não é cruel, embora seja difícil saber como se sente na maior parte do tempo. Eu entendo o que o sopro cardíaco significou para ele, para seu futuro, para sua vida, mas ele encontrou seu próprio caminho, um novo rumo em Nova York. Ainda assim, não consigo que ele fale sem que eu faça uma pergunta; não consigo que ele ria sem que seja por educação.

Joseph tenta Violet, o vestido amarelo faz um contraste notável com o humor dela esta noite, incomumente quieta, quase melancólica.

— E com quem você vai sair neste fim de semana?

— Muito engraçado, papai. — Violet franze o nariz para ele. Ela tem dezessete anos agora e nem se dá conta de como ficou linda. Joseph diz que ela puxou a mim, e fisicamente, talvez, nós tenhamos corpo e cabelo semelhantes. Mas ela se sente bem consigo mesma de um jeito que nunca me senti, e sua personalidade é toda Joseph; mais generosa e mais gentil do que eu jamais fui.

— Eu não tive a intenção de ser engraçado. Quero conhecer esses rapazes. O único com quem eu me encontrei de fato foi... como era o nome dele? David?

— Aff, o David? — Ela enfia o garfo em suas batatas, agitada. — Só porque nós saímos algumas vezes não significa que ele era *o cara*.

Violet nunca é tímida sobre seu afeto pelos garotos de quem ela gosta, embora eles troquem beijos escondidos na sombra da varanda. Ela se entusiasma com cada um, recosta a cabeça no ombro deles, desliza os dedos pelos seus braços. Então encontra algum defeito fatal e não volta a vê-los. Logo há um novo garoto batendo à porta. Joseph se preocupa com a frequência com que eles vêm e vão. Eu digo a ele que devemos ficar felizes por ela não se envolver a sério com ninguém nessa idade. Talvez a possamos proteger por mais tempo de chorar pelo primeiro amor, de sentir que estão se aproveitando dela. Mas eu me preocupo também. O que ela está procurando?

Thomas faz um som de desdém e levanta os olhos do prato.

—Vi, você tem que perceber que o mundo não está à espera para lhe dar um conto de fadas.

— Ah, é? E quantas namoradas você teve?

Thomas lhe lança um olhar irritado e come um pedaço de carne. Eu levanto as sobrancelhas.

— O seu irmão está certo. É bom ser exigente, querida, e você tem todo o tempo do mundo para decidir o que quer, mas nós queremos ter certeza de que está procurando por algo... real.

Violet faz beicinho.

— O papai deu o conto de fadas para você.

Eu quase rio. Joseph, que trabalha até tarde em consertos aqui e ali pela Oyster Shell para me evitar, seu prato envolto em plástico filme e deixado na geladeira, reaquecido depois que Violet e eu comemos. Que sobe para o quarto quando está escuro, exausto, e cai no sono sem dizer muito mais do que boa-noite. Meu corpo mais acostumado ao espaço entre nós do que ao calor do seu toque, nossas conversas limitadas a atualizações e logística, hóspedes que vão chegar cedo, toalhas que precisam ser lavadas, itens para adicionar à lista de compras do supermercado. Ele acorda antes do amanhecer, veste-se no escuro e eu fico sob as cobertas, fingindo dormir, perguntando-me como tudo se atrapalhou tanto entre nós.

Aponto o garfo para ela para obter sua atenção.

— Há *muito* mais envolvido nisso do que as partes de conto de fadas, e nós tivemos sorte de encontrar um ao outro tão jovens e durar por todo esse tempo. — A falsa segurança em minha voz, querendo mostrar a ela o caminho, mas sem deixá-la preocupada, nossa filha romântica incorrigível que não sabe o quanto eu e seu pai já nos afastamos. — Nem sempre é fácil.

Thomas, que claramente já enjoou dessa conversa, muda de assunto.

— Alguém teve notícias da Jane?

Não vemos Jane há três anos. A última vez que tivemos notícias dela foi numa carta com um endereço de San Francisco, avisando que havia se mudado de Boston para a Califórnia. Parece tão estranho; a ausência dela na mesa é tão marcante quanto sua presença. As comemorações parecem falsas sem ela, performances de uma família feliz. Eu balanço a cabeça.

— Sinto muito, mamãe — Violet murmura.

— Está tudo bem, querida.

Mas não está. Não consigo parar de olhar para a cadeira vazia. Sinto saudade da minha filha. Sei que ela está tentando encontrar seu caminho neste mundo, mas não sei por que isso significa nos excluir dele. *Me* excluir dele. Não sei se a trilha que ela seguiu estará suficientemente desimpedida para ela encontrar o caminho de casa, mas não quero falar sobre isso, não acho que poderíamos falar sem especular em voz alta sobre ela. O que ela está fazendo? Ela está em segurança? Ela comeu? Ela está trabalhando? Ela tem dinheiro suficiente? Quando vamos vê-la de novo? Sinto um pânico primal, como quando eu colocava o pulso junto à sua boca de recém-nascida, conferindo compulsivamente se ela estava respirando.

Joseph foi visitá-la uma vez, quando ela ainda morava em Boston. Ele foi sucinto comigo quando voltou para casa, transmitindo apenas as informações mais básicas: ela dividia a casa com colegas, trabalhava em um bar, parecia bem. Mas os ombros dele estavam curvados de preocupação, ele me ignorou quando pressionei por mais detalhes. Doeu em mim o modo como não consegui me aprofundar, certa de que ele me culpava por Jane ter saído de casa brigada conosco. E, desde então, ele ficou estranho. Nós dois evitando conversas para evitar brigas, cicatrizes não curadas, carregadas ao longo de nosso dia.

Thomas volta de trem amanhã de manhã para Nova York. Violet tem só este último verão em casa antes de ir para a faculdade, um verão de namoricos e beijos na varanda. Logo os dois estarão longe. Não sei se a ausência de Jane doerá menos ou mais quando formos apenas Joseph e eu outra vez. A pousada, cheia de estranhos e ainda tão vazia.

Depois do jantar, Thomas vai ficar em seu antigo quarto uma vez mais. Violet abraça Joseph e a mim antes de se recolher. Eu me pergunto se Thomas olhará para as paredes vazias e se lembrará do que costumava cobri-las. Eu me pergunto se, esta noite, ele vai sonhar com jatos e paraquedas, ou se o canto da sereia do trem para Manhattan será a cantiga de ninar que o embalará para dormir.

Dezenove

Joseph

Fevereiro de 2002

Hoje é meu aniversário, meus setenta e nove anos, é o meu último, e tudo que quero é estar cercado pela minha família, me incluir em mais uma lembrança feliz para eles guardarem. Uma tempestade caiu ontem à noite, normal em fevereiro, cobrindo tudo de neve. Rain sugere sairmos para andar de trenó e, embora não possa participar com sua barriga já grande, oferece-se para servir chocolate quente no alto da colina. Evelyn decide permanecer em casa, com receio de ficar ao ar livre no frio, embora anos atrás teria sido ela a abrir uma passagem na neve para o resto de nós a seguirmos.

— Tem certeza de que é uma boa ideia? — Evelyn pergunta. — Tenho medo de que você se machuque.

— Andar de trenó no meu aniversário de setenta e nove anos parece tão lógico quanto qualquer outra coisa este ano.

Ela não discute. Não esperávamos que Thomas e Ann viessem, mas eles me surpreenderam em casa com boias de neve recém-compradas, dobradas dentro da embalagem, que nós enchemos antes de sair juntos para a Breyer's Hill.

— Você primeiro, pai. É seu aniversário — insiste Thomas, e os outros concordam.

Levanto as pernas para subir em nosso velho trenó e fico subitamente nervoso. Faz anos, décadas, que andei de trenó pela última vez com nossos filhos, mas Tony me dá um empurrão vigoroso antes que eu possa pensar demais, e o ar gelado em meu rosto, voar pela ampla extensão de neve, desperta algo em mim. Eu me sinto invencível, do jeito que me sentia quando pulava da Captain's Rock, jovem outra vez, e livre. Grito de alegria enquanto disparo colina abaixo.

É a subida de volta que me lembra da minha idade. Desço uma segunda vez antes de ceder às dores e ficar na colina, ajudando Rain a servir o chocolate quente fumegante da garrafa térmica de plástico vermelha que já viu muitos dias de inverno como este, com o trenó, ou patinando pelo lago Gooseneck assim que ele congelava. Rain se encosta em mim enquanto os observamos juntos, seu cabelo cacheado enfiado no gorro de lã, a cara da mãe, mas com uma estabilidade e uma harmonia interior únicas.

Brindamos com nossos copos de isopor, e ela despeja alguns minimarshmallows extras na superfície espumante. Connor e Violet se espremem em nosso velho trenó de madeira com Patrick, quase grande demais para ser pego descendo a colina junto com os pais. Tony, uma eterna criança, mesmo casado com Rain e quase pai, empurra-os antes de pular atrás para escorregar junto. Thomas e Ann deslizam ao lado em suas boias, Ann gritando e rindo quando eles colidem e são derrubados da boia na base da encosta. Thomas cai de costas no colchão de neve com uma risada que vem do fundo dele.

É o dia perfeito. Exceto por eu sentir que Evelyn está faltando em cada riso. Quero compartilhar cada momento com ela.

Na manhã seguinte, o cheiro quente de café me recebe quando desço para a cozinha. Evelyn não toma, embora às vezes o prepare para mim quando levanta cedo e fica caminhando pela casa antes do amanhecer, mas esta não é uma dessas manhãs. Ela está na cama, as cobertas puxadas até o queixo, tentando forçar o sono.

Nas últimas noites, ela se sentou na tampa do vaso sanitário, com a boca aberta, para eu esfregar a escova de dentes em seus molares. Ela segura meu braço quando andamos pela casa, seus passos lentos e instáveis. Eu a amparei duas vezes antes de ela cair, uma vez atravessando a sala de estar e a outra saindo do chuveiro, e meu coração acelerou com o medo do que aconteceria se eu não estivesse perto, o temor subindo pelo meu peito enquanto eu a equilibrava. Às vezes o rosto dela fica vazio, seus gestos e trejeitos revestidos de uma imobilidade desconcertante. Seus tremores aumentaram, afetam as duas mãos; o concerto foi a última música que ela tocou. Conversas se repetem como se fossem novas. Sua ansiedade pulsa enquanto ela arrasta os pés pelo piso de madeira, e é perceptível quando ela se prepara para o momento de se levantar depois de ter se sentado.

Eu penso, mas não digo: *Tudo bem, não falta muito, meu amor.*

Em vez disso, eu falo: *Estou aqui com você, ainda temos quatro meses para compartilhar.*

Na maioria dos dias, ela não quer ver ninguém. Não suporta os olhares a examinando, avaliando a progressão, os sintomas, o humor. As espiadas de lado e sobrancelhas franzidas, a preocupação que nossos filhos expressam a mim quando pensam que ela está longe o bastante para não conseguir ouvi-los.

Thomas deve estar acordado. Ou talvez Jane, Violet ou Rain, que vêm tomar o café da manhã aqui, tenham chegado antes de mim à cafeteira. Thomas e Ann dormiram no quarto dele esta noite, espremidos em sua velha cama. Fazia anos que eles não passavam a noite aqui. No entanto, desde a queda das Torres Gêmeas, está diferente. Thomas põe o braço em volta da cintura de Ann quando eles se sentam no sofá; eu o vi buscando seus beijos quando a porta de vaivém da cozinha se fechava. Ann parece mais leve com o afeto dele, vem jantar com o cabelo molhado, que seca com um ondulado natural que eu nunca tinha visto. Eles passam mais tempo aqui nos fins de semana e tiram dias extras nos feriados para ficar conosco, quando normalmente já estariam indo embora antes da sobremesa.

Thomas tem sido especialmente útil com a logística, os detalhes de como proceder depois que tivermos partido. Nós o nomeamos nosso testamenteiro, porque ele é quem consegue separar melhor as emoções da realidade de tudo que vem junto com a morte. A burocracia e os telefonemas e os cronogramas, a distribuição das coisas. A natureza surreal de algo tão íntimo como uma perda combinada com as exigências formais, jurídicas e públicas de como se deve compartilhá-la com outros. Nós dissemos a ele que não queremos ser enterrados. Queremos que nossas cinzas sejam espalhadas para além do banco de areia, que nadem pelos cardumes de peixinhos, carregadas nas costas de caranguejos, à deriva para cá e para lá com as marés, no lugar onde sempre estivemos e sempre vamos estar. Assim como meus pais estão conosco nos corrimãos gastos da pousada, no balcão polvilhado de farinha da cozinha e nas cortinas desbotadas abertas para a brisa no verão. Como Tommy está no primeiro mergulho revigorante da temporada, ou em nossos filhos pulando da Captain's Rock, está no vento quando este uiva e no céu estrelado infinito acima de nós. Um cemitério não é onde nós os sentimos, é apenas o lugar onde foram depositados.

Thomas pressionou para saber mais sobre o *como*, e nós encobrimos os detalhes mais macabros o melhor que pudemos, apesar das apreensões dele. O estoque de comprimidos, a localização de nossos documentos importantes e últimos desejos, o plano construído mais de um ano atrás que parecia tão hipotético na ocasião, mas, agora que a data se aproxima, eu me vejo pesquisando métodos alternativos, todas as maneiras pelas quais comprimidos podem não funcionar, desesperado por algo à prova de falhas, mas pacífico. A resposta foge de mim, então eu a enterro lá no fundo, uma ponte para atravessar apenas quando não houver mais estrada. Escolhendo ter fé em uma boa morte com Evelyn, a mesma fé que me levou de Connecticut a Boston e de volta, com a segurança de que a única resposta para uma vida boa era a vida passada com ela.

Violet faz porções extras de refeições, abastece nosso freezer, compra mantimentos, remédios. Jane telefona todas as manhãs para perguntar como está a mãe e aparece algumas vezes por semana. Ela toca piano para Evelyn, a música entre elas amenizando o que as palavras não conseguem. Nossos filhos nos envolvem, nos dando apoio para avançar de um dia para o outro. O modo como cada um deles pode ser útil são suas ofertas de paz, minha gratidão se aprofundando em sincronia com minha vergonha.

Thomas está com uma camiseta desbotada da NYU e calça de moletom enquanto toma café sentado à mesa da cozinha; durante anos, Evelyn e eu estivemos convencidos de que ele só tinha ternos e gravatas. Violet prepara a massa de panquecas, Rain polvilha batatas fatiadas com alecrim, páprica e sal grosso, a receita de Evelyn para fritas caseiras, e Jane coloca fatias de bacon em uma assadeira.

— Bom dia, meninas. Bom dia, Thomas. — Dou uma batidinha nas costas dele na passagem. — Ann ainda está dormindo?

Ele dobra o jornal e o deixa de lado.

— Está. E a mamãe?

Eu me sirvo um café, olho para o jardim pela janela coberta de geada, troncos secos e galhos retorcidos espiando através da neve fresca.

— Ela está cansada de toda a atividade de ontem à noite.

Thomas para, me estudando como se quisesse perguntar alguma coisa, mas acaba acompanhando meu comentário.

— Foi divertido ontem, andar de trenó. Eu nem lembro da última vez que tinha feito isso.

— Fico contente por você ter conseguido vir. Apesar de que eu vou pagar por isso hoje, com certeza. — Esfrego a mão na perna, massageando a tensão na panturrilha.

Thomas deixa o jornal de lado.

— Papai, eu queria conversar com você e com a mamãe. A Ann e eu temos pensado muito no que podemos fazer, como podemos ajudar.

Tomo um gole de café, com a sensação boa da caneca esquentando minhas mãos.

— Vocês já têm ajudado mais do que imaginam. Estar aqui para passar um tempo conosco é tudo que queremos. Sabemos que vocês são ocupados, e é longe para virem aqui toda hora.

— É sobre isso que estivemos pensando. — Ele brinca com sua caneca quase vazia. — Nós não queremos mais estar tão longe. — Levanto as sobrancelhas em surpresa, e ele continua. — A mamãe está piorando rápido, não está?

Rain, Violet e Jane param o que estão fazendo, ouvindo.

Abro a boca para tranquilizá-lo, mas vejo no rosto dele. A contração, a certeza. Está no rosto de todos eles. Eles finalmente veem o que Evelyn esteve tentando lhes dizer todo esse tempo.

— A Ann e eu estivemos dando uma olhada em umas casas em Stamford, para podermos estar mais perto de você e da mamãe, e da Jane e da Vi, e de todo mundo. É importante para mim, para a Ann também. Nós queremos ajudar.

— Thomas, agradeço muito a atenção de vocês, mas não precisamos que vocês modifiquem a sua vida por nossa causa...

— Nós queremos. Não queremos estar tão longe da família. Não queremos mais perder nada. Não é só para ajudar... é por nós. Acredite.

Minha garganta se aperta, e eu faço o possível para limpá-la, sabendo que Thomas não se sente à vontade com emoção.

— Isso me deixa feliz, filho. Sua mãe também vai ficar muito feliz.

— Por que eu vou ficar muito feliz? — Evelyn desce a escada com passos pequenos e medidos e um sorriso fraco. O suéter de lã engole seus ombros curvados e ossudos. Parece que o sono foi uma batalha que ela perdeu. Thomas olha para mim, mas eu aceno para que ele conte.

— A Ann e eu queremos nos mudar para Stamford, sair da cidade grande. Queremos ficar mais perto da família.

Evelyn fica boquiaberta, incrédula.

— Mas vocês adoram Nova York!

— Nós vamos continuar trabalhando lá. Vamos ir e vir. Na verdade, é até surpreendente nós termos ficado tanto tempo. A maioria das pessoas que conhecemos se mudou para os subúrbios há séculos.

Evelyn balança a cabeça, seu sorriso largo.

— Não acredito. É sério mesmo, Thomas?

— Está na hora. Vamos poder visitar muito mais sem nos preocuparmos com horários de trens e chegar tarde da noite à cidade. Especialmente com esse pequenininho que logo vai chegar por aqui. — Ele inclina a cabeça para Rain, que instintivamente toca a barriga e sorri. — Estamos cansados de perder tudo. Só precisamos encontrar a casa certa.

— Nós dois também. Ou melhor, nós três. — Rain olha para a barriga grande, coberta com um avental listrado. — Tony e eu precisamos sair do nosso apartamento apertado quando o bebê chegar.

— Rain, vocês podem ficar aqui, vai estar... desocupada logo — diz Evelyn. — Seu avô e eu já conversamos sobre isso, esperando que você pudesse um dia criar a sua família aqui, como nós fizemos. Sabemos o quanto você ama esta casa, e, bom, vocês dois conhecem este lugar melhor que ninguém. Mas nós achamos que o Tony não iria concordar.

— Ahh, sim, o famoso orgulho siciliano dele.

— Não é nenhuma caridade, diga isso a ele. Nós sabemos que ele gosta de conquistar as coisas por si mesmo, mas realmente estivemos tentando decidir o que fazer com a casa. É muito longe para Thomas e Ann irem e virem do trabalho, e Jane e Violet já têm suas próprias casas. Está cheia de tantas lembranças, e pensar no jardim indo para as mãos de um estranho... — Ela faz uma pausa, para controlar seu entusiasmo. — Você estaria nos fazendo um favor, Rain. Pelo menos converse com ele sobre isso.

— É sério mesmo? — Os olhos de Rain estão marejados. — Puxa... isso seria tudo para nós. Eu amo o jardim... vocês sabem como nós dois amamos este lugar. Eu vou conversar com ele.

— E, Thomas? — Evelyn se vira para ele. — Você não tem ideia de como fico feliz por você e Ann estarem mais perto, poderem aparecer mais por aqui. Eu nunca achei que veria... — Ela para, pigarreia e se recompõe. — E você sabe que podem ficar aqui sempre que quiserem enquanto resolvem tudo.

Nossos filhos, todos juntos outra vez. Algo se contrai em meu peito. Nós deveríamos estar aqui. Nós deveríamos estar com eles, fazendo uso de cada último segundo que tivermos. E se for tarde demais?

E se não for?

Thomas baixa os olhos para o chão.

— Obrigado... Eu gostaria que tivéssemos feito isso antes. — Lágrimas caem, e ele se apressa a enxugá-las.

— Gostaria que tivessem feito o quê antes, querido? — O rosto de Evelyn está alegre, curioso, a linha que a ligava aos últimos minutos da conversa foi cortada.

A cor some do rosto de Thomas.

— A que horas é o seu trem? — Evelyn continua falando. — Seu pai pode deixar você lá depois do café da manhã.

A voz de Thomas é rouca, seus olhos vermelhos.

— Demorei demais, não é?

Evelyn vai até a mesa e se senta ao lado dele, afagando sua mão enquanto ele se encolhe, os ombros balançando com os soluços.

— Eu tenho certeza de que vai haver outros trens.

Olho para Jane, e ela enxuga uma lágrima que desce pelo seu rosto. Rain segura a mão dela. Só Violet já tinha visto Evelyn assim; ela me dá um sorriso triste de solidariedade, os momentos como este que já ocultamos, um conhecimento compartilhado entre nós, o avanço inevitável.

Evelyn faz um gesto para os preparativos abandonados do café da manhã.

— Parece quase um banquete, mas, se não se importam, vou tentar dormir mais um pouco. Não estou com vontade de comer. Guardem um pouco para mim, está bem?

Ela se levanta devagar, e Thomas fica em pé para ajudá-la, mas ela recusa com a cabeça. Nós a vemos subir a escada sozinha. Incerteza e remorso se avolumam à minha volta quando sou deixado só com nossos filhos, silenciosos em sua própria dor. Nós realmente vamos conseguir levar isso adiante? Vamos poder encará-los uma última vez e dizer adeus?

— Com que frequência isso está acontecendo? — pergunta Jane, sua voz desanimada.

— Com mais frequência do que eu gostaria.

— Meu Deus.

— É o que estávamos esperando. — Tento manter a voz estável, mas ela oscila.

— Mas é que, vendo isso... quatro meses? Nós temos quatro meses com ela? Isso é real, papai? — A voz dela falha. — Isso é tudo que ela vai dar para nós?

Quatro meses. Meu coração acelera. *Volte atrás.* Nós podemos voltar atrás.

— Como eu posso sequer começar a dizer a ela tudo que quero falar? Como qualquer um de nós... meu Deus, eu desperdicei tantos anos furiosa com ela, e agora...

— Essa é uma história antiga, Jane. Vocês tiveram tantos bons momentos juntas, você não pode...

— Eu vou vir mais aqui. Qualquer coisa que ela precisar, está bem? — A voz dela fica presa na garganta. — Mas e você, papai? Eu nunca vou entender isso.

— Deixe ele em paz — diz Violet. — Isso não é fácil para ele também.

— Então me explique. — Seus olhos estão aflitos, o medo e a realidade desabando sobre ela. — E se alguma coisa tivesse acontecido com a mamãe quando nós éramos pequenos? Você teria acabado com tudo ali, quando nós éramos crianças?

— Claro que não — gaguejo, tentando explicar. — Eu ficaria arrasado de perder sua mãe e não sei como seguiria em frente. Mas claro que eu estaria presente para vocês.

Jane levanta os braços.

— Então qual é a diferença agora? Você ainda está deixando tanto para trás.

Rain olha para baixo, em silêncio.

Eu prossigo com nossos argumentos ensaiados, a culpa tingindo cada palavra.

—Vocês não são mais crianças. Não precisam de mim como teriam precisado quando eram pequenos. Vocês têm sua própria vida, sua própria família. A pousada está fechada. Sua mãe é minha melhor amiga, tudo que eu tenho... — Procuro palavras, tentando fazer Jane entender, fazer todos eles entenderem o que eu mesmo tenho dificuldade de absorver — ... além de vocês. Sinceramente, não sei o que eu teria feito e felizmente nunca tive que saber. Mas, Jane, nós tivemos a nossa vida juntos. Tudo que resta é a certeza de que um de nós vai embora, e a incerteza de quando. Então, esta é nossa hora de estar juntos, pelo tempo que podemos garantir, seja quanto for.

— Jane, pare com isso — Thomas intervém. —Você não entende porque nunca esteve apaixonada.

— Ah, vá à *merda*. — Ela aperta os olhos para ele, cheia de veneno.

— Eu falei porque ninguém mais ia dizer!

—Thomas... — advirto.

— Será que podemos não brigar bem agora? —Violet esfrega a testa.
— Papai, você não pode deixar ela levar isso adiante. Ouça as coisas que ela fala, ela não é capaz de tomar esse tipo de decisão — diz Jane.
— O corpo e a memória dela podem estar falhando, mas ela sabe exatamente o que está fazendo — digo, e pigarreio. — Nós dois sabemos.

Escuto os movimentos de Evelyn no andar de cima, o som de seus pés no tapete, o clique suave da porta do nosso quarto se fechando. Tento banir todos os pensamentos de uma vida sem ela, mas um pensamento permanece. Eu não posso salvá-la. Eu nunca pude.

Vinte

Joseph

Agosto de 1973

Evelyn e eu planejamos uma viagem para a Califórnia juntos para visitar Jane, para acabar com o silêncio entre nós, convencê-la a vir para casa, apesar do medo de Evelyn de que ela se recuse a vê-la. Mas, na manhã do voo, Violet acorda segurando a barriga, se contorcendo de dor, e um de nós precisa levá-la para o hospital. As passagens estão compradas, e nós já mexemos em nossa poupança, não há chance de remarcar. Precisamos tomar uma decisão rápida.

— Eu vou, você fica com Violet — diz Evelyn. — Jane está brava comigo. Eu preciso consertar as coisas.

— Ela pode estar mais disposta a falar comigo — digo.

— Mas essa batalha é minha, não sua.

— Acredite em mim, está bem? Ela não quer ver você.

Evelyn para, magoada. Não dou margem a continuar a discussão e isso é o que a machuca mais. Mas o que ela não sabe a machucaria mais ainda. Não conto a ela sobre a confissão de Jane em Boston, a verdadeira razão para ela não estar falando com a mãe, para ela ter ido embora tão brava. A dúvida se infiltrou em mim depois do que Jane me contou que ouviu. Será que há mais coisas que eu não sei? Doeu em mim Evelyn nunca ter me contado o que aconteceu, mesmo ela tendo escolhido ficar. A proposta clandestina de Sam mantida em segredo, por quê? Para me proteger, ou porque uma parte dela considerou a ideia de ir embora? Evelyn não podia ir para a Califórnia, não podia ser quem traria Jane de volta, quando Jane estava tão furiosa com ela, quando havia tanto que ela não entendia. E eu não podia contar a Evelyn, porque agora o segredo dela era meu, porque ele criou uma roleta russa de coisas não ditas.

Evelyn levanta as mãos, rendendo-se, volta a atenção para Violet e me deixa ir.

O endereço antigo de Jane me leva a dar com a cara na porta várias vezes, dias passados falando com hippies na rua, mostrando a foto dela e refazendo seus passos, até finalmente localizá-la. Ao contrário de Boston, aqui a porta está entreaberta, e eu a empurro. Meus olhos percorrem o apartamento desleixado. O colchão está no chão, coberto por um cobertor gasto e sem lençóis. Embalagens de com restos de comida abarrotam as mesas. Um gato com uma orelha rasgada e o pelo cheio de falhas anda sobre os resíduos com a autoridade de um animal de rua que não pertence a eles, mas morava aqui primeiro. A névoa de fumaça no ar me dá uma sensação de déjà-vu. Jane em outro apartamento, brava, desafiadora, três anos antes. Minha cabeça gira.

Jane, no canto, está cochilando ao lado de um hippie drogado.

Minha respiração fica ofegante, meu coração acelera, a voz grave.

— Saia de perto dela.

— Papai? Que porra é essa! — Jane acorda, se envolve com os braços.

— Escuta, cara, nós estamos de boa. — Ele levanta as mãos, dá um sorriso, seus dentes amarelos.

O sangue pulsa em meus ouvidos. Sinto que estou embaixo d'água, lutando contra uma corrente contrária, em pânico em busca de ar.

— Nós vamos para casa.

— Que história é essa? Eu não vou sair daqui.

—Você não tem escolha. Vamos. — Meus olhos se deparam com as marcas de agulha no braço de Jane, seus ombros ossudos e pernas magras.

—Você não pode mais me dizer o que eu tenho que fazer. — Ela balança a cabeça, o cabelo revolto.

Tenho vontade de agarrá-la, e meu corpo treme de fúria.

— Não me importo. Você é minha filha! Está usando drogas agora, Jane? — Minha voz se prende na garganta ao dizer isso, ao vê-la e constatar, pela primeira vez, o quanto ela realmente esteve longe de nós.

— A gente só está curtindo um pouco.

— Não é possível que você acredite nisso. — Dou um passo para a frente, tento acalmar minha raiva, tento parecer calmo, sob controle. —Venha para casa. Venha, vamos embora.

Ela ri.

— Por que eu iria? — Ela se vira para o homem e o abraça, a pele na dobra de seus braços vermelha e com hematomas. Ele se parece com o gato de rua, sarnento, ossudo, o cabelo desgrenhado. Ele aperta os olhos para mim e encosta a cabeça na dela.

Eu me viro para ele, os punhos apertados na lateral do corpo. Minha perna lateja, minha voz é um grunhido, sou tomado pela raiva. Raiva pelo pé ensanguentado daquela criança que vi no meio dos destroços na Sicília, pela barriga de Tommy dilacerada, pelo tumor de minha mãe, pelo estilhaço de granada enfiado em minha panturrilha, pelos braços de Jane cheios de marcas e cicatrizes, seus olhos fundos. Dou um passo em direção a ele com os punhos erguidos.

—Você tem sorte por eu não rasgar a sua garganta, seu filho da puta. Não sei o que você fez com ela...

Jane grita.

— Papai, pare!

Eu me viro para ela, desesperado.

— Eu tenho duas passagens de avião, Jane. Venha para casa. Nós sentimos sua falta. Sua mãe não consegue dormir... ela está tão preocupada com você.

Ela se levanta na mesma hora, impulsionada pela raiva.

— Faz anos que eu não falo com ela. Ela nem veio aqui. Que preocupação toda é essa?

Eu hesito.

—Violet teve apendicite... Sua mãe não pôde vir.

Jane dá uma gargalhada.

— Que conveniente. A preciosa Violet precisa da atenção dela.

— Isso tem que parar, entre você e sua mãe. Você não sabe o quanto ela a ama? O quanto nós dois a amamos?

— Como você pôde ficar com ela? Como pode confiar nela depois do que aconteceu?

— *Nada* aconteceu, Jane.

— Ela te falou isso?

Não admito que nunca confrontei Evelyn. Não admito que, em meus piores momentos, eu a imagino beijando-o, me deixando, a dor que isso me causa quase me enlouquecendo, preparando-me para o dia em que talvez ela faça isso.

— Há coisas no casamento que são difíceis de explicar... a gente tem que confiar na outra pessoa. Você ouviu o que o Sam perguntou para ela, mas não ouviu a resposta dela. Obviamente ela não fugiu com ele.

— Ele não teria perguntado se não achasse que tinha uma chance. É tão constrangedor, tão nojento. Eu não acredito que você não enxerga!

— As escolhas que nós fazemos são o que importa. O que aconteceu com a sua mãe... não é razão para cortar ela da nossa vida ou para fingir que ela não existe.

Jane não parece nem estar ouvindo, como se pouco lhe importasse. Atrás dela, o rapaz drogado desenha com uma caneta no braço, uma tatuagem a sangue frio. Estou nauseado, toda a cena escapa de mim, minha visão se fecha.

— Venha para casa. Jane, por favor. Venha para casa. — Eu a estou perdendo, agarrado à borda de um abismo.

Ela sorri, e parece um esqueleto, as faces encovadas.

— Esta é a minha casa. As pessoas aqui finalmente me entendem.

— Você está usando heroína... — A palavra me sufoca do pouco ar que ainda me resta; tento pegar nela. — Você não consegue nem ver o que está bem à sua frente.

— Não me toque. — O rosto de Jane é indecifrável, e ela recua. — Você tem que ir embora.

— Eu não vou sem você.

— Você ouviu ela falar, cara, é hora de ir embora. — As palavras dele não são registradas. Só enxergo Jane. Quero abraçá-la, segurá-la, puxá-la para fora deste lugar. Quero a cabeça dela pesada em meu ombro enquanto eu a carrego para casa e a ponho na cama, segura e aquecida.

— Eu vou arrastar você para fora daqui se for preciso. — Seguro o pulso dela.

Ela puxa o braço, sua voz alta e aguda.

— Eu falei para não me tocar, porra! — Tento pegá-la de novo e ela grita como se estivesse sendo atacada.

Levanto as mãos.

— Não faça isso...

— Se você tentar me levar para qualquer lugar, eu fujo. Juro por Deus. Você nunca mais vai me encontrar.

— Jane... — Seu nome, minha súplica final, sem nenhum poder, sem esperança, nenhuma maneira de forçá-la a ir, nenhuma maneira de prendê-la, de mantê-la segura contra si mesma. Ela me encara, fria. Minha oferta parece vazia, patética, mas é só o que me resta. Este lembrete, uma escotilha de fuga, uma verdade que ela não pode esquecer.

—Você sempre vai poder vir para casa. Sempre.

Vinte e um

Evelyn

Março de 2002

Do lado de fora, as árvores farfalham com o vento, perenes, o solo está molhado e macio com os últimos dias de neve derretida. Com a primavera chegando, há apenas pequenos bolsões de gelo deixados nos cantos mais sombreados do jardim, a vegetação seca, a grama marrom e cheia de gravetos e restos de folhas que tinham estado congelados desde o outono. Joseph trabalha no jardim, embora ainda seja março, pela lógica cedo demais na estação, com a ameaça de mais neve por vir. Mas esta manhã nós acordamos com as pontinhas de brotos verdes espiando através da cobertura de folhas secas e ele tomou o café correndo, sem nem terminar sua xícara, para abrir o caminho para eles, arrancar e remover a decomposição deixada pelo inverno. Eu me pergunto se ele imagina Rain e Tony ajoelhados juntos no solo revolvido a cada primavera depois desta, quando florescer de novo com cor e vida.

Eu não saí deste lugar, tentando uma vez mais escrever minhas cartas, desencorajada por Joseph já ter terminado as dele. Envelopes guardados no compartimento sob o assento com dobradiças do banco do piano para ficarem seguros, para *depois*. Foi ideia minha, algo para nossos filhos lerem quando nós formos embora, na esperança de lhes trazer alguma paz. Mas é difícil saber o que dizer. Quando nos é dada a chance, como começar um adeus, para incluir tudo que eles precisam ouvir depois que não estivermos mais aqui? Especialmente porque estamos escolhendo deixá-los. Partir, quando há tantas razões importantes para ficar. Estou cheia de culpa e incerteza uma vez mais. Fico me perguntando por que fizemos essa escolha... uma escolha que ainda podemos mudar. Quero reconsiderar tudo, fazer Joseph repensar, antes que seja tarde demais.

Não é só com a mensagem que estou tendo dificuldade. Eu esqueço palavras, nomes; ideias se dissolvem antes que a caneta atinja o papel. Um novo tipo de solidão que nunca imaginei, presa no labirinto de minha mente, mas a ameaça é real e paira em volta como uma neblina sinistra, iminente, que me envolve e me assombra. As estações mudam, e o tempo se move tão depressa, e eu fico para trás, me esforçando para acompanhar, para apertar o botão de Parar no relógio, voltar e começar de novo, ter uma escolha que me permitirá permanecer como eu era, não como eu sou. O que posso dizer nas cartas para confortá-los quando eu mesma estou tão apavorada?

O relógio de pêndulo bate nove da manhã, apesar de que a esta hora amanhã os relógios vão estar marcando dez. Um estranho truque do horário de verão que me lembra de como nossa percepção do mundo é tênue, e faz ressoar uma raiva amarga que vem em ondas ultimamente, tão forte e súbita, como contrações de dor. Penso no quanto o tempo é falso e construído, a ponto de poder mudar porque assim decidimos, e podemos frivolamente perder uma hora enquanto dormimos. Por mais que eu tente permanecer aqui neste momento, ele vai escorregar entre meus dedos como farinha peneirada, como a areia mais fina.

Tento me concentrar em uma lembrança para me manter alerta, um truque de Joseph para me ajudar a me manter em minha própria mente. Depois da sinfônica, comemoramos com um jantar naquele restaurante italiano lotado na Hanover Street. Trabalho para recriar na mente como todos estavam belos e perfeitos em suas imperfeições. Seus sorrisos reluzindo à luz das velas, o burburinho dos outros clientes à nossa volta, envoltos em seu próprio casulo de risadas e conversas. Jane ao lado de Marcus, finalmente, como eles têm que estar. Tudo uma névoa de sons de pratos, e garçons de gravatas, e aventais pretos se movendo entre as mesas, mas Joseph nítido como o dia afagando meus dedos com seu polegar, de mãos dadas comigo.

Esta vida, juntos. Ela foi suficiente. Ela foi tudo.

—Você sabe quanto eu te amo, certo? Como eu agradeço por ter tido você como mãe? — Os olhos de Violet se enchem de lágrimas enquanto estamos sentadas no sofá, o fogo aceso na lareira, aquecidas sob um cobertor de lã, compartilhando histórias, relembrando momentos. Essas conversas se tornaram frequentes, afirmações de amor, de gratidão, e eu as ecoo de volta para meus filhos como uma cantiga de ninar: *Eu te amo, eu te amo, eu sempre vou te amar. Que sorte a minha ter você comigo.*

— Ainda estamos em março, minha querida — brinco. —Você está alguns meses adiantada para as despedidas.

Ela ri, enxugando os olhos.

—Vou reservar umas extras. — Ela respira fundo, contemplativa. — Você acha que vão ficar juntos, depois? Você e o papai?

Giro a aliança entre as articulações inchadas.

— Eu não sei no que acreditar. É bom ter esperança, acho. Se coubesse a mim decidir, nós ficaríamos juntos aqui. — Olho de frente para Violet. — Mas essa não é uma opção para mim, não do jeito que eu quero que seja. Eu tive uma vida completa e bonita. Não poderia ter pedido mais.

— Sabe, eu estive conversando com o Thomas e a Jane, e nós temos uma ideia. —Violet sorri, um sorriso malandro, conspirador.

— E? — pergunto, hesitante.

—Vamos fazer uma festa — ela anuncia, os olhos brilhando.

Eu rio, pega de surpresa.

— Uma festa?

— Uma festa. Só a família, só os que sabem. Você e o papai disseram, no começo dessa coisa toda, que queriam que este ano fosse uma comemoração, certo? Não podemos continuar sentados pelos cantos chorando. — Ela ri, enxugando os olhos. — Então, sim, uma festa. Uma comemoração da vida.

—Vocês vão fazer um funeral para nós antes mesmo de irmos embora? — Mais risadas, surpreendendo a mim mesma com o quanto gosto da ideia, como seria bom poder estar lá na hora, não perder nada, especialmente isso.

— Uma *festa*. Nada de tristeza. Não vai ser permitido chorar — diz Violet, e faz um xis com os dedos sobre a boca.

— É você que está dizendo — eu brinco com ela, e a abraço. — Uma festa vai ser perfeito.

— Em breve? O que você acha? —Violet pergunta, me examinando, a preocupação uma vez mais gravada em seu rosto.

— Que tal em maio, com o jardim florido? — sugiro, esperando transferir autoconfiança, adiar meus sintomas por pura força de vontade. — Algo para nos deixar esperando ansiosos.

— Maio —Violet concorda.

— Uma festa. — Eu me recosto nela, agradecida por minha filha, por este presente, um farol para onde nadar quando me cansar, para me ajudar a continuar. Por algo, mesmo agora, para comemorar.

Vinte e dois

Evelyn

Agosto de 1973

Na noite em que o avião de Joseph e Jane está marcado para chegar, eu ando de um lado para outro no saguão da pousada, suando no calor de agosto, olhando sem parar pela janela, à espera da chegada de um táxi, enquanto os hóspedes passam, alheios à minha agonia. Mantenho vigília na porta, tão resoluta em minha concentração que o súbito ranger de pneus no cascalho me sobressalta.

O táxi para junto da casa, e a porta de trás se abre. Joseph sai com sua mala de couro. Espero Jane sair do outro lado e se juntar a ele na noite abafada e úmida de verão, no escuro que se torna vivo com o som das cigarras, mas nada acontece. O motor do carro ronca, as ondas batem a distância, o ar e as árvores estão imóveis. Joseph fecha a porta, e o táxi dá à ré, volta à estrada e desaparece nas sombras, o rangido contínuo dos pneus ficando mais baixo conforme ele se afasta, até sumir também.

Meu estômago gela. Eu o vi assim uma vez antes, saindo de um carro sozinho. Na última vez, eu corri para encontrá-lo, sob o mais azul dos céus de verão. Na última vez, eu o abracei. Na última vez, isso me destruiu.

Joseph permanece uma estátua diante da casa, segurando a mala sem ânimo. Ele não me procura nas janelas, nem olha para trás para o táxi que se afasta, não parece registrar que chegou. Fica ali parado, os ombros caídos, olhando fixamente para as conchas de ostras quebradas sob seus pés. Eu pressiono as mãos na tela fria de metal, querendo abri-la, correr para ele, mas nem sei se ele me veria se eu o fizesse, nem sei se ele reconheceria meus braços em volta do seu pescoço. Então eu espero, congelada.

Quando ele levanta os olhos e encontra os meus, seu rosto não expressa nada. Ele começa uma marcha arrastada até a varanda, as dobradiças enferrujadas rangem quando abro a porta para ele. Ele entra na casa do jeito que uma brisa sopra por uma porta aberta, sem rumo e vazia, deixando um frio por onde passou.

Ele desaparece escada acima, e eu o encontro sentado na beira de nossa cama, a mala intocada aos seus pés. Paro à porta, com medo de que ele sinta minha presença. Ele se inclina para baixo, desamarra os sapatos, tira-os. Cada movimento é árduo e doloroso. Ele parece mais velho, exausto e desgastado.

O silêncio pulsa forte em meu peito. Joseph parece estar totalmente inconsciente dele, como se estivesse se movendo sob a água.

— Joseph — sussurro, com receio de fazer barulho, de assustá-lo. — O que aconteceu?

Ele olha para mim como se notasse minha presença pela primeira vez. Baixa a cabeça e alinha os sapatos no chão, dedos com dedos e calcanhar com calcanhar, antes de falar.

— Ela está usando drogas. Drogas pesadas. Heroína.

Sinto como se um soco me nocauteasse. Minha respiração acelera.

Meu corpo enfraquece enquanto ele me conta o que viu. O apartamento desleixado. O colchão no chão, drogas e lixo por todo canto, os gritos dos vizinhos e o cheiro de podridão e sujeira. Que Jane estava quase irreconhecível. O homem que a levou para a Califórnia tinha olhos vermelhos e um sorriso doentio. As marcas de picadas de agulha vermelhas e feridas nos braços dela.

— E eu não pude fazer nada. — Ele puxa o cabelo. — Não consegui trazê-la para casa.

Minhas pernas parecem feitas de tijolos quando atravesso o quarto para me sentar ao lado dele. Afago suas costas, fingindo calma mesmo enquanto meu estômago se contorce.

— Não é sua culpa. Ela não é mais criança... não podemos forçá-la a fazer nada que ela não queira... mesmo desejando que pudéssemos.

Ele se afasta de minhas mãos, sua voz é como gelo.

— Você não viu aquele lugar. Você não a viu. Isto não tem a ver com ser adulta. Nós fodemos tudo, nós a perdemos, ela nunca vai voltar.

É como se eu tivesse levado um tapa.

— Você não está me culpando, está?

Ele não olha para mim, não responde.

Eu gaguejo, perdendo o controle.

— Por favor, me diga que você não acha que é minha culpa, porque eu já me sinto responsável e não poderia viver comigo mesma se você achasse também. Eu não poderia.

Ele cede, batendo os nós dos dedos uns nos outros entre os joelhos.

— Não é sua culpa.

Eu me levanto, impulsionada pela vergonha.

— É, sim. Eu poderia ter feito mais, eu deveria ter tentado consertar as coisas entre nós antes que ela saísse de casa, ou enquanto ela ainda estava em Boston. Será que eu devo ir? Eu vou sozinha. Vou agora mesmo.

Ele balança a cabeça.

— Não vai adiantar... Eu sou o pai dela. Eu deveria protegê-la. E não consegui. Eu não consegui fazer nada.

— Não é sua culpa.

— Bom, é culpa de alguém. Jane foi embora, entende? Ela nunca vai voltar para casa e está morando com um vagabundo que não pode sustentar nada além de um vício em drogas. — A voz dele é rouca, como se tivesse chorado no avião. Eu sinto subir outra vez, o ácido em minha garganta. Ele tosse, obstruído. — O jeito que ela olhou para mim... Você não a reconheceria.

Eu não sei o que dizer, minha mente se torna um campo minado de culpa e cenas imaginadas de Jane, muito magra e drogada, com uma agulha no braço. Não consigo fazer entrar em minha cabeça. O rosto dela é um borrão, uma combinação de pessoas que conheci, minha filha, mas não minha filha, do jeito que, em sonhos, os rostos nunca correspondem à pessoa que deveriam ser.

— Ela acha que você me traiu.

— O quê? — Um soco em meu peito, uma faca pressionada contra minha garganta no escuro.

— Com o Sam, naquele verão.

— *O quê?*

— Ela ouviu vocês dois juntos, depois do aniversário dela.

Eu quase rio, é tão absurdo.

— O que ela acha que ouviu?

— Ela o ouviu convidar você para fugir com ele para Paris, viajar, beber vinho e *fazer amor*. — A voz dele é sarcástica e amarga quando diz isso. Sinto um frio por dentro com a lembrança. A mão de Sam em meu joelho, o ar do verão espesso de álcool e fumaça da fogueira.

— Por acaso ela ouviu o que eu respondi? — Mostro-me altiva com a verdade, as alegações de uma acusação que me pegou totalmente de surpresa.

— Não. Mas eu disse a ela que nada aconteceu.

— *Você* acha que eu te traí? — A tensão que efervescia entre nós desde que Jane saiu de casa me atinge com força. Uma parede de calor na qual eu entro, quase incapaz de respirar, perguntas respondidas com um engatilhar dessa arma, meu coração disparado. — *Ah, meu Deus.* Você passou anos pensando que sim, não é?

— Não. — A voz dele é calma, firme.

— Eu não fiz isso. Eu nunca faria.

— Por que você não me contou nada?

Minha voz se eleva, incrédula.

— Porque era tão ridículo! Eu disse que ele estava totalmente equivocado, que aquilo era absurdamente impróprio, que eu tinha um casamento feliz, que ele era uma criança. Não havia nada a ser dito.

— Mas por que ele achou que poderia perguntar? — Posso ouvir a mágoa na voz dele, na pergunta que ele estava guardando.

Uma pedra em minha garganta.

— Não sei.

— Ele deve ter achado que havia uma chance.

— Não havia *nenhuma* chance.

— Mas ele deve ter notado algo. — O rosto dele está contraído, dolorido. — Eu senti, sabe?

— Sentiu o quê? — Meu rosto fica quente diante da acusação.

— Alguma coisa entre vocês.

Sinto náuseas, algo enterrado sendo escavado para a superfície.

— Foi por isso que eu nunca disse nada. Não queria que você deduzisse algo que não existia. Tive muito medo de que isso pudesse gerar dúvida... que fosse fazer você questionar tudo.

— Você devia ter me contado.

— Estou percebendo isso agora. — Toco seu ombro, e ele não reage, como se eu estivesse fazendo uma oferta de paz para o estrado da cama.

— O que foi aquilo, então, entre vocês?

— Nada... — insisto.

— Não me tire de bobo, por favor.

— Não foi nada romântico, Joseph. Eu juro. — Eu tateio, tentando organizar na cabeça aquele verão escapista que suprimi tão eficazmente que ficou quase esquecido. — Foi... ah, meu Deus, isto é tão humilhante.

Ele não diz nada, o olhar nos sapatos.

— Ele me viu como *uma pessoa*. Me achou interessante. Conversou comigo sobre viagens, e música, e foi... não sei, foi bom, fingir que eu era alguma coisa além de uma mãe. Mais do que uma dona de pousada. Ele me fez sentir que não era tarde demais.

— Eu acho você interessante. Eu poderia conversar com você sobre essas coisas. — A voz dele é dura.

— Não sei explicar. — Eu não sei como fazê-lo entender sem ofendê-lo, sem cavar uma trincheira ainda mais profunda entre nós que me enterrará viva. — Era diferente com ele. Eu gostava de quem eu era, ou eu estava fingindo ser alguém que desejava ser. Não sei. Mas *nunca* foi mais do que isso. — Eu puxo o ar, juntando forças. — Sam interpretou a situação do jeito todo errado. Deixar você estava tão longe de qualquer sombra de possibilidade que eu nunca lhe contei, porque contar para você de alguma forma tornaria aquilo provável. Algo que eu induzi. — Volto atrás, querendo ser totalmente sincera. — O que talvez eu tenha feito, mas sem intenção. Fiquei tão horrorizada e constrangida por ele ter achado que poderia me fazer aquela proposta. Repassei várias vezes cada interação, analisando o que eu fiz, como eu deveria ter agido diferente. Eu sinto tanto. Devia ter contado para você. Eu não quis dar importância a uma coisa que não tinha importância. Mas você está certo. Você merecia saber. — A humilhação sobe outra vez, um metrônomo de vergonha, marcando os anos desde que falei pela última vez com minha filha. — Meu Deus, a Jane acha mesmo que eu traí você? Todo esse tempo. *Meu Deus do céu.*

— Acho que isso é apenas uma parte do problema maior com que estamos lidando aqui.

— O que eu posso fazer? — Meu nariz coça, lágrimas ameaçam cair.

— Eu não sei.

Sinto-me tão esgotada, o silêncio se estendendo entre nós como os quilômetros que ele viajou até aterrissar em casa derrotado, os anos que compartilhamos enquanto ele carregava esse segredo.

— Eu sinto tanto, Joseph. Espero que você possa encontrar uma maneira de me perdoar.

— Não aconteceu nada — diz ele, sem ânimo. — Não há nada para perdoar.

— Mas eu devia ter contado, você não deveria ter tido que questionar algo assim.

— Eu sinto muito por não fazer você se sentir interessante... — Um pedido de desculpas que parece o fim de uma corda, um homem ferido que não tem mais nada para perder.

— Não, não, não. Não distorça as coisas desse jeito. — Balanço a cabeça, gaguejando. — Grite comigo, bata a porta, me mande dormir no sofá esta noite. Faça alguma coisa.

— Não estou bravo com você, Evelyn. — As palavras dele um suspiro, sem mais nenhum confronto.

— Mas deveria estar. *Eu* estou brava comigo.

— Faz tantos anos.

Lágrimas quentes descem pelas minhas faces.

— Sinto tanta vergonha... você pensou de verdade que eu poderia ficar com outra pessoa? Que eu sequer consideraria essa ideia?

— Eu quis que você tivesse uma escolha, uma saída, se fosse a sua vontade.

Meu queixo treme, tentando sufocar tudo.

— Desculpe.

— Eu gostaria de poder ter preenchido aquela necessidade em você, não sei, talvez nós pudéssemos ter...

— O quê? Vendido a pousada?

O silêncio dele é uma resposta.

— Eu peço desculpas também — ele diz.

Não há mais nada para dizer. Ficamos sentados na semiescuridão, sem nos tocarmos. Por fim, forçamo-nos a deitar na cama, exaustos de pesar e vergonha, mas nenhum de nós dorme.

Novembro de 1975

Dobro toalhas alvejadas, fazendo uma lista mental de tudo que precisamos para o Dia de Ação de Graças. A maioria dos hóspedes está na cidade para visitar familiares, então não oferecemos um jantar completo, mas assamos pão de abóbora para o café da manhã, com manteiga espalhada na parte de cima, que é crocante, e deixamos cidra quente com fatias de laranja no saguão todas as noites. Teremos uma pequena comemoração com minha mãe, Violet e Thomas; Thomas que veio para casa só por um dia, Violet em férias da Universidade Tufts.

Estou desesperada pela visita deles. Desde que Thomas começou em seu emprego em Manhattan, nós mal o vemos, e, embora Violet esteja no terceiro ano da faculdade, ainda tenho a expectativa de vê-la em seu quarto, deitada de bruços na cama com os tornozelos cruzados, folheando uma revista. Foi mais fácil começar a pensar nele como o quarto de Violet, e não o quarto *delas*, e às vezes, em minha mente, eu consigo me convencer de que há apenas uma cama, em vez das duas que se encontram vazias e perfeitamente arrumadas, como túmulos diante de mim. As cartas que enviamos, dinheiro, recados por telefone, tudo sem resposta. As noites em que soluçamos até não aguentar mais, revoltando-nos contra essa nova realidade, esse pesadelo do qual queremos resgatar Jane, mas não podemos. Às vezes essa é a única maneira de eu conseguir passar pelo quarto delas. É difícil demais enfrentar o luto todos os dias, saber que a qualquer momento poderíamos receber um telefonema que acabaria conosco.

Joseph está sentado à mesa da cozinha atualizando os livros contábeis e conferindo as reservas quando o telefone toca. Ele olha para o meu colo cheio de toalhas e, relutante, pega o telefone ao seu lado.

— Obrigado por ligar para a Pousada Oyster Shell. Em que podemos ajudar?

Há uma pausa.

— *Jane?*

Joseph se endireita na cadeira, a agenda de reservas cai no seu colo. Largo a toalha e olho para ele de boca aberta, incrédula. Depois de dois anos de silêncio desde que Joseph viajou para a Califórnia... poderia ser mesmo?

A voz dele falha.

— Claro que pode, meu amor. Claro que pode... — Outra pausa. — Não, não, não se preocupe, nós fazemos a reserva, vamos cuidar de tudo. — A voz abafada de Jane do outro lado. — Está certo. Logo nos falamos de novo. Nós amamos você.

Ele põe o fone de volta na base e fica olhando para o aparelho, como se tivesse falado com um fantasma. Seus olhos estão cheios de lágrimas quando encontram os meus, os lábios entreabertos em choque.

— A Jane vem para casa. — Ele se levanta, derruba a cadeira na pressa, e eu me ergo em um pulo também, espalhando as toalhas lavadas pelo chão. Ele me segura, me aperta em um abraço e a força some das minhas pernas.

— Tem certeza? — Eu o aperto de volta, incapaz de acreditar que possa ser verdade.

— Tenho. Ela vem para casa. — O abraço dele me preenche. Por dois anos, desde que voltou da Califórnia, desde que conversamos sobre Sam, ele se tornou uma rajada de vento. Silencioso exceto pelos sons que fazia ao farfalhar pelas folhas da casa. Café coando. Água correndo no chuveiro. Jornal sendo dobrado. Chaves tilintando. Escada rangendo. Motor do carro ligando. Nada que eu pudesse dizer ou fazer, nenhuma tentativa de conversa reconfortante, toque gentil, dar-lhe espaço, trouxe-o de volta. Mas, agora, ele me levanta do chão, me gira em círculos estonteantes. — A Jane vem para casa!

— Ela disse sete e quinze, certo? — Mordo a pele em volta das unhas, um terrível hábito de estresse que se manifestou desde que Jane foi embora. Olho para o relógio. Ainda não são nem seis horas e já estamos quase chegando.

— Sete e quinze. — Joseph solta uma das mãos do volante e segura minha mão, não tanto para me tranquilizar, mas para impedir que eu coma as cutículas. — Pare. Vai ficar tudo bem.

Concordo com a cabeça, mas minha garganta está seca. Nada nisso está bem.

Do lado de fora está tão escuro que poderia ser meia-noite. O sol de novembro se põe mais cedo a cada dia, sinalizando a lenta aproximação do frio do inverno que permanecerá por um bom tempo mesmo na primavera. Aboto meu casaco de lã — o aquecedor no lado do passageiro está quebrado, e a ventilação sopra ar frio até eu a fechar. Joseph disse que ia consertar, mas anda tão distraído que deve ter esquecido. Eu não menciono o assunto. "Desperado", dos Eagles, toca no rádio, e a letra é tão oportuna que um nó se forma em minha garganta. Joseph não presta atenção na letra, a música flutua por seus ouvidos para seu prazer passivo, portanto a ironia é enfrentada apenas por mim até a canção terminar.

Passamos por uma placa para o aeroporto Bradley, e Joseph pega a faixa da direita, preparando-se para a saída. Enfio os dedos sob as coxas, para deter meu tique nervoso e para esquentá-las. Faz tanto tempo que ele não segura minha mão em um momento de afeto. Tanto tempo que ele não me puxa para um beijo longo e espontâneo ou me envolve em seus braços, ou que passa o nariz pela minha nuca enquanto eu lavo a louça do jantar. É como se ele nunca tivesse voltado da Califórnia, apenas sua sombra, um corpo vazio com a aparência dele.

Circulamos pelo estacionamento até encontrar uma vaga, com uma hora de antecedência. Saímos de casa muito antes do necessário, a tarde passada em agitação e passos de um lado para outro. Esferas de energia nervosa, ansiosos para chegar lá, para ver Jane. Agora que estamos aqui, aviões deslizando pela pista, estou aterrorizada. E se ela não tiver me perdoado por todos esses anos que passamos em silêncio? E se ela me culpar pelo que aconteceu com sua vida? Então um pensamento me envergonha ao passar rapidamente pela minha mente, a pele dela, com feridas e marcas vermelhas: *e se ela ainda estiver viciada?* Enquanto caminhamos para o terminal, começo a roer as cutículas outra vez. Joseph pega minha mão, enlaça seus dedos nos meus. Desta vez ele me afaga com o polegar e minha respiração se acalma.

Paramos sob um letreiro onde está escrito CHEGADAS e esperamos, enquanto os minutos escoam lentamente. Joseph põe o braço em meus ombros, e eu me encosto nele, grata. A cada multidão que aparece e se dissipa, meu coração acelera, mas é sempre um mar de estranhos. Olho o relógio de Joseph. *Sete e vinte e cinco.* Outra multidão sai pelo portão. Homens de negócios. Uma família de camisetas iguais: *Califórnia* em letras brilhantes sobre a ponte Golden Gate. Comissários de bordo vestidos em uniformes azuis. E então, a distância, atrás de um punhado de braços e pernas em movimento, lá está ela.

Jane está com uma sacola gasta pendurada no ombro. A Guerra do Vietnã terminou, mas ela parece ter vindo direto de um protesto. Seu cabelo está comprido e revolto, a camiseta e o jeans velhos, e Joseph tinha razão. Ela está mais magra do que eu jamais a vi, seus braços e pernas parecem palitos. Preparo-me para que Jane cumprimente Joseph primeiro, para que ela seja reservada ou mesmo fria comigo. Seus olhos passam pela multidão, mas ela não nos vê ainda, sua cabeça procurando de um lado para outro, ansiosa. Nós vamos em direção a ela, e Joseph chama seu nome. Ela se vira para o som e nos avista abrindo caminho até ela. Ao nos aproximarmos, minha respiração para. Ali, segurando a mão dela, escondida da vista atrás de seus joelhos, está uma menininha.

Quando Jane nos vê, ela levanta a menina sobre o quadril e corre para mim, me abraça com força, essa criança — *filha de Jane?* — enfiada sem querer entre nós.

— Mamãe... me desculpe, me desculpe. — Ela soluça, seus ombros balançam.

Afago seu cabelo, meu coração explodindo, a garganta apertada de lágrimas, e digo:

— Me desculpe também. Desculpe. — Ela não cheira a cigarros, ou álcool, ou maconha, ou sujeira, apenas ligeiramente a suor e alguns odores desconhecidos que não consigo identificar, resíduos de sua antiga vida que nunca conhecerei. A menininha é, sem dúvidas, filha de Jane, a cópia da criança que eu mesma carreguei no colo uma vida atrás, uma impossibilidade que eu sei que é verdade. Abraço as duas, atordoada demais para falar.

Jane se afasta e se recompõe.

— Mamãe, papai, esta é a Rain. Sua neta.

A menininha nos espia de trás de uma cortina de cachos, seu rosto pressionado no ombro de Jane. Neta. Rain. Como ela é grande, minha *neta*... Eu tenho uma neta.

— Jane, ah, meu Deus, Jane. — Joseph, com lágrimas nos olhos, estende a mão gentilmente para bater na da menina. Rain, hesitante, bate na mão dele, sorri.

— Jane, eu... — Toda a conversa que eu tinha ensaiado nula e vazia diante dela, a filhinha de Jane. Exceto isto. — Nós estamos... muito felizes por você estar em casa.

Nós as conduzimos para o carro e, no caminho, meu medo ressurge. Recebemos aquilo pelo que rezamos, nossa filha voltou para nós, viva, segura. E, mais do que jamais imaginamos, uma neta, com um ano e dois meses, um milagre, um presente, talvez até uma razão para tudo isso.

Mas eu não tenho ideia do que faremos a partir daqui.

Vinte e três

Evelyn

Abril de 2002

Eu levanto da cama cambaleando, me apoio nas paredes até chegar à varanda e sigo até o meu banco para me sentar ao lado de Joseph. Ele está ajoelhado de costas para mim, arrancando caules amarelados e talos secos para abrir caminho para os novos brotos verdes. Apesar do sol da primavera, há um vento frio arrastando taninos de inverno.

Ele se vira quando meus passos rangem sobre os resíduos.

— Como foi o seu descanso?

Não sei quanto tempo eu dormi; não lembro nem mesmo de ter me deitado.

— Sonhei com a minha mãe de novo.

— Quer falar sobre isso?

Mexo nos botões do meu suéter quando a brisa aumenta, não querendo pedir a ajuda de Joseph.

— O jeito que ela estava no fim, como deve ter sido assustador para ela... nem posso imaginar passar por isso sem você. Ela não tinha ninguém.

— Tinha você.

— Ela mal sabia quem eu era no fim. — Todas aquelas visitas à clínica, sem saber em que ano da mente dela eu ia entrar quando abria a porta, ou se ela sequer me reconheceria. Havia se perdido pelas redondezas de casa seis vezes; quando foi encontrada vagueando depois da meia-noite no meio do inverno, afirmando ter um cartão de aniversário para entregar, não tivemos escolha. Os quatro últimos anos de sua vida foram passados lá dentro, o cheiro pungente de desinfetante sobre o odor forte de deterioração era suficiente para me fazer querer dar meia-volta todas as vezes que eu passava pelas portas duplas automáticas. Todos os dias a realidade dela mudava para um ponto diferente no tempo, em que pessoas amadas perdidas estavam vivas, em que feridas antigas eram frescas e doloridas, e às vezes duas pessoas que nunca coexistiram encontravam-se juntas em sua mente. Os quartos austeros, silenciosos exceto pelo zumbido de uma televisão ou ocasionais gemidos incoerentes, os olhares sem expressão no rosto dos residentes, o jeito como o tempo nunca parecia passar de um minuto para o seguinte, de um dia ou semana ou mês. A vida que cada um deles tinha vivido, histórias internalizadas. O esquecimento. A espera. Espera pelas pessoas amadas. Espera de uma refeição trazida para o seu colo, dada a eles na boca com uma colher.

— Eu ainda acho que você foi um conforto para ela. — Ele percebe que estou me atrapalhando com os botões. — Está com frio?

Balanço a cabeça quando uma nuvem se afasta, envolvendo-me na luz do sol. O sonho me incomoda de novo.

— Eu sinto pena dela... foi tão sozinha, a vida inteira.

Nunca vi meus pais sendo afetuosos um com o outro, não como os pais de Joseph. A sra. Myers dava beijos nas bochechas barbudas do sr. Myers, ele a girava pela sala de estar ao som de um disco na vitrola. Eu raramente via minha mãe e meu pai no mesmo aposento exceto para as refeições, via-os se tocarem apenas ao passar fósforos um ao outro para acender seus cigarros. E o jeito que eu brigava com ela, o jeito como a deixei quando Tommy morreu... foi ela que não quis sair do quarto ou eu que não levei em consideração sua dor inimaginável, uma mãe forçada a enterrar um filho? Eu, que nunca fui abrir sua porta, nem mesmo para dizer adeus.

— No meu sonho, ela pediu socorro e eu não a salvei, tudo porque ela ficou brava e gritou comigo. — Outra lágrima cai, e eu deixo.

Joseph está quieto, ouvindo enquanto arranca os talos secos, formando uma pilha ao seu lado.

— Eu fiquei brava com ela por tanto tempo... ela era tão crítica. Mas vai ver esse era o único jeito que ela sabia de chamar a atenção das pessoas? Não sei... — Encolho os ombros, meu rosto esquenta pela vergonha. O tempo todo eu achei que ela me punha de lado, mas talvez tenha sido eu que nunca precisei dela. Eu era a que estava segura em terra firme. Eu tinha Tommy, e Joseph, depois Maelynn, e as crianças. Ela estava presa na casa como um espírito sem descanso, enlutada pelo filho, abandonada pela filha, ignorada pelo marido, vagando, esperando que alguém a notasse. — Odeio que tenha sido preciso perdê-la para finalmente a compreender. — Nossa última conversa ressoa em meus ouvidos. — Eu não pude estar presente para ela até ser tarde demais.

Joseph balança a cabeça.

— Não adianta nada ficar se punindo. Às vezes é preciso algum tempo para a gente ver as coisas como elas realmente foram.

Tento me lembrar do sonho que começa a se fragmentar e escapar de mim. Os detalhes embaçam, mas eu a ouço chamar meu nome, gritando por socorro. Sinto as ondas rolarem sobre meus pés enquanto ela flutua para longe.

Joseph continua a trabalhar, e eu fico ali sentada com meus pensamentos vagantes. A clínica de minha mãe, o fato de eu ter visto poucos homens lá. Quarto após quarto de mulheres que haviam perdido o marido, amigos, família e, com frequência, a mente. O que é pior perder, a pessoa que você ama ou a capacidade de reconhecer o rosto dela? Encho-me de gratidão porque nunca terei que experimentar anos sem Joseph ou anos sem as lembranças que tecemos juntos como a mais quente das lãs.

Eu pergunto:

— Você está com medo?

Sinto uma onda de amor quase insuportável, penso nos calos dos seus dedos, na dor que ele sente ao massagear a perna depois de um longo dia, no seu gosto por nadar à noite. São detalhes íntimos que carrego, gosto até mesmo da terra embaixo de suas unhas. Se fôssemos mais jovens, eu me arrastaria pela grama e descansaria minha cabeça em seu colo, olhando as nuvens, ou envolveria minhas pernas em sua cintura e enfiaria meu nariz em seu pescoço, sussurrando: *Você está com medo?*, mas hoje, já travei uma batalha vindo até aqui, sentando e fazendo uma pergunta.

Ele larga a pá e limpa as mãos esfregando-as uma na outra, levanta-se com esforço e vem se sentar comigo no banco. Mais uma pontada de saudade, a vontade de me aconchegar no colo dele uma vez mais. Lembro das mulheres na clínica. Anos vivendo sem a pessoa amada ao seu lado... mas vivendo. Arquitetar o plano é uma coisa, mas levá-lo adiante...

— Está tendo dúvidas? — ele pergunta, gentilmente.

— O tempo todo. E você?

Ele não precisa responder para eu saber que compartilhamos as mesmas ansiedades; as repercussões de nossa decisão pesam entre nós. Do outro lado do jardim, uma janela de quarto se abre na casa de Violet, ligando-me de volta à realidade. Ter uma conversa como esta, com nossa família tão perto, discutir o impensável.

—Você acha que vamos sentir alguma coisa? — pergunto.

— Eu espero que seja como cair no sono, do jeito que planejamos.

Os comprimidos estocados no armário do banheiro, remédios controlados para me ajudar a dormir, para me deixar confortável, de médicos que só me ouviram dizer que a dor é muito forte para suportar. Que não ouviram o que estava por trás, que haverá um dia em que o que eu perco é mais do que o que eu ainda tenho.

— E se não houver nada depois?

— Bom, aí nós não vamos perceber a diferença.

Reflito sobre isso e entendo que ele está certo. Não há como saber com certeza.

— Você acha que haverá um céu?

Ele dá de ombros.

— Não sei o que o céu poderia oferecer que seja melhor do que a vida que nós tivemos.

Eu mexo as sobrancelhas.

— Que tal uma vida em que você não tenha que esfregar vasos sanitários?

Joseph ri, depois sorri tristemente.

— Espero que tenha um mar. E um sol para nos aquecer depois de nadar.

Eu me encosto nele.

— Eu acharia bom se fosse como a nossa vida, tudo outra vez.

Joseph prende um cacho de cabelo atrás da minha orelha, e me sinto jovem outra vez, como já fomos, enlaçados neste mesmo gramado. Ele se vira para mim, com os olhos úmidos.

— Como eu disse, esta vida com você, isso foi o céu para mim.

Engulo com força, as palavras que insistem em subir dentro de mim. *Não quero morrer, ainda não, nunca. Eu amei a minha vida, eu amei a nossa vida, eu quero ficar.*

Grata por termos escolhido esperar até depois dos primeiros meses de primavera, para não perder os caprichosos sinos-dourados, as azaleias e tulipas, as pétalas roxas da flor de açafrão.

— Você já sabe onde vai plantar uma área para o bebê da Rain? — pergunto. Rain, já no terceiro trimestre. Não vai demorar muito. Outra pontada, um tipo diferente de anseio.

— Tem um pouco de espaço ao lado dos gladíolos da Jane, eu achei que seria bom as flores dela estarem perto das flores da neta.

— A Jane vai ser avó. O que isso faz de nós?

— *Muito* velhos — ele diz, e eu rio.

— Olhe para isso, Joseph. — O jardim está no começo da beleza que virá, à medida que abril se transforma em maio, e maio em junho, ele explodirá em cores e vida. Ele me ajuda a lembrar seus nomes, às vezes, quando os perco, imagino suas flores e os nomes encontram o caminho de volta. Quero ver as flores que representarão o bebê de Rain, quero ver seu bebê crescer e plantar seu próprio jardim. Quero viver aqui para sempre, mover-me entre as pétalas delicadas, pressioná-las contra meu nariz. Que efeito colateral cruel perder o aroma de biscoitos no forno, o perfume doce de uma campina. Se eu soubesse, teria me deitado no jardim todas as manhãs, aspirado madressilva e rosas. Teria enchido os balcões da cozinha de delícias assadas, cupcakes e muffins e pães doces. Teria ido a Bernard Beach, sentido a maresia e o cheiro dos bancos de areia e das algas. Teria deitado junto de Joseph, sentindo cheiro de sabonete, suor e água de colônia. Mas não se pode saber. Às vezes essas coisas são levadas embora sem aviso prévio, e não se tem como trazê-las de volta.

— Quer um chá gelado? — pergunto. É muito tarde para um café, mas parece um momento perfeito para dois copos cheios até a boca com gelo, duas fatias de limão, dois canudos e chá suficiente para ir bebendo aos poucos durante a tarde.

— Boa ideia. Eu posso fazer para nós.

— Não, Joseph, deixe que eu faço. Já volto. — Antes que ele possa discutir, apoio uma mão trêmula em sua coxa e me levanto do banco. Sigo cautelosamente, passando pelas margaridas de Violet e os talos verdes que florescerão com as lavandas de Thomas no fim do verão, até a varanda.

Estou quase nos degraus, quando caio. O céu azul indistinto enquanto uma dor pulsante e aguda agride minhas costas, quadris e cotovelos. Um fluxo quente de urina desce pela minha perna.

Joseph aparece acima de mim, eclipsando o sol, me pergunta se estou bem, se consigo levantar, se não sinto nada quebrado. Eu consigo levantar, mas a dor arde como uma queimadura. Ele me ergue com cuidado e me conduz para dentro, inspeciona meus cotovelos, ralaram nas pedras do chão e estão sangrando, miraculosamente o pior dano que ficou do acidente. Ele me olha boquiaberto, o medo estampado em seu rosto. Eu nunca caí antes. Cheguei perto, tropecei na saída do chuveiro ou calculei mal uma soleira de porta, mas sempre me equilibrei, ou Joseph me segurou. Nunca isto.

— Eu fiz xixi, Joseph, eu... — Um soluço me sacode enquanto ele tira minha calcinha molhada, passando-a pelas coxas. Choro quando ele me segura como uma boneca em seus braços.

Vinte e quatro

Joseph

Maio de 1977

Violet coloca um espelho de moldura dourada diante de mim, está vestida com mangas de renda, e inclina a cabeça para colocar um par de brincos de pérola. Damas de honra, amigas da Tufts e de Stonybrook, flutuam em volta dela em vestidos azul-claros, abotoando e ajustando e arrumando, em uma cena que faz lembrar "Cinderela", um conto de fadas que memorizei de todas as vezes que ela me implorou para ouvi-lo, aquelas noites em que ela ainda cabia na curva de meu braço que parecem ser uma memória de uma vida atrás e, ao mesmo tempo, uma lembrança recente.

Jane, a madrinha, está ajoelhada na frente de Rain, adornada em um vestido azul similar. Ela voltou à sua aparência esguia normal, muito distante da pele e ossos que chegou em casa mais de um ano atrás. Seu cabelo domado e preso para trás, os olhos claros e brilhantes, a autoconfiança crescendo conforme sua vergonha se dissipa, prosperando na distração de uma rotina, trocando lençóis, esfregando banheiras, confirmando reservas. Minha culpa pesada e espessa por aqueles anos perdidos, por não ter sido capaz de proteger melhor a nossa filha, de impedir a dor mais profunda dela.

Ela me agradeceu uma vez, meses depois de voltar. Nós estávamos sentados à mesa da cozinha enquanto Rain comia morangos fatiados. Ela evitou meus olhos, limpando o sumo vermelho do queixo de Rain, e disse: "Obrigada por ter ido à Califórnia. Por ter ido nos buscar". Eu lhe disse que gostaria de ter feito isso antes. Ela desabou, contando-nos do seu tempo lá, do homem que ela seguiu para o outro lado do país, da dor interior que ela confundiu com amor, todas as maneiras como isso a estilhaçou e sugou. Rain nasceu tão pequena e nova, e sua chegada despertou em Jane o desejo de também se sentir nova outra vez. Superando a vergonha que a manteve longe de nós por tanto tempo, mesmo depois de Rain nascer; foi o desejo, a necessidade de uma família que, por fim, a trouxe para casa. Eu segurei sua mão, e Evelyn segurou a outra, e nós só ficamos ali juntos, porque não havia mais palavras, todas as palavras que existem eram ditas através de nossas mãos apertadas, sem mudar nada, sem consertar nada. Tudo que podíamos fazer era amá-la, essa mulher que saiu do inferno com sua filha, que se apoia em nós agora. Uma corda salva-vidas para a menina que ela foi, para a mulher que um dia vai se tornar.

Na sala de preparação da noiva, Rain, agora com dois anos e meio, treina espalhar pétalas, vestida com uma coroa de flores e saia de babados, enquanto Jane arruma o cabelo dela. Os cachos de Violet estão presos para trás em um coque baixo, e, quando eu encontro seus olhos verdes no reflexo no espelho, não posso deixar de notar o quanto ela se parece com sua mãe no dia de nosso casamento. Evelyn tinha mais ou menos a idade dela, jovem e luminosa, a luz mais brilhante que irradiava em qualquer aposento.

— Como eu estou, papai? — Ela sorri e gira com graça, como as bailarinas nas caixas de música em que ela dava corda sem parar quando criança.

— Linda, querida. Linda. — Pisco com força, esperando conseguir me controlar para conduzi-la pela igreja. Eu a abraço e beijo seu rosto, depois saio para ver Connor. A igreja murmura com conversas em voz baixa e expectativa, arco-íris de luz infiltram-se pelas janelas de vitrais. Evelyn está conferindo se todos os convidados estão sentados, e eu passo por ela no corredor. Ela usa um vestido azul-marinho com brilhos e o cabelo está encaracolado e preso de uma maneira que eu não via há anos, as bochechas rosadas e os lábios pintados de um rosa-claro. A fissura entre nós se fechou como se a mola estivesse lá só esperando para ser acionada; qualquer discórdia ou desentendimento insignificante em comparação com isto: nossa filha está segura em casa. Uma neta, todo um novo tipo de ternura. Sua mãozinha, um bálsamo.

A beleza de Evelyn me faz parar, mesmo na correria pré-cerimônia, e me deixa sem fôlego, me manda de volta para o momento em que ela desceu daquele trem. Os destaques da nossa vida juntos se reproduzem em um loop infinito em minha mente, pondo em sequência todos os momentos que nos levaram de lá até aqui, daqui de volta para lá, e eu estou encantado de novo. Mas hoje eu a amo muito mais do que amava naquela época.

Ela segura meu cotovelo.

— Como ela está?

— Está tão linda. Nem acredito que ela vai se casar hoje.

— Pois é. Nosso bebê cresceu.

— Ela se parece tanto com você.

Ela sorri, dengosa.

— Você acha mesmo?

— Acho. Não sei se estou preparado para entregá-la.

— Se alguém a merece, é o Connor.

— Ele é um bom homem, não é?

— É, sim. — Ela ajeita minha gravata-borboleta e levanta meu queixo com o polegar de um jeito brincalhão, e meu corpo todo amolece com seu toque.

— Eu não sei para onde foi o tempo. Para onde ele foi?

Evelyn balança a cabeça e encolhe os ombros ligeiramente, mas não parou de sorrir, um sorriso leve e sonhador que me lembra de beijos banhados pelo sol em uma praia deserta.

— A Jane está lá com ela agora?

— Está, e a Rain também. Ela está treinando e espalhando pétalas pela sala inteira.

— Ah, não. — Ela ri. — Espero que sobre alguma para a cerimônia.

Seu riso me preenche e me faz querer confessar cada uma das coisas que eu amo nela. As rugas em volta da boca, o contorno de seu rosto, as coxas macias. Cada uma das marcas de idade nela acompanha cada ano que compartilhamos, a prova em seu corpo é o mapa que me diz que estou em casa, as cicatrizes e sardas que tracei com minha língua, que eu poderia seguir de olhos fechados, o único lugar que já me importou conhecer. Eu a amo tanto, e hoje estou explodindo para lhe dizer isso repetidamente. Mas não o faço, porque *eu te amo* se tornou rotina, o ponto no fim de uma frase em vez da explosão de afeto que entra em erupção na primeira vez que isso é dito. Preciso de palavras mais fortes do que *eu te amo*. Preciso de uma emoção totalmente nova para descrever a profundidade do que sinto pela mulher a quem dei minha vida e que, em troca, deu sua vida para mim.

— É melhor você ir dar uma olhada no noivo. Eu vou me sentar. Está quase na hora. — Ela levanta a cabeça para me beijar e seus dedos se demoram em meu braço mesmo enquanto ela se vira. Parece que ela está sendo vítima do romance do dia tanto quanto eu.

Connor está na sala na extremidade oposta da igreja. Bato na porta, e ele grita para eu entrar. Seus três irmãos e o pai estão à sua volta, ruivos com sotaque de Boston, variações do noivo ligeiramente mais robustas, ou mais altas, ou com menos cabelo ou mais bigode. Aperto a mão dele e sinto uma mudança, do rapaz que fazia algazarra com os irmãos para um homem pronto para se dedicar inteiramente a uma mulher. Eu o conduzo para a porta, seus padrinhos e o pai nos seguem. A cerimônia é cheia de lágrimas e aplausos. Violet irradia luz, e Connor treme enquanto coloca a aliança no dedo dela. Eu o observo durante os votos, reconheço a expressão de total entrega em seu rosto. Conheço bem essa expressão; é a mesma que esteve no meu quando me casei com Evelyn. É a que faço toda vez que ela me olha nos olhos, me dominando por inteiro, sem esforço.

Na sala da recepção lotada, Violet e Connor são anunciados com uma salva de palmas e, depois de fazerem a primeira dança, convidam todos para a pista. Chamo Evelyn para ir comigo, lembrando que no passado teria sido ela me arrastando para dançar, com alguma resistência de minha parte. Desde que Jane voltou para casa, nada parece tão sério que eu não possa dançar com minha esposa. Evelyn pressiona o rosto em meu peito. Violet e Connor balançam perto de nós, os olhos presos um no outro em sua conversa secreta, uma história de amor toda deles para descobrir.

Sou levado de volta à vida de recém-casado. Para todas as palavras que dizíamos sem emitir som, para dias e semanas e meses que nos escondíamos embaixo das cobertas. Ela me deixava tão fraco naquela época. Mesmo agora, ainda me sinto fraco com o peso da grandeza do meu amor e da ânsia de querer anos intermináveis ao seu lado. De poder começar tudo outra vez, jovens e novos em folha. Aprender um ao outro de novo. Nós nos conhecemos quando éramos crianças, fomos o único amor que tivemos. Se ela tivesse explorado o mundo, se tivesse deixado Connecticut por algum outro motivo que não o luto, teria conhecido outra pessoa? Alguém teria partido seu coração, ou pior, a amado tão profundamente quanto eu? Ela teria me escolhido mesmo se tivesse tido outra opção? Eu me apavoro sempre que me pergunto.

Evelyn se move junto ao meu peito, levantando a cabeça, seu olhar no brilho que envolve Connor e Violet.

—Você se lembra dessa sensação? — ela sussurra, dando uma olhada para mim.

— Se eu me lembro? — Olho naqueles olhos sempre mutantes. — Eu nunca esqueci.

Ela pressiona os lábios nos meus, e eu afago suas costas, puxo-a para mais perto.

— Eu esperava que você dissesse isso.

A luz nos olhos dela enquanto dançamos, seu sorriso satisfeito, me dão coragem e eu pergunto:

—Você teria me escolhido outra vez? Se tivesse tido a chance de fazer as coisas que você queria fazer? Ainda teria sido eu?

Ela fica em silêncio, nossos corpos se movem com a corrente dos outros casais na pista de dança lotada, todos perdidos em seu próprio ir e vir suave.

Não tenho certeza se ela me ouviu, mas, antes que eu possa repetir a pergunta, ela fala.

— Há coisas que eu gostaria de ter feito nesta vida? Coisas que eu nunca fiz e provavelmente nunca farei? Coisas que eu gostaria de poder mudar? Sim. Eu estaria mentindo se dissesse que não lamento nada. Mas você, nossos filhos, tudo em nossa vida juntos... essa é uma escolha que eu faria de novo e de novo. Sempre foi você. Mesmo quando eu estava com medo. Sempre foi você.

Ela diz a última parte em um sussurro, como se para si mesma. E nós balançamos juntos na pista de dança até a música e as pessoas à nossa volta se fundirem na mais bela e tranquila melodia, como ondas na praia... até haver apenas Evelyn nos meus braços com a maré indo e vindo, vindo e indo, confundindo e marcando o tempo.

Setembro de 1983

Concordamos em fechar a Oyster Shell para sempre depois do Labor Day, que marca o fim do verão em Stonybrook, quando os guarda-sóis listrados desaparecem das praias e os chalés alugados para a temporada tampam suas janelas com tábuas para protegê-las do inverno. Conversamos sobre isso durante anos, construímos nossa poupança e imaginamos como seria a vida de aposentados, debatemos se íamos mesmo conseguir, se tínhamos a coragem de fechar as portas. Ficamos em atividade mais tempo do que qualquer pessoa que conhecemos, mais de trinta anos. Há algumas outras pousadas nas proximidades, e nós vimos a inevitável mudança de proprietários, testemunhamos pousadas se tornando casas particulares e casas particulares se tornando pousadas. A maioria dos lugares administrados por famílias dura uns dez anos antes de ser vendida ou fechar. A taxa de burnout é alta, porque as demandas sobre os donos de pousadas são constantes: compartilhar a vida com estranhos, estar disponível, receptivo e invisível ao mesmo tempo. Mas vender a Oyster Shell, suas vigas de cedro tão grisalhas e desgastadas quanto eu, nunca foi uma opção.

Agora, nossos filhos estão encaminhados em suas próprias vidas. Thomas e Ann noivos, Violet grávida do terceiro filho e Jane voltando a ser a filha que conhecíamos, corajosa e aventureira, mas não desgovernada, não em um caminho de destruição. Apenas livre. Por oito anos ela e Rain moraram conosco, ajudando a receber os hóspedes, a servir o café da manhã, a trocar os lençóis. Sinto falta do som dos pezinhos de Rain no corredor, de Jane tomando café na cozinha, mas estou orgulhoso de onde ela chegou. Seu próprio apartamento, um emprego estável como caixa de banco na cidade, estudando jornalismo em uma faculdade comunitária. Parece um bom momento para virar a página. Ao contrário dos meus pais, que foram forçados a fechar, a se enlutar pela pousada como se fosse um ente querido, nosso sonho não foi varrido por ventos de furacão. Quando fecharmos, será nossa própria escolha, não por estarmos esgotados pelo trabalho, mas por querermos passar nosso tempo do jeito que nos der vontade, deixar nossa casa se tornar nada mais nada menos do que um lar.

Os últimos hóspedes tendo feito o checkout, o quarto arrumado, o carro deles há muito desaparecido da nossa entrada, Evelyn segura meu braço, enlaça-o no seu, e nós caminhamos juntos para a frente da pousada. É um dia perfeito de setembro, uma brisa muito leve, nuvens vagando preguiçosas.

—Você quer ter a honra? — pergunta Evelyn, entregando-me meu alicate, e eu solto a velha placa desbotada da Oyster Shell de sua corrente.

Olhamos um para o outro, a estaca vazia, a placa em minhas mãos.

— E agora? — Evelyn pergunta, e nós dois rimos. Ela me abraça e eu apoio o queixo em seu cabelo. Nosso mundo de repente tão quieto, só nós dois.

Ela começa com cautela.

—Você devia pensar em *alguma coisa* para fazer... esta aposentaria é uma bênção e eu detestaria que você a desperdiçasse ficando entediado.

Não digo nada, profundamente inseguro. Ela me aperta, pedindo uma resposta.

— Mas o que eu poderia fazer?

Ela levanta as sobrancelhas.

— O que você quiser. Essa é a graça.

É fácil para ela. Ela tem outros sonhos, outros desejos, além de mim. Listas deles. Eu me pergunto, não pela primeira vez, se a amo mais do que ela me ama, se sou suficiente para ela. Por que eu a amo tanto? Porque ela é tudo que eu não sou, e tudo que eu gostaria de poder ser. Eu a invejo. Mesmo em seus dias mais sombrios, ela sentiu mais do que eu jamais senti, mergulhou mais fundo em si mesma para poder nascer de novo.

Gostaria de ter mais a oferecer, algum segredo interessante para confessar. Há coisas de que eu gosto muito em nossa vida bela e tranquila, como café quente depois de um banho de chuveiro de manhã ou as ondas frias do mar em volta do meu corpo nos primeiros mergulhos do verão. Mas não sou um sonhador. E, embora ela deseje que fosse diferente, eu não sou infeliz. As pessoas sempre parecem saber o caminho que devem seguir, mas eu meramente me deixei levar pela corrente em que me encontrava.

Ressuscitei o sonho dos meus pais, encontrei meu caminho sem eles todos esses anos. Juntos, Evelyn e eu introduzimos um sopro de ar em quartos empoeirados, os vimos florescer com conversas e vida, criamos nossos filhos e atendemos os hóspedes como eles fizeram; vivemos à sombra da memória deles, enquanto eles existiam nas cavernas da nossa. Não havia espaço, ou necessidade, para nada mais que isso. Para mim, sempre foi suficiente. Nós mal tivemos tempo para amigos, embora fizéssemos o máximo para ser sociáveis, Evelyn sempre extrovertida enquanto eu me esforçava para manter conversas cordiais. Nunca mais encontrei um vínculo como o que me unia a Tommy. Relacionamentos vieram e se foram com as fases de nossa vida. Tirando Maelynn, as relações de Evelyn com outras mulheres foram deixadas de lado por agendas lotadas e promessas de se encontrar que se evaporavam com a passagem das estações. Mas, como eu disse, não sou infeliz. E, no entanto, não sei como responder à pergunta de Evelyn.

—Você está ouvindo?

— Sim, estou ouvindo. Não tenho nada para dizer. É tão errado só querer passar tempo com você?

— Você vai se cansar de mim se tudo o que fizermos for passar tempo juntos.

— Estamos casados há trinta e oito anos. Se eu ainda não me cansei de você, não acho que isso um dia vá acontecer. — Os braços dela não me parecem mais tão confortáveis, e eu saio de seu abraço. — Vamos voltar para casa. Eu quero encontrar um lugar para isto. — Levanto a placa em resposta, algo para fazer, neste momento.

Ela fala atrás de mim quando me afasto:

— Mas pense nisso, está bem?

O que eu quero, Evelyn? Não tenho a menor ideia. Quero tempo com ela, com as pessoas que amo. Quero tempo com as pessoas que perdemos. Quero voltar ao começo. Quero segurar a mão dela nas ondas, sentir meu coração acelerar. Quero que ela diga sim para mim, tudo outra vez.

Vinte e cinco

Joseph

Maio de 2002

Escuto a porta de tela se abrir com um rangido atrás de mim. Evelyn aparece em um vestido floral de mangas longas, seus cachos grisalhos compridos presos na nuca, já arrumada para a festa. Estive aqui fora desde o café da manhã, espalhando adubo, plantando zínias vermelhas e combatendo uma infestação de pulgões, tentando adiantar tanto quanto possível antes de precisar me fazer apresentável. O ar está fresco, mas a atividade manteve meu sangue circulando, e o sol manteve meu corpo aquecido.

Ela vem caminhando pela trilha, algo enfiado discretamente sob o braço.

— Como estão as flores da Violet?

— Estão bem. — Aponto o spray para a superfície inferior das folhas infestadas, as margaridas murchas são um terreno fértil para pragas. — Vamos torcer para que isso dê um jeito no problema.

Evelyn se senta em seu banco e, na luz matinal, os semicírculos escuros sob seus olhos são mais visíveis, arroxeados e translúcidos. Ela enfia as mãos nos bolsos de seu suéter e diz:

— Eu adoro esta época do ano.

O ápice da primavera, os canteiros todos floridos, crescendo juntos em um caleidoscópio de cor, as peônias como pompons de nuvens cor-de-rosa, tudo verde e vibrante com a vida renovada. Um beija-flor voeja em volta de uma madressilva, margaridas amarelas tremulam à mais leve brisa, o sol espia de trás de um fiapo de nuvem. Muitos dias passados como este, Evelyn me fazendo companhia, lendo ou escrevendo em cadernos enquanto eu trabalhava. Às vezes eu pegava seu olhar fixo nas violetas e não nas páginas em seu colo e me perguntava onde sua mente errante pousava. Será que ela me via, esperando aflito por ela no fim do seu caminho? Ou estaria naqueles primeiros momentos, pétalas em seus bolsos, flores no cabelo?

Ela inclina a cabeça para trás, aquecendo-se ao sol.

— Que manhã bonita.

— Linda — eu concordo, meus olhos nela, o romance do dia, a animação da festa me contagiando. Depois de todos esses anos, ainda tão incrivelmente linda.

— Eu tenho uma surpresa para você. — Ela revela uma caixa entalhada de madeira que estava escondida às suas costas e a coloca no colo.

Eu me levanto desajeitado, pego de surpresa.

— Eu não sabia que era para dar presente.

— Não é. — Evelyn tamborila na tampa. — Isto estava guardado para você faz muito tempo, esperando o momento certo.

Inclino a cabeça, intrigado, e limpo a terra o melhor que posso, esfregando as mãos no jeans gasto. Ela bate no banco ao seu lado, e eu me sento.

— Eu comecei a lhe escrever cartas enquanto você estava na guerra e... acho que nunca parei. — Ela levanta a tampa da caixa, que está cheia até a borda de envelopes, meu nome em letra cursiva em cada um deles. — Há cartas de quando eu queria lhe dizer como me sentia, ou de quando precisava tirar alguma coisa de dentro do meu peito, e uma para cada grande marco que alcançamos ao longo do caminho.

— Evelyn... — Seu nome é tudo que consigo dizer, atordoado.

— É uma comemoração, certo? — Ela sorri, e eu estou sem palavras. Sessenta anos de seus pensamentos mais íntimos capturados nessas páginas, esperando por mim.

— Eu não sei como agradecer a você por isso... — De novo, como sempre, eu queria ter palavras mais fortes do que *eu te amo*. Ela desliza a caixa de seu colo para o meu, e eu pergunto: — Você quer estar junto quando eu ler?

— Não sei... Eu sinceramente não lembro o que está escrito. Nunca reli. Eu só guardei para você, para algum dia. — Ponho o braço sobre seus ombros, buscando sem sucesso a resposta que um gesto como esse merece. — No começo eu escrevia porque você estava longe e havia tanta coisa que eu queria contar, mas então o Tommy... e nós não nos falamos. Mas não pude parar de escrever. Me ajudava a expressar meus pensamentos. Depois, conforme os anos se passaram, virou um modo de registrar a nossa vida juntos, pequenos retratos no tempo. Eu nunca tinha certeza de quando entregá-las a você, nada parecia suficientemente grande, mas esta noite, a festa, é a hora perfeita.

Ela se encosta em mim e estende a mão para a primeira carta na caixa. O envelope está amarelado, frágil ao toque, meu nome em tinta gasta na frente.

— Leia na ordem que quiser, mas comece por esta. Foi a primeira que eu escrevi.

— Está tudo bem se nós a lermos juntos?

Ela concorda com um movimento quase imperceptível da cabeça, e eu me enterneço, percebendo, depois de todos esses anos, embora eu tenha separado as coxas dela com a língua, tenha pousado a palma aberta sobre sua barriga quando nossos filhos estavam aninhados em seu útero, tenha arrancado pelos indesejáveis do seu queixo com a ponta de meus dedos, que isto, compartilhar estas cartas íntimas, a deixa tímida.

Viro o envelope e abro cuidadosamente a aba colada. O papel dentro também amarelou, e eu o deslizo para fora de seu esconderijo. No canto superior direito está a data: *15 de junho de 1942*. O ano me dá um nó na garganta, faz tanto tempo. Foi mais ou menos na época em que nós nos alistamos, antes de eu conhecer a guerra, quando Tommy estava cheio de vida, destemido e impetuoso, ansioso para ser um herói. Engulo em seco e leio em silêncio.

Querido Joseph,

Você e Tommy acabaram de partir, e eu estou sentada em Bernard Beach de novo, desta vez sozinha. Tive vontade de correr pelos trilhos atrás do trem. De implorar para vocês ficarem. Eu queria fazer qualquer coisa menos ficar ali parada enquanto vocês desapareciam. Estou com muito medo, Joseph. Estou com muito medo de não ver mais você. Estou com muito medo de como a guerra pode mudar você. Estou com muito medo de que você volte e não me ame mais.

Amor. Eu me sinto incomodada de usar essa palavra, como se, se eu a usar demais, você possa, por algum motivo, voltar atrás. Você me disse que me amava. Você me ama! Agora que eu sei, não suporto a ideia de que algum dia você pare de me amar. Desculpe por eu não ter conseguido dizer as mesmas palavras para você. Estou furiosa comigo, com remorso desde que você partiu. Eu quero que você saiba que eu te amo. Eu amei você, desesperadamente, por tantos anos, esperando que um dia você sentisse o mesmo por mim. E, agora que você também me ama, você foi embora. Por favor, volte para mim, para eu poder te dizer pessoalmente. Eu te amo. Eu sempre te amei e nunca vou deixar de te amar. Eu sou sua.

Para sempre,
Evelyn

Minha visão embaça quando chego ao fim da página e sou puxado de volta para o presente; Evelyn encostada em mim no jardim, em uma nova década, um novo milênio. Tantos anos desde que ela escreveu isto, a menina inocente e ainda inabalada esperando por mim em Bernard Beach. Tudo pelo que passamos desde então, guerra, e perda, e a vida que criamos ali de volta onde começamos.

Eu era tão jovem e cheio de confiança no mundo naquela época, e ela era a resposta para tudo. *Eu sempre te amei e nunca vou deixar de te amar. Eu sou sua.* Como eu queria desesperadamente ouvir essas palavras enquanto estava longe, o quanto eu precisava ouvi-las quando retornei. Como a ideia de ela sentir o mesmo, sessenta anos depois, me desmonta. Meu afeto por ela é quase demais para suportar, a ternura de seu amor me ilumina por dentro, enche todos os meus espaços vazios com a luz mais pura.

Evelyn

O jardim cintila com as luzinhas penduradas, as trilhas sinuosas delineadas com velas e lampiões. Tony e Rain se encarregaram da cozinha, macarrão com almôndegas enroladas à mão, o molho da avó dele, pão de alho com manteiga e uma salada regada com azeite de oliva e vinagre balsâmico enviados por sua família da Sicília. Vinho tinto decantado na mesa ao lado de jarras de água gelada e limonada de morango, além de buquês de flores recém-colhidas.

Parece um casamento, um mitzvah, uma véspera de Ano-Novo, uma preparação para algo novo, algo à espera que é uma decorrência da própria noite, porque esta noite é a razão de estarmos aqui, felizes com ela, a alegria, as luzes, as flores e as estrelas, felizes por estarmos juntos.

Violet se aproxima e me entrega uma taça flute de champanhe.

—Você vai precisar disto.

— Sem discursos — digo, agora com a certeza de que eles farão discursos.

Violet dá de ombros, sorrindo.

—Você disse que não ia ter nada triste — eu a lembro, aceitando a taça, sabendo que esta noite já é mais do que eu poderia ter pedido, que não posso prometer não desmoronar se meus filhos começarem a dizer coisas afetuosas.

— Eu não prometi que não ia ter discurso. — Ela beija meu rosto e leva outra taça para o pai.

Joseph me encontra e põe o braço em minha cintura quando Thomas bate a faca em seu copo para chamar nossa atenção e todos nos viramos para ele.

— Em primeiro lugar, gostaria de lembrar a todos que as apostas estão abertas. — Ele olha para suas sobrinhas e sobrinhos. — Alguém quer tentar adivinhar quantas vezes sua mãe vai chorar esta noite?

Violet bate no braço dele.

— Ei, você disse para fazer a coisa ficar divertida — ele brinca.

— É, mas não às minhas custas — diz Violet, mas ela está sorrindo. Connor se aproxima dela, entrega-lhe uma taça, e ela aperta o braço dele em agradecimento.

— Vocês dois não são como nenhum pai e mãe que eu já conheci, ou como outros casais que eu já tenha encontrado. É difícil explicar como é, ser criado por duas pessoas tão apaixonadas. Realmente feitas uma para a outra. Quando eu tinha a idade do Patrick — ele indica com a taça o seu sobrinho mais novo —, era constrangedor, para ser sincero. — Todos riem. — Mas agora eu vejo a bênção que isso sempre foi. Ser criado aqui, neste lugar. Ter vocês nos guiando. Não só por nos ajudarem a encontrar nosso caminho quando as coisas não saíam como esperávamos, mas por nos apoiar no que quer que escolhêssemos fazer. Jane com o jornalismo, e minha mudança para Nova York, e sempre ajudando Violet e Connor com as crianças, e nunca impondo os seus sonhos a nós. Por fecharem a Oyster Shell, quando nenhum de nós quis assumi-la. Mas mantendo este lugar para nós voltarmos, esta casa que une a nós todos, onde nossas lembranças vivem. Um lugar para onde sempre poderemos retornar e nos sentir perto de vocês. Eu sei que não digo isto o suficiente... — A voz dele falha e eu queria estar perto o bastante para abraçá-lo, mas ele não precisa de mim agora, Ann está lá, ao seu lado, segurando sua mão. — Mas eu amo vocês dois, e tudo de bom que tenho na vida — diz ele, virando-se para Ann — eu devo a vocês.

Violet enxuga os olhos com um lenço de papel.

— Bom trabalho deixando a coisa divertida — diz ela.

Thomas, com os olhos úmidos, olha para Ryan e diz:

— Primeiro discurso e já temos um ponto. — Violet ri e bate nele de novo.

— Acho que estou pronta — anuncia Jane, esvaziando seu copo. — Mamãe, papai. Por onde eu começo? Todo mundo sabe que nós tivemos nossos momentos, não há necessidade de destrinchá-los. Falem a verdade, eu fiz as coisas serem mais interessantes, não é? Não podíamos ser todos como a Violet.

Violet ergue as mãos.

— Muito obrigada. — Ela lança um olhar de advertência para Thomas, que levanta a taça em um brinde.

—Vocês dois são as minhas pessoas favoritas neste planeta. — Seus olhos estão brilhando quando ela diz isso, e ela se volta para a filha. — Desculpe, Rain, você também. E esse bebê, a propósito. — Ela faz um gesto para a barriga de Rain, que está esticando o vestido. — Mas vocês dois. — Ela se vira de novo para nós. — Caramba, vocês me salvaram um milhão de vezes, de um milhão de maneiras diferentes, e eu nem sei dizer o quanto eu sou grata. O quanto eu tenho sorte de ter chegado até aqui, quando poderia ter sido tão diferente. Não tenho como agradecer o suficiente pelos anos que a Rain e eu moramos nesta casa. Não posso nem explicar a sensação de me sentir segura, de compartilhar a infância dela com vocês, de ter vocês na hora de contar as histórias para dormir, e nos primeiros dias dela na escola, e em cada dente perdido. Por me ajudarem a encontrar uma base sólida outra vez para eu poder construir minha própria vida e deixá-la orgulhosa de mim. Ser mãe me ensinou tanto sobre nós, mamãe. — Ela se vira para mim e meus olhos marejam. — Todas as maneiras como você estava presente para mim e eu era teimosa demais para enxergar. E, papai, você sempre foi a minha rocha, o lugar onde eu poderia pousar, e você nunca me deixou esquecer de que eu sempre poderia voltar para casa. E esta vai ser sempre a sua casa também, *nós* vamos ser sempre a sua casa... — Ela faz uma pausa, e eu acho que vai dizer *com ou sem a mamãe,* mas ela não diz, e as palavras ficam suspensas no ar enquanto ela continua. — Thomas falou bem sobre este lugar, nós tivemos sorte de crescer aqui, mas, mais do que isso, nós tivemos sorte de ter vocês dois, esperando aqui de braços abertos.

Joseph também está chorando agora, e eu não vou aguentar mais um, é demais para mim, nunca vou poder agradecer a eles por esta noite, por me sentir tão amada, tão felizarda, tão repleta de gratidão, mas, antes que eu possa protestar, Violet está de pé, enxugando os olhos.

— E o que eu falo depois disso? — Ela pisca várias vezes e sorri entre as lágrimas. — Nós tínhamos uma única regra — diz ela, lançando um olhar zangado para os irmãos. — Então, em vez de um discurso longo, porque, francamente, todos nós sabemos que eu jamais ia conseguir terminá-lo, só vou dizer isto. — Ela se vira para nós, os olhos vermelhos. — Nós amamos vocês. Nós agradecemos muito por vocês estarem conosco, por terem nos criado para amar a praia, e uns aos outros e, por causa disso, por causa de tudo que vocês nos deram, se um dia nos sentirmos sozinhos... — a voz dela falha —... quando ouvirmos as ondas, podemos fechar os olhos e estar aqui outra vez, com vocês.

Nós levantamos as taças, com lágrimas descendo pelo rosto.

— A nós — diz Joseph. — Nós amamos todos vocês.

Os netos tiram a mesa, e alguém liga o som, dando a largada para a pista de dança no gramado. Marcus está aqui, e ele conduz Jane para fora da casa, e eu me pergunto quanto ele sabe, sob qual pretexto ela o convidou para vir aqui esta noite. Mas o jeito como ele a segura pela cintura, o jeito como ela inclina a cabeça para trás em uma risada, me dá a resposta. Não há nada sobre ela, sobre nós, que ele não saiba.

A canção "Brandy", da banda Looking Glass, começa a tocar, e Violet e Connor se sacodem e balançam ao ritmo da música, e os netos participam também, cantando. Thomas e Ann, e Rain e Tony se juntam a eles, gritando a letra da música e dançando, cantando a história de um marinheiro e da garota que ele deixou para desbravar o mar.

— Olhe para eles, Joseph. — Minha voz mais sopro do que som.

Ele aperta minha mão.

— Sim. Quem poderia imaginar que nós íamos ter tanta sorte?

Nossos três filhos, e as pessoas que eles amam, e as pessoas que eles fizeram, todos aqui esta noite. Suas vidas agora o único fio para seguir; suas escolhas e erros e sucessos e arrependimentos, as pessoas que eles conhecerão, as famílias que eles criarão, suas canções reverberando por muito tempo depois que tivermos ido embora.

— Eles não poderiam ser mais diferentes uns dos outros. — Eu rio. —Tem certeza de que são todos nossos? — Mas, na verdade, eles nunca pareceram tão semelhantes quanto neste momento. Eu vejo Joseph em cada um deles, no sorriso fácil de Violet, seu afeto pelos irmãos, no porte físico de Thomas, sua autoconfiança discreta, na devoção de Jane à filha. Violet dá o braço para Thomas, e passa o outro pela cintura de

Jane, a irmã mais nova no meio, e eles dançam, unidos pela mesma raiz, três pessoas completamente diferentes, ramos da mesma árvore sólida e estável. — Eles me fazem tão feliz, cada um deles.

— Eu sempre acreditei que seria assim — responde Joseph, me beijando.

— Vamos nos juntar a eles?

Nós vamos até a beira do gramado, e Thomas se vira para nós com um sorriso largo. Geralmente somos nós que o puxamos para o abraço, para mostrar nosso afeto, mas esta noite ele se permite, está alegre, e está aqui, inteiramente presente, e é ele quem nos procura.

Pela primeira vez, ele nos puxa para seus braços abertos.

Vinte e seis

Evelyn

Novembro de 1992

Sandstone Lane está tomada por um breu quando chegamos às proximidades de nossa casa; os faróis do carro lançam um brilho sinistro. Os pneus rangem sobre a camada fina de neve congelada na entrada da pousada. Consigo ver Joseph pela luz que emana do painel, examinando o cenário escuro.

—A tempestade deve ter rompido uma linha de energia em algum lugar.

— É o que parece. — Não consigo nem mexer a cabeça, exausta pelo dia passado cumprimentando e abraçando e recebendo pêsames. O funeral de minha mãe foi como uma festa estranha e lúgubre, a maioria das pessoas presentes eram nossos amigos, ou nossos filhos, todos de preto, falando em tons baixos, mas ninguém demonstrando sofrimento, nenhuma emoção forte nos abraços apertados. O padre fez uma leitura genérica, das cinzas para as cinzas, do pó para o pó, enquanto eu, parada com os pés doloridos, me perguntava como minha mãe havia sobrevivido a tantos outros.

Que tradição estranha a maneira como dizemos adeus, ajoelhando-nos diante de um caixão, movendo-nos sem fazer barulho entre conversas polidas e círculos em vozes baixas, sóbrios e comedidos pelo decoro, o modo como nossa própria mortalidade emerge estimulada e sem disfarces em meio a tantos rostos, andando a passos leves pela sala. Ela parece atrasada, destacada da experiência real da perda, o jeito como ela se demora, as pontadas que vêm na sequência: um perfume conhecido, uma música no rádio, uma lembrança surgida do nada enquanto lava os pratos.

Joseph entra com o carro na garagem, e eu espero enquanto ele desaparece no escuro para procurar uma lanterna em sua mesa de trabalho. Ele a acende, e eu o sigo para dentro, meu corpo ao mesmo tempo pesado e vazio. Procuramos velas e fósforos nos armários e os levamos para cima, ocos nesta casa grande apenas para nós dois. Acendemos os pavios e um brilho amarelo surge no quarto, e nos trocamos e escovamos os dentes à meia-luz. Joseph acende as lareiras pela casa e eu puxo alguns cobertores extras do armário para o caso de o calor se dissipar ao longo da noite.

Minha última visita para ver minha mãe na clínica se metamorfoseia em uma nuvem de culpa e tristeza, que me deprime. O corredor com cheiro de borracha, naftalina e produto de limpeza, o tipo de lugar que nunca se parecerá com um lar, a última conversa que tivemos na vida.

Começou com ela reclamando de Maelynn, de como ela sempre foi irresponsável e egoísta, como nunca visitava a própria irmã. Claramente, em sua cabeça naquele dia, Maelynn estava viva e bem. Como Tommy estava às vezes, e meu pai. Eu invejava sua ingenuidade. Gostaria de poder não me lembrar, de acreditar que todos que eu já amei estavam fora naquele momento, no outro quarto talvez, ou muito ocupados ou egoístas demais para fazer uma visita. Eu devia ter deixado passar, devia ter ido embora, mas não consegui. Tão cansada de seus gritos, tão cansada de sua doença, tão cansada de ser racional e calma e paciente, de não cair em suas armadilhas.

Minha voz engrossou para um rosnado, os dentes de ferro de meu ressentimento enterrado se abrindo com uma armadilha de ursos.

— Por que você me mandou para morar com ela se a achava tão terrível assim? Você estava enjoada de mim? Queria ter apenas o Tommy em casa para fingir que eu nunca tinha existido?

Ela fechou os olhos com força, como se sentisse dor, mas, quando os abriu, havia algo novo, algo franco e ferido, em seu olhar.

— É isso que você acha?

Sua lucidez me espantou e me deixou em silêncio, a respiração arfante.

— Se eu fui dura com você… foi porque tinha medo por você. Você me lembrava tanto ela… — Ela parou, e eu estava com dificuldade para respirar direito, sua coerência tão chocante quanto seus gritos nas vezes em que sua mente vagava. — Nenhuma de vocês duas jamais estava satisfeita com a vida que tinha. Eu achei… eu achei que a Maelynn era a única pessoa que poderia fazer você ver o que eu nunca pude. — Ela piscou, me olhou de um jeito estranho, como se estivesse tentando me reconhecer. — Eu não sabia mais o que fazer, Tommy. Parte de mim tinha a esperança de que, se a Evelyn a conhecesse, ela ia enxergar. A outra parte de mim tinha medo que a Evelyn se encantasse com ela, como todo mundo. Mas pelo menos, se isso acontecesse, ela estaria com alguém que a compreendia, que poderia estar presente para ela de um jeito que eu jamais consegui.

Mesmo em sua confusão, eu a ouvi com perfeita clareza, consciente de minhas lágrimas salgadas apenas quando elas chegaram aos lábios. Todo esse tempo eu havia sentido tanta raiva.

— Eu…

— Achei que tinha sido um grande erro, que você tinha pegado o pior dela. Você me deixou, quando o Tommy morreu… mas olhe, você está aqui agora. Pelo menos você me visita. — Um sorriso apertado passou pelos lábios dela.

Pensei em explicar por que Maelynn não vinha, mas era bobagem, não havia necessidade de contar a ela quem estava morta havia décadas se eu teria que lembrá-la disso de novo na próxima vez. Em vez disso, eu gaguejei:

— Obrigada. Por ter me contado.

— Contado o quê? — Ela piscou, desorientada, seu rosto com uma expressão de desconfiança. E assim, de repente, ela não estava mais lá. Fiquei ali parada, esperando para ver como agir, meus olhos ardendo de lágrimas.

Ela murmurou alguma coisa, me deu as costas. Depois se virou de volta, um dedo magro apontado para mim.

— Você. O que *você* está fazendo aqui?

Quem eu era para ela naquela hora, eu não sei. Seu corpo tremia, o olhar assustado se movendo para um lado e para o outro, me examinando. Eu pedi desculpas por perturbá-la, disse que devia estar no lugar errado e saí do quarto. A última coisa que vi foram seus olhos aterrorizados quando fechei a porta com um clique suave, a imagem dela trêmula sob as cobertas, tão pequena e sozinha, gravada a fogo em minha mente.

Subo na cama com um suspiro, e Joseph entra sob a coberta ao meu lado e pergunta:

— Você está bem?

Apoio a cabeça no cotovelo, curvada de frente para ele. Minhas lágrimas me encontraram no dia em que a deixei tremendo no quarto, assim que me vi sozinha no carro. Enquanto lavo o rosto na pia, vejo que meus olhos enrugados no espelho se parecem com os dela. E, estendendo massa para os biscoitos do jeito que a sra. Myers me ensinou, minhas mãos são marcadas pela idade. Como eu entendia pouco... mas hoje eu estava esgotada, seca.

— Nós sabíamos que era questão de tempo.

— Sim.

— Eu fico lembrando da última vez em que a encontramos andando sem rumo fora de casa. Ela estava tão assustada, indefesa... — Faço uma pausa, lembro dela se agarrando a mim como uma criança enquanto eu vestia uma camisola sobre seus ombros nus e ossudos. — E se eu ficar assim? E se você ficar?

— Não sei. — Suas sobrancelhas se unem e mesmo na pouca luz consigo ver as linhas de preocupação em sua testa.

Minhas costas estão doendo de ficar em pé o dia inteiro; minhas pernas formigam, inquietas, e tento encontrar uma posição confortável.

— Eu não quero ficar esquecida, não quero que um de nós vá parar em uma clínica. Quero ficar aqui, assim, para sempre. — Joseph está quase com setenta anos e eu não muito longe, sentimos dor, mas é tolerável, nossos dias ainda são nossos para usar como escolhermos, mas por quanto tempo?

— Infelizmente, meu amor, acho que isso está fora do nosso controle.

Chego mais perto dele, nossos joelhos se tocam por baixo dos lençóis acolchoados. A luz oscila atrás dele, uma vela se apaga.

— Não parece justo, não é? — ele diz. Fico em silêncio, meus dedos mexendo em um furo no cobertor. — Você não pode ser a primeira a ir, Evelyn. Eu ficaria tão perdido sem você... Eu não suportaria ficar nesta casa enorme sozinho.

— Você não pode também. Eu também ficaria perdida... — Eu me interrompo, meu peito se enche de um medo visceral de algo assustador se aproximando, um de nós debruçado sobre um caixão, indo para a cama todas as noites sozinho. Eu afasto as imagens da minha mente. — Você acha que algum deles está cuidando de nós?

— Quem pode saber? — Joseph encolhe os ombros, depois pergunta: — Você acha que seu pai ficou feliz de ver sua mãe?

Surpresa pela pergunta, eu rio.

— Ele pode ter gostado da pausa nessas últimas décadas. — A lembrança que tenho de meu pai é vaga depois de todos esses anos, mas ainda posso ver o bigode volumoso, o charuto preso entre os dentes. Não consigo deixar de imaginar o charuto caindo de sua boca em choque pela súbita chegada dela depois de anos de solidão.

Joseph ri comigo, e nossa risada no quarto escurecido é um alívio, um nó se afrouxando.

— E o Tommy? — ele pergunta.

— Tommy? Ele está ocupado demais com todas as garotas e nem vai reparar. Aposto que ele pisca para todas as anjas e diz que elas têm asas lindas.

— E a Maelynn?

— Eu aposto que ela e Betty estão andando em alta velocidade em sua carruagem e perturbando todos os harpistas. — A ideia de Maelynn e seu verdadeiro amor, a mulher cuja imagem eu criei apenas pela voz ao telefone, passando por cima de um coro de anjos faz meus olhos se molharem de riso.

— E os meus pais? — Joseph mal pronuncia as palavras.

— Eles tentaram abrir uma pousada lá também, mas ninguém no céu dorme, então eles têm o lugar inteiro para si, e passam o dia todo de chamego pelos quartos.

Joseph me puxa para ele, minha cabeça enfiada sob seu queixo.

— Parece o paraíso para mim.

Mergulhamos no silêncio pacífico que se segue, as imagens que criamos giram em minha mente. As velas ficam mais fracas, e Joseph afaga meu cabelo com as pontas dos dedos.

— Sabe... a Maelynn e o Tommy, eles não iam querer ficar velhos. Eles não iam conseguir enfrentar.

Engulo em seco.

— Isso não torna mais fácil.

— Não. — Ele fica em silêncio, e então pergunta: — E, nós, o que vai acontecer conosco?

— Se tivermos sorte, uma casinha nas nuvens onde vamos poder namorar e nos beijar e nunca ficar longe um do outro.

— Espero que isso seja verdade.

— E se não for?

— Então eu não quero perder mais tempo especulando. — Ele posiciona seu corpo sobre o meu e me beija. Deslizo os dedos pelos seus ombros, pressiono-o contra mim. Suas mãos exploram os mesmos caminhos por onde viajaram todos esses muitos anos, só a superfície se deslocou e mudou com o tempo. Ele faz amor comigo gentilmente, e eu lhe dou o mesmo amor em troca, terno e sincero. Tento não pensar em casas nas nuvens, carruagens ou harpistas e todas as coisas de que nunca tive certeza suficiente para acreditar. Em vez disso, penso na pele dele em minha pele, seus lábios nos meus lábios, a repetição tranquilizadora do ritmo de nossos corpos. Penso nesse ritmo enquanto ficamos deitados juntos, respirando profundamente, frouxamente entrelaçados. Penso nesse ritmo quando adormeço, aconchegada nele. Tento não pensar em carruagens, em fogo, em escuridão, em pó, em tudo que nos aguarda quando o ritmo cessar.

Vinte e sete

Joseph

Maio de 2002

Ela estava tendo um dia bom.

Não se mexeu tanto na noite passada. Quando acordei, eu me surpreendi ao vê-la em sono profundo. Aconcheguei-me mais perto atrás dela, até senti-la acordada. Ela se virou e se aninhou em meu peito, me deu um beijo de bom-dia. Fizemos o café da manhã. Panquecas. Algo que geralmente reservávamos para os netos. Mas ela teve vontade de comer panquecas e não nos negamos nenhum prazer agora. Não quando estamos tão perto. Ela espalhou geleia de morango sobre uma das panquecas, disse que queria experimentar. Fazer algo que nunca havia feito, mesmo sendo uma coisa pequena, uma coisa boba. Deu uma mordida e riu, encolheu os ombros. Eu passei na minha também.

Ela cochilou no sofá enquanto eu trabalhava no jardim. Depois de uma hora, eu entrei e lavei as mãos, limpei a terra que estava sob as unhas e as sequei com um pano de prato. Ajoelhei diante dela no sofá. Deslizei minha mão na dela, levei-a aos lábios.

Saliva escorria de sua boca. Eu a limpei com o polegar. Ela babava com frequência quando cochilava, e uma vez isso aconteceu enquanto ela estava acordada, no meio de uma conversa. Ela brincou, algo sobre estar com fome, uma piada para encobrir a humilhação.

Sussurrei para ela, ainda adormecida.

— Eu sinto muito por você não poder ter feito tudo que queria. — Seu tremor, seus braços quase só pele e osso, os dois pianos em silêncio no estúdio. A lembrança vívida dela bronzeada, nadando à minha frente enquanto apostávamos corrida até a Captain's Rock.

Ela se moveu ao meu toque. Acordou com um sorriso, como se estivesse saindo de um sonho particularmente agradável.

— O que faria você feliz hoje? — perguntei. — Podemos fazer o que você quiser.

— Eu? — Ela parecia tão satisfeita. Seus olhos verdes acinzentados suaves e sonhadores. — Eu tenho tudo que poderia querer. Eu fiz tudo.

— Desculpe… — eu disse, acanhado.

— Por quê?

— Eu sinto que falhei com você.

— Como pode dizer isso? — Ela passou os dedos pelo meu cabelo.

— Eu toquei o meu concerto, não toquei?

— Havia tantas coisas nas suas listas que você nunca chegou a fazer.

— As listas não eram tudo. Elas eram um ponto de partida, uma maneira de me sentir viva. — Ela sorriu. — Este ano foi mais do que eu poderia ter desejado. E ainda não acabou.

— Não, ainda não acabou. — Comecei a chorar, sabendo que não restava muito.

Ela levantou as sobrancelhas.

— Estar com você, esse era o meu maior sonho de todos. — Ela me beijou, e minhas lágrimas salgadas deslizaram entre nossos lábios.

Ficamos sentados juntos no jardim, as flores totalmente desabrochadas. O ar da manhã estava quente, o céu de um azul límpido e infinito, um dia perfeito para maio. O rosto dela ficou rosado quando a temperatura aumentou. Sua pele tão delicada, parecendo papel. Decidimos plantar narcisos para o bebê de Rain, que deve nascer daqui a duas semanas.

Evelyn caminhou até as violetas, seus passos firmes. Colheu uma e a colocou atrás da orelha. Era algo que ela teria feito quando jovem, girando pela campina de flores silvestres. Ela sorriu e levantou as mãos para o céu, e nem tremeram quando ela disse:

— Que lindo jardim você fez para nós, Joseph.
Ela estava tendo um dia bom.
Um derrame, como às vezes o chamam.
Um acidente vascular cerebral.
Como em um acidente. Um acidente do acaso. E tudo isso nem fez sentido quando seus braços, seu corpo, caíram sobre as violetas. As palavras se embaralharam sob sua língua, as pernas desabaram sob seu corpo. Seu rosto ficou flácido.
Evelyn sentada sobre o balcão da cozinha, me puxando para um beijo. Evelyn com seu cabelo comprido molhado, deitada de costas no cais. Evelyn com Violet no colo, dançando na cozinha. Evelyn ao piano, costas retas, concentrada. Evelyn misturando a massa para um bolo com uma colher de pau. Evelyn nadando à minha frente nas ondas. Evelyn enrolada em uma toalha depois do banho. Evelyn em seu vestido violeta descendo do trem. Evelyn rindo. Me beijando. Me abraçando. Seu corpo aninhado na curva do meu em nossa cama. *Evelyn.*
A ambulância. O hospital. Eu, me encolhendo ao lado dela na cama ajustável, beijando seu rosto. Segurando sua mão. Os filhos estavam lá de imediato... ou podem ter demorado um pouco. Eu não tenho certeza. A batida do relógio. A batida da meia-noite.
Não houve tempo suficiente. Nós não tivemos tempo suficiente. Era para termos mais tempo. Mais um mês juntos. E então nós iríamos embora juntos, um nos braços do outro. Seu braço estava dormente, ela me disse. Ela não sentia meu toque. Ela não me sentia segurá-la e não conseguia dizer o que estava tentando dizer, ela não conseguia me ver.
Era para termos mais tempo.
Ela estava tendo um dia bom.
Nós fizemos um lindo jardim juntos, Evelyn.
Era isso que eu queria dizer antes de ela cair.
Nós fizemos esse jardim. E ele é lindo.

Vinte e oito

Joseph

Dezembro de 2000

Ela está quieta no carro no caminho de volta do médico. O rádio desligado, sopros de calor pelas saídas de ventilação. O trajeto para casa depois de cada consulta tem sido silencioso, atormentado por preocupações, dúvidas, o desejo de respostas associado ao medo do que essas respostas vão custar. Viramos na Sandstone Lane; em Bernard Beach, as ondas param pouco antes de uma camada de neve recente, a faixa de areia no meio lisa e escura, uma ponte desolada entre o gelo e a água cor de aço.

— Foi bom termos detectado logo. Agora pelo menos nós sabemos. — Pouso a mão sobre a dela, que treme sob meu toque. — Nós vamos enfrentar isso. Ficará tudo bem.

Os lábios dela se apertam como sempre acontece quando ela tenta não chorar, mas algumas lágrimas escapam e deslizam pelo seu rosto.

Eu sei que ela deve estar pensando em sua mãe, que teve uma doença diferente, mas que a desfez da mesma maneira, ponto por ponto. Que gritava e jogava coisas nas enfermeiras. Que perdia a noção do tempo e de rostos e conversas no meio da fala, que se tornou uma criança outra vez, sozinha, tímida e com medo.

Essa não será o caso de Evelyn... tantas pessoas vivem com isso por anos, por toda a vida, há medicações, o médico disse, coisas para ajudar com os sintomas. Um caso incomum, ele também disse, mas quando detectado no começo... *estágio um.*

Começou com coisas pequenas, coisas que não eram nada de fato, considerando nossa idade. Dor no pescoço e nas costas. Dificuldade para dormir. Esquecimento. Evelyn tem setenta e cinco anos, eu tenho quase setenta e oito, nosso corpo não coopera como antes, é de esperar que seja assim. Minha perna trava à noite. Não consigo ler sem óculos. Passo algumas manhãs entrando e saindo do banheiro. Achamos que os sintomas de Evelyn fossem naturais. Nossos amigos também reclamam de insônia, de perder as chaves, de dores e incômodos, não era nada para se preocupar.

Mas ela começou a se confundir com o tempo, nomes e lugares, conversas em que estava presente. Dormia no meio do dia e ficava andando pela casa sem sono à noite. E, então, o tremor em sua mão esquerda começou.

Os médicos se recusaram a dar um veredito no início. Não queriam diagnosticá-la até terem excluído algumas doenças com sintomas semelhantes. AVC, Alzheimer, atrofia multissistêmica. Cada uma mais assustadora que a outra. Consultamos um neurologista especializado em transtornos do movimento. Houve tantos médicos, tomografias do cérebro. Ressonâncias. Exames de sangue. Testes intermináveis.

Evelyn me fez prometer não dizer nada aos nossos filhos sobre as consultas. Não até que soubéssemos mais, disse ela, não queria preocupá-los. Não até termos as respostas. E, então, só quando todos estivessem juntos. Não antes do Natal. Não no Natal. Não até ela estar pronta. Evelyn esconde seu tremor sob cobertores, suéteres, mesas, enfia a mão embaixo da coxa, qualquer coisa para não levantar suspeitas. Em um ou outro momento, nossos filhos expressaram preocupação para mim, fazendo perguntas vagas que eu rebato, juntando pequenas pistas de um enigma que nenhum de nós quer resolver.

A expressão de Evelyn quando o médico lhe contou, quando ele pôs um nome naquilo com que ela teria que lutar pelo resto da vida, foi uma que eu já tinha visto antes, quando voltei para casa sozinho e a encontrei na porta da frente da pousada. Uma mistura de medo, raiva, incredulidade. Foi uma expressão que eu rezei para nunca ver outra vez.

Com base nos resultados dos testes e nas avaliações, podemos dizer com segurança o que acreditamos que está acontecendo com você. Há medicações que podemos tentar...

Evelyn foi afundando em si mesma quanto mais ele explicava, o rosto endurecido em uma máscara de ferro. Ele falava por um dos lados da boca. Lembrava vagamente um marionetista talentoso. Eu quase pude me convencer de que aquele era um show e nós éramos a plateia. Ele estava falando de alguma outra pessoa. A palavra *Parkinson* não tinha nada a ver com minha esposa.

Doença de Parkinson... Mas era Evelyn. A *minha* Evelyn. A mesma Evelyn boiando de costas no oceano, os dedos dos pés com suas unhas pintadas espiando na superfície. Evelyn, macia e nua sob nossos lençóis. Os dedos finos de Evelyn comandando as teclas do piano. Eu não conseguia fazer a equivalência entre a palavra *Parkinson* e nossa vida juntos. Não encaixava.

Os pneus rangem na entrada da nossa casa, deixando rastros na neve, e eu paro e desligo a ignição. O silêncio é mais alto sem o ronco do motor, o zumbido da ventilação, o rodar dos pneus. Nenhum de nós faz algum movimento para sair. Como se ficar no carro pudesse manter o que agora sabemos preso do lado de dentro, como se pudéssemos ignorar o diagnóstico enquanto não abrirmos as portas.

Evelyn fala pela primeira vez, tão baixo que mal a escuto.

— Eu não quero viver sendo menos do que eu sou.

A voz monótona do médico: *há cinco estágios no Parkinson, mas, com base em seus sintomas, você está avançando mais rápido que o normal...*

— Eu sei. Nós temos tempo antes de precisarmos nos preocupar.

— Eu *não posso* viver sendo menos do que eu sou.

Finjo força quando ela vacila.

— Nós vamos enfrentar conforme for acontecendo.

Vai continuar a avançar...

Ela balança a cabeça, a irritação se encrespa por baixo de sua calma.

—Você não está me escutando. Eu *não quero* enfrentar conforme for acontecendo. Quem sabe por quanto tempo eu vou estar bem para você, para qualquer pessoa?

— Não fale assim.

—Você viu como a minha mãe ficou... — Ela se interrompe. — Eu não posso viver daquele jeito. Não posso.

— Aquilo era Alzheimer.

Evelyn se abranda.

— Semântica, Joseph. Isto vai me deixar do mesmo jeito. Talvez pior.

— Mas você é mais forte que a sua mãe. Muitas pessoas vivem com isso por um longo tempo... talvez com tratamento, medicação, você possa combater. Vamos passar por isso juntos. — Minha voz falha em *juntos*.

— Não existe *passar por isso*. Eu vou ficar piorando, e rápido. Você ouviu o médico. Eu não quero fazer você enfrentar o que está por vir.

— O que você está dizendo?

—Acho que talvez eu queira viver mais este ano... — ela faz uma pausa, sua voz um sussurro — ... e só.

— Do que você está falando?

— Um último ano.

— Não brinque assim.

— Não estou brincando.

O calor começa a se dissipar no carro, minha respiração é perceptível quando exalo, sem saber como responder, minhas certezas enfraquecidas e forçadas, empurradas para fora pelo medo que se avoluma. Penso em meu pai, depois que minha mãe morreu, como ele ficava olhando pela janela, um fantasma vagando pela pousada deserta. Como a dor o levou depois que ela se foi, uma morte misericordiosa, a caverna solitária formada pela ausência dela era como um inferno pessoal para ele.

— Eu não quero viver sem você.

— É melhor do que ficar assistindo enquanto eu me desfaço. Você me perde de um jeito ou de outro. Não vejo um caminho melhor.

Bato os punhos fechados um no outro sobre o colo, empunho minha impotência como uma lâmina cega.

— Bom, então eu vou com você.

— Não seja ridículo. Você não está doente.

— Não me importa. Se você pode falar essas maluquices, eu também posso.

— Não é maluquice. Não quero que nossos filhos me vejam desse jeito, não é assim que eu quero ser lembrada. Eu não quero que você me veja... — A voz de Evelyn falha, e lágrimas começam a descer de novo, percorrendo o caminho, de seu queixo para o pescoço. — Eu não quero que termine assim.

Afago seu cabelo, e meus olhos se umedecem.

— E eu não quero que termine.

Ela choraminga.

— Estou com medo.

— Vai ficar tudo bem.

— Esqueça o que eu disse. Desculpe.

— Eu sei. Estou com medo também. — Eu a abraço, meu coração se torna um nó acelerado, o console no centro do carro pressiona meu quadril. *O tumor da minha mãe. Os olhos vazios do meu pai.* Eu a aperto com força o bastante para conter os tremores, para nos blindar da verdade que está nos envolvendo, nossos medos são como nuvens escuras antes de cair a tempestade.

Um último ano ecoa em minha mente.

Vinte e nove

Joseph

Maio de 2002

O sol atravessa as persianas fechadas, e eu faço uma careta, rolo para o lado dela da cama. Os lençóis onde ela deveria estar estão frios, um fio de cabelo grisalho cintila sobre o travesseiro macio dela, o acolchoado esticado. Ao lado do tapete, os chinelos dela foram deixados tortos, a porta de seu armário entreaberta. Há um copo de água na sua mesinha de cabeceira, a borda ligeiramente marcada por seus lábios.

Três manhãs que eu acordei sem ela. Meus olhos irritados e turvos, o ar é pesado e me prende. Fico olhando os dígitos vermelhos do relógio mudarem. Passarinhos cantam do lado de fora da janela, as ondas se movem em Bernard Beach. Afago a ponta da fronha dela com o polegar. O vazio completo reverbera por dentro de mim, me deixa imóvel. Oco.

Beijando-a na cama do hospital, os bipes que soavam dos monitores, irresponsiva, mas ainda ali, tinha que estar ali, seus olhos fechados e o corpo quente, eu me deitei ao lado dela, abracei-a e acariciei seu rosto. Dizendo *eu te amo, eu te amo, volte, não me deixe, eu te amo. Volte. Meu amor, minha vida, eu te amo.*

Sentindo-a escapar de mim, os filhos ao meu lado, todos nós segurando as mãos dela, seus braços, abraçando-a e tranquilizando-a, aquietando-a, sabendo que não restava mais nada a fazer a não ser apoiá-la, confortá-la, beijar sua testa e suas bochechas, dizer *Está tudo bem se você tiver que ir. Viu? Está tudo bem, meu amor. Está tudo bem. Eu estou aqui. Nós estamos aqui.*

O leve aperto em minha mão, o único sinal de que ela me ouviu, que ela soube que estávamos todos ao seu lado.

E, então, ela se foi.

Na noite passada, em meu sono agitado, torturado, eu sonhei que ela era arrastada para o oceano, e que ela gritou por mim sobre o barulho forte das ondas. Eu avancei pela água, desesperado, os gritos dela eram agudos, mas nunca a alcancei. Ela apareceu de novo no fundo do mar, flutuando pacificamente, olhos fechados, cabelo boiando na correnteza, e eu tentei pegar sua mão, para puxá-la para a superfície, mas ela afundou mais, e eu mergulhei, e ela escapou do meu alcance. Acordei gritando, mas não havia ninguém para me responder. Agora, fico acordado na cama, sabendo que foi um sonho cruel, e imagino a curva de seu corpo colada no meu, seu calor irradiando sob as cobertas. Suplico por outra vida inteira juntos. Esta não foi longa o bastante.

Vejo nossos filhos aqui e ali em fragmentos e borrões, mas eu não entendo quando eles falam. Estou embaixo d'água, os sons abafados, mergulhando em direção a Evelyn. Flutuo à deriva, sozinho, nas ondas. Pratos são trazidos para mim, mas eu esqueci como se faz para engolir, então paro de aceitá-los. Três dias se passaram sem minha permissão, com apenas meu vago conhecimento do sol subindo e da escuridão caindo outra vez. O tempo para de existir, e eu também.

É mesmo verdade que ela se foi?

Havíamos planejado os detalhes quase um ano atrás. Escolhemos a funerária do outro lado da cidade, instruímos que as flores deveriam ser colhidas frescas do jardim, solicitamos "I'll Be Seeing You", de Billie Holiday, ao piano. Íamos ser cremados, nossas cinzas espalhadas pela nossa família em Bernard Beach. Era tudo uma lista surreal de coisas a serem feitas, uma logística hipotética da qual eu me sentia completamente de fora. Não era parte dos planos que eu a visse ser carregada para o mar.

Não me vesti, nem escovei os dentes, nem fiz a barba. Estou envolto no cheiro ruim do meu luto, minha língua rançosa e as bochechas ásperas. Mas, hoje, eu entro embaixo do chuveiro escaldante e o deixo queimar, minha visão fica turva com o calor. Pressiono a testa na parede. Riozinhos de sabão ardem em meus canais lacrimais até que a água esfria e estou arrepiado e tremendo. A toalha dela está no cabide ao lado da minha, e resisto à vontade de me enrolar nela, querendo me encasular em seu perfume floral e ao mesmo tempo preservá-la, deixá-la ali, dobrada e pronta para ela.

Visto-me com o terno que usei quando nos casamos. Estava guardado no sótão ao lado do vestido de noiva dela, e do vestido cor de violeta que ela usava quando desceu do trem. Tantas peças de roupa vieram e se foram ao longo dos anos, colocadas em caixas para doação ou passadas de uma pessoa para outra em sacolas cheias, mas nunca conseguimos nos desfazer dessas. O paletó está com cheiro de mofo e largo nos ombros, mas ainda serve. Se ela estiver olhando, acho que gostaria de me ver nele outra vez. Eu vou vê-la em seu vestido favorito uma última vez hoje. Não sei se conseguirei suportar. Ela sempre ficou tão linda de violeta.

Um botão do terno está frouxo no punho, e, sem ela, é assim mesmo que vai ficar. Há um batom dela caído de lado sobre a cômoda, e eu o endireito. Ergo os olhos para o espelho e me surpreendo de ver um homem velho em meu terno, a pele desgastada, o corpo curvado e murcho. Não o reconheço. Desvio o olhar, procuro uma verdade alternativa, mas a mão que encontro mexendo no botão é manchada, com veias azuis protuberantes. Tenho a expectativa de ver os pequenos dedos dela enlaçados nos meus, mas eles estão vazios e feios e pegajosos, e eu os enfio nos bolsos. A pele dela, macia como pétalas, depois de hoje será cinzas. Cinzas para serem espalhadas na praia onde nós, de joelhos, caçávamos mexilhões, onde nos beijamos pela primeira vez, onde nossos filhos aprenderam a nadar, onde nos sentamos lado a lado em cadeiras de praia enquanto tardes douradas se transformavam em crepúsculos. Os ombros, a barriga, o interior das coxas que beijei, o mapa que sempre me levou para casa.

Como vou encontrar meu caminho, sem ela?

Sigo pelo corredor, minha mão desliza pelo corrimão gasto, desço os degraus rangentes até a cozinha. Não há passos fazendo os degraus rangerem atrás de mim, não há som de pratos na cozinha. Os aventais dela estão pendurados ao lado da despensa, sua caneca de chá não terminado está ao lado da pia. Passo com pés pesados pelas portas de vaivém para a sala de estar, pelos pianos abertos e em silêncio, pelo saguão e pela porta de tela, para nosso último adeus.

Não é justo. Não foi suficiente. Nunca seria suficiente.

Trinta

Joseph

Maio de 2002

O sol entrando pela janela me aquece, inundando cada detalhe do quarto de hospital em uma luz viva. Cachos escapam do cabelo preto preso para trás de Rain, apoiada em travesseiros na cama, Tony senta em uma cadeira de vinil ao seu lado. Jane balança, mudando o peso de um pé para o outro, seu rosto iluminado voltado para o que tem em seus braços. Sua primeira neta, um tipo todo novo de amor eterno. Marcus está junto à porta segurando um balão cintilante, e os olhos apertados revelam a intensidade do seu afeto enquanto a admira.

Na semana passada, nós espalhamos as cinzas de Evelyn, todos juntos no banco de areia, vendo-as flutuar para longe no vento como sementes de dente-de-leão. Connor acariciava o cabelo de Violet, que soluçava junto ao seu peito, o casamento deles precisou de um obstáculo para se manter firme. Thomas sussurrou um adeus emocionado antes de nos viramos para voltar à praia, seus olhos vermelhos fitando o horizonte e Ann segurando seu braço. Rain colheu um buquê de violetas e espalhou-as sobre as ondas. Meus pés estavam descalços, a calça enrolada até os joelhos quando todos nos unimos no momento que eu jamais deveria presenciar, mas ali estava eu, meus passos afundados na areia serviam como prova enquanto eu me afastava, pegadas que desapareceriam com a próxima maré cheia. Marcus pôs o braço em volta de Jane, e ela se encostou nele, apoiada e firme. Ela o deixou abraçá-la.

Hoje, no hospital, ele compartilha o momento entregando-o totalmente para ela.

— Ela é perfeita — Jane murmura. Uma experiência que nunca vivemos com nossa filha mais velha, quando foi a vez dela. Ela estava sozinha no hospital? Estava com medo? Nunca pudemos receber nossa primeira neta enrugadinha e rosada, envolta em cobertores de recém-nascida, nunca vimos a exaustão feliz no rosto de Jane, agora espelhada em Tony e Rain. O que perdemos, por conhecer Rain com quatorze meses, sempre tentamos compensar depois. Agora, essa recém-nascida, nossa bisneta, entra no mundo quando eu planejo deixá-lo. O que eu vou perder, quando este olá for seguido tão logo por um adeus?

— Eve — diz Rain. — Nós demos a ela o nome de Eve.

Eve. Com a pele tão rosada e nova e os olhos tão grandes e abertos. Eu me sinto dividido; estou preso dentro de um poço seco pela dor, e Eve é água fresca de chuva caindo, se acumulando e me fazendo boiar. Me abalando e me curando. *Eve.* As cinzas de Evelyn levadas na brisa do oceano, cintilando entre cardumes de peixinhos e depositadas nas costas de caranguejos; ela encontrou seu caminho de volta para mim uma vez mais.

— Papai, quer segurá-la?

Jane põe o bebê em meus braços, e seu cheiro doce me toma. Ela está enrolada no cobertor que Evelyn fez, amarelo-claro, e meu peito se aperta com a dor da saudade. Cada dia sem ela é uma eternidade vazia.

Olhe para o lindo jardim que nós fizemos, Evelyn. Juntos.

Em casa, eu me ajoelho junto a um canteiro e cavo, o suor se acumula no meu pescoço com o calor. A superfície do solo está seca depois de uma sequência de tardes quentes em maio, mas por baixo ele está fresco e úmido. Os bulbos em minha mão são duros e marrons, escondem os botões de sol que guardam dentro deles, narcisos para Eve, as primeiras flores a desabrochar a cada ano quando o inverno vai embora. Cavo uma fileira de buracos rasos e pressiono os bulbos no solo. Aliso a camada superior e rego, a água fria lava a terra, lhes dá vida.

No próximo ano e em cada ano depois dele, Rain e Tony se sentarão neste banco, a pousada Oyster Shell será seu lar, segurarão Eve nos braços ou ficarão olhando enquanto ela anda e corre e dança entre as flores quando estes narcisos anunciarem a primavera, suas pétalas douradas e radiantes.

Há tanta beleza aqui para ser vista.

Dentro de casa, as teclas do piano são frias ao meu toque, mas suaves, reconfortantes. Eu me sento junto ao Baldwin onde Evelyn passou tanto de seu tempo, enchendo nossa casa com sua música, melodias tranquilas que me encontravam enquanto eu trabalhava no jardim. Pressiono uma tecla, e ela produz um eco baixo. Está tão silencioso aqui.

Eu me levanto e abro o compartimento embaixo do banco do piano, onde as partituras dela estão guardadas, e onde nossas cartas estão escondidas. Planejamos deixá-las sobre o balcão da cozinha em nosso último dia, para que nossos filhos as encontrassem. Não sei se Evelyn chegou a terminar as dela. Sua letra ficou tão pequena, difícil de ler, mais perto do fim. Embora meus envelopes tenham sido fechados meses atrás, fico pensando se o que eu disse não foi suficiente, nunca soube muito bem como sequer começar a dizer adeus.

Procuro as cartas enfiadas embaixo das partituras, passo pelas minhas e encontro as dela. Quatro envelopes brancos onde deveria haver apenas três. Eu olho os nomes, *Jane, Thomas, Violet* em uma letra apertada e trabalhada. Embaixo delas, a quarta carta traz o nome *Joseph*, na letra cursiva arredondada de que me lembro.

Minhas mãos tremem quando a abro. Eu me sento de novo no banco e leio.

24 de dezembro de 2001

Querido Joseph,
  Se você estiver lendo isto, quer dizer que eu o deixei antes do que disse que faria. Eu sinto muito, meu amor. Por favor, saiba que, onde quer que

eu esteja, sinto sua falta terrivelmente. Nunca conheci um mundo sem você nele e não quero imaginar o próximo sem você também.

 Você está dormindo ao meu lado enquanto escrevo. Queria que pudesse se ver dormindo, é uma das minhas coisas favoritas, mesmo com o cabelo todo despenteado e a boca aberta. Se não tivesse receio de acordá-lo, eu o beijaria agora mesmo. De boca aberta e tudo. É véspera de Natal, na verdade já é manhã de Natal, eu acho. É o meio da noite, e, como de costume nos últimos tempos, estou totalmente desperta. Sinto que estou indo para onde você não pode me acompanhar. Eu percebo meus lapsos de memória e isso me assusta. Mas, estranhamente, me alivia também, me diz que estou tomando a decisão certa, ainda que deixar todos vocês seja a última coisa que desejo. Isso não é algo que dependa da minha vontade, não é algo de que eu possa fugir.

 O que me traz ao seguinte: se eu já tiver ido, não leve o plano adiante, por favor. Você ainda tem tanto tempo, e nossos filhos não esperavam me perder ainda. Espero que eles possam ver agora que nunca foi realmente minha escolha. Mas é a sua. Não faça nada porque me prometeu. Eu sei que você sente culpa por coisas fora de seu controle, e meu medo é que você, de alguma maneira, acrescente me perder à lista. Por favor, Joseph, não faça isso. Deixe-me tranquilizar você. Não há nada para lamentar. Você é a razão de toda a minha alegria. Você é a minha vida, o meu maior sonho realizado. Você salvou esta família e, em todos os sentidos, me salvou. Como posso lhe agradecer por nunca ter desistido de mim?

 Foi uma vida linda, incrível, juntos. Eu não poderia ter pedido mais que isso. Ainda assim, não sei como me despedir de você. Isso não fazia parte do plano, não é? E talvez seja essa a ideia. Não poderia haver um plano, não de verdade.

 Eu te amo, Joseph. Amo você por ter me esperado tantos anos atrás. E, onde quer que eu esteja agora, não há pressa para você se juntar a mim, porque eu vou esperar por você para sempre.

 Com amor,
 Evelyn

Leio de novo e de novo, as linhas embaçam com minhas lágrimas, fraco e perdido nas palavras dela até que não consigo mais me conter. Eu me debruço sobre as teclas do piano e a casa ecoa com as notas graves pressionadas sob meus braços. A reverberação que se segue treme por dentro de mim, ao mesmo tempo me esvaziando e me preenchendo com sua doce tristeza.

Trinta e um

Joseph

Junho de 2002

As ondas deslizam sobre meus pés descalços, e eu afundo e mexo os dedos na areia molhada. O fim de semana passado em Bernard Beach foi movimentado como sempre no início de cada temporada, jet skis circundavam a Captain's Rock, música berrava em alto-falantes, enxames de turistas carregavam bolsas térmicas e gritavam ao avistarem amigos que não viam desde o Labor Day. Hoje a praia está mais quieta, com famílias locais entrando em seu ritmo de verão, trazendo cadeiras de praia e acenando enquanto ocupam seus lugares de sempre, dando amplo espaço umas para as outras ao longo da praia em meia-lua.

O estuário de Long Island se estende diante de mim, a maré sobe quando o sol começa a descer. Esta manhã acordei com o som suave das ondas e dos passarinhos pela janela aberta. Troquei meu café por uma nadada vigorosa até a Captain's Rock, meu corpo estimulado pelo frio quando mergulhei da rocha, minha pele vermelha e arrepiada enquanto eu me secava na toalha. A família foi chegando horas mais tarde, enchendo ainda mais a Bernard Beach. A maré estava baixando quando chegamos, revelando os bancos de areia reluzentes para onde arrastamos nossas cadeiras, passando sanduíches embrulhados em plástico filme e, cerejas e pacotes de batatas fritas. A água se afastou de nossos tornozelos conforme a manhã se transformava em tarde, expondo a areia lisa e dura embaixo, pontilhada com as conchas espiraladas de caranguejos-eremitas, punhados de caramujos marrom-musgo e, para o olho treinado, o rastro de um mexilhão se enterrando, uma pequena depressão na areia que revelava sua passagem. Um dia incomumente quente para o primeiro de junho, mais parecido com julho ou agosto, sinalizando que uma temporada de praia estava por vir, dias de verão se estendendo diante de nós como uma mão aberta.

Fico de pé na beira da água gelada até minhas panturrilhas se entorpecerem. Uma gaivota solitária grita de passagem. Vejo um brilho de vidro e tenho a esperança, como sempre, de que sejam as mensagens que jogamos no mar no verão passado, encontrando, de alguma maneira, seu caminho de volta para nós. As palavras que nunca li, a carta final dela, ainda flutuando por aí, em algum lugar. Mas, como sempre, é uma onda quebrando, um truque da luz. O sol está se pondo, mas minha pele retém o calor mesmo quando a temperatura cai. Somos os últimos na praia, o céu se transforma em nuvens tingidas de roxo e rosa, refletindo no mar. Luz e som se atenuam, calmos. Esta sempre foi sua hora do dia favorita.

Volto para nosso semicírculo de cobertores e cadeiras. Rain e Tony estão sob um guarda-sol listrado, Eve aninhada nos braços da mãe. Jane se deitou ao lado em um cobertor com Marcus, que está apoiado nos cotovelos bebendo um copo de chá gelado já aguado. Violet e Connor estão sentados juntos em cadeiras de praia, túneis de areia cavados por seus calcanhares no chão. Violet ri de algo que Connor diz, e ele pousa a mão no joelho dela, momentos de leveza que se somam em algo maior, como punhados de lama molhada se empilham e solidificam para formar um castelo, minúsculos grãos de areia criando uma base sobre a qual construir. Thomas e Ann retornam do cais e caminham em direção a nós, parando para olhar um caranguejo que foi arrastado para a praia.

O sol desce mais, um meio-círculo se escondendo no horizonte.

É hora de ir.

No entanto, minha pele ainda está impregnada de seu calor. As nuvens pintam pinceladas de aquarela magenta e laranja no céu azul-claro. A brisa muito suave dança em minha pele. Sinto a maresia, o cheiro intenso e reconfortante do oceano que sempre será dela.

Dou um tapinha no ombro de Thomas, puxo-o para junto de mim.

—Você não tem que ir ainda, tem, papai?

— Está na hora. Foi um dia perfeito.

Ele me abraça com força. Ann me envolve com os braços, seu rosto em meu pescoço. A rara demonstração de afeto me pega de surpresa, me faz mergulhar mais fundo na realidade que venho tentando afastar desde que acordei. Violet morde o lábio e força um sorriso, seus cachos voando com o vento; Connor está sério e resignado, mas ambos se levantam para me abraçar. Beijo a testa de Rain e o rostinho de anjo de Eve, depois abraço Tony e Marcus. Jane passa o braço pelo meu, insiste em caminhar junto comigo até o fim da praia.

Quando chegamos à estrada, ela sussurra:

— Diga oi para ela por nós, está bem?

Concordo com a cabeça, um soluço preso na garganta, e a abraço forte.

Quando me viro para ir, minhas pernas estão fracas, instáveis. Não me arrisco a olhar para trás, embora sinta todos os olhos em mim, me puxando de volta com força, como a atração gravitacional da lua sobre as marés.

Sigo em frente, memorizo cada detalhe do meu caminho uma última vez, mesmo eu sendo capaz de andar por aqui vendado. Conheço o caminho como conheci cada marca e curva de Evelyn, antigo mapas impressos nos cantos mais profundos da minha mente.

Vejo as dunas cobertas por capim balançando, um esconderijo antigo onde Evelyn mordiscou minha orelha sob as estrelas cintilantes. É onde a trilha se torna a Sandstone Lane, asfalto reluzente que queimava os pés de nossos netos toda vez que eles corriam descalços para a praia depois que a rua foi pavimentada. É onde estão os carvalhos altos em que Thomas uma vez enroscou um avião de brinquedo. Aqui os chalés de telhas de cedro, o capim áspero crescido na frente e as varandas vacilantes e varais com lençóis balançando. Aqui está a fileira de rosas silvestres que se curva margeando a nossa entrada de carros, onde no passado havia uma placa de madeira, que eu entalhei, e Evelyn pintou para avisar que a pousada Oyster Shell estava aberta outra vez. Aqui está o rangido do caminho que me leva para casa, os degraus da frente onde minha mãe sacudia toalhas, onde Tommy corria para entrar na cozinha, a porta onde sempre verei Evelyn esperando minha volta.

Do lado de dentro, vou até o estúdio e os dois pianos dela. Quase posso ouvir sua música se elevar para me receber, uma canção familiar de cujo nome esqueci. Meus dedos acariciam as teclas. Toco uma nota solitária, e ela canta.

Abro o banco de dobradiças e encontro as cartas e o frasco de remédio controlado escondidos dentro. Passo pela porta da cozinha. Coloco as cartas no balcão, duas pilhas, uma de cada um de nós. Deslizo os dedos sobre a caligrafia dela, deteriorando-se a cada envelope. A simetria da minha, escrita com mãos firmes.

Encho um copo de água na pia. É tão fria, tão refrescante em minha garganta, e eu a tomo em dois goles ansiosos. Mexo com os dedos no frasco de comprimidos sobre o balcão. Encho outro copo de água. O sol está indo embora depressa.

Não há tempo suficiente.

Não há tempo suficiente.

Nunca haverá tempo suficiente.

Pressiono com a palma da mão a tampa do frasco, viro-a e abro.

Mas ainda há tempo suficiente.

Abro a torneira e viro o frasco, os comprimidos descem em cascata e desaparecem pelo ralo.

Abro a porta de tela com um rangido e saio para a varanda e para o jardim. As flores se destacam na luz da noite, uma tapeçaria de nossa família, tecida na terra. Os narcisos ainda não começaram a florescer, mas já os imagino a cada ano daqui por diante, em uma explosão de amarelo pelo solo descongelado, erguendo-se para o céu.

Eu achava que amava Evelyn quando a tinha ao meu lado, mas estava errado. Nestes dias sem ela, quando posso confundir a brisa com a maciez de seus braços enlaçados nos meus durante o sono; quando posso ouvir as notas musicais de sua risada, levantar os olhos e ver Jane; quando posso segurar Eve no colo e saber que nossa bisneta pode vir a ter os olhos sempre mutáveis dela; quando me pedem a história do trem e eu ainda estou aqui para contar sobre o perfume floral dela que me enfeitiçou como um encantamento; quando posso abrir uma janela e inalar maresia que sempre pertenceu a nós, escutar a música das ondas que tornamos nossa, me embalando da minha dor para a paz mais profunda, *estes* são os dias em que eu mais a amo.

Deito na terra entre as violetas, quebrando a última promessa que fiz para ela, uma promessa que ela nunca quis que eu cumprisse. Sussurro uma nova promessa, um amanhã sem ela.

Que lindo jardim nós fizemos, Evelyn.

Volto o rosto para o sol poente e sorrio, me banhando com os últimos raios de seu calor.

Agradecimentos

Comecei a escrever *Os dias em que mais te amei* mais de dez anos atrás, com vinte e dois anos, no verão de 2013. Meu caminho para a publicação foi longo e sinuoso e por isso, olhando agora, eu agradeço demais, porque me preparou não só para o lançamento deste romance, mas para o que é necessário para construir uma vida de escritora. Nos cinco primeiros anos, este livro foi um projeto secreto para o qual eu me voltei pelo mero prazer que me dava, para ver aonde a história me levava. Passei os últimos cinco anos indo atrás do sonho de ver meu romance no mundo. Revisando e consultando agentes, e revisando de novo e de novo, dez rascunhos até o final, boa parte disso feita enquanto eu engravidei, cuidei de um recém-nascido, engravidei de novo e criei dois menininhos. Este livro foi tomando forma antes do amanhecer ou tarde da noite, entre cochilos ou com um bebê em um canguru no peito. Trechos de áudio ouvidos enquanto eu empurrava um carrinho, linhas escritas às pressas enquanto eu preparava o almoço, antes que eu as esquecessem. Em raras sessões de maratona de escrita, graças a babás e avós, que proporcionavam gloriosos períodos ininterruptos em que eu podia me dedicar às cenas mais difíceis pelo tempo que elas mereciam. Evelyn e Joseph estiveram comigo por um terço de toda a minha vida, durante novos começos e perdas, casamento e bebês, rejeição e validação e anos de levar adiante o trabalho, sempre me apoiando em fé e esperança e com uma crença profunda de que este livro um dia encontraria o seu lar. Nada disso seria possível sem todo o amor e apoio ao meu redor, e, embora seja impossível agradecer a todos os que me guiaram e incentivaram ao longo do caminho, farei o meu melhor para tentar.

À minha incrível e superguerreira agente Wendy Sherman. Não há outra pessoa com quem eu iria querer estar nessa jornada. Wendy, eu não sei como você faz tudo isso, como faz cada escritor se sentir sua prioridade número um e seu amigo mais querido. Você é a razão de este livro estar no mundo, a razão para as portas terem se aberto depois de todo esse tempo, para todos os meus sonhos mais absurdos terem se tornado realidade. Você trabalha incansavelmente, minha mais ferrenha defensora a cada momento, e, de alguma maneira, faz tudo isso parecer fácil. Eu não poderia ter mais sorte do que essa de contar com você do meu lado. Ao restante da equipe da WSA, mas especialmente a Callie Deitrick, por ser tão incrivelmente solidária e acolhedora ao longo do caminho.

À minha brilhante e atenta editora, Erika Imranyi. Obrigada por sua paixão pela minha história e por ver *Os dias em que mais te amei* do jeito que eu sempre desejei que fosse visto. Tenho a máxima confiança em seu olhar editorial e fico impressionada com sua capacidade de melhorar exatamente o que precisa ser ajustado, ao mesmo tempo que me dava total liberdade para fazer as alterações que pareciam certas e fiéis ao livro para mim. *Os dias em que mais te amei* ainda seria um documento do Word sem a sua visão para divulgá-lo, sem a sua fé nesta autora estreante, e ele é muito melhor pelas revisões que fizemos juntas.

A toda a equipe da Park Row Books e da Harlequin/HarperCollins, eu tenho muita sorte de poder chamá-los de minha casa. Nunca serei capaz de agradecer a vocês o suficiente por tudo o que fizeram. Vocês mudaram minha vida e são a razão de eu poder dizer que sou uma escritora. A cada um de vocês que tocou meu livro ao longo do caminho, mas especialmente a Loriana Sacilotto, Margaret Marbury, Amy

Jones e Heather Connor, por enxergarem e acreditarem no potencial de Evelyn e Joseph; a Rachel Haller, Lindsey Reeder, Brianna Wodabek e toda a equipe de marketing, por trabalharem com tanto empenho para levar meu livro aos leitores; e a Emer Flounders e Justine Sha, por serem a equipe de publicidade dos sonhos de uma escritora estreante, à minha revisora, Gina Macedo, por pegar tudo que era preciso pegar, a Nicole Luongo, por facilitar todo o processo; e a todos nas equipes de vendas, arte e produção que contribuíram para fazer meu romance brilhar. E um agradecimento especial a Carol Fitzgerald do *The Book Reporter*, pelo lindo site e por espalhar a palavra.

A Jenny Meyer e Heidi Gall, que levaram este livro para um público global. Realizaram os meus sonhos mais distantes. Jenny, ter você em nossa equipe é uma alegria absoluta, e seu nome em minha caixa de entrada sempre significa coisas maravilhosas. Obrigada por trabalhar com tanto empenho por mim e por esta história, por expandir meu alcance além do que jamais pensei ser possível. Os relacionamentos maravilhosos que tenho com meus editores internacionais e as muitas traduções deste romance eu devo a você.

A todos os editores e equipes no exterior que me fizeram chorar com suas cartas de amor a Joseph e Evelyn, que acolheram meu livro em suas editoras com tanto entusiasmo e conduziram minha carreira no exterior, nunca poderei expressar o que isso significou para mim. A Darcy Nicholson e Lisa Krämer, por serem incríveis defensoras desta história, por sua paixão e todo o seu trabalho para me fazer sentir em casa mesmo a milhares de quilômetros de distância. Tem sido uma alegria trabalhar com todas as equipes editoriais ao redor do mundo, e minha vida nunca mais será a mesma por causa de todos vocês.

A Lauren Parvizi, Hadley Leggett e Erin Quinn-Kong, meu grupo de escrita perfeito, o tipo raro que sempre desejei encontrar, mas nunca soube que existia, três mulheres sem as quais não consigo imaginar percorrer este caminho. Que a magia encontre a todas nós, pelo tempo que estivermos escrevendo.

A Alice Peck, que viu um brilho nesta história antes de qualquer outra pessoa, que destacou o que a fazia mais especial e me ensinou a trazê-la à luz. Obrigada por ser uma amiga querida e gentil, por ter sido refúgio para que minha história florescesse no que eu sempre esperei que ela pudesse ser, e por vê-la dessa maneira, de alguma forma até antes mesmo de ela existir. Por me encorajar e me guiar durante os primeiros e mais vulneráveis anos de revisões e dúvidas, por sempre acreditar no que nos tornaríamos.

A Lidija Hilje, suas revisões foram um presente quando eu não sabia para onde seguir. Você parecia conhecer meu livro melhor do que eu e, de alguma forma, anos depois, você o mantém inteiro em sua mente de uma maneira que me surpreende. Valorizo nossa amizade, seu apoio aberto ao meu trabalho, nossas sessões de brainstorming e o espaço seguro que você criou para compartilhar cada atualização ao longo do caminho.

A Sarah Branham, por dar aquele empurrão necessário ao meu romance em um momento crucial. Você desatou o quebra-cabeça da minha estrutura, e fico maravilhada com seu brilhantismo. Este livro finalmente superou os maiores obstáculos por causa do tempo que passamos juntas, e serei eternamente grata pelo quanto você me apoiou.

Às minhas primeiras leitoras e queridas amigas, Megan Price e Caitlin Lash, Maelynn recebeu esse nome por causa de vocês, uma brincadeira que certamente durou muito tempo, no entanto aqui estamos, porque eu prometi que isso aconteceria. Obrigada por todas as sessões de roteiro e por levar a sério a mim e às minhas fichas de anotações. Dominika Sillery, você é minha leitora mais confiável desde nossos primeiros dias de workshop. Obrigada por sempre acreditar em mim e em até onde isto poderia chegar, desde o início. Michelle Merklin, pelos rascunhos que você leu tão rapidamente, apesar dos bebês e do trabalho. Não há nada que eu tenha escrito que você não tenha lido desde que éramos crianças, e não a invejo por ter aturado meus primeiros textos. Carolyn Kaleko, pelo desafio em que embarcamos juntas e que me deu coragem para escrever um romance. Que convive com esses personagens há quase tanto tempo quanto eu, que me deu sugestões para inúmeras cenas e rascunhos, a banheira transbordando foi ideia sua, e Joseph deveria culpar você pela bagunça. Obrigada por me preparar mentalmente para como seria difícil publicar — isso alinhou minhas expectativas adequadamente para que eu pudesse encarar o processo de frente — e depois percorrer cada momento comigo, por nunca me deixar sentir sozinha na busca pelo meu sonho.

Muita pesquisa esteve envolvida neste livro. Obrigada a Kathleen Pendleton, da Orquestra Sinfônica de Boston; a George Mellman, pela visita detalhada e por me contar a história sobre Beethoven; e ao bibliotecário da orquestra, por me ajudar a escolher o concerto de Evelyn e Jane. Um agradecimento especial a Mary Incontro, por garantir que a perspectiva de Evelyn e Joseph nos seus setenta anos soasse verdadeira. A Jim e Mary Brewster, da The Captain Stannard House, por me permitirem andar atrás de vocês como uma sombra e aprender os detalhes sensoriais de administrar uma pousada em uma cidade litorânea de Connecticut. As chaves de Joseph tilintam porque vocês me deixaram acompanhá-los.

A você, leitor e leitora. Sou escritora porque sempre fui leitora, pelo encanto, pelo conforto e pela alegria que sempre encontrei nas páginas de um livro. Há tantas maneiras de passar o seu tempo, e estou grata por você ter escolhido passar parte dele em Stonybrook comigo.

Aos meus professores, especialmente aos meus primeiros professores de inglês, que me incentivaram com bilhetes, passes de biblioteca e livros oferecidos. A todos os meus professores da The Greater Hartford Academy of The Arts, mas especialmente Benjamin Zura, que eram famosos por escrever "mais ou menos" afetuosamente no alto da maioria de nossos poemas e que me ensinaram a aceitar críticas desde bem nova. Aos outros alunos de nosso workshop, nunca me senti tão segura para criar e compartilhar, e espero que todos vocês estejam escrevendo onde quer que se encontrem.

A todos entre os meus familiares próximos e amigos que me apoiaram de inúmeras maneiras. Até meu irmão, que prefere "esperar para ver o filme", prometeu ler este livro (isto é um teste, Brian... me liga se tiver visto isto). Obrigada por me levantar, compartilhar os contratempos, comemorar as vitórias e torcer por mim em cada passo do caminho. Vocês sabem quem são, e a vida é mais doce e mais divertida por ter vocês nela. Joseph e Evelyn eram uma ilha, mas, por causa de vocês, eu nunca precisei ser.

Os dias em que mais te amei se passa em uma cidade fictícia inspirada em um lugar muito real que tem raízes profundas em minha alma. Uma cidade litorânea de Connecticut onde, assim como Joseph e Evelyn, minha família deixou pegadas por seis gerações, um lugar de amor, legado, pertencimento e infância. A minha avó e meu avô, por me darem a praia, por me ensinarem a amá-la, por me ensinarem o que é o amor. Vocês se conheceram quando tinham quinze e dezoito anos, e aquele amor continua vivo, muito depois de vocês partirem. Até mesmo seus nomes do meio, Bernard e Bernadette, minha coincidência favorita, o par ideal desde o início. Bernard Beach é para vocês.

Ao meu pai, por ser tão divertido compartilhar boas notícias com você, por ser um dos meus apoiadores mais entusiasmados e um dos meus fãs. À minha mãe, por meu amor pela leitura, por todas as idas à biblioteca, pelas horas que passamos juntas no sofá enquanto eu lia em voz alta, os livros gravados em fita na minivan. Obrigada a vocês dois, por permitirem que eu entrasse na escola de artes aos quatorze anos para estudar escrita criativa, por comparecerem às minhas leituras, por nunca acharem que não valia a pena. Por me proporcionarem uma infância à beira-mar, e pelos dias de verão sem horários a cumprir, em que me deixavam ler em uma rede e me dedicar a meus caprichos e hobbies, brincar na floresta e nos riachos, escrever em meus pequenos cadernos, pela liberdade de imaginar, de explorar, de descobrir quem eu queria ser, por me deixarem acreditar que, não importava o que eu tentasse, eu poderia voar.

Aos meus meninos, Teddy e Jordan, de longe as melhores coisas que eu fiz. Espero que vocês conheçam um amor como o de Joseph e Evelyn e espero que saibam que sempre podem voltar para casa. Vocês são a sexta geração na nossa praia, e não houve alegria maior do que compartilhar meu lugar mais especial com vocês, exceto, é claro, ser sua mãe.

A Jonathan, comecei a escrever este romance quando estávamos namorando havia seis meses e agora estamos casados há oito anos, e juntos há mais de uma década. Este livro esteve presente durante todo o nosso relacionamento, e fico encantada com seu apoio contínuo e inabalável ao meu sonho. Cada história de amor que eu escrevo, escrevo por causa de você. Nós temos sorte. Sempre tivemos.

Impresso no Brasil pelo Sistema Cameron da Divisão Gráfica da
DISTRIBUIDORA RECORD DE SERVIÇOS DE IMPRENSA S.A.